普通高等教育"十一五"国家级规划教材

新编高等职业教育电子信息、机电类规划教材·通信技术专业

移动通信技术与终端

（第3版）

刘立康
孙龙杰 　主　编

陶亚雄　主　审

电子工业出版社

Publishing House of Electronics Industry

北京·BEIJING

内 容 简 介

　　本书系统地介绍以数字化技术为代表的现代移动通信的基本原理、主要技术、典型系统、设备及发展趋势，较充分地反映了最新数字移动通信的新技术。

　　全书共分 11 章，内容包括移动通信的概念和涉及的调制技术、移动信道中的电波传输及干扰、组网技术、GSM 数字蜂窝系统及设备、通用分组无线业务（GPRS）技术、CDMA 系统及设备、CDMA 2000 1X 系统及设备、第三代移动通信系统（WCDMA、CDMA 2000 和 TD-SCDMA）及结构和解决方案、移动数据终端单元（DTU）原理与应用。附录中包含移动通信技术缩略语，每章均附有小结和习题。

　　本书可作为高职高专院校通信、电子技术类的专业课教材，也可作为其他院校相关专业的教材，同时也可作为从事移动通信工程技术、管理、使用和维护人员的参考书。

未经许可，不得以任何方式复制或抄袭本书之部分或全部内容。

版权所有，侵权必究。

图书在版编目（CIP）数据

移动通信技术与终端/刘立康，孙龙杰主编. —3 版. —北京：电子工业出版社，2011.7
普通高等教育"十一五"国家级规划教材·新编高等职业教育电子信息、机电类规划教材·通信技术专业
ISBN 978 – 7 – 121 – 13717 – 4

Ⅰ. ① 移… Ⅱ. ① 刘… ② 孙… Ⅲ. ① 移动通信 – 通信技术 – 高等职业教育 – 教材 ② 移动通信 – 终端设备 – 高等职业教育 – 教材 Ⅳ. ① TN929. 5

中国版本图书馆 CIP 数据核字（2011）第 101698 号

策　　划：陈晓明
责任编辑：赵云峰　　特约编辑：张晓雪
印　　刷：三河市鑫金马印装有限公司
装　　订：
出版发行：电子工业出版社
　　　　　北京市海淀区万寿路 173 信箱　　邮编 100036
开　　本：787×1 092　1/16　印张：17. 75　字数：454 千字
印　　次：2011 年 7 月第 1 次印刷
印　　数：4 000 册　　定价：30. 00 元

凡所购买电子工业出版社图书有缺损问题，请向购买书店调换。若书店售缺，请与本社发行部联系，联系电话：(010) 68279077；邮购电话：(010) 88254888。
质量投诉请发邮件至 zlts@ phei. com. cn，盗版侵权举报请发邮件至 dbqq@ phei. com. cn。
服务热线：(010) 88258888。

前　言

本书第 1 版和第 2 版分别于 2003 年 7 月和 2007 年 5 月问世,第 3 版是对前 2 版内容的增加和补充及精简内容,着重于介绍移动通信的数据通信技术、设备和应用,能比较好地反映最新数字移动通信技术和实际应用的需要。第 3 版与前两版不同之处在于:

(1) 增加了第 1 章的内容,将前两版中的第 11 章集群通信系统和移动卫星通信系统精简合并到第 1 章内容中,并增加了移动通信的基本技术一节。

(2) 第 2 章增加了数字调制的性能指标内容。

(3) 第 4 章增加了移动通信系统容量分析计算内容。

(4) 删去了前两版中第 10 章数字无绳电话系统内容,新编写第 10 章数据终端单元(DTU)原理与应用。

本书是为高职高专师生提供一本适用于移动通信技术与实际相结合的好教材或参考书。由于本书涉及移动通信技术的多个方面,包含现代移动通信基本概念、基本组成、基本原理、基本技术和典型系统设备,内容多、涉及面宽,书中避免了烦琐的数学推导,由浅入深、系统全面、文字简练、通俗易懂、强调理论与实际相结合,力求反映最新的移动通信技术。各个学校、不同职业背景的学生和读者都能够通过本书的学习,了解移动通信系统与设备的基本概念和运行机制及未来移动通信技术发展的趋势,对他们以后的工作具有指导意义。

作为教材,计划 50 学时左右的教学,章节组织富有弹性,可根据情况进行选取,每章均附有小结和习题,书后附有附录,便于学生和读者对概念的理解、学习。本书的编写主要从以下几个方面去考虑:

(1) 教材是面向初学者和指导初学者的教师,在内容的选取上,立足打好基础,注意联系工程实际,帮助学生提高分析、解决问题的能力,叙述语言易于理解,用易懂又规范的文字描述,并对习题内容和形式进行了改革,注重实用性。

(2) 移动通信技术是一种非常繁杂的技术,覆盖面很广,为了增加可读性,对相关内容进行一些融合和总结,引入的每一个概念都是基于前一部分阐述过的概念基础上,使学生容易达到融会贯通。

(3) 根据移动通信技术发展,精选编写内容,详尽介绍数字移动通信技术,尽可能地反映当前移动通信技术的实际水平,能满足当前和稍长一段时间教学和工作的需要。

(4) 市场的需求决定了技术的发展,同样,技术的发展满足了市场的需求。移动通信技术发展更离不开市场,因此在书中对一些相关的移动通信系统设备的市场情况和未来市场的需求进行了分析,便于学生和读者了解相关移动通信的市场的现状和未来。

全书共分 10 章。第 1 章主要对移动通信的发展历史及趋势、特点、分类、功能结构及工作方式、基本技术和标准做了概括性的介绍;第 2 章介绍了移动通信系统所涉及的调制解调技术、多址技术、语音编码技术和扩频技术,这些都是移动通信的基础知识和基本技术;第 3 章讨论了移动通信系统所涉及的电波传播特性,分集接收技术和噪声与干扰问题,这是移动通信系统所必不可少的组成部分;第 4 章是移动通信系统的组网技术,主要包括区域覆盖方式、区群的构成与激励方式、系统容量与信道(频率)配置、移动通信的网络结构、信令、越区切换和位置管理及多信道共用技术,这些都是构成移动通信系统网络的基础;第 5 章 GSM 蜂窝移动通信系统,主要包括 GSM 的发展过程及标准、GSM 系统组成和接口、无线传输和接入方式、信道分类和时隙、编号和主要业务、越区切换和位置管理、呼叫的接续过程及我国 GSM 网络结构、移动台和基站的设备及主要技术性能;第 6 章 GPRS 系统,主要包括 GPRS 的现状及标准、系统结构和接口、协议模型、管理功能、组网和典型的设备解决方案以及数据通信技术、设备和应用,主要就 GPRS 系统的构成、特点和与 GSM 网络结构不同点进行了描述;第 7 章 CDMA 蜂窝移动通信系统,主要包括 CDMA 系统的现状及标准、技术特点、系统结构和接口、信道组成、控制和管理功能、注册登记、漫游及呼叫处理、手机和典型的设备解决方案;第 8 章 CDMA 2000 1X 移动通信系统,主要包括标准、特点、结构及关键技术、简单 IP 及移动 IP 和解决方案及典型设备以及数据通信技术、设备和应用;第 9 章第三代移动通信系统,主要包括标准、特点、演进策略、系统网络结构、功能结构模型和关键技术,重点介绍 WCDMA 移动通信系统的结构、功能模型、接口和网络解决方案,简要介绍 TD-SCDMA 和 CDMA 2000 1X EV-DO 移动通信系统标准、技术特点和三种主流技术对比;第 10 章介绍了移动数据终端单元(DTU)的功能结构、协议、应用领域和应用设计。

本书第 1、2、3、7、8、9、10 章由刘立康编写并统稿全书,第 4、5、6 章由孙龙杰编写。上海同济大学天华学院陶亚雄博士主审了全书。

感谢陈旸、张江永、朱菁、许晴、邸小敏、赵洪兵为本书出版所做的工作。

由于编写时间仓促和水平有限,书中难免有错误和不妥之处,恳请读者指正。

编　者

2011 年 1 月于西安

参加"新编高等职业教育电子信息、机电类规划教材"编写的院校名单(排名不分先后)

江西信息应用职业技术学院	北京轻工职业技术学院
吉林电子信息职业技术学院	黄冈职业技术学院
保定职业技术学院	南京理工大学高等职业技术学院
安徽职业技术学院	南京金陵科技学院
黄石高等专科学校	无锡职业技术学院
天津职业技术师范学院	西安科技学院
湖北汽车工业学院	西安电子科技大学
广州铁路职业技术学院	河北化工医药职业技术学院
台州职业技术学院	石家庄信息工程职业学院
重庆科技学院	三峡大学职业技术学院
四川工商职业技术学院	桂林电子科技大学
吉林交通职业技术学院	桂林工学院
天津滨海职业技术学院	南京化工职业技术学院
杭州职业技术学院	江西工业职业技术学院
重庆电子工程职业学院	柳州职业技术学院
重庆工业职业技术学院	邢台职业技术学院
重庆工程职业技术学院	苏州经贸职业技术学院
广州大学科技贸易技术学院	金华职业技术学院
湖北孝感职业技术学院	绵阳职业技术学院
广东轻工职业技术学院	成都电子机械高等专科学校
广东技术师范职业技术学院	河北师范大学职业技术学院
西安理工大学	常州轻工职业技术学院
天津职业大学	常州机电职业技术学院
天津大学机械电子学院	无锡商业职业技术学院
九江职业技术学院	河北工业职业技术学院

安徽电子信息职业技术学院 　江门职业技术学院

合肥通用职业技术学院 　广西工业职业技术学院

安徽职业技术学院 　广州市今明科技公司

上海电子信息职业技术学院 　无锡工艺职业技术学院

上海天华学院 　江阴职业技术学院

浙江工商职业技术学院 　南通航运职业技术学院

深圳信息职业技术学院 　山东电子职业技术学院

河北工业职业技术学院 　潍坊学院

江西交通职业技术学院 　广州轻工高级技工学校

温州职业技术学院 　江苏工业学院

温州大学 　长春职业技术学院

湖南铁道职业技术学院 　广东松山职业技术学院

南京工业职业技术学院 　徐州工业职业技术学院

浙江水利水电专科学校 　扬州工业职业技术学院

吉林工业职业技术学院 　徐州经贸高等职业学校

上海新侨职业技术学院

目　　录

第1章 概　　论

内容提要

移动通信的出现，为人们带来了无线通信的更大自由和便捷。本章将阐述移动通信系统发展的历程、移动通信系统特点和分类、基本组成、基本概念以及工作方式和相关的国际标准化组织。

自19世纪末期，赫兹发明无线电后，马可尼第一次演示海上航行船舶间的通信，这可以说是无线移动通信的开创。自那以后，移动通信已经得到了举世瞩目的发展，特别是从20世纪70年代后期蜂窝网正式开放供公众使用以后，全世界的移动通信总数持续快速增长，人们都在期盼着使用新的无线通信方法和手段，这就极大地促进了移动通信在数字化和设备制造技术方面的进步，移动通信在小型化、高集成度、更可靠、低成本等新技术的推动下获得了巨大的发展。据最新统计表明，全世界的移动手机总数近年来持续增长，即将逼近固定电话机总数，并且增长势头还在继续。可预见，在未来的十几年里全世界范围的移动个人通信更快地快速发展。

1.1　移动通信的发展概况

现代移动通信技术的发展始于20世纪20年代，是20世纪的重大成就之一，在不到100年的时间中，随着计算机和通信技术的发展，移动通信也得到了巨大的发展，其发展速度令人惊叹。移动通信已成为人们生活的一部分，移动用户的数量与日俱增。从第二代移动通信系统（2G）向3G的演进，促进了技术融合，促进实现全球统一标准的形成。随着第三代移动通信系统（3G）服务的提供，移动电话的普及率还将进一步扩大，它可以使用户在任何时候，从任何地方接入系统，以获取所需要的信息。总之，移动通信系统是一个不断演进的系统，各种新技术的发展和应用将推动下一代移动通信系统不断向前迈进。

1.1.1　移动通信的发展历程

1934年，美国已有100多个城市警察局采用调幅（AM）制式的移动通信系统。1946年，根据美国联邦通信委员会（FCC）的计划，贝尔系统在圣路易斯城建立了世界上第一个公用汽车电话网，这一种公众移动电话服务后被引进到美国的25个主要城市。每个系统使用单个大功率发射机和高塔，覆盖范围超过50 km。语音只占用3 kHz的基带带宽，使用三个频道，间隔为120 kHz，通信方式为单工，人工接续方式，网的容量较小。从20世纪40年代至60年代，为移动通信的早期发展阶段，公用移动通信业务问世，移动通信所使用的频率开始向更高的频段发展。在20世纪70年代，蜂窝网方式发明问世，一个适当大的地区设置多个半径约1 km的蜂窝小区，互相紧密邻近排列，其中心基站可使用较低的射频发射功率，每隔几个蜂窝就可使用相同的频率，节约无线电频谱资源的利用。因此，这样的蜂窝网方式比过去利用大功率发射机覆盖半径为 50 km 大面积的方法有显著改进。虽然移动手机从一个蜂窝区移动至邻近的另一蜂窝区有越区交接等问题，但技术上都可获得妥善解决。1973—1979 年间，美国有几个城市试用了这种蜂窝系统 AMPS（高级移动电话业务）；20 世纪 80 年代初，美国政府正式批准这种商用系统提供公众服务，与此同时，欧洲国家、日本和其他一些国家也开始陆续建设和运营蜂窝网业务。

20 世纪 50 年代至 70 年代后期，由于半导体技术的引入，无线移动通信系统进一步智能化，成本也有所降低。大规模集成电路器件和微处理器的发展使移动通信系统商用化成为现实。

20 世纪 70 年代后期至 80 年代初期，蜂窝网虽已正式开放供公众使用，但那是第一代蜂窝网（1G），只提供模拟电话移动通信服务。不过那一时期固定通信已向数字化方向发展，移动通信的研究也开始考虑数字蜂窝系统的应用可能性和实际可能获得的好处。这包括能否获得更大的容量、更好的语音质量以及传送数据业务。直至 90 年代初期，泛欧数字蜂窝网正式向公众开放使用，采用数字时分多址（TDMA）技术，信道带宽 200 kHz，使用新的 900 MHz 频谱，称之为 GSM（全球移动通信系统）系统，属于第二代蜂窝网（2G），这是具有现代网络特征的第一个全球数字蜂窝移动通信系统。实际上那时是模拟网与数字网共存，凡是持有模拟或数字移动手机，都可得到蜂窝网服务。从此以后，全世界各国都大力发展数字蜂窝网。GSM 成为世界上最为流行的数字蜂窝网标准，随后，世界各国政府又联合制定了 GSM 的等效技术标准——DCS1800，它在 1.8 GHz 到 2 GHz 的频段上提供个人通信业务（PCS）。在北美，出现几种不同制式的数字蜂窝网，1991 年开始使用数字时分多址（TDMA）技术的美国数字蜂窝系统（USDC），1993 年又有基于码分多址（CDMA）的数字蜂窝移动通信系统，分别称为 IS-54 和 IS-95。日本也发展 TDMA 技术的数字蜂窝系统，称为个人数字蜂窝系统（PDC）。在 1995—1997 年期间，美国联邦通信委员会（FCC）又指定一个新的频段 1850～1990 MHz，专供个人通信业务（PCS）研究发展之用。表 1.1 为 1995 年以前世界主要数字移动标准。总之，20 世纪 90 年代后，第二代数字蜂窝网（2G）兴旺发达，原先开放的公用第一代模拟电话已停止使用，所有移动用户全都依靠第二代数字蜂窝网（2G）。数字通信技术是大势所趋，而且 2G 除了提供移动手机互通电话外，还让移动用户的手机或便携计算机实现数据通信。容许手机或便携计算机"上网"，从互联网（Internet）获取需要的数据信息。这意味着，2G 的基站可能提供这类应用的不对称传输通路，用户至基站方向的上行信息较短，而基站至用户方向的下行线路传送信息可以较长。这样的蜂窝网被称为 GPRS（通用分组无线业务），即介于 2G～3G 之间，俗称二代半（2.5G），也即 2G 与未来 3G 的过渡。

表 1.1　1995 年以前世界主要数字移动标准

地区或国家	标准	类型	年份	多址接入	频段	调制	信道带宽
欧洲	GSM	蜂窝/PCS	1990	TDMA	890～960 MHz	GMSK	200 kHz
欧洲	CT2	无绳	1989	FDMA	864～868 MHz	GFSK	100 kHz
欧洲	DECT	无绳	1993	TDMA	1880～1900 MHz	GFSK	1728 kHz
欧洲	DCS－1800	蜂窝/PCS	1993	TDMA	1710～1880 MHz	GMSK	200 kHz
美国	USDC（IS－54）	蜂窝	1991	TDMA	824～894 MHz	π/4－DQPSK	30 kHz

地区或国家	标准	类型	年份	多址接入	频段	调制	信道带宽
美国	CDPD	蜂窝	1993	FH/分组	824～894 MHz	GMSK	30 kHz
美国	IS－95	PCS	1993	CDMA	824～894 MHz	1.8～2.0 GHz QPSK/BPSK	1250 kHz
美国	DCS－1900（GSM）	PCS	1994	TDMA	1850～1990 MHz	GMSK	200 kHz
美国	PACS	无绳/PCS	1994	TDMA/FDMA	1850～1990 MHz	$\pi/4$－DQPSK	300 kHz
美国	MIRS	SMR/PCS	1994	TDMA	若干	16－QAM	25 kHz
日本	PDC	蜂窝	1993	TDMA	810～1501 MHz	$\pi/4$－DQPSK	25 kHz
日本	PHS	无绳	1993	TDMA	1895～1907 MHz	$\pi/4$－DQPSK	300 kHz

注：CDPD（Cellular Digital Packet Data）—蜂窝数字分组数据；
MIRS（Motorola Integrated Radio System）—摩托罗拉集成无线系统。

20世纪90年代末至21世纪初，第二代移动通信系统（2 G）不仅本身仍力求发展，扩大容量和增多功能，以满足移动用户的需求和吸引更多的用户。

第三代移动通信系统（3 G）被称为是IMT-2000（国际移动通信系统），以便移动用户随身携带手机，各有指定的专用号码，不仅可以参与城市通信，而且走遍全球、随时随地与需要的对方用户通信。第三代移动通信系统（3 G）使用的无线电频率将是2 GHz，即2000 MHz频段，主要是大力发展综合通信业务和宽带多媒体通信，建立一个无缝立体覆盖全球通信网络，数据通信速率为2 Mbps。第三代移动通信系统（3 G）确实是有雄伟目标的，它将采用最新的无线电技术、扩大利用数字技术，发挥各种通信技术的优点，能够适应世界各国的数字蜂窝网和个人通信业务（PCS）使用。

近来，第四代移动通信系统（4 G）的研究已经开始。4 G需要达到2 Mbps到20 Mbps的数据传输速率。现在普遍倾向于采用正交频分复用（OFDM）技术、智能天线技术、发射分集技术、联合检测技术相结合的方式来实现高速数据传输的目的。可以预想，移动通信系统将朝高传输速率方向发展；移动网络在经历从电路交换到分组交换的发展以后，实现不同接入技术的互联将是移动通信发展的趋势。

1.1.2 我国移动通信发展情况

移动通信早期在我国主要应用于军事通信，把无线电台用于舰船，飞机的通信早已有之，但主要是在短波段工作的普通调幅电台。至于陆地上的移动通信，除了军队的坦克通信（从建立坦克部队起就有无线通信）以外，民用的陆上通信是专用的早于公用的，如20世纪60年代起我国列车上使用的机车调度无线电话。汽车调度电话则到20世纪70年代才随着出租汽车的发展而出现。公用的移动通信系统建立较晚，第一个大区制公用移动通信系统（150MHz频段）由邮电部第一研究所研制。于1980年在上海建立试用。我国蜂窝制移动网则到1987年冬，广州市第一个开通蜂窝移动电话业务。随后，北京、重庆及珠江三角洲、上海、海南和武汉等地陆续建起蜂窝网，均是引进国外设备安装的。其中以珠江三角洲地区的蜂窝网为最大，覆盖广州、深圳和珠海等地，采用瑞典Ericsson（爱立信）公司的CMS88移动通信系统，于1988年开通。1993年在浙江嘉兴地区引入第二代数字移动蜂窝网GSM系统，开始试运转，并从1994年下半年开始建设GSM网，1995年GSM扩展到15个省，1996

年后扩展到全国，已成为承载新增移动用户的主体网络；2002 年，中国移动从 5 月 17 日起在全国正式投入 GPRS（通用分组无线业务）系统商用。这意味着现阶段世界范围内最先进、应用最成熟的移动通信技术——GPRS 在中国实现大规模应用。

1998 年，北京电信长城 CDMA 数字移动蜂窝网商用试验网——133 网，在北京、上海、广州、西安投入试验；2002 年，中国联通"新时空" CDMA 网络正式开通。2003 年上半年中国联通 CDMA2000 1X 数字移动蜂窝网已在全国投入运营。

2009 年 1 月 7 日，中国移动获得我国具有自主知识产权的 3G 标准——TD-SCDMA 牌照，中国联通和中国电信分别获得 WCDMA 和 CDMA 2000 牌照。2009 年 4 月 16 日，中国电信率先启动 CDMA 2000 正式商用；2009 年 4 月 1 日，中国移动 TD-SCDMA 业务正式商用；2009 年 9 月 28 日，中国联通 WCDMA 业务正式商用。我国商用通信正式进入 3G 时代，市场发展潜力巨大。

1999 年 10 月底，在芬兰赫尔辛基举行的国际电联（ITU）会议上，由信息产业部电信科学技术研究院代表中国提出的 TD-SCDMA 标准提案被国际电联采纳为世界第三代移动通信（3G）无线接口技术规范建议之一。2000 年 5 月，国际电联无线（ITU-R）大会上又正式将 TD-SCDMA 列入世界 3G 无线传输标准之一。TD-SCDMA 的成功结束了中国在电信标准领域零的历史，作为中国享有独立知识产权的 3G 通信标准，TD-SCDMA 的研发工作自 1998 年标准提出以来取得了极大的进步。目前 TD-SCDMA 技术论坛的成员已突破 270 家。

我国的移动通信虽然启步较晚，但是发展很快，自 1987 年投入运营以来，用户数一直保持较高的增长率。截至 2010 年 3 月，我国 2G 手机用户已经达 7.8 亿，高居全球第一，3G 用户总数为 1808 万。从 1997 年开始，以华为、中兴、大唐、广东金鹏集团等为代表的一批国内设备制造企业研制成功一系列拥有我国自主知识产权的 GSM 和 CDMA 系统，开始陆续装备我国移动通信网。第一代和第二代移动通信为我国培育了世界第一的移动通信市场，相信在这个巨大市场和新技术的牵引下，我国移动通信产业必将在第三代移动通信的发展上实现新的突破，使我国的移动通信业真正步入良性循环。

1.2 移动通信系统的特点和分类

移动通信是指通信双方至少有一方在移动状态中进行信息传输和交换，这包括移动体（车辆、船舶、飞机或行人）和移动体之间的通信，移动体与固定点（固定无线台或有线用户）之间的通信。

1.2.1 移动通信系统的特点

1. 移动通信必须利用无线电波进行信息传输

这种传播媒质允许通信中的用户可以在一定范围内自由活动，其位置不受束缚，不过无线电波的传播特性一般要受到诸多因素的影响。

移动通信的运行环境十分复杂，电波不仅会随着传播距离的增加而发生弥散损耗，并且会受到地形、地物的遮蔽而发生"阴影效应"，而且信号经过多点反射，会从多条路径到达接收地点，这种多径信号的幅度、相位和到达时间都不一样，它们相互叠加会产生电平衰落和时延扩展。图 1.1 为电波的多径传播。

图 1.1   电波的多径传播

移动通信常常在快速移动中进行,这不仅会引起多普勒频移,产生随机调频,而且会使得电波传输特性发生快速的随机起伏,严重影响通信质量。故移动通信系统须根据移动信道的特征,进行合理的设计。多普勒频移效应如图 1.2 所示。

图 1.2   多普勒频移效应

2. 通信是在复杂的干扰环境中运行的

移动通信系统是采用多信道共用技术,在一个无线小区内,同时通信者会有成百上千,基站会有多部收发信机同时在同一地点工作,会产生许多干扰信号,还有各种工业干扰和人为干扰。归纳起来有同道干扰、互调干扰、邻道干扰、多址干扰等,以及近基站强信号会压制远基站弱信号,这种现象称为"远近效应"。在移动通信中,将采用多种抗干扰、抗衰落技术措施以减少这些干扰信号的影响。

3. 移动通信业务量的需求与日俱增

移动通信可以利用的频谱资源非常有限,但不断地扩大移动通信系统的通信容量,始终是移动通信发展中的焦点。要解决这一难题,一方面要开辟和启动新的频段,另一方面要研究发展新技术和新措施,提高频谱利用率。因此,有限频谱合理分配和严格管理是有效利用频谱资源的前提,这是国际上和各国频谱管理机构和组织的重要职责。

4. 移动通信系统的网络结构多种多样,网络管理和控制必须有效

根据通信地区的不同需要,移动通信网络结构多种多样,为此,移动通信网络必须具备很强的管理和控制能力,如用户登记和定位,通信(呼叫)链路的建立和拆除,信道分配和管理,通信计费、鉴权、安全和保密管理以及用户过境切换和漫游控制等。

5. 移动通信设备(主要是移动台)必须适于在移动环境中使用

移动通信设备要求体积小、重量轻、省电、携带方便、操作简单、可靠耐用和维护方

便，还应保证在振动、冲击、高低温环境变化等恶劣条件下能够正常工作。

1.2.2 移动通信系统的分类

移动通信系统主要有以下分类：

（1）按使用对象可分为民用设备和军用设备。

（2）按使用环境可分为陆地通信、海上通信和空中通信。

（3）按多址方式可分为频分多址（FDMA）、时分多址（TDMA）和码分多址（CDMA）等。

（4）按接入方式可分为频分双工（FDD）和时分双工（TDD）。

（5）按覆盖范围可分为宽域网和局域网。

（6）按业务类型可分为电话网、数据网和综合业务网。

（7）按工作方式可分为同频单工、异频单工、异频双工和半双工。

（8）按服务范围可分为专用网和公用网。

（9）按信号形式可分为模拟网和数字网。

随着移动通信应用范围的扩大，移动通信系统的类型也越来越多。常用移动通信系统如蜂窝移动通信系统、无线电寻呼系统、无绳电话系统、集群移动通信系统和移动卫星通信系统等。

1.3 移动通信系统的构成

移动通信系统一般由移动台（MS）、基站（BS）、移动交换中心（MSC）及与公用交换电话网（PSTN）相连的中继线等组成，如图 1.3 所示。移动通信系统中各组成部分的定义如表 1.2 所示。

MTSO—移动电话交换局；BS—基站；MS—移动台

图 1.3 移动通信系统的组成

表 1.2　移动通信系统中各组成部分的定义

术　语	定　义
移动台	是在移动服务网中，在不确定的地点并在移动使用的终端。移动台可以是便携的手持设备，或是安装在移动车辆上的设备。具有收、发信机和天馈线等设备
基站	移动无线系统中的固定站，用来和移动台进行无线通信。基站建在覆盖区域的中央或边缘，设有收、发信机和架在塔上的发射、接收天线等设备
移动交换中心	在大范围服务区域中协调通信的交换中心，在蜂窝移动通信系统中，移动交换中心将基站和移动台连到公用交换电话网上。移动交换中心也称为移动电话交换局
无线小区	每个基站发射机所覆盖范围的小块地理区域。无线小区的大小取决于基站的发射机功率和天线的高度
用户	使用移动通信服务而付费的使用者
收发信机	能同时发送和接收无线信号的设备

　　每个移动用户通过无线方式与某一个基站通信，在通信的过程中，可能被切换到其他任一个基站去。基站的作用就像桥的功能一样，将小区内的所有用户的通信通过中继线（电话线或光纤或微波线路）传输到移动交换中心。移动交换中心协调所有基站的操作，并将整个系统连到公用交换电话网（PSTN）上去，从而实现移动用户与移动用户、移动用户与固定用户之间的通信，构成一个有线、无线相结合的移动通信系统。

1.3.1　蜂窝移动通信系统

　　蜂窝网的概念 20 世纪 70 年代由美国贝尔实验室提出，第一代蜂窝移动通信系统的实施使蜂窝移动通信正式走向商用化。蜂窝移动通信网的示意图如图 1.4 所示。

图 1.4　蜂窝移动通信网的示意图

蜂窝移动通信网的概念实质上是一种系统级的概念，利用蜂窝小区结构实现了频率的空间复用。它采用许多小功率的发射机形成的小覆盖区来代替采用大功率发射机形成的大覆盖区，并将大覆盖区内较多的用户分配给不同蜂窝小区的小覆盖区以减少用户间和基站间的干扰，同时再通过区群间空间复用的概念满足用户数量不断增长的需求，从而大大提高了系统的容量，真正解决了公用移动通信系统要求容量大与有限的无线频率资源之间的矛盾。

蜂窝网不仅成功地用于第一代模拟移动通信系统，第二代、第三代也继续延用了蜂窝网的概念，并在原有基本蜂窝网基础上进一步改进和优化，例如多层次的蜂窝网结构等。

1.3.2 无绳电话系统

无绳电话是指用无线信道代替普通电话线，在限定的业务区内给无线用户提供移动或固定公共交换电话网（PSTN）业务的电话系统，也是一种无线接入系统。它由一个或若干个基站和多部手机组成，允许手机在一组信道内任选一个空闲信道进行通信。一个基站形成一个微蜂窝，多个微蜂窝构成一个服务区，区内的手机都可通过基站得到服务。无绳电话通信系统分为 20 世纪 70 年代出现的模拟无绳电话通信系统和现代数字无绳电话通信系统。从 20 世纪 80 年代后期开始，无绳电话逐步向网络化和数字化方向发展，并从室内应用扩展到室外应用，从专用系统扩展到公用系统，形成了以公共交换电话网（PSTN）为依托的多种网络结构。如图 1.5 所示。

图 1.5　无绳电话系统

无绳电话自 20 世纪 70 年代发展至今，经历了 CT0、CT1、CT2、CT3、DECT 等几个阶段。

第一代无绳电话（CT1）为模拟无绳电话，它存在着一些固有的缺陷，如频谱利用低、信道数少、服务范围小、相互干扰严重、音质差、难于保密、不易进行数据通信等。

第二代无绳电话（CT2）是第一个数字无绳电话标准。紧接着北美、日本都有了各自的数字无绳电话标准。CT2 不仅适用于家庭、办公室等室内场合，还可用于公共场合，它采用语音编码、时分双工（TDD）等数字技术，通话质量较高，保密性强，抗干扰好，价格便宜，克服了模拟无绳电话存在的一些固有的缺陷。但 CT2 无越区切换和漫游功能。

1992 年欧洲电信标准协会（ETSI）又推出了新一代数字无绳电话标准：欧洲数字无绳电话系统（DECT）。1993 年日本推出了个人便携电话系统（PHS）。美国联邦通信委员会（FCC）的联合技术委员会（JTC）也于 1994 年 9 月通过了个人接入通信系统（PACS）。这些数字无绳电话系统具有容量大、覆盖面宽、支持数据通信业务、微蜂窝越区切换和漫游以及应用灵活等特点，提高了系统频谱利用率，保证用户终端无论在待机还是在通话状态都能够选用最好的信道，已成为目前无绳电话的主流。

1999 年国际电联 ITU-R 将 DECT 数字无绳电话作为 IMT-2000 的无绳通信标准。由于 IMT-2000 标准充分体现了第三代移动通信网络对于带宽和移动性的需求，而数字无绳电话标准充分考虑到前向兼容性，协议体系能够提供不断演进的应用和服务，因而能够迅速拓展带宽，适应多媒体业务的需求。

1.3.3 集群移动通信系统

集群移动通信系统（简称集群系统）是一种共用无线频道的专用调度移动通信系统，

它采用多信道共用和动态分配信道技术。集群是指无线信道不是仅给某一用户群所专用，而是若干个用户群共同使用。集群移动通信系统所采用的基本技术是频率共用技术。它的一个最重要的目的是尽可能地提高系统的频率利用率，以便在有限的频率空间内为更多用户服务。

泛欧数字集群（TETRA）系统是由欧洲通信标准协会（ETSI）于1990年开始制定的一种多功能数字集群无线电标准，1995年正式确定，1998年4月投入商用。TETRA整套设计规范可提供集群、非集群以及具有话音、电路数据、短数据信息、分组数据业务的直接模式（移动台对移动台）的通信。TETRA系统可支持多种附加业务，其中大部分是TETRA系统独有的。TETRA系统是一种非常灵活的数字集群标准，它的主要优点是兼容性好、开放性好、频谱利用率高、保密功能强，是目前国际上制定得最周密、开放性好、技术最先进、参与生产厂商最多的数字集群标准。

1. 泛欧数字集群（TETRA）系统的系统构成

泛欧数字集群（TETRA）系统的网络构成如图1.6所示，系统采用类似蜂窝系统的分布式结构，单个系统主要包括无线交换机和控制器、基站、调度台和管理终端；多系统可通过无线交换机互连组成更大的系统；用户台主要包括车台和手机。

图1.6 泛欧数字集群系统（TETRA）的网络构成

TETRA系统采用TDMA多址接入方式和π/4-DQPSK的调制方式，调制信道比特率为36 Kbit/s，一个TDMA帧为170/3 ms，分4个时隙，每个时隙85/6 ms，可携带510个调制比特，上行时隙又可进一步分为2个子时隙，每个子时隙85/12 ms，可携带255个调制比特。

18 个 TDMA 帧构成一个复帧（周期为 1.02 s），60 个复帧构成一个超帧（周期为 61.2 s）。

2. 泛欧数字集群（TETRA）系统的主要功能

（1）常规集群通话功能。

① 单呼功能。TETRA 具有无线单个呼叫无线用户的功能。

② 组呼功能。无线用户可同时呼叫同一组内的多个用户，单网呼叫建立时间小于 300 ms。

③ 广播呼叫。网内有权无线用户可以呼叫系统中所有用户。

（2）特殊功能。TETRA 系统除具有集群的普通通话功能外，还具备以下特殊功能：组呼确认功能、区域选择功能、接入优先功能、迟入网功能、监听功能、动态重组呼叫功能、显示主叫号码和信道功能、转告第三者功能、用户识别功能、组呼控制功能、计费提示功能、查询呼叫功能和呼叫转移功能。

（3）数据传输功能。TETRA 系统最高可传输 28.8 Kbit/s 的数据，可以电路交换、X.25 分组交换、IP 分组交换方式传输数据。

（4）移动台的直通功能。

① 普通直通功能。移动台能在脱离系统时相互间直接对通。

② 双监视直通功能。当移动台在系统覆盖范围内时，既可以和移动台直通，同时也可以监视系统发来的信息。

③ 网关直通功能。移动台既可以作为转信台对两个脱网移动台起到中继作用，同时可以将脱网的移动台转信入网，起到直通网关的作用。

3. TETRA 系统的主要技术指标及接口

（1）主要技术指标。见表 1.3 所示。

表 1.3　TETRA 系统的主要技术指标

项　目	指　标
工作频率	400 MHz，800 MHz
收发间隔	10 MHz（400 MHz）；45 MHz（800 MHz）
载频间隔	25 kHz
通信方式	TDMA 方式，每个载频可载 4 个时隙（信道）
语音编码	4.567 Kbit/s ACELP 编解码
调制方式	$\pi/4$-DQPSK
信道速率	36 Kbit/s
数据速率	2.4 ~ 28.8 Kbit/s

（2）TETRA 系统接口。TETRA 系统可提供对下列系统的接口：

① 公共交换电话网（PSTN）。

② 综合业务数据网（ISDN）。

③ 公众数据网（PDN）。

④ 专用移动通信网（PIN）。

⑤ 互联网/局域网/区域网（Internet/LAN/WAN）。

在 TETRA 系统应用方面，英国 Tetralink 电信公司 1998 年已为超过 87% 的英国公民提供了全业务的 TETRA 服务；另外，芬兰、挪威、荷兰、新西兰、澳大利亚和亚洲部分国家也开展了 TETRA 业务服务。2006 年 TETRA 的市场分布如下：公共安全与保密占 25%，运输占 20%，工业占 15%，公共事业占 12%，紧急业务占 12%，非紧急管理占 11%，其他占 5%。

目前已生产 TETRA 系统产品的主要生产厂商有：美国 MOTOROLA（摩托罗拉）公司的 Dimetra 系统、英国 MARCONI（马可尼）公司的 ELETTRA 系统；此外，意大利的 OTE 公司、芬兰 NORKIA（诺基亚）公司、法国 Alcatel（阿尔卡特）公司、新西兰的 TAIT 公司、英国 SIMOCO 公司都有相应的 TETRA 数字集群系统产品。

1.3.4　移动卫星通信系统

移动卫星通信系统是利用通信卫星作为中继站，为移动用户之间或移动用户与固定用户之间提供电信业务的系统。系统一般由通信卫星、关口站、控制中心、基站以及移动终端组成，如图 1.7 所示。与蜂窝移动通信系统相比，移动卫星通信系统增加了卫星中继站，通过中继站延长了通信距离，扩大了用户活动范围。因此，从某种意义上来说，移动卫星通信系统是蜂窝移动通信系统的延伸和扩大。

图 1.7　移动卫星通信系统

控制中心是管理接入到卫星信道移动终端的通信过程以及根据卫星工作状态，控制移动终端呼叫接入的设备，是系统的控制管理中心。

关口站是该系统同公共交换电话网（PSTN）间的接口，它负责移动终端同 PSTN 用户通信的相互连接。

基站是在移动无线业务中，为小型网络的各个用户提供一个中心控制点。

移动卫星通信系统可以根据应用领域、卫星轨道高度、提供的主要业务、卫星覆盖面等因素进行划分。通常采用按卫星轨道高度的不同划分，可分为高、中、低轨卫星移动通信系统。

目前在世界上已经投入运营和服务的卫星移动通信系统有国际海事卫星通信系统（IN-MARSAT）、美国的 MSAT 系统、日本的 N-STAR 系统以及澳大利亚的 Auputus 系统。这些系统不能支持手持机终端的通信。

除了上述利用高轨卫星提供移动通信业务的系统外，比较著名的低轨道卫星移动通信系统有"铱（Iridium）系统"、"全球星（Globalstar）系统"；中轨道的卫星移动通信系统"ICO 系统"是由国际海事卫星组织发起研制建设。这三个系统均可支持手持机终端的通信，提供全球数字移动卫星通信业务。

1. 铱（Iridium）系统

铱系统是美国 Motorola（摩托罗拉）公司于 1987 年提出的低轨全球个人卫星移动通信系统。该系统的空间部分由围绕 6 个极地圆轨道运行的 66 颗卫星组成以覆盖全球，极地圆轨道高度约 780 km，每个轨道平面分布 11 颗在轨运行卫星及 1 颗备用卫星。铱（Iridium）系统主要由 66 颗卫星及其地面控制设施，12 个关口站以及用户终端（话音、数据、传真）组成。每颗星可提供 48 个点波束，每个波束平均包含 80 个信道，每颗星可提供 48 × 80 = 3840 个全双工电路信道。每颗星把星际交叉链路作为联网的手段。系统具有空间交换和路由选择的功能。星际链路使用 K_a 频段，频率为 22.55 ~ 23.55 GHz，每条星际链路可提供 600 路全双工话路，总容量为 3000 条全双工话路。同轨道面内前后卫星链路的长度是固定的 4024 km，不同轨道平面间卫星链路的长度在 2000 ~ 4000 km 之间变化。卫星与地球站之间的链路也采用 Ka 频段。每颗卫星可与多个关口站同时通信。系统采用"倒置"的蜂窝区结构，每颗星投射的多波束在地球表面上形成 48 个蜂窝区，每个蜂窝区的直径约为 667 km，它们相互结合，总覆盖直径约 4000 km，全球共有 2150 个蜂窝。卫星与用户终端的链路采用 L 频段，频率为 1610 ~ 1626.5 MHz，发射和接收以时分多址（TDMA）方式分别在小区之间进行。关口站是铱系统的一个重要组成部分，是提供铱系统业务和支持铱系统网络的地面设施。

铱系统的主要技术特点是系统性能极为先进。铱卫星采用先进的星上处理和星上交换技术，具有独特的星际链路功能。星际链路利用类似 ATM 的分组交换技术通过卫星节点进行最佳路由选址，因其卫星网络建立了独立的星际信令和话音链路，从而形成覆盖全球的卫星通信网络。理论上，铱系统只需一个关口站负责接续，即可在全球范围内实现铱用户间以及铱用户与地面固定网和地面移动网用户间的呼叫建立及通信。同地面 GSM 网相比，铱系统可形象地称为"空中 GSM 网"。铱系统设计的漫游方案除了解决卫星网与地面蜂窝网的漫游外，还解决地面蜂窝网间的跨协议漫游，这是铱系统有别于其它卫星移动通信系统的又一个特点。铱系统的用户终端包括双模手机（铱/GSM）、单模手机和寻呼机。铱系统除了提供电话业务外，还提供传真、数据和全球寻呼等业务。

铱系统的所有卫星已部署完毕，系统于 1998 年投入运营，但由于系统运营成本高等原因于 2003 年 3 月关闭。

2. 全球星（Globalstar）系统

全球星系统是由美国 Loral（劳拉）公司和美国 Qualcomm（高通）公司两家主要公司与世界上十几家电信服务公司（包括中国电信）及设备制造商倡导发展的系统。该系统由 48 颗绕地球运行的低轨道卫星在全球范围（不包括南北极）向用户提供卫星移动通信业务，包括话音、传真、数据和定位业务等。全球星卫星分布在 8 个倾角为 52° 的圆形轨道平面上，每个平面有 6 颗卫星，另有 1 颗备用星。轨道高度约为 1414 km。整个系统的覆盖区为南北纬 70° 以内的地区。全球星系统需在全球设置数十个关口站。

全球星系统组成主要由三部分组成：空间段、地面段、用户段。全球星系统馈线链路使用 C 频段，关口站到卫星上行链路使用 5091 ~ 5250 MHz，卫星到关口站下行链路使用 6875 ~ 7055 MHz。

全球星系统用户链路使用 L、S 频段，用户终端到卫星上行链路使用 1610 ~ 1626.5 MHz，卫星到用户终端下行链路使用 2483.5 ~ 2500 MHz。卫星 L 频段和 S 频段天线均由 16 个波束组成。L 频段和 S 频段的频道间隔为 1.23 MHz。

空间段由 48 颗卫星加 8 颗备份星组成，这些卫星分布在 8 个倾角为 52°的圆形轨道平面上，每个轨道平面 6 颗卫星，另有 1 颗备用星。轨道高度约为 1414 km，传输时延和处理时延小于 300 ms，用户感觉不到时延。整个系统的覆盖区为南北纬 70°以内的地区。各个服务区总是被 2 ~ 4 颗卫星覆盖，用户可随时接入该系统。每颗卫星能够与用户保持 17 分钟的连通，然后通过软切换转到另一颗卫星，用户感觉不到切换。每颗卫星输出功率约为 1000 W，有 16 个点波束，2800 个双工话音信道或数据信道，总共有 268800 个信道。话音传输速率有 2.4/4.8/9.6 Kbps 三种，数据传输速率为 7.2 Kbps（持续流量）。卫星采用码分多址（CDMA）方式，码元带宽为 1.23 MHz。卫星定位精度最高可达 300 m。卫星制造商为美国 Loral（劳拉）公司。

全球星系统的主要技术特点是没有采用星上交换和空间链路技术，从而简化网络结构并保障各国通信主权。全球星卫星采用透明弯管卫星转发器，与卫星系统有关的操作管理相对简单。在不同卫星的覆盖区间，用户通信必须经过地面网络接续。由于没有星际链路，所有呼叫需经关口站进行转接，系统对网络的控制通过许多连接本地电话网和长途电话网的关口站实现，由业务提供者操作管理。关口站通过卫星覆盖地面网络无法到达的地区，相当于增加了地面蜂窝移动通信系统的覆盖区。

全球星系统关口站配置有不同制式的交换设备，可与地面不同制式的蜂窝移动通信系统互连，以实现全球星卫星网与地面蜂窝移动通信网间的漫游。全球星系统用户终端包括双模手机（全球星/ GSM）、三模手机（全球星/ AMPS/ CDMA）、单模手机、车载机和固定终端。全球星系统话音传输速率有 2.4/4.8/9.6 Kbit/s 三种，数据传输速率为 7.2 Kbit/s（持续流量）。全球星系统的另一个特点是具有定位功能，精度最高可达 300 m。

全球星系统采用低轨卫星通信技术和 CDMA 技术，因而具有一系列 CDMA 技术所带来的好处，如容量大、抗多径衰落、频谱利用率高、软切换、良好的话音质量以及增加通话的保密性和安全性，且用户感觉不到时延等特点。连贯的多重覆盖和路径分集接收使全球星系统在有可能产生信号遮挡的地区提供不间断服务。

3. 移动卫星通信系统的主要特点

"铱（Iridium）系统"、"全球星系统（Globalstar）"和 ICO 系统三个移动卫星通信系统的共有特点是用户可使用双模式手持机。双模手机既可工作在蜂窝通信模式（即目前手持机的工作模式），也可工作在卫星通信模式。在蜂窝网能覆盖到的地方，双模手机可用作普通的蜂窝手机；在蜂窝网覆盖不到的地方，双模手机可用卫星通信模式进行通信。双模手机既可自动选择卫星或地面操作模式，也可由用户根据现有的卫星和地面系统情况及用户的意愿进行选择。利用双模式手持机，即可实现全球范围内任何个人、在任何时间、任何地点与任何人、以任何方式的通信，即所谓的全球个人通信。

只有利用卫星通信覆盖全球的特点，通过卫星通信系统与地面通信系统（光纤、无线等）的结合，才能实现名符其实的全球个人通信。图 1.8 为卫星与地面个人通信相互补充的情况。

图 1.8　卫星与地面个人系统的相互补充

　　移动卫星通信系统的主要特点是不受地理环境、气候条件和时间的限制，在卫星覆盖区域内无通信盲区。移动卫星通信可提供移动用户间、移动用户与陆地用户间的语音、数据、寻呼和定位等业务，适用于多种通信终端。利用移动卫星通信业务可以建立范围广大的服务区，成为覆盖地域、空域、海域的超越国境的全球系统。目前移动卫星通信系统在各个领域有着广泛的应用，如大型远洋船舶的通信、导航和海难救助，陆地移动通信和航空移动通信。

1.4　移动通信的类型

1.4.1　工作方式

　　按照通话的状态和频率使用的方法可分为三种工作方式，单工制、半双工制和双工制。

1. 单工通信

　　单工通信是指通信双方电台交替地进行收信和发信。根据收、发频率的异同，又可分为同频单工和异频单工。单工通信常用于点到点通信，如图 1.9 所示。

图 1.9　单工通信

　　（1）同频单工是指通信的双方，使用相同工作频率（f_1）；通常双方的接收机均处于守听状态。如果某方需要发话，可按下发话开关，关掉自己的接收机，使发射机工作，这时由于另一方接收机处于守听状态，即可实现通话。在该方式中，同一部电台的收发信机是交替工作的。故收发信机可使用同一副天线，而不需要使用天线共用器。

（2）双频单工是指收发信机使用两个不同的频率分别进行发送和接收。例如甲方用频率 f_1 发射，乙方也用频率 f_1 接收；而乙方用频率 f_2 发射，甲方也用频率 f_2 接收，即可实现通话。

2. 双工通信

双工通信，是指通信双方可同时进行传输消息的工作方式，有时亦称全双工通信，如图 1.10 所示。

图 1.10　双工通信

通信的双方，收发信机均同时工作，即任一方在发话的同时，也能收听到对方的语音，无须采用"按-讲"方式，与普通市内电话的使用情况类似，操作方便。但是采用这种方式，在使用过程中，不管是否发话，发射机总是工作的，故电能消耗大。这对以电池为能源的移动台是很不利的。为缓解这个问题，在某些系统中，移动台的发射机仅在发话时才工作，而移动台接收机总在工作，通常称这种系统为准双工系统，它可以和双工系统相兼容。目前，这种工作方式在移动通信系统中获得了广泛的应用。

3. 半双工通信

半双工通信的组成与双工通信相似，如图 1.11 所示。

图 1.11　半双工通信

移动台采用单工的"按—讲"方式，即按下按讲开关，发射机才工作，而接收机总是工作的。基站工作情况与双工方式完全相同。其优点是：设备简单、功耗小、克服了单工通话断断续续的现象。但操作仍不太方便。所以半双工制主要用于专业移动通信系统中，如汽车调度等。

1.4.2　模拟网和数字网

人们把模拟通信系统（包括模拟蜂窝网、模拟无绳电话与模拟集群调度系统等）称做第一代通信产品，而把数字通信系统（包括数字蜂窝网、数字无绳电话、移动数据系统以及移动卫星通信系统等）称做第二代通信产品。

数字通信系统的主要优点可归纳如下：

（1）频谱利用率高，有利于提高系统容量。

（2）能提供多种业务服务，提高通信系统的通用性。

（3）抗噪声、抗干扰和抗多径衰落的能力强。

（4）能实现更有效、灵活的网络管理和控制。

（5）便于实现通信的安全保密。

（6）可降低设备成本和减小用户手机的体积、重量。

1.4.3　语音通信和数据通信

移动通信的传统业务是语音通信，而随着计算机和通信技术的迅速发展，人们对数据传输的需求不断增加，把语音、图像和数据传输融为一体的移动通信系统，既是技术发展的动力，也是市场需求的驱动，是今后移动通信发展的方向。多少年来，移动通信基本上是围绕着语音通信和数据通信两种网络发展的。图1.12是移动通信网络的分类示意图。

图 1.12　移动通信网络的分类

1.5　移动通信的基本技术

1.5.1　调制技术

调制技术在通信系统中占有十分重要的地位。只有经过调制才能将基带信号转换成适合于信道传输的已调信号，而且它对系统的传输有效性和可靠性都有很大的影响。

第一代蜂窝移动通信系统采用模拟调频（FM）传输模拟语音，其信令系统采用2FSK数字调制。第二代数字蜂窝移动通信系统传送的语音都是经过语音编码和信道编码后的数字信号。GSM 系统采用 GMSK 调制；IS-54 系统和 PDC 系统采用 π/4-DQPSK 调制；IS-95 CD-MA 系统的下行信道采用 QPSK 调制，其上行信道采用 OQPSK 调制。第三代蜂窝移动通信系统采用 MQAM、QPSK 或 8PSK 调制。

数字调制与模拟调制本质上并无什么不同，它们同属正弦载波调制。但是数字调制的调制信号为数字型正弦调制，模拟调制的调制信号为连续性正弦调制。模拟信号传输的质量标准是信噪比（S/N），数字信号传输的质量标准是误码率（BER）。

数字调制技术是第二代、第三代和未来移动通信关键技术之一。在移动通信中对调制方式的选择主要有三条：首先是可靠性，即抗干扰性能，选择具有低误比特率的调制方式，其功率谱密度集中于主瓣内；其次是有效性，它主要体现在选取频谱有效的调制方式上，特别是多进制调制；第三是工程上易于实现，它主要体现在恒包络与峰平比的性能上。

数字信号调制的基本类型分振幅键控（ASK）、频移键控（FSK）和相移键控（PSK）。还有许多由基本调制类型改进或综合而获得的新型调制技术。

在实际应用中，有两类用得最多的数字调制方式：

1. 线性调制技术

主要包括 PSK、QPSK、DQPSK、OK-QPSK、π/4-DQPSK 和多电平 PSK 等调制方式。在线性数字调制技术中，传输信号的幅度 $S(t)$ 随调制数字信号 $m(t)$ 的变化而呈线性变化。其主要特点是带宽效率较高，非常适用于在有窄频带要求下，需要容纳越来越多用户的无线通信系统，但传输中必须使用功率效率低的 RF 放大器。

2. 恒定包络（连续相位）调制技术

主要包括 MSK、GMSK、GFSK 和 TFM 等调制方式。其主要特点是这种已调信号具有包络幅度不变的特性，其发射功率放大器可以在非线性状态而不引起严重的频谱扩散。

1986 年以前由于线性高功放未取得突破性的进展，移动通信中调制技术青睐于恒包络调制的 MSK 和 GMSK，比如 GSM 系统采用的就是 GMSK 调制，但是它实现较复杂，且频谱效率较低。1986 年以后，由于实用化的线性高功放已取得了突破性的进展，人们又重新对简单易行的 BPSK 和 QPSK 予以重视，并在它们的基础上改善峰平比、提高频谱利用率，例如 OQPSK、CQPSK 和 HPSK。因此，恒包络调制和线性调制技术是移动通信中最常用的两种调制方式。而在 CDMA 系统中，由于有专门的导频信道或者导频符号传送，因此 CDMA 体制中不采用相对移相的 DPSK 和 DQPSK 等。

由于带宽资源受限，目前所有调制技术的主要设计思路就是最小化传输带宽。相反，基于扩频技术的 CDMA 系统使用的传输带宽比要求的最小信号带宽大几个数量级。事实证明在多址干扰（MAI）环境，基于扩频技术的 CDMA 系统能获得很高的频谱利用率，因此，基于扩频技术的 CDMA 在未来的移动通信系统中成为最具有竞争力的多址方式。

1.5.2 移动信道电波传播特性

移动信道属于无线信道，它既不同于传统的固定式有线信道，也与一般具有可移动功能的无线接入的无线信道有所区别。它是移动的动态信道，是一种很不良好的信道。视距、衰落、多径和随机变化是移动信道的基本特征，其主要有以下三个特点：

（1）传播的开放性。
（2）接收地点地理环境的复杂性与多样性。
（3）通信用户的随机移动性。

在移动信道中，发送到接收机的信号会受到传播环境中地形、地物的影响而产生绕射、反射或散射，因而形成多径传播。多径传播会使接收端的合成信号在幅度、相位和到达时间上发生随机变化，严重地降低接收信号的传输质量，这就是所谓的多径衰落。自由空间传播所引起的扩散损耗与阴影效应所引起的慢衰落，也影响所需信号的传输质量。

研究移动信道的传播特性，首先要弄清移动信道的传播规律和各种物理现象的机理以及这些现象对信号传输所产生的不良影响，进而研究消除各种不良影响的对策。为了给通信系统的规划和设计提供依据，人们通常通过理论分析或根据实测数据进行统计分析（或二者结合），来总结和建立有普遍性的数学模型，利用这些模型，可以估算一些传播环境中的传播损耗和其他有关的传播参数。

由于移动信道是一个非常复杂的动态信道，取决于用户所在地点环境条件的客观存在的信道，其信道参数是时变的。利用这类复杂的移动信道进行通信，首先必须分析和掌握信道的基本特点和实质，然后才能针对存在的问题——对症下药，给出相应技术解决方案。任何一种通信系统都是围绕着如何完成通信的三项基本指标——有效性、可靠性和安全性进行不断的优化。

移动通信中的各类新技术，都是针对移动信道的动态时变特性，为解决移动通信中的有效性、可靠性和安全性的基本指标而设计的。因此，分析移动信道的特点是解决移动通信关键技术的前提，是产生移动通信中各类新技术的源泉。

1.5.3 多址方式

移动通信与固定式有线通信的最大差异在于固定通信是静态的，而移动通信是动态的。为了满足多个移动用户同时进行通信，必须解决两个问题：首先是动态寻址，其次是对多个地址的动态划分与识别。这就是所谓多址技术，多址方式的基本类型有频分多址（FDMA）、时分多址（TDMA）和码分多址（CDMA）。实际中也常用到三种基本多址方式的混合多址方式，例如，频分多址/时分多址（FDMA/TDMA）、频分多址/码分多址（FDMA/CDMA）、时分多址/码分多址（TDMA/CDMA）等等。此外，随着数据业务的需求日益增长，另一类称为随机多址方式的如 ALOHA 和载波检测多址（CSMA）等也日益得到广泛应用，其中也包括固定多址和随机多址的综合应用。

多址划分从原理上看与固定通信中的信号多路复用是一样的，实质上都属于信号的正交划分与设计技术。不同点是多路复用的目的是区别多个通路，通常是在基带和中频上实现；而多址划分是区分不同的用户地址，通常需要利用射频频段辐射的电磁波来寻找动态的用户地址，同时为了实现多址信号之间互不干扰，信号之间必须满足正交特性。

目前，在多址技术中重点研究的是利用扩频技术来实现码分多址（CDMA）。

1.5.4 抗干扰技术

抗干扰技术一直是无线通信领域研究的重点课题。在移动信道中，除存在大量的环境噪声和干扰外，还存在大量电台产生的干扰，如邻道干扰、共道干扰和互调干扰等。网络设计者在设计移动通信网络时，需要预计到网络运行环境中会出现的各种干扰（包括网络外部产生的干扰和网络自身产生的干扰）强度，采取有效措施，保证网络在运行时，干扰电平和有用信号相比不超过预定的门限值（通常用信噪比（S/N）或载干比（C/I）来度量），或者保证传输差错率不超过预定的数量级。

移动通信系统中采用的抗干扰措施是多种多样的，主要有：

（1）利用信道编码进行检错和纠错（包括前向纠错（FEC）和自动请求重传（ARQ））

是降低通信传输的差错率，保证通信质量和可靠性的有效手段。

（2）为克服由多径干扰所引起的多径衰落，广泛采用分集技术（包括空间分集、频率分集、时间分集以及 RAKE 接收技术等）、自适应均衡技术和选用具有抗码间干扰和时延扩展能力的调制技术（如多电平调制、多载波调制等）。

（3）为提高通信系统的综合抗干扰能力而采用扩频和跳频技术。

（4）为减少蜂窝网络中的共道干扰而采用扇区天线、多波束天线和自适应天线阵列等。

（5）在 CDMA 通信系统中，为了减少多址干扰而使用干扰抵消和多用户信号检测器技术。

1.5.5　组网技术

移动通信要实现移动用户在更大范围内有序的通信，必须解决组网的问题。组网技术大致可分为网络结构、网络接口和网络的控制与管理三个方面。

1. 网络结构

移动通信系统为了满足运行环境、业务类型、用户数量和覆盖范围等要求，必须确定通信网络的基本组成部分和部署，才能构成实用的网络结构。

2. 网络接口

由于移动通信网络由若干个基本部分（或称为功能实体）组成，因此在用功能实体进行网络部署时，为了相互之间交换信息，有关功能实体之间都要用接口进行连接，同一通信网络的接口，必须符合统一的接口规范。网络接口规范标准通常是由全球或地区范围内许多研究部门、生产部门、运营部门和使用部门中许多专家集体创作制定，具有广泛性、统一性和可实现性，这对设备生产厂商大规模生产与不断进行设备的升级提供了技术规范，也为运营商的组网提供了方便。

3. 网络的控制与管理

无论何时，当某一移动用户在接入信道上向另一移动用户或有线用户发起呼叫，或者某一有线用户呼叫移动用户时，移动通信网络就要按照预定的程序开始运转，这一过程会涉及到网络的各个功能部件，包括基站、移动台、移动交换中心、各种数据库以及网络的各个接口等；网络要为用户呼叫配置所需的控制信道和业务信道，指定和控制发射机的功率，进行设备和用户的识别和鉴权，完成无线链路和地面线路的连接和交换，最终在主呼用户和被呼用户之间建立起通信链路，提供通信服务。这一过程称为呼叫接续过程，是移动通信系统的连接控制（或管理）功能。

当移动用户从一个位置区漫游到另一个位置区时，网络中的有关位置寄存器要随之对移动台的位置信息进行登记、修改或删除。如果移动台在通信过程中越区，网络要在不影响用户通信的情况下，控制该移动台进行越区切换，其中包括判定新的服务基台、指配新的频率或信道以及更换原有地面线路等程序。这种功能是移动通信系统的移动管理功能。

在移动通信网络中，重要的管理功能还有无线资源管理。无线资源管理的目标是在保证通信质量的条件下，尽可能提高通信系统的频谱利用率和通信容量。为了适应传播环境、网络结构和通信路由的变化，有效的办法是采用动态信道分配（DCA）法，即根据当前用户周围的业务分布和干扰状态，选择最佳的（无冲突或干扰最小）信道，分配给通信用户使用。显然，这一过程既要在用户的常规呼叫时完成，也要在用户过区切换的通信过程中迅速完成。

上述控制和管理功能均由网络系统的整体操作实现，每一过程均涉及到各个功能实体的相互支持和协调配合，网络系统必须为这些功能实体规定明确的操作程序、控制规程和信令格式。

1.6 移动通信的标准化

随着移动通信新技术的不断涌现，一代又一代的新系统开发，各种通信技术形形色色，日新月异。为了使通信系统的技术水平能综合体现整个通信技术领域已经发展的高度，移动通信的标准化就显得十分重要。通信的本质就是人类社会按照公认的协定传递信息。如果不按照公认的协定随意传递发信者的信息，收信者就可能收不到这个信息；或者虽收到，但不能理解，也就达不到传递信息的目的；没有技术体制的标准化就不能把多种设备组成互连的移动通信网络，没有设备规范和测试方法的标准化，也无法进行大规模生产。移动通信系统公认的协定，就是通信标准化的内容之一。随着通信技术的高度发展，人类社会的活动范围也日益扩大，国际上对移动通信标准化工作历来非常重视，标准的制定也超越了国界，具有广泛的国际性和统一性。

1.6.1 国际无线电标准化组织

国际无线电标准化工作主要由国际电信联盟（ITU）负责，它是设于日内瓦的联合国组织，下设四个永久性机构：综合秘书处、国际频率登记局（IFRB）、国际无线电咨询委员会（CCIR）以及国际电话电报咨询委员会（CCITT）。

国际频率登记局（IFRB）的职责有两项：一是管理带国际性的频率分配；二是组织世界管理无线电会议（WARCs）。WARCs 是为了修正无线电规程和审查频率注册工作而举行的。曾做出涉及无线通信发展的有关决定。

国际电话电报咨询委员会（CCITT）可提供开发设备建议，如在有线电信网络中工作的数据调制解调器（MODEM），还通过其不同的研究小组开发了许多与移动通信有关的建议，如编号规划、位置登记程序和信令协议等。

国际无线电咨询委员会（CCIR）为 ITU 提供无线电标准的建议，研究的内容着重于无线电频谱利用技术和网间兼容的性能标准和系统特性。

1993 年 3 月 1 日，国际电信联盟（ITU）进行了一次组织调整。调整后的 ITU 分为三个组：无线通信组（以前的 CCIR 和 IFRB）、电信标准化组（以前的 CCITT）、电信开发组（BDT）。

经过调整后，ITU 的标准化工作实际上都落到 ITU 电信标准化组的管理下，现在常常把这个组称为 ITU-T，而把无线通信组称为 ITU-R。

1.6.2 欧洲共同体（EC）的通信标准化组织

欧洲邮电管理协会（CEPT）曾经是欧洲通信设施的主要标准化组织。其任务是协调欧洲的电信管理和支持 CCITT、CCIR 的标准化活动。近年来，CEPT 在这方面的工作已越来越多地被欧洲共同体（EC）管理下的其他标准化组织所取代。

隶属于欧洲共同体的标准化组织主要是欧洲电信标准协会（ETSI）。它成立于 1988 年，已经取得许多以往由 CEPT 领导的标准化职责，下设的服务与设备、无线电接口、网络形式和数据等分会。GSM、无绳电话（Cordless Phone）和欧洲无线局域网（HIPERLAN）等许多标准都是由 ETSI 所制定的。

1.6.3　北美地区的通信标准化组织

在美国，负责移动通信标准化的组织是电子工业协会（EIA）和电信工业协会（TIA）（后者是前者的一个分支）。此外，还有一个蜂窝电信工业协会（CTIA）。1988 年年末，TIA 应 CTIA 的请求组建了数字蜂窝标准的委员会 TR45，来自美国、加拿大、欧洲和日本的制造商参加了这个组织。TR45 下属的各个分会主要是对用户需求、通信技术等方面的建议进行评估。1992 年 1 月 EIA 和 TIA 发布了数字蜂窝通信系统的标准 IS-54（TDMA）暂时标准，它定义了用于蜂窝移动终端和基站之间的空中接口标准（EIA92）。

基于码分多址（CDMA）的数字蜂窝移动通信系统已被美国 Qualcomm（高通）公司开发出来，并于 1993 年 7 月被电信工业协会（TIA）标准化成为 IS-95（CDMA）标准。

1.6.4　太平洋地区的通信标准化

太平洋数字蜂窝移动通信系统（PDC）标准发布于 1993 年，也称为日本数字蜂窝移动通信系统（JDC）。PDC 有些类似于 IS-54 标准。

国际上有关移动通信系统的标准和建议，通常是全球或地区范围内许多研究部门、生产部门、运营部门和使用部门中许多专家集体创作制定，它标志着移动通信的发展方向，也体现着移动通信市场需求和综合技术水平，具有巨大的技术和商业价值，为世界各国制定移动通信发展规划和标准提供了重要的依据。

本 章 小 结

本章首先介绍了移动通信系统发展的历程，随后对移动通信系统特点和分类、基本组成、基本概念、工作方式以及基本技术进行了概述，最后对移动通信系统所涉及的标准化组织进行了介绍。本章目的是让学生对移动通信有所认识和了解，掌握移动通信的概念、组成结构及特点，了解移动通信系统发展趋势和其标准化组织所制定的标准。

习　题　1

1.1　GSM、PCS 和 PDC 移动通信系统的多址接入方式为＿＿＿＿＿＿，而 IS-95 系统的多址接入方式为＿＿＿＿。

1.2　移动通信系统一般由＿＿＿＿、＿＿＿＿、＿＿＿＿及以＿＿＿＿相连的中继线组成。

1.3　ETSI 是＿＿＿＿标准化组织，而 EIA 和 TIA 是＿＿＿＿负责移动通信标准化的组织。

1.4　通信双方可同时进行传输消息的工作方式，有时亦称＿＿＿＿。

A. 半双工通信　　　　　B. 全双工通信　　　　　C. 单工通信

1.5　什么是移动通信系统？移动通信有哪些特点？

1.6 数字移动通信系统有哪些优点?

1.7 集群通信系统的主要用途是什么?有何特点?

1.8 泛欧数字集群(TETRA)系统的主要特点是什么?系统由哪几部分组成?

1.9 移动卫星通信系统的典型系统有哪些?

1.10 全球星系统与铱(Iridium)系统在组网方式主要有哪些不同?

1.11 移动通信标准化的作用是什么?

1.12 试述移动通信的发展过程与发展趋势。

第2章 数字移动通信系统的相关技术

内容提要

本章是移动通信的基础部分，将阐述移动通信系统所涉及的基础知识和主要技术；包括数字调制解调技术——线性调制和恒包络调制、多址技术、语音和信道编码技术以及扩频技术的基本概念、结构特点、实现方式以及应用领域。

数字移动通信涉及许多技术问题，本章将讨论应用于移动通信系统中的调制解调技术、多址技术、语音和信道编解码技术及扩频技术。

2.1 调制解调技术

调制在通信系统中占有十分重要的地位。只有经过调制才能将基带信号转换成适合于信道传输的已调信号，而且它对系统的传输有效性和可靠性都有很大的影响。

按照调制器输入信号（即调制信号）的形式，调制信号可分为模拟调制和数字调制。数字调制与模拟调制本质上并无什么不同，它们同属正弦载波调制。但是数字调制的调制信号为数字型正弦调制，模拟调制的调制信号为连续性正弦调制。模拟信号传输的质量标准是信噪比（S/N），数字信号传输的质量标准是误码率（BER）。由于数字调制具有许多优点，已成为目前和未来应用和研究的调制技术。

2.1.1 概述

移动通信信道具有以下基本特征：

（1）带宽有限，它取决于可使用的频率资源和信道的传播特性。

（2）干扰和噪声影响大，这主要是移动通信工作的电磁环境所决定的。

（3）存在着多径衰落。针对移动通信信道的特点，已调信号应具有高的频谱利用率和较强的抗干扰、抗衰落的能力。

调制的目的是把要传输的模拟信号或数字信号变换成适合信道传输的信号，这就意味着把基带信号（信源）转变为一个相对基带频率而言频率非常高的带通信号。该信号称为已调信号，而基带信号称为调制信号。调制可以通过使高频载波随信号幅度的变化而改变载波的幅度、相位或者频率来实现。调制过程用于通信系统的发端。在接收端需将已调信号还原成要传输的原始信号，也就是将基带信号从载波中提取出来以便预定的接收者（信宿）处理和理解的过程。该过程称为解调。

按照调制器输入信号（该信号称为调制信号）的形式，调制可分为模拟调制（或连续调制）和数字调制。模拟调制是利用输入的模拟信号直接调制（或改变）载波（正弦波）的振幅、频率或相位，从而得到调幅（AM）、调频（FM）或调相（PM）信号。数字调制是利用数字信号来控制载波的振幅、频率或相位。常用的数字调制有：频移键控（FSK）和相移键控（PSK）等。现代移动通信系统都使用数字调制解调技术。由于超大规模集成电路（VLSI）和数字信号处理（DSP）技术的发展，使数字调制解调技术比模拟的传输系统更有效。因此数字调制比模拟调制具有许多优点，其中包括更好的抗干扰性能，更强的抗信道损耗，更容易复用各种不同形式的信息（如声音、数据和图像等）和更好的安全性等。除此之外，数字传输系统适应于可以检查和（或）纠错的数字差错控制编码，并支持复杂的信号条件和处理技术，如信源编码、加密技术等。数字信号处理器（DSP）使得数字调制解调器可以完全用软件来实现。不同于以前硬件永久固定、面向特定数字调制解调器的实现方法，而嵌入式软件实现方法可以在不重新设计或替换数字调制解调器的情况下改变和提高其性能。

在数字移动通信系统中，调制信号可表示为符号或脉冲的时间序列，其中每个符号可以有 m 种有限状态。每个符号代表 n 比特的信息，$n = \ln m$ 比特/符号。许多数字调制解调技术方案都应用于数字移动通信系统，未来还会有更多新的方案加入进来。

2.1.2 数字调制的性能指标

在移动通信中对调制方式的选择主要有三条：首先是可靠性，即抗干扰性能，选择具有低误比特率的调制方式，其功率谱密度集中于主瓣内；其次是有效性，它主要体现在选取频谱有效的调制方式上，特别是多进制调制；第三是工程上易于实现，它主要体现在恒包络与峰平比的性能上。

数字调制的性能指标通常通过功率有效性 η_p（Power Efficiency）和带宽有效性 η_B（Spectral Efficiency）来反映。

1. 功率有效性 η_p

它是反映调制技术在低功率电平情况下保证系统误码性能的能力，可表述成每比特的信号能量与噪声功率谱密度之比：

$$\eta_p = \frac{E_b}{N_0} \tag{2.1}$$

式中，E_b 为每比特的信号能量；

N_0 为噪声功率谱密度。

2. 带宽有效性 η_B

它是反映调制技术在一定的频带内数字有效性的能力，可表述成在给定带宽条件下每赫兹的数据通过率：

$$\eta_B = \frac{R}{B} = ((\text{bit/s})/\text{Hz}) \tag{2.2}$$

式中，R 为数据速率（bit/s）；

B 为调制射频 RF 信号占用带宽。

具体来说，数字调制技术应满足如下特性要求：

（1）为了在衰落条件下获得所要求的误码率（BER），需要好的载噪比（C/N）和载干比（C/I）性能。

（2）所用的调制技术必须在规定频带约束内提供高的传输速率，以（bit/s）/Hz 为单位。

（3）应使用高效率的功率放大器，而带外辐射又必须降低到所需要求（ $-60\,dB$ ~ $-70\,dB$ ）。

（4）恒定包络。

（5）低的载波与同道干扰（CCI）的功率比。

（6）必须满足快速的比特再同步要求。

（7）成本低，易于实现。

2.1.3　数字调制技术

数字调制技术可分为线性调制和非线性调制，而在数字蜂窝系统中，多采用线性调制和恒包络调制。

1. 线性调制

在线性调制技术中，传输信号的幅度 $S(t)$ 随调制数字信号 $m(t)$ 的变化而线性变化。线性调制技术带宽效率高，所以非常适用于在有限频带内要求容纳越来越多用户的无线通信系统。

在线性调制方案中，载波幅度随调制信号呈线性变化，一般来说都不是恒包络的。如高频载波的相位随数字信号改变的调制方式的相移键控（PSK）调制。

线性调制方案有很好的频谱效率，但传输中必须使用功率效率低的射频（RF）放大器，用功率效率高的非线性放大器会导致已滤除的边瓣再生，造成严重的相邻信道干扰，使线性调制得到的频谱效率全部丢失。

线性调制主要有 PSK 调制、正交移相键控（QPSK）调制和 π/4 – DQPSK 调制等。

（1）相移键控（PSK）调制。设输入比特率为 $\{a_n\}$ ， $a_n = \pm 1$ ， $n = -\infty \sim +\infty$ ，则 PSK 的信号形式为：

$$S(t) = \begin{cases} A\cos(\omega_c t) & a_n = +1 \\ -A\cos(\omega_c t) & a_n = -1 \end{cases} \quad nT_b \leq t(n+1)T_b \quad (2.3)$$

即当输入为"+1"时，对应的信号 $S(t)$ 附加相位为"0"；当输入为"-1"时，对应的信号 $S(t)$ 附加相位为"π"。其信号波形如图 2.1 所示。

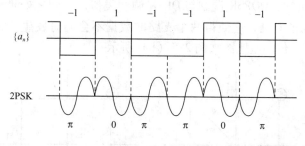

图 2.1　PSK 波形

PSK 调制框图，如图 2.2 所示。图中的乘法器完成基带信号到 2PSK 载波调制信号的变换过程。

PSK 可采用相干解调和差分相干解调，如图 2.3 所示。

图 2.2　PSK 调制框图

(a) 相干解调

(b) 差分相干解调

图 2.3 PSK 解调框图

（2）正交相移键控（QPSK）调制和交错正交相移键控（OQPSK）调制。图 2.4 给出了典型正交相移键控（QPSK）调制的原理框图。其中图 2.4（a）为正交相移键控（QPSK）调制原理框图；图 2.4（b）为交错正交相移键控（OQPSK）调制原理框图。

(a)QPSK信号的产生　　(b)OQPSK信号的产生

图 2.4 正交相移键控（QPSK）调制框图

由图 2.4（a）中可知，QPSK 调制信号可视为两路正交载波经 PSK 调制后的信号叠加，在这种叠加过程中所占用的带宽将保持不变。因此在一个调制符号中传输两个比特，四相正交相移键控（QPSK）比 PSK 的带宽效率高两倍。载波的相位为四个间隔相等的值 $\pm\pi/4$、$\pm 3\pi/4$，其相位的星座图如图 2.5（a）所示；也可以将相位的星座图图 2.5（a）旋转45°，得到图 2.5（b），其相位值是 0、$\pm\pi/2$、π，为交错正交相移键控调制（OQPSK）相位的星座图。

由图 2.4（b）可知，OQPSK 调制与 QPSK 调制类似，不同之处是在正交支路引入了一个比特（半个码元）的时延，这使得两个支路的数据不会同时发生变化，因而只能产生 $\pm\pi/2$ 的相位跳变，其相位的星座图如图 2.5（b）所示。

(a) QPSK　　　　　　(b) OQPSK

图 2.5 QPSK 和 OQPSK 星座图

假定输入二进制序列为 $\{a_n\}$，$a_n =$ "$+1$" 或 "-1"，则在 $kT_S \leqslant t < (k+1)T_S$（$T_S =2T_b$）的区间内，QPSK 的产生器的输出为（令 $n=2k+1$）：

$$S(t) = \begin{cases} A\cos\left(\omega_c t + \dfrac{\pi}{4}\right) & a_n a_{n-1} = +1 +1 \\[2mm] A\cos\left(\omega_c t - \dfrac{\pi}{4}\right) & a_n a_{n-1} = +1 -1 \\[2mm] A\cos\left(\omega_c t + \dfrac{3}{4}\pi\right) & a_n a_{n-1} = -1 +1 \\[2mm] A\cos\left(\omega_c t - \dfrac{3}{4}\pi\right) & a_n a_{n-1} = -1 -1 \end{cases} \tag{2.4}$$

$$= A\cos(\omega_c t + \theta_k)$$

其相位的星座图如图 2.5 所示。

QPSK 和 OQPSK 信号的解调与 PSK 解调相同，采用相干解调。其 QPSK 相干解调框图，如图 2.6 所示。图中对输入 QPSK 信号分别用同相和正交载波进行解调。解调用的相干载波用载波恢复电路从接收信号中恢复。解调器的输出提供一个判决电路，产生同相和正交的二进制数据流。这两部分经并/串转换后，再生出原始的二进制数据流。

图 2.6 QPSK 相干解调框图

QPSK 和 OQPSK 信号占用相同的带宽，但在信号抗噪声干扰性能和带宽效率、带限性上，OQPSK 要优于 QPSK，这就使 OQPSK 信号非常适合于移动通信系统。

（3）π/4 – DQPSK 调制。π/4 – DQPSK 调制是一种正交相移键控调制技术，是对 QPSK 信号特性的改进的一种调制方式。改进之一是将 QPSK 的最大相位跳变从 ±π 降为 ±3π/4，从而改善了 π/4 – DQPSK 的频谱特性。改进之二是解调方式。QPSK 只能用相干解调，而 π/4 – DQPSK 既可以用相干解调，也可以用非相干解调，这就使接收机的设计大大简化。因此 π/4 – DQPSK 信号比 QPSK 有更好的恒包络性。π/4 – DQPSK 已用于日本数字蜂窝通信系统（PDC）和日本数字无绳电话 PHS 等个人通信系统中。

π/4 – DQPSK 调制器的原理框图如图 2.7 所示。输入数据经串/并变换后得到同相通道 I 和正交通道 Q 的两种脉冲序列 S_I 和 S_Q。通过差分相位编码，使得在 $kT_S \leqslant t < (k+1)T_S$ 时间内，I 通道的信号 U_k 和 Q 通道的信号 V_k 发生相应的变化，再分别进行正交调制后合成为 π/4 – DQPSK 信号。

设已调信号为：

$$S_k(t) = \cos[\omega_c t + \theta_k] \tag{2.5}$$

式中，θk 为 $kT_S \leqslant t < (k+1)T_S$ 之间的附加相位。

π/4 – DQPSK 相位的星座图如图 2.8 所示。π/4 – DQPSK 的相位跳变量只有 ±π/4 和 ±3π/4 四种取值。从图中可看出相位跳变必定在图 2.8 中的 "o" 组和 " * " 组之间跳变。

π/4 – DQPSK 调制是一种线性调制，但其包络不恒定。

图 2.7　π/4 – DQPSK 调制器的原理框图

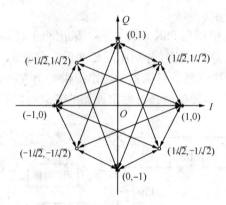

图 2.8　π/4 – DQPSK 相位的星座图

π/4 – DQPSK 信号的解调可采用相干检测、差分检测或鉴频器检测。其中频差分检测框图，如图 2.9 所示。图中 π/4 – DQPSK 信号的中频差分检测器是通过使用两个鉴相器而不需要本地振荡器。接收的 π/4 – DQPSK 信号先变频到中频（IF），然后带通滤波器，经过 X_k 和 Y_k 抽样、判决后获得的结果，再经限幅器和并/串转换后，再生出原始的二进制数据流。

图 2.9　π/4 – QPSK 中频差分检测框图

2. 恒包络调制

许多实际的移动通信系统都采用恒包络调制，这时不管调制信号如何改变，载波的幅度恒定。恒包络调制具有可以满足多种应用环境的优点：

（1）可使用功率高的 C 类放大器。

（2）带外辐射低，可达 – 60 dB 至 – 70 dB。

（3）可用限幅器 – 鉴频器检测，从而简化接收机的设计。

恒包络调制有许多的优点，但它占用的带宽比线性调制大。它包括频移键控（FSK）、最小频移键控（MSK）、高斯最小频移键控（GMSK）和高斯滤波的频移键控（GFSK）。

（1）频移键控（FSK）调制。在频移键控（FSK）调制中，幅度恒定不变的载波信号的频率随着两个可能的状态（高频率和低频率，代表二进制的"1"和"0"）而切换。FSK信号的呈现连续相位，或呈现不连续相位。

设输入到调制器的比特流为 $\{an\}$，$an = \pm 1$，$n = -\infty \sim +\infty$。FSK的输出信号形式（第 n 个比特区间）为：

$$S(t) = \begin{cases} \cos(\omega_1 t + \varphi_1) \\ \cos(\omega_2 t + \varphi_2) \end{cases} \tag{2.6}$$

即当输入为传号"+1"时，输出频率为 f_1 的正弦波；当输入为空号"−1"时，输出频率为 f_2 的正弦波。

FSK的调制指数定义为：

$$h = (f_2 - f_1) T_b \tag{2.7}$$

式中 T_b 为输入数据流的比特宽度（$1/f_b$）。

FSK信号的带宽为：

$$B = |f_2 - f_1| + 2f_b \tag{2.8}$$

FSK可采用包络检波法、相干解调法和非相干解调法等方法解调。其相干解调法的框图如图2.10所示。它由两个相干器（带通滤波器、相乘器和低通滤波器）组成，提供本地相干解调信号。低通滤波器输出的差值经过比较判决器的比较判决来决定数据是"1"还是"0"。

图2.10　FSK相干解调法的框图

FSK非相干解调法框图，如图2.11所示。解调由带通滤波器、包络检波器和比较判决器组成。图中上面一路的带通滤波器的中心频率为 f_1，下面一路的带通滤波器的中心频率为 f_2，比较判决器根据包络检波器输出的大小来比较判决数据是"1"还是"0"。

图2.11　FSK非相干解调法框图

（2）最小频移键控（MSK）调制。MSK 是一种特殊形式的 FSK，是一种特殊的连续相位的频移键控（FSK）调制，其频差是满足两个频率相互正交（即相关函数等于 0）的最小频差，并要求 FSK 信号的相位连续，其频差 $\Delta f = f_2 - f_1 = 1/2T_b$，即调制指数为：

$$h = \frac{\Delta f}{1/T_b} = 0.5 \tag{2.9}$$

式中：T_b 为输入数据流的比特宽度。

MSK 的信号表达式为：

$$S(t) = \cos\left[\omega_c t + \frac{\pi}{2T_b} a_k t + x_k\right] \tag{2.10}$$

式中，X_k 是保证 $t = kT_b$ 时相位连续而加入的相位常量。

MSK 是一种高效的调制方法，特别适合在移动通信系统中使用。它有很好的特性，如恒包络、频谱利用率高、误比特低和自同步性能。MSK 信号调制器框图，如图 2.12 所示。

图 2.12　MSK 信号调制器框图

图 2.12 中给出的差分编码定义为：

$$d_k = a_{k-1} + a_k \tag{2.11}$$

从图 2.12 中可以看出，I 支路数据和 Q 支路数据每隔 $2T_b$ 秒才有可能改变符号。I 支路和 Q 支路的码元在时间上错开 T_b 秒。输入数据 d_k 经过差分编码后，再进行 MSK 调制。

MSK 信号可以采用鉴频器解调，也可以采用相干解调。相干解调的框图如图 2.13 所示。图中采用平方环来提取相干载波。

图 2.13　MSK 相干解调框图

MSK 与 FSK 性能相比，由于各支路的实际码元宽度为 $2T_b$，其对应的低通滤波器带宽减少为原带宽的 1/2，从而使 MSK 的输出信噪比提高了一倍。

（3）高斯最小频移键控（GMSK）调制。GMSK 是由 MSK 演变来的一种简单的二进制调制方法，是连续相位的恒包络调制。将输入端接有高斯低通滤波器的 MSK 调制器，称为高斯最小频移键控（GMSK）。由于 GMSK 具有极好的功率效率（恒包络特性）和极好的频谱效率而备受青睐。如图 2.14 所示为 GMSK 调制器的原理图。

图 2.14　GMSK 调制器的原理图

图中 B_b 为高斯低通滤波器的 3 dB 带宽。

最简单产生 GMSK 信号的方法是通过在 FM 调制器前加入高斯低通滤波器（称为预调制滤波器），如图 2.15 所示。

图 2.15　直接 FM 构成 GMSK 调制器

图 2.15 所示的这种 GMSK 调制技术，被多种模拟和数字通信系统所采用，例如 GSM 等系统。

GMSK 信号的解调可使用 MSK 一样的正交相干解调。在相干解调中最为重要的是相干载波的提取，这在移动通信的环境中比较困难的，因而移动通信系统通常采用差分解调和鉴频器解调等非相干解调的方法。图 2.16 所示的就是差分检测解调的原理框图。

图 2.16　GMSK 差分检测解调的原理框图

（4）高斯滤波的频移键控（GFSK）。图 2.17 给出了高斯滤波的频移键控（GFSK）的原理框图。

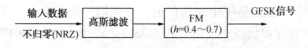

图 2.17　GFSK 调制原理框图

从图 2.17 可以看出，GFSK 与 GMSK 类似，是连续相位的恒包络调制。GFSK 吸取了 GMSK 的优点，但对调制指数的要求没有 MSK 和 GMSK 严格（MSK 和 GMSK 要求调制指数 $h = 0.5$），通常调制指数 $h = 0.4 \sim 0.7$。GFSK 调制方式主要应用于数字无绳电话系统 CT2 和 DECT 等。

2.2 多址技术

多址技术允许许多移动用户同时共享有限的无线频谱资源。需要分配有效的带宽（或有效的信道）给多个用户来获得高的系统容量。对于高质量的通信，必须要保证不导致系统性能的降低。

2.2.1 概述

在移动通信系统中，可以让通信双方同时进行传输消息的工作，讲和听是同时进行的，这种被称为全双工通信。用频域技术或时域技术都可以做到双工。

频分双工（FDD）为每一个用户提供两个确定的频率波段。一个波段（前向波段）提供从基站到移动台的传输，而另一个波段（后向波段）提供从移动台到基站的传输。在FDD中，任何双工信道（双向信道）实际上都由两个单工信道组成，允许同时在双工信道上进行无线发射和接收，在两个双工信道之间是用频率分隔的，需要在基站和移动台里有双工器设备。

时分双工（TDD）是用时间而不是用频率来提供前向链路和反向链路。如果前向链路和反向链路之间的时间间隔很小，那么对于语音、数据的发送和接收，用户看起来是同时的，这就需要在发送和接收之间存在一段时间间隔。TDD允许在一个信道上通信并且由于不需要双工器而简化了用户设备。

在无线通信环境的电波覆盖区内，如何建立用户之间的无线信道的连接，是多址接入技术的问题。因为无线通信具有大面积无线电波覆盖和广播信道的特点，网内一个用户发射的信号其他用户均可接收，所以网内用户如何能从播发的信号中识别出发送给本用户地址的信号就成为建立连接的首要问题。

当以传输信号的载波频率的不同划分来建立多址接入时，称为频分多址（FDMA）；当以传输信号存在的时间不同划分来建立多址接入时，称为时分多址（TDMA）；当以传输信号的码型不同划分来建立多址接入时，称为码分多址（CDMA）。频分多址（FDMA）、时分多址（TDMA）和码分多址（CDMA）是在无线通信系统中共享有效带宽的三种主要接入方式。

2.2.2 频分多址（FDMA）

在频分多址系统中，把可以使用的总频段划分为若干占用较小带宽的频道，这些频道在频域上互不重叠，每个频道就是一个通信信道，分配给一个用户。一个典型的FDMA频道划分如图2.18所示。在接收设备中使用带通滤波器允许指定频道里的能量通过，但滤除其他频率的信号，从而限制临近信道之间的相互干扰。FDMA通信系统工作示意图，如图2.19所示。由图可见，FDMA通信系统的基站必须同时发射和接收多个不同频率的信号；任意两个移动用户之间进行通信都必须经过基站的中转，因而必须占用4个频道才能实现双工通信。不过，移动台在通信时所占用的频道并不是固定指配的，它通常是在通信建立阶段由系统控制中心临时分配的，通信结束后，移动台将退出它占用的频道，这些频道又可以重新分配给别的用户使用。

图 2.18　FDMA 频道划分方法

图 2.19　FDMA 通信系统工作示意图

在模拟移动通信系统中，信道带宽通常等于传输一路模拟语音所需的带宽，如 25 kHz 或 30 kHz。

2.2.3　时分多址（TDMA）

在时分多址系统中，把时间分成周期性的帧，每一帧再分割成若干时隙（无论帧或时隙都是互不重叠的），每一个时隙就是一个通信信道，分配给一个用户。一个典型的 TDMA 频道划分如图 2.20 所示。TDMA 通信系统是根据一定的时隙分配原则，使各个移动台在每帧内只能按指定的时隙向基站发射信号，满足定时和同步的条件下，基站可以在各时隙中接收到各移动台的信号而互不干扰。同时，基站发向各个移动台的信号都按顺序安排在预定的时隙中传输，各移动台只要在指定的时隙内接收，就能在合路的信号中把发给它的信号区分出来。其系统工作示意图，如图 2.21 所示。

TDMA 通信系统和 FDMA 通信系统相比具有以下主要特点：

（1）TDMA 通信系统的基站只用一部发射机，可以避免 FDMA 通信系统多部不同频率发射机同时工作而产生的互调干扰。

（2）TDMA 通信系统不存在频率分配问题，对时隙的管理和分配比对频率的管理和分配简单而经济。

（3）移动台只在指定的时隙中接收信息，有利于通信网络的控制和管理，可保证移动台的越区切换功能可靠的实现。

（4）可同时提供多种业务，使系统的通信容量和通信速率成倍地增长。

（5）TDMA 通信系统具有精确的定时和同步功能，可保证各移动台发送的信号不会在基站发生重叠和混淆。

图 2.20　TDMA 频道划分方法

图 2.21　TDMA 通信系统工作示意图

TDMA 系统既可以采用频分双工（FDD）方式也可以采用时分双工（TDD）方式。在 FDD 方式中，上行链路和下行链路的帧结构既可以相同，也可以不同。在 TDD 方式中，通常将在某频率上一帧中一半的时隙用于移动台发送，另一半的时隙用于移动台接收；收发工作在相同频率上。例如：GSM 系统的帧长为 4.6ms（每帧 8 个时隙），采用 TDMA/FDD 接入方式。

2.2.4　码分多址（CDMA）

在码分多址（CDMA）通信系统中，不同用户传输信息所用的信号不是靠频率不同或时隙不同来区分，而是用各自不同的编码序列来区分，或者说，靠信号的不同波形来区分。如果从频域或时域来观察，多个 CDMA 信号是互相重叠的。接收机的相关器可以在多个 CDMA 信号选出使用的预定码型的信号。其他使用不同码型的信号因为和接收机本地产生的码型不同而不能被解调。它们的存在类似于在信道中引入了噪声或干扰，通常称之为多址干扰。

在 CDMA 蜂窝通信系统中，用户之间的信息传输也是由基站进行转发和控制的。为了实现双工通信，正向传输和反向传输各使用一个频率，即通常所谓的频分双工（FDD）。无论正向传输或反向传输，除去传输业务信息外，还必须传送相应的控制信息。为了传送不同的信息，需要设置相应的信道。但是，CDMA通信系统既不分频道又不分时隙，无论传送何种信息的信道都靠采用不同的码型来区分。类似的信道属于逻辑信道。这些逻辑信道无论从频域或者时域来看都是相互重叠的，或者说它们均占用相同的频段和时间。一个典型的CD-MA频道划分如图2.22所示。

图2.22 CDMA频道划分方法

CDMA蜂窝移动通信系统与FDMA模拟蜂窝通信系统或TDMA数字蜂窝移动通信系统相比具有更大的系统容量、更高的语音质量以及抗干扰、保密等优点，因而近年来得到各个国家的普遍重视和关注。

2.3　语音编码及信道编码技术

语音编码和信道编码是通信数字化的两个重要技术领域。在移动通信数字化中，模拟语音信号的数字化，可提高频带利用率和信道容量。信道编码技术可提高系统的抗干扰能力，从而保证良好的通话质量。语音编码和信道编码技术对减少信道误码率、提高通话质量、提高频道利用率和系统通信容量具有重大的影响。

2.3.1　语音编码技术

在通信系统中，语音编码是相当重要的。因为在很大程度上，语音编码决定了接收到的语音质量和系统容量。在移动通信系统中，带宽是十分宝贵的。低比特率语音编码提供了解决该问题的一种方法。在编码器能够传送高质量语音的前提下，如果比特率越低，可在一定的带宽内能传送更多的高质量语音。

语音编码为信源编码，是将模拟语音信号转变为数字信号以便在信道中传输。语音编码的目的是在保持一定的算法复杂程度和通信时延的前提下，占用尽可能少的信道容量，传送尽可能高质量的语音。语音编码技术又可分为波形编码、参量编码和混合编码三大类。

波形编码是对模拟语音波形信号经过取样、量化、编码而形成的数字语音信号。为了保证数字语音信号解码后的高保真度，波形编码需要较高的编码速率，一般在 16～64 Kbps。可对各种各样的模拟语音波形信号进行编码均可达到很好的效果。它的优点是适用于很宽范围的语音特性，以及在噪声环境下都能保持稳定。实现所需的技术复杂度很低，而费用中等程度，但其所占用的频带较宽，多用于有线通信中。波形编码包括脉冲编码调制（PCM）、差分脉冲编码调制（DPCM）、自适应差分脉冲编码调制（ADPCM）、增量调制（DM）、连续可变斜率增量调制（CVSDM）、自适应变换编码（ATC）、子带编码（SBC）和自适应预测编码（APC）等。

参量编码是基于人类语言的发声机理，找出表征语音的特征参量，对特征参量进行编码的一种方法。在接收端，根据所接收的语音特征参量信息，恢复出原来的语音。由于参量编码只需传送语音特征参数，可实现低速率的语音编码，一般在 1.2～4.8 Kbps。线性预测编码（LPC）及其变形均属于参量编码。参量编码的缺点在于语音质量只能达到中等水平，不能满足商用语音通信的要求。对此，综合参量编码和波形编码各自的长点，即保持参量编码的低速率和波形编码的高质量的优点，又提出了混合编码方法。

混合编码是基于参量编码和波形编码发展的一类新的编码技术。在混合编码的信号中，既含有若干语音特征参量又含有部分波形编码信息。其编码速率一般在 4～16 Kbps。当编码速率在 8～16 Kbps 范围时，其语音质量可达到商用语音通信标准的要求。因此，混合编码技术在数字移动通信中得到了广泛应用。混合编码包括规则脉冲激励长期预测编解码器（RPE-LTP）、矢量和激励线性预测编码（VSELP）和码激励线性预测编码（CELP）等。

多址技术的运用，是决定一个系统频谱效率的重要因素，强烈影响着语音编解码器的选择。表 2.1 给出了常用数字移动通信系统语音编解码器的类型。

表 2.1　常用数字移动通信系统语音编解码

标　准	服务类型	语音编码器（比特率：Kbps）	
GSM	数字蜂窝网	RPE－LTP	13
USDC（IS－54）	数字蜂窝网	VSELP	16
IS－95（CDMA）	数字蜂窝网	CELP	1.2, 2.4, 4.8, 9.6
CT2、DECT、PHS	数字无绳电话	ADPCM	32
DCS－1800	个人通信系统	RPE－LTP	13
PACS	个人通信系统	ADPCM	32

GSM 系统采用规则脉冲激励长期预测编解码器（RPE-LTP）方案，其编解码器相对复杂，每话音信道的净编码速率为 13 Kbps。

IS－95（CDMA）系统采用美国 Qualcomm（高通）公司的 9.6 Kbps 码激励线性预测编码（CELP）方案，也称为 QCELP。该编解码器检测语音激活，并在静默期间数据传输速率降为 1.2 Kbps。每语音信道的净编解码速率可为 2.4 Kbps、4.8 Kbps 和 9.6 Kbps。

2.3.2　信道编码技术

采用数字传输时，所传信号的质量常常用接收比特中有多少是"正确的"来表示，并由此引出比特差错率（BER）概念。BER 表明总比特率中有多少比特被检测出错误，差错比特数目或所占的比特要尽可能小。然而，要把它减小到 0，那是不可能的，因为路径是在不断变化的。这就是说必须允许存在一定数量的差错，但还必须能恢复出原信息，或至少能检测出差错，这对于数据传输来说特别重要，对语音来说只是质量降低。

为了有所补益，可使用信道编码。信道编码能够检出和校正接收比特流中的差错。这是因为加入一些冗余比特，把几个比特上携带的信息扩散到更多的比特上。为此付出的代价是必须传送比该信息所需要的更多的比特，但有效地减少差错。

图2.23表示了数字信号传输的这一过程，其中信源可以是语音、数据或图像的电信号"s"，经信源编码构成一个具有确定长度的数字信号序列"m"，人为地在按一定规则加进非信息数字序列，以构成一个一个码子"C"（信道编码），然后再经调制器变换为适合信道传输的信号。经信道传输后，在接收端经解调器判决输出的数字序列称为接收序列"R"，再经信道译码器译码后输出信息序列"m′"，而信源译码器则将"m′"变换成客户需要的信息形式"s′"。

图 2.23　数字信息传输方框图

在数字通信中，要利用信道编码对整个通信系统进行差错控制。差错控制编码可以分为分组编码和卷积编码两类。分组编码的原理框图见图2.24。分组编码是把信息序列以 k 个码元分组，通过分组编码器将每组的 k 元信息按一定规律产生 r 个多余码元（称为检验元或监督元），输出长 $n = k + r$ 的一个码组。

图 2.24　分组编码

卷积编码的原理框图见图2.25。卷积编码就是将信息序列以 k_0 个码元分段，通过卷积编码器输出长为 n_0 的一段码段。但是该码的 $(n_0 - k_0)$ 个检验码不仅与本段的信息元有关，而且也与其前 m 段的信息元有关，故卷积码用 (n_0, k_0, m) 表示，称 $N_0 = (2n + 1) n_0$ 为卷积编码的编码约束长度。

图 2.25　卷积编码的原理框图

在GSM系统中，上述两种编码方法均在使用。首先对一些信息比特进行分组编码，构成一个"信息分组＋奇偶（检验）比特"的形式，然后对全部比特做卷积编码，从而形成编码比特。这两次编码适用于语音和数据二者，但它们的编码方案略有差异。采用"两次"编码的好处是：在有差错时，能校正的校正（利用卷积编码特性），能检测的检测（利用分组编码特性）。

2.4 扩频技术

2.4.1 概念

扩频通信技术是一种信息传输方式，其信号所占有的频带宽度远大于所传信息必需的最小带宽；频带的扩展是通过一个独立的码序列来完成，用编码及调制的方法来实现的，与所传信息数据无关；在接收端则用同样的码进行相关同步接收、解扩及恢复所传信息数据。

图 2.26 为典型扩展频谱系统框图。它主要由原始信息、信源编译码、信道编译码（差错控制）、载波调制与解调、扩频调制与解扩频和信道六大部分组成。信源编码的目的是去掉信息的冗余度，压缩信源的数码率，提高信道的传输效率。差错控制的目的是增加信息在信道传输中的冗余度，使其具有检错或纠错能力，提高信道传输质量。调制部分是为使经信道编码后的符号能在适当的频段传输，如微波频段，短波频段等。扩频调制和解扩是为了某种目的而进行的信号频谱展宽和还原技术。与传统通信系统不同的是，在信道中传输的是一个宽带的低谱密度的信号。

图 2.26 典型扩展频谱系统框图

这种通信方式与常规的窄道通信方式有以下两项区别：

（1）信息的频谱扩展后形成宽带传输。

（2）相关处理后恢复成窄带信息数据。

正是由于这两大持点，使扩频通信有如下的优点：

（1）易于重复使用频率，提高了无线频谱利用率。易于在同一地区重复使用同一频率，也可与现今各种窄道通信共享同一频率资源。

（2）抗干扰性强，误码率低。扩频通信在空间传输时所占有的带宽相对较宽，而收端又采用相关检测的办法来解扩，使有用宽带信息信号恢复成窄带信号，而把非所需信号扩展成宽带信号，然后通过窄带滤波技术提取有用的信号。图 2.27 为扩频系统抗宽带干扰能力示意图。

图 2.27 扩频系统抗宽带干扰能力示意图

（3）隐蔽性好，对各种窄带通信系统的干扰很小。由于扩频信号在相对较宽的频带上被扩展了，单位频带内的功率很小，信号湮没在噪声里，一般不容易被发现，因此说其隐蔽性好。

（4）可以实现码分多址，适合数字语音和数据传输。利用该技术可让许多用户共用这一宽频带，则可大为提高频带的利用率。CDMA 系统正是使用了这一优点。

（5）抗多径干扰。利用扩频码的自相关特性，在接收端从多径信号中提取和分离出最强的有用信号，或把多个路径来的同一码序列的波形相加合成，这相当于梳状滤波器的作用。

基于以上这些特点，扩频技术首先应用于军事通信，现在已广泛应用于民用和商用通信系统：

① 卫星通信（多址，抗干扰，便于保密，降低平均功率谱密度）。

② 移动通信（多址，抗干扰，便于保密，抗多径，提高频谱利用率）。

③ 无线本地环路（WLL）。

④ GPS（选址，抗干扰，保密，测距）。

⑤ 测试仪器，如干扰仪测时延，误码测试仪等。

随着数字处理技术的发展，集成工艺的进步和大规模集成电路器件的出现，使扩频系统的实现变得简单。因此，扩频技术在这些年发展非常迅速，由军用到民用、商用，范围广泛。

2.4.2　直接序列扩频（DSSS）组成与原理

1. 直接序列扩频（DSSS）的调制

直接序列扩频（DSSS）系统通过将伪噪声（PN）序列直接与基带脉冲数据相乘来扩展基带数据，其伪噪声序列由伪噪声序列生成器产生。伪噪声（PN）波形的一个脉冲或符号称为"码片（chip）"。图 2.28 是直接序列扩频（DSSS）调制框图。这是一个普通使用的直接序列扩频（DSSS）的实现方法。图中输入的同步数据可以是数据，也可以是信道编码，以模 2 加的方式形成码片（chip），通过基带带通滤波器（BPF），然后再与振荡器产生的载波相乘进行调制，形成直接序列扩频（DSSS）信号，将已调信号输出。

图 2.28　直接序列扩频（DSSS）调制框图

2. 直接序列扩频（DSSS）的解调

图 2.29 为直接序列扩频（DSSS）解调框图。若接收机已经同步，接收到的直接序列扩频（DSSS）调制信号通过宽带滤波器，然后与本地产生的伪噪声（PN）序列相乘，经相乘后得到解扩信号，作为解调器的输入，这样信号经解调器后可恢复原数据信号。

3. 直接序列扩频（DSSS）系统

直接序列（DS）扩频，就是直接用具有高码率的扩频码（PN）序列在发端去扩展信号的频谱。而在接收端，用相同的扩频码序列去进行解扩，把展宽的扩频信号还原成原始的信息。图 2.30 为直扩系统的组成与原理框图。

图 2.29　直接序列扩频（DSSS）解调框图

(a) 发送端　　　　　　　　　　(b) 接收端

图 2.30　直扩系统的组成与原理框图

我们若以窄带信号的二相相移键控（BPSK）调制解调为例。在图 2.30（a）中，假定发送的是一个频带限于 f_{in} 以内的窄带信号。将此信号在调制器中先对某一副载额 f_0 进行调制（例如进行调幅或窄带调频），得到一中心频率为 f_0 而带宽为 $2f_{in}$ 的信号，即通常的窄带信号。一般的窄带通信系统直接将此信号在发射机中对射频进行调制后由天线辐射出去。但在扩展频谱通信中还需要增加一个扩展频谱的处理过程。常用的一种扩展频谱的方法就是用一高码率 f_c 的随机码序列对窄带信号进行二相相移键控（BPSK）调制见图 2.30（a）中发端波形。二相相移键控相当于载波抑制的调幅双边带信号。选择 $f_c >> f_0 > f_{in}$。这样得到了带宽为 $2f_c$ 的载波抑制的宽带信号。这一扩展了频谱的信号再送到发射机中去对射频 f_T 进行调制后由天线辐射出去。

信号在射频信道传输过程中必然受到各种外来信号的干扰。因此，在接收端，进入接收机的除有用信号外还存在干扰信号。假定干扰为功率较强的窄带信号，宽带有用信号与干扰信号同时经变频至中心频率为中频 f_I 输出。不言而喻，对这一中频宽带信号必须进行解扩处理才能进行信号解调。解扩实际上就是扩频的反变换，通常也是用与发端相同的调制器，并用与发端完全相同的伪随机码序列对收到的宽带信号再一次进行二相相移键控。

从图 2.30（b）中接收端波形可以看出，再一次的相移键控正好把扩频信号恢复成相移键控前的原始信号。从频谱上看则表现为宽带信号被解扩压缩还原成窄带信号。这一窄带信号经中频窄带滤波器后至解调器再恢复成原始信号。但是对于进入接收机的变窄带干扰信号，在接收端调制器中同样也受到伪随机码的二相相移键控调制，它反而使窄带干扰变成宽带干扰信号。由于干扰信号频谱的扩展，经过中频窄带通滤波作用，只允许通带内的干扰通过，使干扰功率大为减少。由此可见，接收机输入端的信号与噪声经过解扩处理，使信号功率集中起来通过滤波器，同时使干扰功率扩散后被滤波器大量滤除，结果便大大提高了输出端的信号噪声功率比。

这一过程说明了直扩系统的基本原理和它是怎样通过对信号进行扩频与解扩处理从而获得提高输出信噪比的好处的。它体现了直扩系统的抗干扰能力。

总之，扩频信号的产生包括调制和扩频两个步骤。比如，先用要传送的信息比特对载波进行调制，再用伪随机序列（PN 序列）扩展信号的频谱；也可以先用伪随机序列与信息比特相乘（把信息的频谱扩展），再对载波进行调制。这二者是等效的。接收端要从收到的扩频信号中恢复出它携带的信息，必须经过解扩和解调两个步骤。接收端用与发送端完全相同的扩频码系列与收到的扩频信号进行相关解扩后的信号再经过常规的解调，即可恢复所传信息。

2.4.3　扩频通信的主要性能指标

处理增益和抗干扰容限是扩频通信系统的两个重要性能指标。

1. 处理增益（G_P）

处理增益 G_P 也称扩频增益，它定义为频谱扩展前的信息带宽 ΔF 与频带扩展后的信号带宽 W 之比：

$$G_P = W/\Delta F \tag{2.12}$$

在扩频通信系统中，接收机作扩频解调后，只提取相关处理后的带宽 ΔF 的信息，而排除掉宽频带 W 中的外部干扰、噪声和其他用户的通信影响。因此，处理增益 G_P 反映了扩频通信系统信噪比改善的程度。工程上常以分贝（dB）表示，即

$$G_P = 10\lg W/\Delta F \tag{2.13}$$

2. 抗干扰容限

抗干扰容限是指扩频通信系统能在多大干扰环境下正常工作的能力，定义为：

$$M_j = G_P - \left[(S/N)_{out} + L_s \right] \tag{2.14}$$

式中，M_j——抗干扰容限；

　　　G_P——处理增益；

　　　$(S/N)_{out}$——信息数据被正确解调而要求的最小输出信噪比；

　　　L_s——接收系统的工作损耗。

例如，一个扩频系统的处理增益为 35 dB，要求误码率小于 10^{-5} 的信息数据解调的最小输出信噪比 $(S/N)_{out} < 10$ dB，系统损耗 $L_s = 3$ dB，则干扰容限 $M_j = 35 - (10 + 3) = 22$ dB。

这说明，该系统能在干扰输入功率电平比扩频信号功率电平高 22 dB 的范围内正常工作，也就是该系统能够在接收输入信噪比大于或等于 -22 dB 的环境下正常工作。

2.4.4 跳频技术

跳频的载频受一个伪随机（PN）码的控制，在其工作带宽范围内，其频率合成器按 PN 码的随机规律不断改变频率。在接收端，接收机的频率合成器受伪随机码的控制，并保持与发射端的变化规律一致。

跳频是载波频率在一定范围内不断跳变意义上的扩频，而不是对被传送信息进行扩展频谱。跳频相当于瞬时的窄带通信系统，基本等同于常规通信系统，由于无抗多径能力，同时发射效率低。跳频的优点是抗干扰，定频干扰只会干扰部分频点。用于语音信息的传输，当定频干扰只占一小部分时不会对语音通信造成很大的影响。跳频是靠躲避干扰来达到抗干扰能力的。抗干扰性能用处理增益 G_P 表征，G_P 的表达式为：

$$G_P = 10\lg \frac{B_W}{B_C} \tag{2.15}$$

式中，B_W——跳频系统的跳变频率范围；

$\quad\quad B_C$——跳频系统的最小跳变的频率间隔（GSM 的 $B_C = 200\,kHz$）。

以 GSM 蜂窝通信系统为例，若 $B_W = 15\,MHz$，$B_C = 200\,kHz$，则 $G_P = 18\,dB$。跳频的高低直接反映跳频系统的性能，跳频越高，抗干扰的性能越好，军用的跳频系统可以达到每秒上万跳。实际上，GSM 移动通信系统也是跳频系统，其规定的跳频为每秒 217 跳。出于成本的考虑，商用跳频系统跳速都较慢，一般在 50 跳/秒以下。由于慢跳跳频系统实现简单，因此低速无线局域网产品也常常采用这种技术。

本 章 小 结

本章首先介绍了移动通信系统所涉及的主要技术，调制解调技术、多址技术、语音编码技术和扩频技术，是关于移动通信的基础知识和基本技术。着重介绍这些技术的基本概念、特点、以及应用领域。本章目的是让学生通过对这些技术学习和了解，为后续介绍移动通信系统奠定基础。主要内容包括：

（1）调制解调技术。

① 调制解调技术的主要性能指标和分类。

② 线性调制解调技术：PSK、QPSK 和 π/4 – DQPSK 的概念、组成结构、特点及应用领域。

③ 恒定包络调制解调技术：FSK、MSK 和 GMSK 的概念、组成结构、特点及应用领域。

（2）多址技术。首先介绍了频分双工（FDD）和时分双工（TDD）的概念和特点，随后介绍了频分多址（FDMA）、时分多址（TDMA）和码分多址（CDMA）三种在无线通信系统中主要接入方式的概念、特点及应用领域。

（3）语音编码技术。各种语音编码技术的基本概念、特点、以及应用领域。

（4）扩频技术。扩频技术的基本概念、特点、应用领域以及扩频通信的主要性能指标。

习 题 2

2.1　移动通信信道具有＿＿＿＿、＿＿＿＿和＿＿＿＿基本特征。

2.2　线性调制技术特点为＿＿＿＿，传输中必须使用＿＿＿＿的射频放大器，所以非常适用于在有限频带内要求容纳越来越多用户无线通信系统。

2.3　恒包络调制的特点是不管调制信号如何变化，＿＿＿＿＿＿＿＿。

2.4　＿＿＿＿调制解调方式是恒包络调制。

A. QPSK   B. GMSK   C. PSK

2.5 当以传输信号的码型不同划分来建立多址接入时，称为_____。

A. TDMA   B. FDMA   C. CDMA

2.6 GSM 移动通信系统采用_____接入方式。

A. TDMA/TDD   B. TDMA/FDD   C. CDMA/FDD

2.7 PCM 属于_____语音编码技术。

A. 波形编码   B. 参量编码   C. 混合编码

2.8 CDMA 移动通信系统采用的语音编码技术为_____。

2.9 信道编码的目的是增加信息在信道传输中的_____，使其具有检错或纠错能力，提高信道传输质量。

2.10 直接序列（DS）扩频，就是直接用具有高码率的_____在发端去扩展信号的频谱。

2.11 什么是调制和解调的目的？

2.12 调制分为哪两大类？各有什么特点？

2.13 线性调制主要有哪几种？试述 QPSK 和 $\pi/4$ – DQPSK 调制解调基本原理。

2.14 恒包络调制主要有哪几种？试述 GMSK 和 GFSK 调制解调基本原理。

2.15 无线通信系统中主要有哪几种接入方式？它们各自具有什么特点？

2.16 通信系统中语音编码和信道编码各自的目的是什么？

2.17 语音编码技术主要有哪几种方法？它们各自具有什么特点？

2.18 信道编码一般采用什么样的方法？分组编码和卷积编码各自的特点是什么？

2.19 什么是扩频技术？它的优点是什么？

2.20 一个扩频系统的信息带宽为 $4\,kHz$ 与频带扩展后的信号带宽为 $2\,MHz$，处理增益是多少？若要求误码率小于 10^{-5} 的信息数据解调的最小的输出信噪比 $(S/N)_{out} < 12\,dB$，系统损耗 $L_s = 3\,dB$，则干扰容限是多少？

2.21 什么是跳频技术？它有什么特点？

第3章　电波传播与干扰

内容提要

从移动通信信道设计和提高设备的抗干扰性能考虑，必须研究电波传播与干扰的特性以及它们对信号传输的影响，采取措施提高通信质量。本章将讨论移动通信系统所涉及的电波传播特性、分集接收技术和噪声与干扰问题。研究电波传播特性和噪声与干扰产生的原因、特性和采取的必要措施，并研究分集接收技术的分集方式和方法。

无线通信系统的性能主要受到移动无线信道的制约。发射机与接收机之间的传播路径非常复杂，从简单的视距传播，到遭遇各种复杂的地物，如建筑物、山脉和树木等。无线信道具有极度的随机性，甚至移动台的移动速度都会对信号电平的衰落产生影响。在这一章中，我们将主要讨论移动通信所涉及的电波传播特性及噪声干扰问题和分集接收技术。

3.1　电波传播特性

电波传播的机理是多种多样的，但总体上可归结为反射、绕射和散射。在无线通信系统中，接收机的接收功率随距离而减小的现象被认为是路径损耗。而多数移动通信系统工作在城区，发射机和接收机之间无直接视距路径，而且高层建筑产生了强烈的绕射损耗。此外，由于不同物体的多路径反射，经过不同长度路径的电波相互作用引起多径损耗，同时随着发射机和接收机之间距离的不断增加而引起电波强度的衰减。如果接收天线在大于几十米或几百米距离上移动的话，使接收信号中的尺度变化被称为阴影效应，这通常是由于树和树叶遮挡产生的。移动通信系统的电波传播路径损耗和多径衰落，如图 3.1 所示。

图 3.1　电波传播路径损耗和多径衰落

3.1.1　自由空间传播损耗

自由空间传播系指天线周围为无限大真空时的电波传播，它是理想传播条件。电波在自由空间传播时，其能量既不会被障碍物所吸收，也不会产生反射或散射。实际情况下，传播路径上没有障碍物阻挡，到达接收天线的地面反射信号场强也可以忽略不计，在这样情况下，电波可视作在自由空间传播。对于移动通信系统而言，自由空间传播损耗 L_{fs} 与传播距

离 d 和工作频率 f 有关，可定义为：

$$[L_{fs}]\ (\mathrm{dB}) = 32.44 + 20\lg d + 20\lg f \tag{3.1}$$

式中，d——距离，单位为 km；

　　　f——频率，单位为 MHz。

从式（3.1）我们可得出，传播距离 d 越远，自由空间传播损耗 L_{fs} 越大，当传播距离 d 加大一倍，自由空间传播损耗 L_{fs} 就增加 6 dB；工作频率 f 越高，自由空间传播损耗 L_{fs} 越大，当工作频率 f 提高一倍，自由空间传播损耗 L_{fs} 就增加 6 dB。

3.1.2 电波的三种基本传播机制

在移动通信系统中，影响电波传播的三种基本传播机制是反射波、绕射波和散射波。

1. 反射波

当电波传播遇到比波长大得多的物体时发生反射，反射发生于地球表面、建筑物和墙壁表面等，如图 3.2 所示。

2. 绕射波

当接收机和发射机之间的无线电波传播路径被尖利的边缘阻挡时发生绕射。由阻挡表面产生的二次波散布于空间，甚至于阻挡体的背面。绕射使得无线电波信号绕地球曲线表面传播，能够传播到阻挡物后面。

图 3.2　反射波与直射波

3. 散射波

当电波穿行的介质中存在小于波长的物体并且单位体积内阻挡体的个数非常巨大时，发生散射波。散射波产生于粗糙表面、小物体或其他不规则物体。在实际移动通信环境中，接收信号比单独绕射和反射的信号要强。这是因为当电波遇到粗糙表面时，反射能量由于散布于所有方向。像灯柱和树木这样的物体在所有方向上散射能量，这就给接收机提供了额外的能量。

3.2　移动信道的特征

移动通信系统常常工作在城市建筑群和其他地形、地物较为复杂的环境中，其传输信道的特性是随时随地而变化的，具有极度的随机性。

3.2.1　传播路径

如图 3.3 所示，h_b 为基站天线高度（一般为 30 m），h_m 为移动台天线高度。直射波的传播距离为 d，地面反射波的传播距离为 d_1，散射波的传播距离为 d_2。移动台接收信号的场强由上述三种电波的矢量合成。

图 3.3　移动信道的传播路径

3.2.2　信号衰落

移动通信接收点所接收到的信号场强是随机起伏变化的，这种随机起伏变化称为衰落。对于这种随机量的研究通常是采用统计分析法。典型信号衰落特性如图 3.4 所示。

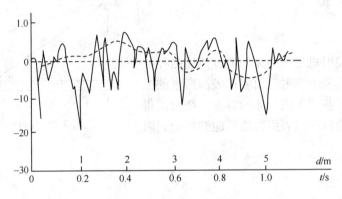

图 3.4　典型信号衰落特性

图中，横坐标是时间或距离（$d = vt$，v 为移动速度），纵坐标是相对信号电平（dB），变化范围为 30 ~ 40 dB。虚线表示的是信号局部中值，其含义是在局部时间中，信号电平大于或小于它的时间各为 50%。由于移动台的不断运动，电波传播路径上的地形、地物是不断变化的，因而局部中值也是变化的。这种变化造成了信号衰落。

移动台接收的信号场强值（dB）是时间 t 的函数。具有 50% 概率的场强值称为场强中值。若场强中值等于接收机的最低门限值，则通信的可通率为 50%。因此，为了保证正常的通信，必须使实际的场强中值远大于接收机的门限值。

3.2.3　地形、地物对电波传播的影响

1. 地形的分类与定义

为了计算移动信道中信号电场强度中值（或传播损耗中值），可将地形分为两大类，即中等起伏地形和不规则地形，并以中等起伏地形作传播基准。所谓中等起伏地形是指在传播径的地形剖面图上，地面起伏高度不超过 20 m，且起伏缓慢，峰点与谷点之间的水平距离大于起伏高度。其他地形如丘陵、孤立山岳、斜坡和水陆混合地形等统称为不规则地形。下面

我们来看基站天线有效高度的定义，如图3.5所示。

图3.5　基站天线有效高度（h_b）

图3.5中，若基站天线顶点的海拔高度为h_{ts}，从天线设置地点开始，沿着电波传播方向的3 km ~ 15 km之内的地面平均海拔高度为h_{ga}，则定义基站天线的有效高度为：

$$h_b = h_{ts} - h_{ga} \qquad (3.2)$$

若传播距离不到15 km，h_{ga}是3 km到实际距离之间的平均海拔高度。

移动台天线的有效高度h_m总是指天线在当地地面上的高度。

2. 地物（或地区）分类

不同地物环境其传播条件不同，按照地物的密集程度不同可分为三类地区：

（1）开阔地。在电波传播的路径上无高大树木、建筑物等障碍物，呈开阔状地面，或在400 m内没有任何阻挡物的场地，如农田、荒野、广场、沙漠和戈壁滩等。

（2）郊区。在靠近移动台近处有些障碍物但不稠密，例如，有少量的低层房屋或小树林等。

（3）市区。有较密集的建筑物和高层楼房。

3. 电波传播的估算

电波传播的估算通常采用Okumura（奥村）电波传播衰减计算模式和"Cost-2-Walfish-Ikegami"电波传播衰减计算模式。

GSM 900 MHz主要采用国际无线电咨询委员会（CCIR）推荐的Okumura电波传播衰减计算模式。该模式是以准平坦地形大城市区的中值场强或路径损耗作为参考，对其他传播环境和地形条件等因素分别以校正因子的形式进行修正。

GSM 1800 MHz主要采用欧洲电信科学技术研究联合会推荐的"Cost-2-Walfish-Ikegami"电波传播衰减计算模式。该模式的特点是：从对众多城市的电波实测中得出的一种小区域覆盖范围内的电波损耗模式。

不管是用哪一种模式来预测无线覆盖范围，只是基于理论和测试结果统计的近似计算。由于实际地理环境千差万别，很难用一种数学模型来精确地描述，特别是城区街道中各种密集的、不规则的建筑物反射、绕射及阻挡，给数学模型预测带来很大困难。因此。有一定精度的预测虽可起到指导网络基站选点及布点的初步设计，但是通过数学模型预测与实际信号场强值总是存在差别。关于电波传播估算的具体方法，可查阅有关无线通信和移动通信的书籍，这里就不介绍了。

3.3 分集接收技术

分集接收技术是通信中的一种用相对较低费用就可以大幅度地改进无线通信的性能的有效接收技术，而且适用范围广。它是通过查找和利用无线传播环境中独立的多径信号来实现的。在实际的应用中，分集接收技术的参数都是由接收机决定的。

3.3.1 分集接收原理

分集接收是指接收端对它收到的多个衰落特性互相独立（携带同一信息）的信号进行特定的处理，以降低信号电平起伏的办法。其基本思想是：将接收到的多径信号分离成独立的多路信号，然后将这些多路分离信号的能量按一定规则合并起来，使接收的有用信号能量最大，使接收的数字信号误码率最小。我们可用图3.6来对分集接收技术进行简单的说明。

图 3.6 选择式分集合并示意图

图3.6中，A 和 B 代表两个同一来源的独立衰落信号。如果在任一瞬间，接收机选择其中幅度大的一个信号，则可得到合成信号 C。

分集接收技术包括两个方面：

（1）如何把接收到的多径信号分离成独立的多路信号。

（2）怎样将这些多路分离信号的能量按一定规则合并起来，使接收的有用信号能量最大；以降低衰落的影响。

3.3.2 分集方式和方法

在移动通信系统中可能用到两类分集方式：一类称为"宏分集"；另一类称为"微分集"。

"宏分集"主要用于蜂窝通信系统中，也称为"多基站"分集。这是一种减小衰落影响的分集技术，其做法是把多个基站设置在不同的地理位置上（如蜂窝小区的对角上）和在不同方向上，同时和小区内的一个移动台进行通信（可以选用其中信号最好的一个基站进行通信）。显然，只要在各个方向上的信号传播不是同时受到阴影效应或地形的影响而出现严重的衰落（基站天线的架设可以防止这种情况发生），这种办法就能保持通信不会中断。

"微分集"也是一种减小衰落影响的分集技术，在各种无线通信系统中都经常使用。理论和实践都表明，在空间、频率、极化、场分量、角度及时间等方面分离的无线信号，都呈现互相独立的衰落特性。

微分集方法主要有空间分集、频率分集和时间分集等。分集方法示意图如图 3.7 所示。

1. 空间分集

空间分集的依据在于衰落的空间独立性，即在任意两个不同的位置上接收同一个信号，只要两个位置的距离大到一定程度，则两处所收信号的衰落是不相关的（独立的），如图 3.7（a）所示。

2. 频率分集

由于频率间隔大于相关带宽的两个信号所遭受的衰落可以认为是不相关（独立的）的，因此可以用两个以上不同的频率传输同一信息，以实现频率分集，如图 3.7（b）所示。这样频率分集需要用两部以上的发射机（频率相隔 53 kHz 以上）同时发送同一信号，并用两部以上的独立接收机来接收信号。它不仅使设备复杂，而且在频谱利用方面也很不经济。

3. 时间分集

同一信号在不同的时间区间多次重发，只要各次发送的时间间隔足够大，那么各次发送信号所出现的衰落将是彼此独立的，接收机将重复收到的同一信号进行合并，就能减小衰落的影响，如图 3.7（c）所示。时间分集主要用于在衰落信道中传输数字信号。此外，时间分集也有利于克服移动信道中由多普勒效应引起的信号衰落现象。

图 3.7　分集方法

3.3.3　合并方式

接收端收到 M 条相互独立的支路信号后，如何利用这些信号以减小衰落的影响，这是合并问题。一般采用线性合并的方式，把输入的 M 路独立衰落信号加权相加后合并输出。

设 M 个输入信号电压为 $r_1(t)$，$r_2(t)$，…，$r_M(t)$，则合并器输出电压 $r(t)$ 为：

$$r(t) = a_1r_1(t) + a_2r_2(t) + \cdots + a_Mr_M(t) = \sum_{k=1}^{M} a_kr_k(t) \tag{3.3}$$

式中，a_k——第 k 个信号的加权系数。

选择不同的加权系数就形成了不同的合并方法。常用的有选择式合并、最大比值合并和等增益合并三种方式。

1. 选择式合并

选择式合并是检测所有分集支路的信号，以选择其中信噪比最高的那一个支路的信号作为合并器的输出。由上式可见，在选择式合并器中，加权系数 a_k 只有一项为1，其余均为0。

图3.8 为二重分集选择式合并的示意图。两个支路的中频信号分别经过解调，然后作信噪比的比较，选择其中有较高信噪比的支路接到接收机的共用部分。分集选择式合并又称开关式相加。这种方式方法简单，实现容易。但由于未被选择的支路信号不被使用，因此抗衰落性能不如最大比值合并和等增益合并方式。

图 3.8 二重分集选择式合并

2. 最大比值合并

最大比值合并是一种最佳合并方式，其方框图如图 3.9 所示。为了书写简便，每一支路信号包络 $r_k(t)$ 用 r_k 表示。每一支路的加权系数 a_k 与信号包络 r_k 成正比而与噪声功率 N_k 成反比，即

$$a_k = \frac{r_k}{N_k} \tag{3.4}$$

由此可得最大比值合并器输出的信号包络为：

$$r_R = \sum_{k=1}^{M} a_k r_k = \sum_{k=1}^{M} \frac{r_k^2}{N_k} \tag{3.5}$$

式中，下标 R——表征最大比值合并方式。

图 3.9 为最大比值合并方式的示意图。由于在接收端通常都要有各自的接收机和调相电路，以保证在叠加时各个支路的信号是同相位的。最大比值合并方式输出的信噪比等于各个支路信噪比之和。所以，即使当各路信号都很差时，采用最大比值合并方式仍能解调出所需的信号。现在 DSP 技术和数字接收技术，正在逐步采用这种最优的分集方式。

3. 等增益合并

等增益合并无须对各支路信号加权，各支路的信号是等增益相加的，其示意图如图3.10 所示。

图 3.9 最大比值合并方式　　　　图 3.10 等增益合并方式

这种方式是把各支路信号进行同相后再相叠加，加权时各路信号的权重相等。这样，其性能只比最大比值合并方式差一些，但比选择式合并方式性能要好许多。

3.4 噪声与干扰

信道对信号传输的限制除损耗和衰落外，另一个重要的限制因素就是噪声与干扰。通信

系统中任何不需要的信号都是噪声与干扰。因此，从移动通信系统的性能考虑，必须研究噪声与干扰的特性以及它们对移动通信系统性能的影响。

3.4.1　噪声

移动信道中噪声的来源是多方面的，一般可分为：内部噪声、自然噪声、人为噪声。

内部噪声是系统设备本身产生的各种噪声。不能预测的噪声统称为随机噪声。自然噪声及人为噪声为外部噪声，它们也属于随机噪声。依据噪声特征又可分为脉冲噪声和起伏噪声。脉冲噪声是在时间上无规则的突发噪声，例如，汽车发动机所产生的点火噪声，这种噪声的主要特点是其突发的脉冲幅度较大，而持续时间较短；从频谱上看，脉冲噪声通常有较宽频带；热噪声、散弹噪声及宇宙噪声是典型的起伏噪声。

在移动信道中，噪声影响较大，可分为6种：大气噪声、太阳噪声、银河噪声、郊区人为噪声、市区人为噪声、典型接收机的内部噪声。其中，前5种均为外部噪声。有时将太阳噪声和银河噪声统称为宇宙噪声。大气噪声和宇宙噪声属自然噪声。图3.11为各种噪声功率与频率的关系的示意图。

图 3.11　各种噪声功率与频率的关系

在移动通信使用的频率范围内，由于自然噪声通常低于接收机的固有噪声，故可忽略不计。因此，仅需考虑人为噪声。

人为噪声是指各种电气装置中电流或电压发生急剧变化而形成的电磁辐射，诸如电动机、电焊机、高频电气装置、电气开关等所产生的火花放电形成的电磁辐射。

在移动信道中，人为噪声主要是车辆的点火噪声。汽车火花所引起的噪声系数不仅与频率有关，而且与交通密度有关。交通流量越大，噪声电平越高。由于人为噪声源的数量和集中程度随地点和时间而异，因此人为噪声就地点和时间而言，都是随机变化的。图3.12为美国国家标准局公布的几种典型环境的人为噪声系数平均值示意图。

由图3.12可见，城市商业区的噪声系数比城市居民区高6 dB左右，比郊区则高12 dB。

图 3.12　几种典型环境的人为噪声系数平均值

3.4.2　干扰

在移动通信系统中，基站或移动台接收机必须能在其他通信系统产生的众多较强干扰信号中，保持正常的通信。因此，移动通信对干扰的限制更为严格，对接收和发射设备的抗干扰特性要求更高。

在移动通信系统中，应考虑的干扰主要有：邻道干扰、同频干扰和互调干扰。

1. 邻道干扰

邻道干扰是相邻的或邻近频道的信号相互干扰。为此，移动无线电通信系统的信道必须有一定宽度的频率间隔。由于考虑到发射机、接收机频率不稳定和不准确造成频率偏差以及接收机滤波特性欠佳等原因，No.1 频道发射信号的 n_L 次边频将落入邻近 No.2 频道内，如

图 3.13　邻道干扰示意图

图 3.13 所示。

图 3.13 中调制信号最高频率为 F_m，信道间隔为 B_r，B_I 为接收机的中频带宽。图 3.13 中示出最低 n_L 次边频落入邻近信道的情况。

移动通信系统中两个电台在地理上的间隔距离有助于减小信号干扰。但是有一种情况地理上的间隔距离并不利于减小信号干扰，而带来另一种邻近波道干扰。现在我们考虑另一种情况，在基地台覆盖区内有一些移动台在运动，其中有一些移动台距基地台较近，另一些移动台距基地台较远。我们现在设想有两个移动台同时向基地台发射信号，基地台从接近它的移动台（k 信道）接收到很强的信号，而从远离它的移动台（$k+1$ 信道）接收到的信号很微弱，然而，远离台的信号为需要信号，近距离台的信号为非需要信号，此时，较强的接收信号（非需要信号）将掩盖较弱的接收信号（需要信号），在解调器输出端弱信号以噪声形式输出，而强信号作为"有用"信号输出，也就是说强的非需要信号（k 信道）对弱的需要信号（$k+1$ 信道）形成邻道干扰。

为了减小邻道干扰需提高接收机的中频选择性以及优选接收机指标；另一方面要限制发射信号带宽，可在发射机调制器中采用瞬时频偏控制电路，防止过大信号进入调制器产生过大的频偏；在移动台功率方面，应在满足通信距离要求下，尽量采用小功率输出，以缩小服

务区。而大多数移动通信设备都采用自动功率控制，利用移动台接收到的基地台信号的强度对移动台发射功率进行自动控制，使移动台驶近基地台时降低发射功率。还有一些其他减小干扰的方法，如：使用天线定向波束指向不同的水平方向以及指向不同的仰角方向。

2. 同频干扰

同频干扰是指同载频电台之间的干扰。在电台密集的地方，若频率管理或系统设计不当，就会造成同频干扰。

在移动通信系统中，为了增加频谱利用率，有可能有两条或多条信道都被分配在一个相同频率上工作，这样就形成一种同频结构。在同频环境中，当有两条或多条同频波道在同时进行通信时，就有可能产生同频干扰。

移动通信设备能够在同频道上承受干扰（同频干扰）的程度与所采用的调制类型有关。一般情况下，信号强度随着距基地台的距离增大而减弱，但是这种减弱不是均匀的，还与地形和其他因素有关。

为了避免产生同频干扰，应在满足一定通信质量的前提下，选择适当的复用波道的保护距离，这段距离即为使用相同工作频道的各基地台之间的最小安全距离。简称同频道再用距离或共道再用距离。所谓"安全"系指接收机输入端的有用信号与同频道干扰的比值已大于射频防护比。

射频防护比是指达到主观上限定的接收质量所需的射频信号与干扰信号的比。

假定各基站与各移动台的设备参数相同，地形条件也是理想的。这样，同频道再用距离只与以下诸因素有关：

（1）调制制度。达到规定的接收质量，对于不同的调制制度，所需的射频防护比是不同的。例如，窄带调频或调相，其射频防护比约为 $8 \pm 3\,dB$。

（2）电波传播特性。假定传播路径是光滑的地平面，路径损耗 L 为：

$$[L] = 120 + 40\lg d - 20\lg(h_t \cdot h_r)\,(dB) \tag{3.6}$$

式中，d——收、发天线之间的距离（km）；

h_t、h_r——分别是发射天线和接收天线的高度（m）。

（3）基站覆盖范围或小区半径 r_0。

（4）通信工作方式。

（5）要求的可靠通信概率。

图 3.14 给出了同频道再用距离的示意图。假设基站 A 和 B 使用相同的频道，移动台 M 正在接收基站 A 发射的信号，由于基站天线高度大于移动台天线高度，因此当移动台 M 处于小区的边沿时，易于受到基站 B 发射的同频道干扰。假若输入到移动台接收机的有用信号与同频道干扰之比等于射频防护比，则 A、B 两基站之间的距离即为同频道再用距离，记为 D。由图 3.14 可见：

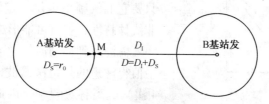

图 3.14　同频道再用距离

$$D = D_I + D_S = D_I + r_0 \tag{3.7}$$

式中，D_I——同频道干扰源至被干扰接收机的距离；

$\quad\quad D_S$——有用信号的传播距离，即为小区半径 r_0。

通常，定义同频道复用系数为：

$$\alpha = \frac{D}{r_0} \tag{3.8}$$

由式（3.8），可得同频道复用系数为：

$$\alpha = \frac{D}{r_0} = 1 + \frac{D_I}{r_0} \tag{3.9}$$

为了避免产生同频干扰，也可采用别的办法，例如，使用定向天线、斜置天线波束、降低天线高度、选择适当的天线场址，可降低同频干扰。在实践中，频道规划是一项复杂任务，需要详细考虑有关区域的地形、电波传播特性、调制制式、无线电小区半径和工作方式等。目前已广泛使用计算机分析方法，可以帮助解决这个复杂课题。

3. 互调干扰

（1）互调干扰的形成。在无线电通信拥挤的区域里，当两个或更多个信号加到非线性器件中时，产生了互调干扰分量，发射机和接收机都能产生这些干扰分量，因而互调干扰就成了一个值得注意的问题。这些分量出现在不同的频率上，而且能在另一些信道上引起干扰。如果干扰和有用信号差不多大小或比有用信号大，则有用信号就受到严重的干扰。如果干扰比有用的信号弱，只在没有信号时，干扰才能被听到。

两个或更多个发射机互相靠得很近时，每个发射机与其他发射机之间通常通过天线系统耦合，从每个发射机来的辐射信号进入其他发射机的末级放大器和传输系统，于是就形成了互调。而这些产物落到末级放大器的通带内并被辐射出去，这种辐射可能落在除了已指配的发射机频率之外的那些信道上。

互调产物（干扰）也可能在接收机中产生。两个或更多个强的带外信号，可以推动射频放大器进入非线性工作区，甚至在第一级混频器中互相调制。这些分量能干扰进来的有用信号或者当工作信道上没有信号的时候，在输出端能够听到干扰声。

图 3.15 中例子可以用来说明互调产物的影响。发射机和接收机之间处于正常工作状态，移动台以频率 f_0 与基站 B 通信，基站 A 产生的三阶互调频率（$2f_1 - f_2$）正好等于频率 f_0，移动台距基站 A 和基站 B 的距离分别为 d_1 与 d_2。当两个发射机同时工作时，基站 A 产生互调频率和有用信号频率一起发射出去将会干扰基站 B 与移动台的通信。因此会对使用频率 f_0 产生干扰。

互调干扰也可以在接收机上产生。如果有两个或多个干扰信号同时进入接收机高放或混频器，只要它们的频率满足一定的关系，则由于器件的非线性特性，就有可能形成互调干扰。

需注意到移动通信中可能产生多种互调分量；最值得注意的是奇次谐波，因为偶次谐波（2 次、4 次）远离有效频率，因此最值得注意的是第三次、第五次谐波。对于一般移动通信系统而言，

图 3.15　基站发射机互调干扰示意图

三阶互调的影响是主要的，其中又以两信号三阶互调的影响最大。虽然更高次的谐波能够产生，但是它们的电平通常很低。

（2）减小互调干扰的方法。为了消除或减轻互调干扰对移动通信系统的干扰，对发射机和接收机可采用不同的方法。

对于发射机必须设法减小互调电平，可以采用下列措施：

① 尽量增大基站发射机之间的耦合损耗。各发射机分用天线时，要增大天线间的空间隔离度；在发射机的输出端接入高 Q 带通滤波器，增大频率隔离度；避免馈线相互靠近和平行敷设。

② 改善发射机末级功放的性能，提高其线性动态范围。

③ 在共用天线系统中，各发射机与天线之间插入单向隔离器或高 Q 谐振腔。

对于接收机可以采取下列措施：

① 高放和混频器宜采用具有平方律特性的器件（如结型场效应管和双栅场效应管）。

② 接收机输入回路应有良好的选择性，如采用多级调谐回路，以减小进入高放的强干扰。

③ 在接收机的前端加入衰减器，以减小互调干扰。当把输入的信号与干扰均衰减 10 dB 时，互调干扰将衰减 30 dB。

本 章 小 结

本章介绍了移动通信系统所涉及的电波传播特性，分集接收技术和噪声与干扰问题。这都是移动通信系统所必不可少的组成部分。通过对电波传播特性，分集接收技术和噪声与干扰的基本概念、特性和技术的学习和了解，为后续介绍移动通信系统的实现方式等奠定了基础。本章的主要内容包括：

（1）电波传播特性。对电波传播的三种基本传播机制是反射波、绕射波和散射波以及移动信道的特征和所涉及的概念和特性进行了介绍。

（2）分集接收技术。分别介绍了三种主要分集方法空间分集、频率分集和时间分集以及常用的三种合并方式有选择式合并、最大比值合并和等增益合并的概念和特点，应用领域。

（3）噪声与干扰。介绍了噪声的分类和特点。着重介绍的在移动通信系统所涉及的三种常用干扰（邻道干扰、同频干扰和互调干扰）的起因、特点和消除或减轻干扰的措施。

习 题 3

3.1 衰落是指移动通信接收点所接收到的_____是随机起伏变化的。

3.2 按照地物的密集程度不同，将有较密集的建筑物和高层楼房，称为_____。
  A. 开阔地   B. 市区   C. 郊区

3.3 在任意两个不同的位置上接收同一个信号，只要两个位置的距离大到一定程度，可认为两处所收信号的衰落是独立的，称为_____。
  A. 时间分集   B. 频率分集   C. 空间分集

3.4 汽车所产生的点火噪声是_____。
  A. 人为噪声   B. 自然噪声   C. 内部噪声

3.5 移动信道中电波传播的方式及特点是什么？

3.6 电波传播有哪几种基本传播机制？它们各自有什么样的特征？

3.7 在移动通信系统中，信号衰落是如何产生的？

3.8 什么是分集接收技术？其实现的基本思想是什么？

3.9 微分集方法有哪些实现方法？它们各自的特点是什么？

3.10 分集接收技术的合并方式有哪些？它们各自有什么优缺点？

3.11 哪类噪声对移动信道的影响最大？

3.12 移动通信系统中主要的干扰有哪些？

3.13 什么是邻道干扰？如何减小邻道干扰？

3.14 什么是同频干扰？它是如何产生的？

3.15 什么是同频再用距离？与同频再用距离有关的因素有哪些？

3.16 互调干扰是怎样产生的？采用什么方法可减小互调干扰？

第4章 移动通信的组网技术

内容提要

要实现移动用户在大范围内进行有序的通信，就必须解决组网过程中的一系列技术问题。本章将讨论构成移动通信网络的组网技术，主要包括区域覆盖方式、区群的构成与激励方式、系统容量与信道（频率）配置、移动通信的网络结构、信令、越区切换和位置管理和多信道共用技术，为后续介绍 GSM 和 CDMA 数字移动通信网以及其他移动通信系统打下基础。

组网是要实现移动通信系统在大范围内有序的通信，而组网过程中必须要解决移动通信的体制、服务区域的划分、区群的构成、移动通信网的组成、信道的结构、接入方式、信令、路由、接续和多信道共用等一系列的问题，才能使网络正常的运行。本章将讨论上述技术方面的问题。

4.1 区域覆盖

4.1.1 区域覆盖的概念

根据服务区域覆盖方式的不同可将移动通信网划分为大区制和小区制。

大区制是指在一个服务区域（一个城市或一个地区）内只设置一个基站，由它负责移动通信的联络和控制。通常基站天线架设的比较高，发射机的输出功率也比较大 25~200 W，覆盖区域半径一般为 25~50 km，用户容量为几十至几百个，如图 4.1（a）所示。这种方式的优点是组网简单、投资少，一般在用户密度不大或业务量较少的区域使用。因为服务区域内的频率不能重复使用，无法满足大容量通信的要求。

（a）大区覆盖   （b）小区覆盖

图 4.1 大区覆盖与小区覆盖

小区制是指将整个服务区划分为若干个无线小区（小块的区域），每个小区分别设置一个基站，由它负责移动通信的联络和控制。其基本思想是用许多的小功率发射机（小覆盖区域）来代替单个大功率发射机（大覆盖区域），相邻的基站则分配不同的频率（蜂窝的概念）。每个小区设置一个发射功率为 5～10 W 的小功率基站，覆盖区域半径一般为 5～10 km，如图 4.1（b）所示。可给每个小区分配不同的频率，但这样需要大量的频率资源，且频谱的利用率低，为了提高频谱的利用率，需将相同的频率在相隔一定距离的小区中重复使用，主要使用相同频率的小区（同频小区）之间的干扰足够小，这种技术称为同频复用，如图 4.2 所示。

图 4.2　蜂窝系统的频率复用

频率复用是移动通信系统解决用户增多而被有限频谱制约的有效手段。它能在有限的频谱上提供非常大的容量，而不需要做技术上的重大修改。一般来说，小区越小（频率组不变），单位面积可容纳的用户数越多，即系统的频率利用率越高。

当用户数增多并达到小区所能服务的最大限度时，如果把这些小区再分割成更小的蜂窝状区域，并相应减小新小区的发射功率和采用相同的频率复用模式，以适应业务增长的需求。这种过程被称为小区分裂，如图 4.3 所示。小区分裂是蜂窝通信系统在运行过程中为适应业务需求的增长而逐步提高其容量的独特方式。

图 4.4 是蜂窝移动通信系统的示意图。图中七个小区构成一个区群。小区编号代表不同的频率组。小区与移动电话交换局（MTSO）相连。MTSO 在网内负责控制和管理，对所在地区已注册登记的用户实施频道分配、建立呼叫、频道切换、提供系统维护、性能测试和存储计费信息等。它既保证网中移动用户之间的通信，又保证了移动用户和有线用户之间的通信。

图 4.3　小区分裂示意图

图 4.4　蜂窝移动通信系统的示意图

当移动用户在蜂窝服务区内快速运动时，移动台会从一个小区进入另一个相邻的小区，这时其与基站所用的接续链路必须从它离开的小区转换到正在进入的小区，这一过程称为越区切换，如图 4.5 所示。其控制机理是当通信中的移动台到达小区边界时，该小区的基站能检测出此移动台的信号正在逐渐变弱，而邻近小区的信号正在逐渐变强，系统会收集来自这些基站的信息，进行判决，当需要实施越区切换时，发出相应指令，使越过小区边界的移动台与基站所用的接续链路从离开它的小区切换到正在进入的小区，整个过程是自动完成的，不会影响用户的通信。

图4.5 越区切换示意图

根据服务对象、地形分布及干扰等因素的不同，可将小区制移动通信网划分为带状网和面状网。

4.1.2 带状网

带状网主要用于覆盖公路、铁路、海岸等，其服务区内的用户的分布呈带状分布，如图4.6所示。

图4.6 带状网

带状网基站天线若为有向天线辐射，服务覆盖区为扁圆形的，如图4.6（a）所示。基站天线若为全向天线辐射，服务覆盖区为圆形的，如图4.6（b）所示。

带状网可进行频率复用，可采用不同信道的两个或多个小区组成一个区群，在一个区群内各小区使用不同的频率，不同的区群可使用相同的频率，一般有双频群、三频群或多频群。

从成本和资源利用率而言，双频群最好；但从抗频干扰而言，双频群最差，应考虑三频群或多频群比较有利。

4.1.3 面状网

面状网是指其服务区内的用户的分布呈面状分布。其服务区内小区的划分及组成，取决于电波传播的条件和天线的方向性。实际上一个小区的服务覆盖范围可以是一个不规则形状，但也需要有一个规则的小区形状来用于系统的规划，以适应不断增长的业务需要。因此，当考虑要覆盖整个服务区域而没有重叠和间隙的几何形状时，只有三种可能的选择：正方形、等边三角形和正六边形。小区的形状如图4.7所示。从表4.1中我们可知，正六边形所覆盖的面积最大。如果用正六边形作小区覆盖模型，可用最少的小区数量就能覆盖整个服务区域，这样所需的基站数最少，也就最经济；而且，正六边形最接近圆形的辐射模式，基站的全向天线和自由空间传播辐射模式都是圆形的。正六边形构成的网络形同蜂窝，因此把小区形状为六边形的小区制移动通信网称为移动蜂窝网。基于蜂窝状的小区制是目前公共移动通信网的主要覆盖方式。

图4.7 小区的形状

表4.1 三种形状小区的比较

小区形状	正三角形	正方形	正六边形
邻区距离	r	$\sqrt{2}r$	$\sqrt{3}r$
小区面积	$1.3r^2$	$2r^2$	$2.6r^2$
交叠区宽度	r	$0.59r$	$0.27r$
交叠区面积	$1.2\pi r^2$	$0.73\pi r^2$	$0.35\pi r^2$

4.2 区群的构成与激励方式

4.2.1 区群的构成

蜂窝式移动通信网通常是由若干邻接的无线小区组成一个无线区群，再由若干无线区群构成整个服务区。为了防止同频干扰，要求每个区群中的小区，不得使用相同的频率，只有在不同的区群中，才可使用相同的频率。

区群的组成应满足两个条件：一是区群之间可以邻接，且无空隙无重叠地进行覆盖；二是邻接之后的区群应保证各个相邻同信道小区之间的距离相等。满足上述条件的区群形状和区群内的小区数不是任意的。可以证明，区群内的小区数 N 应满足下式：

$$N = i^2 + ij + j^2 \tag{4.1}$$

式中，i，j——正整数。

由此可计算出 N 的取值表如表4.2所示。

表4.2 群区小区数 N 的取值

j ＼ i	0	1	2	3	4
1	1	3	7	13	21
2	4	7	12	19	28
3	9	13	19	27	37
4	16	21	28	37	48

相应的区群形状如图 4.8 所示。

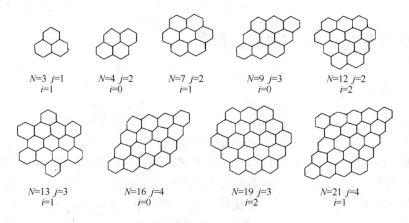

N=3 j=1   N=4 j=2   N=7 j=2   N=9 j=3   N=12 j=2
　i=1　　　i=0　　　i=1　　　i=1　　　i=2

N=13 j=3   N=16 j=4   N=19 j=3   N=21 j=4
　i=1　　　i=0　　　i=2　　　i=1

图 4.8　区群的组成

4.2.2　同频（信道）小区的距离

确定同信道小区的位置和距离可用下面的方法。如图 4.9 所示，由某一小区 A 出发，先沿边的垂线方向跨 j 个小区，再向左（或向右）转 60°，再跨 i 个小区，这样就到达同频（信道）小区 A。在正六边形的六个方向上，可以找到六个相邻同信道小区，所有 A 小区之间的距离都相等。

设小区的辐射半径（即正六边形外接圆的半径）为 r，则从图 4.9 可以算出同信道小区中心之间的距离为：

$$D = \sqrt{3}r\sqrt{(j+i/2)^2 + (\sqrt{3}i/2)^2}$$
$$= \sqrt{3(i^2+ij+j^2)} \cdot r = \sqrt{3N} \cdot r \quad (4.2)$$

可见群内小区数 N 越大，同信道小区的距离就越远，抗同频干扰的性能也就越好。例如，N = 3，D/r = 3；N = 7，D/r = 4.6；N = 19，D/r = 7.55。

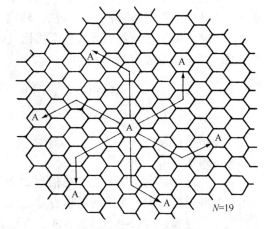

N=19

4.2.3　激励方式

图 4.9　同信道小区的确定

当用小区来覆盖范围时，基站发射机可设置在小区的中央，通常用全向天线形成圆形覆盖区，这称为中心激励，如图 4.10（a）所示。也可以将基站设置在每个小区六边形的三个顶点上，每个顶点上的基站采用三副 120° 扇形辐射的定向天线，分别覆盖三个相邻小区的各三分之一区域，每个小区由三副 120° 扇形定向辐射天线共同覆盖，这被称为顶点激励，如图 4.10（b）所示。

采用定向天线后，所接收的同频干扰功率仅为采用全向天线系统的 1/3，因而可减少系统的同频

（a）中心激励　　　（b）顶点激励

图 4.10　两种激励方式示意图

干扰。另外，在不同地点采用多副定向天线可消除小区内障碍物的阴影区。

4.3 系统容量与信道（频率）配置

4.3.1 系统容量

通信系统的通信容量可以用不同的表征方法进行度量。就点对点的通信系统而言，系统的通信容量可以用信道效率，即在给定的可用频段中所能提供的最大信道数目进行度量。一般说，在有限的频段中，此信道数目越大，系统的通信容量也越大。对蜂窝通信网络而言，因为信道在蜂窝中的分配，涉及到频率再用和由此而产生的同道干扰问题，因而系统的通信容量用每个小区的可用信道数进行度量比较适宜。每个小区的可用信道数（ch/cell）即为每小区允许同时工作的用户数（用户数/cell）。此数值越大，系统的通信容量也越大。此外，还可用每小区的爱尔兰数（Erl/cell）、每平方公里的用户数（用户数/km^2）以及每平方公里小时通话次数（通话次数/h/km^2）等进行度量。当然，这些表征方法是互有联系的，在一定条件下是可以相互转换的。

蜂窝移动通信业务区由若干个小区（cell）构成，而许多小区组成若干个区群，由于不同区群在地理位置上有一定的距离，这个距离只要足够大，则可把多个频率按相同方法重复支配给各个区群的小区使用，而不会产生明显的相互干扰现象，这就是蜂窝通信系统通过采用频率再用技术来提高系统容量的方法。蜂窝移动通信系统用总信道数 M 来衡量无线系统频谱效率。M 值取决于所需的载波—干扰比（C/I，简称载干比）和信道带宽 B_c。因此，蜂窝通信系统的总信道数 M 可定义为：

$$M = \frac{W}{B_c N} \quad 信道/小区 \quad (ch/cell) \tag{4.3}$$

式中，W 是分配给系统的总的频谱；

$\quad$ B_c 是信道带宽；

$\quad$ N 是频率重用的小区数。

显然，在蜂窝移动通信系统的总信道数 M 不变的条件下，区群的小区数目越小，分配给各小区的频道数越大，系统的通信容量越大。

对通信系统容量所采用的分析方法，在形式上是结合 FDMA 蜂窝系统进行的，实际上，通信容量的分析，无论对模拟系统或者数字系统，也无论对 FDMA 系统或者对 TDMA 系统，在原理上都是一样的。

模拟蜂窝系统只能采用 FDMA 体制，数字蜂窝系统可以采用 FDMA、TDMA 或 CDMA 中任意一种体制。

1. TDMA 数字蜂窝系统的容量

对于模拟 FDMA 系统来说，如果采用频率重用的小区数为 N，根据对同频干扰和系统容量的讨论可知，对于小区制蜂窝网：

$$N = \sqrt{\frac{2}{3}\left(\frac{C}{I}\right)} \tag{4.4}$$

即频率重用的小区数 N 由所需的载干比（C/I）来决定。可求得 FDMA 的总信道数 M 如下：

$$M = \cfrac{W}{B_c \sqrt{\cfrac{2}{3}\left(\cfrac{C}{I}\right)}} \qquad (4.5)$$

对于数字 TDMA 系统来说，由于数字信道所要求的载干比可以比模拟制的小 4～5 dB（因数字系统有纠错措施），因而频率复用距离可以再近一些。所以可以采用比 $N=7$ 小的方案，例如 $N=3$ 的方案。可求得 TDMA 体制的总信道数 M 为：

$$M = \cfrac{W}{\cfrac{B_c}{n} \sqrt{\cfrac{2}{3}\left(\cfrac{C}{I}\right)}} \qquad (4.6)$$

式中，设信道带宽为 B_c，每信道带宽共有 n 个时隙。

一般情况下，在系统的总信道数目不变和每个小区的可用信道数目不变的条件下，其小区半径越小，则单位面积的系统容量越大。但是小区半径的减少是以增加基站数目和以缩短移动台越区切换时间为前提的。

不同的数字蜂窝系统可能使用不同的信道带宽，而各自实用的语音编码、信道编码、调制方式、控制方式等都有可能不同。因此，要客观地比较不同蜂窝系统在通信容量上的差异，还是比较困难和复杂的，需要有比较合理的前提条件，才能得到合理公正的比较结果。

2. CDMA 数字蜂窝系统的容量

CDMA 系统的容量是干扰受限的，而 FDMA 和 TDMA 系统的容量是带宽受限的。因此，决定 CDMA 数字蜂窝系统容量的主要参数是：处理增益、比特能量/信息比特率（E_b/R_b）、语音负载周期（即语音激活率）、频率再用效率以及基站天线扇区数。

对于一般扩频通信系统，接收信号的载干比可以写成：

$$\frac{C}{I} = \frac{R_b E_b}{I_0 W} = \frac{\left(\cfrac{E_b}{I_0}\right)}{\left(\cfrac{W}{R_b}\right)} \qquad (4.7)$$

式中，E_b 为信息－比特能量；

$\quad\quad R_b$ 为信息比特率；

$\quad\quad I_0$ 为干扰的功率谱密度；

$\quad\quad W$ 为总频带宽度。

（E_b/I_0）类似于通常的归一化信噪比（E_b/N_0），其取值取决于系统对误比特率或者语音质量的要求，并与系统的调制方式和编码方案有关；

（W/R_b）为扩频因子，即系统处理增益。

如果 N 个用户共用一个无线信道，显然每一用户的信号都受到其他 $N-1$ 个用户信号的干扰，假设到达一个接收机的信号强度和各干扰强度都相等，则载干比为：

$$\frac{C}{I} = \frac{1}{N-1} \qquad (4.8)$$

或

$$N-1 = \frac{\left(\cfrac{W}{R_b}\right)}{\left(\cfrac{E_b}{I_0}\right)} \qquad (4.9)$$

若 $N \gg 1$，即

$$N \approx \frac{\left(\dfrac{W}{R_b}\right)}{\left(\dfrac{E_b}{I_0}\right)} \tag{4.10}$$

从式（4.10）可得，在误比特率一定的条件下，所需归一化信干比（E_b/I_0）越小，系统可以同时容纳的用户数越多。应注意这里所使用的假设条件，所谓到达一个接收机的信号强度和各干扰强度都相等，对一单个的小区而言（没有邻近小区干扰），其意思是指当正向传输时，如果基站向各移动台发送的信号不加任何功率控制，移动台接收到的信号和干扰就会满足条件。但在反向传输时，各移动台向基站发送的信号必须进行理想的功率控制，才能使基站接收机收到的信号和干扰满足条件。换句话说，式（4.8）和式（4.10）给出的结果，对正向传输而言，是在没有功率控制的条件下得到的；对反向传输而言，是在理想功率控制的条件下得到的。因此，在应用上述公式时，应根据 CDMA 蜂窝通信系统的特征对公式逐步进行修正。

三种蜂窝通信系统的通信容量比较见表 4.3。

表 4.3　三种蜂窝通信系统的通信容量

模拟 FDMA 系统	TDMA 系统	CDMA 系统
总频带宽度：1.25 MHz	总频带宽度：1.25 MHz	总频带宽度：1.25 MHz
载频间隔：30 kHz	载频间隔：30 kHz	扇区分区数 3
信道数目：$1.25 \times 10^6/30 \times 10^3 = 41.7$	每载频时隙数：3	通信容量 120
每区群小区数：7	信道数目：$3 \times 1.25 \times 10^6/30 \times 10^3 = 125$	
通信容量：41.7/7 = 6	每区群小区数：4	
	通信容量：125/4 = 31.25	

以 M 表示通信容量，三种蜂窝通信系统体制的比较结果可表示为：

$$M_{CDMA} = 4M_{TDMA} = 20M_{FDMA} \tag{4.11}$$

4.3.2　信道（频率）配置

为了充分利用无线频谱，必须要有一个能实现既增加用户容量又减少干扰为目的的信道（频率）配置方案。为了达到这些目标已经有各种不同的信道（频率）配置分配方法。在 CDMA 系统中，用户使用相同的频率因而无须进行频率配置。信道（频率）配置主要是针对 FDMA 和 TDMA 系统。

信道（频率）配置方式就是指将可用频道分成若干组，若所有可用的信道 N（如 49）分成 F 组（如 9 组），则每组的信道数为 N/F（49/9 ≈ 5.4，即有些组的信道数为 5 个，有些为 6 个。因总的信道数 N 是固定的，所以分组数 F 越少，则每组的信道数就越多。在实际应用种中，常采用定向天线进行顶点激励的小区制，每个基站应配置三组信道，向三个方向辐射，每 7 个小区（7 个基站）形成一个区群，每个区群就需有 $7 \times 3 = 21$ 个信道组。同一信道组内的信道最小频率间隔为 7 个信道间隔，若信道间隔为 25 kHz，则其最小频率间隔可达 175 kHz，这样，接收机的输入滤波器便可有效地抑制邻道干扰和互调干扰。整个区群内各基站信道组的分布如图 4.11 所示。

$na[n, n+21, n+2\times21, \cdots]$
$nb[n+7, n+7+21, n+7+2\times21, \cdots]$
$nc[n+14, n+14+21, n+14+2\times21, \cdots]$
$n=1,2,\cdots,7$

图 4.11　基站信道组分布

我国规定采用 7 个基站 21 个小区的模型，即如图 4.11 所示的结构。

4.4　移动通信的网络结构

4.4.1　基本网络结构

移动通信的基本网络结构如图 4.12 所示。基站（BS）与移动交换中心（MSC）之间、

图 4.12　基本网络结构示意图

移动交换中心（MSC）与市话网络（PSTN）之间可采用有线链路（如光纤、同轴电缆、双绞线等）也可以采用无线链路（如微波链路、毫米波链路等）。其比特率 2.048/8.448/34.368/139.264/565.148 Mbps。

通常每个基站要同时支持 50 路语音呼叫，每个交换机可以支持近 100 个基站，交换机到固定网络之间至少需要 5000 个话路的传输容量。

一个移动通信网可由一个或若干个移动交换中心（MSC）组成。MSC 为移动业务交换中心，它是无线电系统与公众电话交换网之间的接口设备，完成全部必须的信令功能以建立与移动台的往来呼叫。其主要责任是路由选择管理；计费和费率管理；业务量管理；向原籍位置寄存器（HLR）发送有关业务量信息和计费信息。

一个移动交换中心（MSC）可由一个或若干个位置区组成。位置区即移动台位置登记区，它是为了解决在呼叫移动台时，以便知道被呼移动台当时所在的位置而设置的。位置区由若干基站组成。

一个基站可由一个或若干个无线小区组成。基站（BS）主要由射频部分（射频架和收、发天线）、数据架和维护测试架等几部分组成。基站（BS）提供无线信道，以建立在 BS 覆盖范围内与移动台（MS）的无线通道。

移动台（MS）主要包括车载台与手机两类。其主要差别功率大小不同。

由一个或若干移动通信网所组成的区域称为业务区。一个业务区的范围可以是一个国家，或是一个国家的一部分，也可是若干个国家。

在蜂窝网移动通信系统中，移动用户与市话用户之间以及移动用户之间建立通话时必须进行自动接续与交换，完成这种接续与交换的设备称做移动交换设备。典型的蜂窝式移动通信本地网结构如图 4.13 所示。整个业务区可分成若干个移动交换区，每个移动交换区一般设立一个移动电话局，也称为移动交换中心（MSC）。移动交换局内的移动交换设备除了具有一般的程控电话交换机功能外，还具有移动通信特有的一些功能。例如，对移动台的识别和登记、频道指配、过境切换处理、漫游和呼叫处理等，因此，移动交换设备常由适合移动通信的专用程控交换机组成。移动交换设备也可以在普通程控电话交换机中增加一些软件和硬件，使它具有控制、接续、交换移动电话的功能。它主要包括交换网络、处理器、数据终端等设备，并具有丰富的软件。通常软件部分可分为系统操作程序（如呼叫处理、接续和控制），设备状态测试和维护程序（如路由管理、故障检测、诊断和处理），运行管理程序（如话务量统计、记录和计数等）等。

在整个业务区内，规定一个或若干个移动电话局作为移动汇接局，以疏通该区域内其他移动电话局的来话、转话业务。在各移动电话（汇接）局之间设置通信链路，以利于移动用户之间和移动用户与固定用户之间的通信业务。

移动台；基站；移动电话局；长途局；
市话汇接局；有线或无线中继线路
PCM电路(优先使用)

图 4.13　蜂窝式移动通信本地网结构图

4.4.2 移动通信系统的主要功能

移动通信系统应具有下列的主要功能：

（1）具有与公用电话网进行自动交换的能力。

（2）双工通信，语音质量接近市话网标准。

（3）双向自动拨号，包括移动用户与市话用户间的直接拨号以及移动台之间的直接拨号。移动用户可采用预拨号方式，在按"发送"键前不占用链路，可把被叫号码存入寄存器中并在显示屏上显示。

（4）用户容量大，一个系统一般能为几万个用户提供服务，还能适应业务增加需要，通过小区分裂以扩充容量。

（5）采用小区制频率再用技术，当基站采用全向天线时，一个区群由 7 个小区组成，频率再用率为 1/7，以尽可能减少邻道干扰。

（6）具有自动过境切换频道技术，切换时间小于 20 ms。

（7）设备通用性较强，通常基站、移动台等设备在全国范围内可以通用。

（8）各地之间可以联网，具有自动漫游功能。

4.4.3 数字蜂窝移动网的网络结构

我国 900 MHz 蜂窝式移动通信网络结构示意图如图 4.14 所示。在蜂窝式移动通信网中，为了便于网络组织和管理，将一个移动通信网分为若干个移动服务区，每个移动服务区一般设一个移动电话局，根据规定，一个或若干个移动电话局作为移动汇接局。移动汇接局一般设在省会城市。各移动汇接局之间通过中继线相连，以实现自动漫游和越区切换，保证移动

图 4.14　900 MHz 蜂窝式移动通信网络结构示意图

用户在移动蜂窝网内正常的业务。一个蜂窝式移动通信网中移动服务区的多少，取决于移动通信网所覆盖地域的用户密度和地形地貌等。

通常，在一个大型蜂窝网移动电话系统中有若干个移动汇接局，也可称做移动交换中心（MSC）。其详细的结构示意图，如图4.15所示。图中移动交换中心（MSC）主要由原籍位置寄存器（HLR）、访问位置寄存器（VLR）、设备标志寄存器（EIR）、认证中心（AUC）和操作维护中心（OMC）以及接口等部分组成。基站（BS）由基站控制器（BSC）和基站收发信台（BTS）组成。在一个移动服务区内通常设一个移动交换中心（MSC），一个MSC负责组织和管理一个或若干个无线小区，每个小区内设一个基站（BS），各基站通过中继线与移动电话中心（MSC）相连，MSC也通过中继线（电缆或微波）与公用交换电话网（PSTN）、综合业务数字网（ISDN）和公用数据网（PDN）相连，移动台（MS）通过无线方式接入。

图4.15　网络结构示意图

移动通信网络是由若干个基本部分组成。为了便于各个部分之间相互交换信息，各部分之间都要用接口进行连接，同一通信网络的接口，必须符合统一的接口规范。这就是接口规范。只要遵守接口规范，任何一家厂商生产的设备都可以用来组网，大大地方便了生产者和使用者，为大规模生产和设备的改进提供了便利的条件。

4.4.4　移动通信空中接口协议模型

移动通信的空中接口（或称无线接入部分）的协议和信令是按照分层的概念来设计的，空中接口包括无线物理层、链路层和网络层。链路层还可进一步分为介质接入控制层和数据链路控制层。物理层是最低层，如图4.16所示。

图4.16　移动通信的空中接口协议模型

物理层（PHL）确定无线电参数，如：频率、定时、功率、码片、比特或时隙同步、调制解调、收发信机性能等。物理层将无线电频谱分成若干个物理信道，划分的方法可以按频率、时隙或码字或它们的组合进行，如频分多址（FDMA）、时分多址（TDMA）、码分多址（CDMA）等。物理层在介质接入控制层（MAC）的控制下，负责数据或数据分组的收发。

介质接入控制层（MAC）的主要功能有介质访问管理和数据封装等。具体地讲，第一功能是选择物理信道，然后在这些信道上建立和释放连接；第二个功能是将控制信息、高层的信息和差错控制信息复接成适合物理信道传输的数据分组。介质接入控制层通过形成多种逻辑信道为高层提供不同的业务。

数据链路控制层（DLC）的主要功能是为网络层提供非常可靠的数据链路。控制平面为内部控制信令和有限数量的用户信息提供非常可靠的传输链路，采用标准的链路接入步骤（LAPC）来提供完全的差错控制。在用户平面，提供了一组可供选择的业务，如供语音传输的透明无差错保护的业务，具有不同差错保护的支持电路交换模式和分组交换模式数据传输的其他业务。

网络层（NWL）主要是信令层。它确定了用于链路控制、无线电资源管理、各种业务（呼叫控制、附加业务、面向连接的消息业务、无连接的消息业务）管理和移动性管理的各种功能。

4.4.5　信道结构

1. 网络的控制与管理

无论何时，当某一移动用户在接入信道上向另一移动用户或有线用户发起呼叫，或者某一有线用户呼叫移动用户时，移动通信网络就要按照预定的程序开始运转，这一过程会涉及网络的各个功能部件，包括基站、移动台、移动交换中心、各种数据库以及网络的各个接口等；网络要为用户呼叫配置所需的控制信道和业务信道，指定和控制发射机的功率，进行设备和用户的识别和鉴权，完成无线链路和地面线路的连接和交换，最终在主呼用户和被呼用户之间建立起通信链路，提供通信服务。这是一个呼叫接续过程，也是移动通信系统的连接控制（或管理）功能。

系统控制涉及公用市话网、移动电话局、基站和移动台之间的语音和信令的传输与交换，蜂窝系统的控制结构如图 4.17 所示。

图 4.17　移动通信系统的控制结构

用来从基站向用户传送信息的通道称为下行链路，用来从用户向基站传送信息的通道称为上行链路。

2. 信道类型

移动通信定义了不同的信道，信道定义是根据基站与移动用户之间传递的信息种类的不同而定义的不同的信道。信道有两大类型，称为业务信道（TCH）和控制信道（CCH）。

业务信道（TCH）携带数字化的用户编码语音或用户数据，在上行和下行链路上具有相同的功能和格式进行传播。

（1）监测音 SAT（Supervisory Audio Tone）。

监测音用于信道分配和对移动用户的通话质量进行监测。当某一语音信道要分配给某一移动用户时，基站（BS）就在前向语音信道上发送 SAT 信号，移动台（MS）检测到 SAT 信号后，就在反向语音信道上环回该 SAT 信号，BS 收到返回的 SAT 信号后，就确认此双向语音信道已经接通，即可通话。

在通话期间，基站（BS）仍在语音信道上连续不断地发送 SAT 信号，MS 不断环回 SAT 信号。BS 根据环回 SAT 的信噪比，不断地与预先设置的信噪比相比较，确定是否需要进行过区频道切换。

每个区群使用其中一个监测音，相邻区群分别使用另外两个监测音。例如，由 7 个小区组成的区群，其监测音的分配如图 4.18 所示。

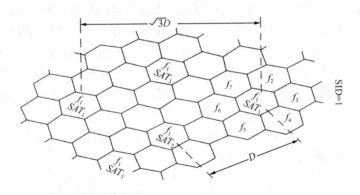

图 4.18　监测音的分配

（2）信令音 ST（Signalling Tone）。信令音在移动台至基站的上行链路语音信道中传输，它是音频信号。信令音的主要用途如下：第一，当移动台（MS）收到基站（BS）发来的振铃信号时，移动台（MS）在上行链路语音信道上向基站（BS）发送信令音（ST）信号，表示振铃成功，一旦移动用户摘机通话，就停发信令音（ST）信号；第二，移动台在过境切换频道前，在移动交换中心（MSC）控制下，基站（BS）在原来的下行链路语音信道上发送一个新分配的语音信道的指令，移动台（MS）收到该指令后，就发送信令音（ST）信号以表示确认。

根据上述监测音（SAT）和信令音（ST）信号的有无，可以用来判断 MS 处于摘机还是机等状态，如表 4.4 所示。例如，当基站收到移动台环回的监测音（SAT）信号，同时又收到信令音（ST），则表示移动台处于挂机状态；若只收到环回的监测音（SAT）信号，而未收到信令音（ST），则表明此时移动台已摘机。

表 4.4　移动台摘机/挂机信号表

	SAT 收到	SAT 未收到
ST 有	移动台挂机	移动台处于衰落环境中
ST 无	移动台摘机	

　　控制信道（CCH）在基站和移动站之间传送信令、同步数据和同步指令，主要用于移动台的呼叫控制和接入管理。

　　移动用户开机并检测控制信道，与相近的基站取得同步。通过接收控制信道的信息，用户将被锁定到系统及适当的控制信道上，当用户主呼时，基站控制信道接收呼叫信息。当用户被呼时，基站控制信道发出主叫用户呼叫信息给被叫用户。双方若能正常通信，基站控制信道会分配业务信道给通信双方，语音信号就会在上行链路和下行链路上传送，呼叫链路成功建立。

4.5　信令

　　信令含有信号和指令双重意思。它是移动通信系统内部实现自动控制的关键。

　　在移动通信网中，除传输用户信息（如语音信息）之外，为使整个网络有序地工作，还必须在正常通话的前后和过程中传输很多其他的控制信号，如摘机、挂机和忙音等以及移动通信网中所需的信道分配、用户登记与管理、呼叫与应答、越区切换和发射机功率控制等等信号。这些与通信有关的一系列控制信号称为信令。信令是整个移动通信网的最重要组成部分之一，其作用是保证用户信息有效且可靠地进行传输。移动通信网的性能在很大程度上取决于网络为用户提供服务的能力和质量。

4.5.1　信令类型

　　对一个公用移动电话网来说，从移动业务交换中心到市话局的局间信令，以及从基站到移动业务交换中心之间的信令都是有线信号，很多与市话局信令一致。这里主要讨论基地站与移动台之间的无线信令。如果从信令的形式分，又可分为模拟信令和数字信令两大类，由于目前移动通信设备多采用数字信令，所以下面主要介绍数字信令。

4.5.2　数字信令

1. 数字信令构成与特点

　　在传送数字信令时，为了便于收端解码，要求数字信令按一定格式编排。常用的信令格式如图 4.19 所示。

前置码（P）	字同步（SW）	信息码（A或D）	纠错码（SP）

图 4.19　典型的数字信令格式

前置码又称位同步码（或比特同步码），其作用是把收发两端时钟对准，使码位对齐，以给出每个码元的判决时刻。通常采用二进制不归零间隔码：10100…并以 0 作为码组的结束码元。

字同步码又称帧同步码，它表示信息（报文）的开始位，作为信息起始的时间标准，以便使接收端实现正确的分路、分句或分字。通常采用二进制不归零码（NRZ）。目前最常用的码组是巴克码。

信息码是真正的信息内容，通常包括控制、寻呼、拨号等信令，各种系统都有独特规定。

纠错码的作用是检测和纠正传送过程中产生的差错，主要是指纠、检信息码的的差错。因此，通常纠、检错码与信息码共同构成纠、检错编码，所以有时又称纠错码为监督码，以区别于信息码。

2. 数字信令的传输

基带数字信令常以二进制 0、1 表示，为了能在移动台（MS）与基站（BS）之间的无线信道中传输，必须进行调制。例如，对二进制数据流在发射机中可采用频移键控（FSK）方式进行调制，即对数字信号"1"以高于发射机载频的固定频率发送；而"0"则以低于载频的固定频率发射。不同制式、不同设备其调制方式、传输速率上存在着差异。

数据流可以在控制信道上，也可以在语音信道上传送。它只在调谐到控制信道的任一移动台产生数据报文时才发送信息。

无线通道上语音信道也可以传输数据。但语音信道主要用于通话，只有在某些特殊情况下才发送数据信息。

3. 差错控制编码

数字信号或信令在传输过程中，由于受到噪声或干扰的影响，信号码元波形变坏，传输到接收端后可能发生错误判决，即把"0"误判为"1"，或把"1"误判成"0"。有时由于受到突发的脉冲干扰，错码会成串出现。为此，在传送数字信号时，往往要进行各种编码。通常把在信息码元序列中，加入监督码元的办法称为差错控制编码，也称为纠错编码。不同的编码方法，有不同的检错或纠错能力，有的编码只能检错，不能纠错。一般来说，监督位码元所占比例越大（位数越多），检（纠）错能力就越强。监督码元位数的多少，通常用冗余度来衡量。因此，纠错编码是以降低信息传输速率为代价，来提高传输可靠性的。

4.5.3 信令的应用

电话交换网络由三个交换机（端局交换机、汇接局交换机和移动交换机）、两个终端（电话终端、移动台）以及中继线（交换机之间的链路）、ISDN 线路（固定电话机与端局交换机之间的链路）和无线接入链路（MSC 至移动台之间的等效链路）组成。固定电话机到端局交换机采用接入信令，移动链路也采用接入信令；交换机之间采用网络信令（7 号信令），如图 4.20 所示。

在移动通信网络中，还有多种类型的信令交换过程。在这里就不一一介绍了。

图 4.20　信令应用举例（呼叫控制）

4.6　越区切换和位置管理

4.6.1　越区切换

越区（过区）切换（Handover 或 Handoff）是指将当前正在进行的移动台（MS）与基站（BS）之间的通信链路从当前基站转移到另一个基站的过程。该过程也称为自动链路转移 ALT（Automatic Link Transfer）。

越区切换通常发生在移动台从一个基站覆盖的小区进入到另一个基站覆盖的小区的情况下，为了保持通信的连续性，将移动台与当前基站之间的链路转移到移动台与新基站之间的链路。

1. 越区切换涉及内容

越区切换包括以下三个方面的问题：

（1）越区切换的准则，也就是何时需要进行越区切换。

（2）越区切换如何控制。

（3）越区切换时信道分配。

越区切换分为两大类：一类是硬切换，另一类是软切换。硬切换是指在新的连接建立以前，先中断旧的连接。而软切换是指既维持旧的连接，又同时建立新的连接，并利用新旧链路的分集合并来改善通信质量，当与新基站建立可靠连接之后再中断旧链路。

在越区切换时，可以仅以某个方向（上行链路或下行链路）的链路质量为准，也可以同时考虑双向链路的通信质量。

2. 越区切换的控制策略

对于越区切换的控制策略，在 CDMA 和 GSM 蜂窝通信系统中，网络要求移动台测量其周围基站的信号质量并把结果报告给旧基站，网络根据测试结果决定何时进行越区切换以及切换到哪个基站。

3. 越区切换时的信道分配

越区切换时的信道分配是解决当呼叫要转换到新小区时，新小区如何分配信道，使得越区失败的概率尽量小。常用的做法是在每个小区预留部分信道专门用于越区切换。这种做法的特点是：因新呼叫使可用信道数的减少，要增加呼损率，但减少了通话被中断的概率，从而符合人们的使用习惯。

4.6.2 位置管理

1. 位置管理的任务

在移动通信系统中，用户可在系统覆盖范围内任意移动。为了能把一个呼叫传送到随机移动的用户，就必须有一个高效的位置管理系统来跟踪用户的位置变化。

位置管理包括两个任务：位置登记和呼叫传递。位置登记的步骤是在移动台的实时位置信息已知的情况下，更新位置数数据库和认证移动台。呼叫传递的步骤是在有呼叫给移动台的情况下，根据移动用户在网络中存储原登记注册的用户信息（用户的预定业务、记账信息和位置信息等）和移动用户登记注册的位置区，这些中可用的位置信息来定位移动台。

位置管理涉及网络处理能力和网络通信能力。网络处理能力涉及数据库的大小、查询的频度和响应速度等；网络通信能力涉及传输位置更新和查询信息所增加的业务量和时延等。位置管理的目标是以尽可能小的处理能力和附加业务量，来最快地确定用户位置，以求容纳尽可能多的用户。

2. 位置更新

在移动通信系统中，是将系统覆盖范围分为若干个登记区（RA）。当用户进入一个新的登记区，它将进行位置更新。当有呼叫要到达该用户时，将在该登记区内进行寻呼，以确定出移动用户在哪一个小区范围内。位置更新和寻呼信息都是在移动通信系统中的控制信道上传输。由于移动台的移动性和呼叫达到情况是千差万别的，位置更新和寻呼机制应能够基于每一个用户的情况进行调整。

3. 定位与过境切换

在移动台通话过程中，为其服务的基站定位接收机不断监测来自移动台（MS）的信号电平，当发现环回的监测音（SAT）的电平低于某一指定值，即信号电平降至请求过境切换的强度时，立即告知移动台的移动交换局（MTSO），移动交换局（MTSO）当即命令邻近的基站（BS）同时监测该移动台的信号电平，并即把测量结果向移动交换局（MTSO）报告。移动交换局（MTSO）根据这些测量结果，就可判断移动台驶入了哪个小区，上述过程就称为定位。通过定位，就能确定是否需要以及如何进行过境切换，过境切换的过程如图4.21所示。

图4.21　过境切换过程

4. 寻呼与接入

寻呼是当市话用户呼叫某一个移动用户时，移动交换局（MTSO）通过某一个基站或位置区内多个基站甚至所有基站发出呼叫信号，包括被呼用户号码以及语音信道指配代号等。这些寻呼信号是在下行链路的控制信道上发送的。

接入是指移动台主呼时，要求入网。为此在上行链路的控制信道上传送入网信息，如将自己的用户识别号告知基站，并在下行链路的控制信道上等候指配语音信道。接入过程如下：移动台开机后，在内存程序控制下，进行自动搜索控制信道。若为空闲，就发送入网信息，基站收到移动台发送的接入信息后，告知移动交换局（MTSO），移动交换局（MTSO）经核实为有效用户时，就为基站和移动台指配一对语音信道，移动台就根据指配指令自动调谐到语音信道，这样就完成了接入过程。

5. 拨号数字信号

拨号数字码用常规的 BCD 码转换，即用四位二进制比特表示一位十进制数。

4.7　多信道共用技术

无线频率是一种宝贵的自然资源。随着移动通信的发展，信道数目有限和用户急剧增加的矛盾越来越尖锐。多信道共用技术是解决上述矛盾的有效手段之一。

多信道共用技术就是在移动通信网中，在基站控制的小区内有 n 个无线信道提供给该小区的所有移动用户共同使用。当 k（$k < n$）个信道被占用时，其他需要通话的用户可以选择其余（$n-k$）中的任一空闲信道进行通话。某一用户需要通信而发出呼叫时，基站需要按一定的选取方式进行空闲信道的分配。空闲信道的选取方式主要可以分为两类：一类是专用呼叫信道方式（或称"共用信令信道"方式）；另一类是标明空闲信道方式。

1. 专用呼叫信道方式

这种方式是在网中设置专门的呼叫信道，专用于处理用户的呼叫。移动用户只要不在通话时就停在这呼叫信道上守候。

2. 标明空闲信道方式

这种方式是在网中不设置专门的呼叫信道，所有的信道都可供通话，选择呼叫与通话可在同一信道上进行。基站在某一空闲信道发出空闲信号，所有未通话的移动台都自动地对所有信道进行搜索。

本 章 小 结

本章介绍了移动通信系统的组网技术，主要包括区域覆盖方式、区群的构成与激励方式、信道（频率）配置、移动通信的网络结构、信令、越区切换和位置管理及多信道共用技术。所涉及这些都是移动通信系统网络构成的基础。通过对移动通信系统的组网的基本概念、特性和技术的学习和了解，为后续介绍 GSM、CDMA 以及其他移动通信系统打下了基础。本章的主要内容包括：

（1）区域覆盖方式。对区域覆盖方式基本机制和所涉及的概念和特性进行了介绍。

（2）区群的构成与激励方式。分别介绍了区群的构成与激励方式的概念和特点，应用领域。

（3）系统容量与信道（频率）配置。介绍了系统容量与信道（频率）配置的方法和特点。着重介绍移动通信系统容量计算方法与系统信道（频率）的配置。

（4）移动通信的网络结构。分别介绍了移动通信的网络结构、构成、信道类型的概念和特点，应用领域。

（5）信令。分别介绍了移动通信的信令。着重介绍了数字信令格式，应用领域。通过一个呼叫控制的举例来说明信令的作用，以帮助学生加深对信令理解。

（6）越区切换和位置管理。分别介绍了移动通信的越区切换和位置管理的概念和特点。着重通过一个越区切换和定位的流程来说明越区切换和位置管理的控制过程。

（7）多信道共用技术。介绍了移动通信中多信道共用技术的概念及作用。

习 题 4

4.1 组网技术包括哪些主要问题？

4.2 移动通信网的体制是如何划分的？各有何特点？

4.3 在面状网中，把小区形状为_____的小区制移动通信网称为移动蜂窝网。

A. 正三角形   B. 正六边形   C. 正方形

4.4 在蜂窝式移动通信网中，一个无线区群通常是由若干邻接的_____组成。

4.5 每个小区由三副120°扇形定向辐射天线共同覆盖，这被称为_____。

4.6 信道（频率）配置主要是针对_____系统。

4.7 频率（信道）配置的目的是什么？可采用什么方法？

4.8 移动通信网的基本网络结构包括哪些功能？

4.9 移动通信网中交换的作用是什么？

4.10 移动通信的空中接口模型包括_____、_____和_____。

4.11 移动通信网中，一个_____可由一个或几个无线小区组成。

4.12 从基站向用户传送信息的通道称为_____。

4.13 信道主要有哪几种类型？其各自的作用是什么？

4.14 什么是信令？信令的功能是什么？有哪几种类型？

4.15 通常把在信息码元序列中，加入监督码元的办法称为_____。

4.16 什么是越区切换？越区切换主要涉及哪些问题？软切换和硬切换有什么区别？

4.17 越区切换时，采用什么信道分配方法可减少通信中断率？

4.18 试述移动台过境切换和接入的工作过程。

4.19 空闲信道的选取方式主要有哪几类？各有什么特点？

第 5 章 GSM 数字蜂窝移动通信系统及设备

内容提要

GSM 蜂窝移动通信系统是小区制大容量公用移动电话系统。其用户容量大、覆盖区域广、功能齐全、技术先进和通话质量好，是当今发展最为迅速的移动通信系统之一。本章将讨论构成 GSM 蜂窝移动通信网的一系列技术问题，主要包括 GSM 的发展过程及标准、GSM 系统组成与接口、无线传输与接入方式、信道分类及时隙、编号和主要业务、我国 GSM 网络结构、越区切换与位置管理、呼叫接续过程等基本原理和技术，并介绍了 GSM 移动台和基站的组成和主要技术性能。

GSM 数字移动通信系统史源于欧洲。1982 年北欧国家向 CEPT（欧洲邮电行政大会）提交了一份建议书，要求制定 900MHz 频段的公共欧洲电信业务规范。在这次大会上就成立了一个在欧洲电信标准协会（ETSI）技术委员会下的"移动特别小组（Group Special Mobile）"简称"GSM"，来制定有关的标准和建议书。1990 年完成了 GSM900 的规范，共产生大约 130 项的全面建议书，不同建议书经分组而成为一套 12 系列。

1991 年在欧洲开通了第一个系统，同时将 GSM 更名为"全球移动通信系统"（Global System for Mobile communications）。从此蜂窝移动通信跨入了第二代数字蜂窝移动通信系统。同年，移动特别小组还完成了制定 1800MHz 频段的公共欧洲电信业务的规范，命名为 DCS1800 系统。该系统与 GSM900 具有同样的基本功能特性，因而该规范只占 GSM 建议的很小一部分，仅将 GSM900 和 DCS1800 之间的差别加以描述，绝大部分二者是通用的，二个系统均可通称为 GSM 系统。1993 年欧洲第一个 DCS1800 系统投入运营。

本章着重讨论 GSM 数字蜂窝移动通信系统的网络组成、传输方式和网络控制等内容，通过实例来说明 GSM 数字蜂窝移动通信系统的过程，并介绍 GSM 数字蜂窝移动通信系统的设备。

5.1 GSM 数字蜂窝移动通信系统

5.1.1 GSM 标准技术规范

GSM 标准中，未对硬件作出规定，只对系统功能、接口等做了详细规定，以便于不同公司的产品可以互连互通。GSM 标准共有 12 项内容，如表 5.1 所示。

表 5.1 GSM 标准技术规范

序　　号	内　　容	序　　号	内　　容
01	概述	07	MS 的终端适配器
02	业务	08	BS-MSC 接口
03	网络	09	网络互通
04	MS-BS 接口与协议	10	业务互通
05	无线链路的物理层	11	设备型号认可规范
06	语音编码规范	12	操作和维护

这些系列规范都是由 ETSI 组建的不同工作组和专家组编写而成的。为了保证 GSM 网络内现有的和将来的业务开展，在制定标准时必须考虑兼容性的要求。

5.1.2 网络结构

GSM 蜂窝移动通信系统主要是由交换网络子系统（NSS）、无线基站子系统（BSS）和移动台（MS）三大部分组成，如图 5.1 所示。其中 NSS 与 BSS 之间的接口为"A"接口，也就是说，交换网络子系统（NSS）和无线基站子系统（BSS）一般采用 2.048Mbps PCM 数字传输链路来实现的。移动台（MS）可用不同厂家的设备。

图 5.1 蜂窝移动通信系统的组成

从图 5.1 中可看到 GSM 系统可对应于一条链：

PSTN↔网络子系统↔基站子系统↔移动台↔用户

它的任务是提供传输路径和建立路径的方法，MS、BSS 和 NSS 构成了系统的运行部分，在它的上面是由操作支持子系统（OSS）及运营者组成的控制部分，它包括各种实体，如处理与操作人员人机接口的终端，管理运行和维护系统所需的专用设备以及业务处理设备的软件。各子系统之间的相互作用构成了 GSM 蜂窝移动通信系统。

由于 GSM 技术规范的制定是便于不同公司的产品可以互连互通，以较少的投资，用最好的设备来建最优良的通信网的目的。因此，GSM 规范对系统的各个接口都有明确的规定。也就是说，各接口都是开放式接口。

GSM 蜂窝系统的网络结构如图 5.2 所示。A 接口往右是交换网路子系统（NSS）系统，它包括有移动业务交换中心（MSC）、访问位置寄存器（VLR）、原籍位置寄存器（HLR）、鉴权中心（AUC）和移动设备识别寄存器（EIR），A 接口往左是基站子系统（BSS），它包括有基站控制器（BSC）和基站收发信台（BTS）。移动台（MS）由移动终端（MS）和用

图 5.2 GSM 蜂窝系统的网络结构

户识别卡（SIM）组成。一个移动业务交换中心（MSC）可管理多达几十个基站控制器（BSC），一个基站控制器（BSC）最多可控制 256 个基站收发信台（BTS）。由交换网路子系统（NSS）、无线基站子系统（BSS）和移动台（MS）三大部分组成 GSM 蜂窝移动通信网，该网络由移动业务交换中心（MSC）与公用交换电话网（PSTN）、综合业务数字网（ISDN）和公用数据网（PDN）进行互连。

在 GSM 网上还配有短信息业务中心（SC），即可开放点对点的短信息业务，类似数字寻呼业务，实现全国联网，又可开放广播式公共信息业务。另外配有语音信箱，可开放语音留言业务，当移动被叫客户暂不能接通时，可接到语音信箱留言，提高网络接通率，增加系统功能。

1. 移动台（MS）

移动台是 GSM 移动通信网中用户使用的设备。移动台类型可分为车载台、便携台和手机。其中，手机本身小型、轻巧，而且功能也较强，因此手机的用户将占移动用户的绝大多数。

移动台通过无线接口接入 GSM 系统，即具有无线传输与处理功能。此外，移动台必须提供与使用者之间的接口。

移动台就是移动客户设备部分，它由两部分组成，移动终端（MS）和用户识别卡（SIM）。移动终端就是"机"，它可完成语音编码、信道编码、信息加密、信息的调制和解调、信息发射和接收。

移动台另外一个重要组成部分是用户识别模块（SIM），亦称 SIM 卡。SIM 卡就是"身份卡"，它类似于我们现在所用的 IC 卡，因此也称做智能卡，存有认证用户身份所需的所有信息，并能执行一些与安全保密有关的重要信息，以防止非法用户进入网络。SIM 卡还存储与网络和用户有关的管理数据，只有插入 SIM 后移动终端才能接入进网，但 SIM 卡本身不是代金卡。SIM 卡的应用使一部移动台可为不同用户服务。

2. 基站子系统（BSS）

基站子系统（BSS）是 GSM 系统的基本组成部分。它通过无线接口与移动台相接，进行无线发送、接收及无线资源管理。另一方面，基站子系统与网络子系统（NSS）中的移动交换中心（MSC）相连，实现移动用户与固定网络用户之间或移动用户之间的通信连接。

基站子系统主要由基站收发信机（BTS）和基站控制器（BSC）构成。BTS 可以直接与BSC 相连接，也可以通过基站接口设备（BIE）采用远端控制的连接方式与 BSC 相连接。此外，基站子系统为了适应无线与有线系统使用不同传输速率进行传输，在 BSC 与 MSC 之间增加了码变换器及相应的复用设备。

基站控制器（BSC）是具有对一个或多个 BTS 进行控制的功能，实际上它是一台具有很强处理能力的小型交换机，它主要负责无线网络资源的管理、小区配置数据管理、功率控制、定位和切换等，是个很强的业务控制点。

基站收发信机（BTS）是无线接口设备，它完全由 BSC 控制，主要负责无线传输，完成无线与有线的转换、无线分集、无线信道加密、跳频等功能。BTS 主要分为基带单元、载频单元、控制单元三大部分。基带单元主要用于必要的语音和数据传输速率适配以及信道编码等。载频单元主要用于调制/解调与发射机/接收机之间的耦合等。控制单元则用于 BTS

的操作与维护。

另外，在 BSC 与 BTS 不设在同一处需采用 Abis 接口时，传输单元是必须增加的，以实现 BSC 与 BTS 之间的远端连接方式。如果 BSC 与 BTS 并置在同一处，只需采用 BS 接口时，传输单元是不需要的。一种具有本地和远端配置 BTS 的典型 BSS 组成方面如图 5.3 所示。

BTS: 基站收发信台　　　　　BIE: 基站接口设备　　　　　BSC: 基站控制器
MSC: 移动业务交换中心　　　SM: 子复用设备　　　　　　TC: 码交换器

图 5.3　一种典型的 BSS 组成方式

3. 网络子系统（NSS）

交换网路子系统（NSS）对 GSM 移动用户之间通信和移动用户与其他通信网用户之间通信起着管理作用。其主要完成交换功能和用户数据与移动性管理、安全性管理所需的数据库功能。在 NSS 内部，基本交换功能由移动交换中心（MSC）完成，MSC 的主要功能是协调呼叫 GSM 用户和来自 GSM 用户的呼叫建立，它一侧与基站子系统（BSS）接口，而另一侧与外部网络接口。交换网络子系统（NSS）由一系列功能实体所构成，各功能实体介绍如下：

（1）移动交换中心（MSC）是网络的核心，它提供交换功能并面向下列功能实体：基站子系统（BSS）、原籍位置寄存器（HLR）、鉴权中心（AUC）、移动设备识别寄存器（EIR）、操作维护中心（OMC）和固定网（公用电话网（PSTN）、综合业务数字网（ISDN）等）。从而把移动用户与固定网用户、移动用户与移动用户之间互相连接起来。

它既能完成网络接口、公共信道信令子系统和计费等功能，又能完成基站子系统（BSS）、移动交换中心（MSC）之间的位置登记和更新、越区切换和漫游等无线资源管理、移动性管理的功能。移动交换中心可从原籍位置寄存器（HLR）、访问位置寄存器（VLR）和鉴权中心（AUC）三种数据库获取有关用户位置登记和呼叫请求等所需的全部信息。另外，为了建立固定网用户与移动台之间的呼叫，固定用户的呼叫首先被接到入口移动交换中心（GMSC）由入口移动交换中心（GMSC）负责查询移动用户的原籍位置寄存器（HLR）信息，该原籍位置寄存器（HLR）将以被访移动交换中心（MSC）区的地址作为回答，就可获取移动用户的位置信息，且把固定用户的呼叫转接到可向该移动用户提供即时服务的移动交换中心（MSC）。因此，一般 GMSC 的功能都是与 MSC 在同一设备中实现的。

（2）原籍用户位置寄存器（HLR），即原籍位置寄存器，简称 HLR。它可以看做是 GSM 系统的中央数据库，存储该 HLR 管辖区的所有移动用户的有关数据。其中，静态数据有移动用户码、访问能力、用户类别和补充业务等。此外，HLR 还暂存移动用户漫游时的有关动态信息数据。即有关用户目前所处位置的信息，以便当有呼叫时，能及时获得该用户的位置信息，建立起通信链路。HLR 作为一个设备，典型的 HLR 是一台独立的计算机，它没有交换能力，但能管理成千上万的用户。HLR 功能的一个部分是鉴权中心（AUC），AUC 的作用是为用户确认管理安全数据。

（3）访问用户位置寄存器（VLR），即访问位置寄存器，简称 VLR。它存储进入其控制区域内来访移动用户的有关数据，这些数据是从该移动用户的原籍位置寄存器获取并进行暂存的，一旦移动用户离开该 VLR 的控制区域，则临时存储的该移动用户的数据就会被消除。因此，VLR 可看做是一个动态用户的数据库。访问用户位置寄存器（VLR）功能总是在每个移动交换中心（MSC）中综合实现的，即移动交换中心（MSC）、访问用户位置寄存器（VLR）合置于一个物理实体中。

（4）鉴权中心（AUC）。GSM 系统采取了特别的通信安全措施，包括对移动用户鉴权，对无线链路上的语音、数据和信令信息进行保密等。因此，鉴权中心存储着鉴权信息和加密密钥，用来防止无权用户接入系统和保证无线通信安全。鉴权中心（AUC）属于原籍用户位置寄存器（HLR）的一个功能单元，用于 GSM 系统的安全性管理。

（5）移动设备识别寄存器（EIR）。移动设备识别寄存器（EIR）存储着移动设备的国际移动设备识别码（IMEI），通过核查白色、黑色和灰色三种清单，运营部门就可判断出移动设备是属于准许使用的，还是失窃而不准使用的，还是由于技术故障或误操作而危及网络正常运行的移动台（MS）设备，以确保网络内所使用的移动设备的惟一性和安全性。

（6）操作与维护中心（OMC）。网络操作与维护中心（OMC）负责对全网进行监控与操作。例如，系统的自检、报警与备用设备的激活，系统的故障诊断与处理，话务量的统计和计费数据的记录与传递，以及与网络参数有关的各种参数的收集、分析与显示等。

4. 操作支持子系统（OSS）

图 5.4　操作支持子系统（OSS）组织结构

操作支持子系统（OSS）主要包括三个部分功能：对电信设备的网络操作与维护；注册管理和计费；移动设备管理。其组织结构如图 5.4 所示。OSS 要完成的任务都需要 BSS 或 NSS 中的一些或全部基础设施以及提供业务公司之间的相互作用。它通过网络管理中心（NMC）、安全性管理中心（SEMC）、用户识别卡管理中心（PCS）、集中计费管理数据处理系统（DPPS）等功能实体，以实现对移动用户管理、收费和记账，移动设备管理和网络操作与维护。

5.1.3　GSM 功能模型

GSM 系统使用的是开放系统互连模型，功能按功能平面分层，一层叠在一层上面。每一层向它的上一层提供服务，这些服务是对下一层提供服务的增强。在每一层中，各实体通过交换信息，协同工作以提供需要的业务。我们把这些交换规则在信息流穿过不同实体间，对口处参考点的规定，称为信令协议。

在 GSM 蜂窝系统中，可按功能不同将其划分为 5 个平面，如图 5.5 所示。最低层是系统的基础，即传输平面。它是为用户通信的需要，以及协同工作的设备之间转移信息提供传输的链路。无线链路上传输资源的管理是一个复杂的问题，要有一个独立的功能平面，称为无线资源管理层（RR 层），RR 是指用于管理在无线接口上传输的协议，它提供移动台（MS）和移动交换中心（MSC）之间的稳定连接，特别要处理在呼叫期间用户的切换。基站子系统（BSS）可完成大部分 RR 层功能。

图 5.5　GSM 系统的功能模型

移动性管理层（MM 层）是指管理用户移动性的协议，它负责管理用户数据库，特别是用户位置数据，它的一个附加任务是保密性方面的管理，如鉴权。SIM 卡、原籍用户位置寄存器（HLR）和鉴权中心（AUC）是参与 MM 活动的主要设备。MM 层在低层提供的传输功能的基础上，又增加了跟踪不在进行通信的移动用户的方法和与安全性有关的功能。

通信管理层（CM 层）是指管理通信的协议，它利用 RR 层和 MM 层提供稳定的基础，向用户提供电信业务，根据业务的类型，它由几个独立的部分构成。显然，移动交换中心（MSC）与 CM 层有密切的关系。

运行、管理和维护层（OAM 层）是为运营者的操作提供手段，包括那些能使操作人员监视和控制系统的功能，如操作人员可更换设备和功能的配置。作为一个功能平面，由于它并没有直接地增强其他层提供的业务，也不严格地位于其他业务层之上。除了在有关设备间交换的基本传输功能外，它并不使用其他层提供的业务。操作支持子系统（OSS）是 OAM 层的一个集成部分。在许多情况下，为业务处理定义的接口、协议，都支持与 OAM 层相关的功能。

接口与协议之间是有差异的。一个接口代表两个相邻实体间的连接点，它可承载与不同实体对有关的信息流，即几种协议，如图 5.6 所示。GSM 中的无线接口就是与几种协议相关的信息转移点：在移动台（MS）和基站收发信机（BTS）之间的无线接口（为了传输），在 MS 和基站控制器（BSC）之间的 RR 接口（为了管理无线接口上的传输），MS

图 5.6　GSM 系统协议和接口

和移动交换中心（MSC）之间的 MM＋CM 接口（为了管理用户的移动性和通信），在 MS 和原籍用户位置寄存器（HLR）之间的 SS 接口（为了设置附加业务参数），SS 是指设置附加业务参数的协议。

5.1.4　GSM 网络接口

GSM 系统在制定技术规范时，就对系统功能、接口等做了详细规定，以便于不同公司的产品可以互连互通，为 GSM 系统的实施提供了灵活的设备选择方案。

GSM 系统各部分之间的接口如图 5.7 所示。

1. 主要接口

GSM 系统的主要接口是指 A 接口、Abis 接口和 Um 接口。这三种主要接口的定义和标准化可保证不同厂家生产的移动台、基站子系统和网络子系统设备能够纳入同一个 GSM 移动通信网运行和使用，如图 5.8 所示。

图 5.7　GSM 系统接口　　　　　　图 5.8　GSM 系统主要接口

（1）A 接口。A 接口定义为网络子系统（NSS）与基站子系统（BSS）之间的通信接口。从系统的功能实体而言，就是移动交换中心（MSC）与基站控制器（BSC）之间的互连接口，其物理连接是通过采用标准的 2.048Mbps PCM 数字传输链路来实现的。此接口传送的信息包括对移动台及基站管理、移动性及呼叫接续管理等。

（2）Abis 接口。Abis 接口定义为基站子系统的基站控制器（BSC）与基站收发信机（BTS）两个功能实体之间的通信接口，用于 BTS（不与 BSC 放在一处）与 BSC 之间的远端互连方式，它是通过采用标准的 2.048Mbps 或 64Kbps PCM 数字传输链路来实现的。图 5.8 所示的 BS 接口作为 Abis 接口的一种特例，用于 BTS（与 BSC 并置）与 BSC 之间的直接互连方式，此时 BSC 与 BTS 之间的距离小于 10 米。此接口支持所有向用户提供的服务，并支持对 BTS 无线设备的控制和无线频率的分配。

（3）U_m 接口。U_m 接口（空中接口）定义为移动台（MS）与基站收发信机（BTS）之间的无线通信接口，它是 GSM 系统中最重要、最复杂的接口。其物理链接通过无线链路实现。用于移动台与 GSM 系统的固定部分之间的互通，接口传递的信息包括无线资源管理、移动性管理和接续管理等。

2. 网络子系统（NSS）内部接口

网络子系统内部接口包括 B、C、D、E、F、G 接口。

（1）B 接口。B 接口定义为移动交换中心（MSC）与访问用户位置寄存器（VLR）之间的内部接口。用于 MSC 向 VLR 询问有关移动台（MS）当前位置信息或者通知 VLR 有关 MS 的位置更新信息等。

（2）C 接口。C 接口定义为 MSC 与原籍用户位置寄存器（HLR）之间的接口，用于传递路由选择和管理信息。两者之间是采用标准的 2.048Mbps PCM 数字传输链路实现的。

（3）D 接口。D 接口定义为原籍用户位置寄存器（HLR）与访问用户位置寄存器（VLR）之间的接口，用于交换移动台位置和用户管理的信息，保证移动台在整个服务区内能建立和接受呼叫。由于 VLR 综合于 MSC 中，因此 D 接口的物理链路与 C 接口相同。

（4）E接口。E接口为相邻区域的不同移动交换中心之间的接口。用于移动台从一个MSC控制区到另一个MSC控制区时交换有关信息，以完成越区切换。此接口的物理链接方式是采用标准的2.048Mbps PCM数字传输链路实现的。

（5）F接口。F接口定义为MSC与移动设备识别寄存器（EIR）之间的接口，用于交换相关的管理信息。此接口的物理链接方式也是采用标准的2.048Mbps PCM数字传输链路实现的。

（6）G接口。G接口定义为两个访问用户位置寄存器（VLR）之间的接口。当采用临时移动用户识别码（TMSI）时，此接口用于向分配TMSI的VLR询问此移动用户的国际移动用户识别码（IMSI）的信息。G接口的物理链接方式与E接口相同。

3. GSM系统与其他公用电话网（PSTN）接口

其他公用电信网主要是指公用电话网（PSTN）、综合业务数字网（ISDN）、分组交换公用数据网（PSPDN）和电路交换公用数据网（CSPDN）。GSM系统通过移动交换中心（MSC）与这些公用电信网互连，其接口必须满足CCITT的有关接口和信令标准及各个国家邮电运营部门制定的与这些电信网有关的接口和信令标准。

根据我国现有公用电话网（PSTN）的发展现状和综合业务数字网（ISDN）的发展前景，GSM系统与PSTN和ISDN网的互连方式采用7号信令系统接口。其物理链接方式是通过MSC与PSTN或ISDN交换机之间标准2.048Mbps的PCM数字传输实现的。

如果具备ISDN交换机，HLR与ISDN网之间可建立直接的信令接口，使ISDN交换机可以通过移动用户的ISDN号码直接向HLR询问移动台的位置信息，以建立至移动台当前所登记的MSC之间的呼叫路由。

5.1.5 GSM系统语音传输示例

无论是固定网还是移动蜂窝通信网，电话都是公用网提供的最普遍的业务。GSM系统语音传输示例如图5.9所示，以说明语音在GSM网中是如何进行传输的。

图5.9　GSM系统传输模式示例图

图5.9中，移动用户首先将他的语音送入移动台（MS）的送话器，在MS内，模拟声音信号转换成代表话音信号的13Kbps数字信息流，再将这个13Kbps数字信息流转换成高频模拟信号，经无线电波发射出去。

基站收发信机（BTS）天线检测到后，将这个无线电信号接收、处理后，恢复成代表语音的16Kbps数字信号；实际上，16Kbps数字信号（每帧20ms，316信息位）除包含13Kbps的语音编码数字信息流（每帧20ms，260信息位）外，还包括一些3Kbps的信息用于20ms的同步信息。BTS通过同轴电缆或无线链路将16Kbps数字信号传到语音编码变换器（TRAU）。TRAU将输入的16Kbps数字信号转换成标准的64Kbps数字信息流，这样在

TRAU 的输出可得到语音信号的另一种数字表示形式。64Kbps 数字信息流经过移动交换中心（MSC）后，可方便地与外部网络和交换机连接，如 PSTN 和 MSC 等，从而实现 GSM 用户之间或 GSM 用户与 PSTN 用户之间语音的传输。

5.2 GSM 系统的方式

GSM 系统为了将源数据转换为最终信号，无线电发射包括几个连续的过程。相反地，在接收端要近似重现原始数据需要执行一系列相反的过程。对于语音来说，这些工作的顺序如图 5.10 所示。这个过程对于其他用户数据和信令也是一样的。

图 5.10 从语音到无线电波以及从无线电波到语音

语音变换成数字块后，信道编码附加冗余度；然后数字块被交织和分散成几段，把它们与报头和中间训练系列组合构成突发脉冲；对这些突发脉冲加密，并利用得到的数据调制载波，由发射机发射到无线信道，从而实现从移动台（MS）语音到无线电波的转换。同样，在接收端实现相反的变换，从无线电波到语音。

GSM 数字蜂窝通信网的无线接口即 U$_m$ 接口，是系统的主要接口，实现移动台（MS）与基站的无线连接。下面将着重讨论 GSM 系统的无线传输方式及特征。

5.2.1 无线传输特征

表 5.2 给出了 GSM 系统的主要参数。

表 5.2 GSM 系统的主要参数

	GSM 900	GSM 1800	GSM 1900
发射频带	890～915MHz	1710～1785MHz	1805～1910MHz
接收频带	935～960MHz	1805～1880MHz	1930～1990MHz
双工隔离	45MHz	95MHz	80MHz
频率范围	70MHz	170MHz	140MHz
信道数量	124	374	299
调制	GMSK	GMSK	GMSK
蜂窝半径	<35km	<4km	<4km
移动台功率	2W	1W	1W
移动速度	250km/h	125km/h	125km/h

其频率配置如下。

（1）工作频段和频道间隔。表 5.3 列示了 GSM 的工作频段。

表 5.3 GSM 的工作频段

800MHz 频段	G1 频段上行频率	880 ~ 890MHz
	P 频段上行频率	890 ~ 915MHz
	G1 频段下行频率	925 ~ 935MHz
	P 频段下行频率	935 ~ 960MHz
	双工间隔	45MHz
	载频间隔	200kHz
1800MHz 频段	上行频率	1710 ~ 1785MHz
	下行频率	1805 ~ 1880MHz
	双工间隔	95MHz
	载频间隔	200kHz
1900MHz 频段	上行频率	1850 ~ 1910MHz
	下行频率	1930 ~ 1990MHz
	双工间隔	80MHz
	载频间隔	200kHz

移动台采用较低频段发射，传播损耗较低，有利于补偿上、下行功率不平衡的问题，如图 5.11 所示。我国陆地公用蜂窝数字移动通信网 GSM 通信系统采用 900MHz 和 1800MHz 频段：

图 5.11 我国陆地蜂窝移动体系系统频段分配图

上行链路（移动台发、基站收）905 ~ 915MHz。

下行链路（基站发、移动台收）950 ~ 960MHz。

（DCS1800）1800MHz 频段：

上行链路（移动台发、基站收）1710 ~ 1785MHz。

下行链路（基站发、移动台收）1805 ~ 1880MHz。

相邻两频道间隔为 200kHz，收、发频率间隔分别为 45MHz 和 95MHz。每个频道采用时分多址接入（TDMA）方式。

（2）频道编号。由于载频间隔是 0.2MHz，因此 GSM 系统对整个工作 900MHz 频段分为 124 对载频，其频道序号用 n 表示，则上、下两频段中序号为 n 的载频可用下式计算：

$$f_1(n) = (890 + 0.2n) \text{MHz}（下频段）\tag{5.1}$$

$$f_h(n) = (935 + 0.2n) \text{MHz}（上频段）\tag{5.2}$$

式中，$n = 1 \sim 124$。

例如 $n=1$，$f_l(1)=890.2\text{MHz}$，$f_h(1)=935.2\text{MHz}$，其他序号的载频依次类推。在正常情况下，不使用第 1 和第 124 频道，因此可用最大频道数为 122。

由于每小区可用频道数都是在可用频段为 10MHz 情况下，其频道配置如图 5.12 所示。目前，对 GSM 系统在 10MHz 可用频段中，频道序号为 76 ~ 124，共 49 个频点。其中，4MHz 为"中国移动"使用，另 6MHz 为"中国联通"使用。从频道序号来看，76 ~ 95 为"中国移动"使用，96 ~ 124 为"中国联通"使用。

图 5.12　频道配置示意图

（3）调制方式。GSM 的调制方式是高斯型最小频移键控（GMSK）方式，BT = 0.3。矩形脉冲在调制器之前先通过一个高斯滤波器。这一调制方案由于改善了频谱特性，从而能满足国际无线电咨询委员会（CCIR）提出的邻信道功率电平小于 − 60dBw 的要求。基于 200kHz 的载频间隔及 270.833Kbps 的信道传输速率。

（4）载频复用与区群结构。GSM 系统中，基站发射功率为每载波 500W。移动台发射功率分为 0.8W、2W、5W、8 W 和 20W 五种，可供用户选择。小区覆盖半径最大为 35km，最小为 500m，前者适用于农村地区，后者适用于市区。

由于系统采取了多种抗干扰措施（如自适应均衡、跳频和纠错编码等），因此在业务密集区，通常可采用 4 小区 12 扇区或 3 小区 9 扇区的区群结构。图 5.12 为 3 小区 9 扇区的区群结构的频道配置示意图。

5.2.2　时分多址（TDMA）/频分多址（FDMA）接入方式

GSM 系统中，有若干个小区（3 个、4 个或 7 个）构成一个区群，区群内不能使用相同频道，每个小区使用多个载频，每一频点（频道或叫载波）上可分成 8 个时隙，每一时隙为一个信道，一个频道最多可有 8 个移动用户同时使用，如图 5.13 所示。

(a) 频分多址(FDMA)方式　　　　(b) 时分多址(TDMA)方式

图 5.13　频分多址和时分多址方式

　　GSM 系统采用时分多址、频分多址和频分双工（TDMA/FDMA/FDD）的接入方式，如图 5.14 所示。这种多址接入方式，在 25MHz 的频段中共分 124 个频道，频道间隔 200kHz。每一载波上可分成 8 个时隙，每一时隙为一个信道，每信道占用带宽 200kHz/8 = 25kHz，8 个时隙构成一个 TDMA 帧，帧长度约为 4.615ms。每个时隙含 156.25 个码元，时隙宽为 0.577ms。在时分多址（TDMA）的物理信道中，帧的结构或组成是基础。GSM 系统各种帧及时隙格式如图 5.15 所示。

图 5.14　TDMA/FDMA 接入方式

图 5.15　GSM 系统各种帧及时隙格式

由若干个 TDMA 帧构成复帧，其结构有两种：一种是由 26 帧组成的复帧，这种复帧长 120ms，主要用于业务信息的传输，也称做业务复帧；另一种是由 51 帧组成的复帧，这种复帧长 235.385ms，专用于传输控制信息，也称做控制复帧。

由 51 个业务复帧或 26 个控制复帧均可组成一个超帧，超帧的周期为 1326 个 TDMA 帧，超帧长 $51 \times 26 \times 4.615 \times 10^{-3} \approx 6.12s$。

由 2048 个超帧组成超高帧，超高帧的周期为 $2048 \times 1326 = 2715648$ 个 TDMA 帧，即 12 533.76 秒，即 3 小时 28 分 53 秒 760 毫秒。

帧的编号（FN）以超高帧为周期，从 0 到 2715647。

GSM 系统中，由于在无线接口采用了 TDMA 技术，那么某一移动台必须在指配给它的时隙内发送，而在其余时间又必须保持寂静，否则它会干扰使用同样载频上不同时隙的另一些移动用户。因为上行传输所用的帧号和下行传输所用的帧号相同。所以上行帧相对于下行帧，在时间上推后 3 个时隙，如图 5.16 所示。在这 3 个时隙时间内，移动台可进行帧调整以及对收发信机的调谐和转换。

图 5.16 上行帧号和下行帧号所对应的时间关系

5.2.3 信道分类

GSM 系统的信道分类如图 5.17 所示。

图 5.17 GSM 系统的信道分类

GSM 中的信道分为物理信道和逻辑信道，一个物理信道就为一个时隙（TS），而逻辑信道是根据基站收发信机（BTS）与移动台（MS）之间传递的信息种类的不同而定义的不同逻辑信道。这些逻辑信道映射到物理信道上传送。从 BTS 到 MS 的方向称为下行链路，相反的方向称为上行链路。

逻辑信道又分为两大类：业务信道和控制信道。

1. 业务信道

业务信道（TCH）主要传输数字化语音或数据，其次还有少量的随路控制信令。业务信道有全速率业务信道（TCH/F）和半速率业务信道（TCH/H）之分。半速率业务信道所用时隙是全速率业务信道所用时隙的一半。

（1）语音业务信道。载有编码语音的业务信道分为全速率语音业务信道（TCH/FS）和半速率语音业务信道（TCH/HS），两者的总速率分别为 22.8Kbps 和 11.4Kbps。

对于全速率语音编码，语音帧长 20ms，每帧含 260bit 语音信息，提供的净速率为 13Kbps。

（2）数据业务信道。在全速率或半速率信道上，通过不同的速率适配和信道编码，用户可使用下列各种不同的数据业务：

① 9.6Kbps，全速率数据业务信道（TCH/F9.6）。

② 4.8Kbps，全速率数据业务信道（TCH/F4.8）。

③ 4.8Kbps，半速率数据业务信道（TCH/H4.8）。

④ ≤2.4Kbps，全速率数据业务信道（TCH/F2.4）。

⑤ ≤2.4Kbps，半速率数据业务信道（TCH/H2.4）。

2. 控制信道

控制信道（CCH）用于传送信令和同步信号。根据所需完成的功能又把控制信道定义成广播、公共及专用三种控制信道，它们又可细分为：

（1）广播信道（BCH）。广播信道是一种"一点对多点"的单方向控制信道，用于基站向移动台广播公用的信息。传输的内容主要是移动台入网和呼叫建立所需要的有关信息。其又可分为以下几种信道：

① 频率校正信道（FCCH）。传输供移动台校正其工作频率的信息。

② 同步信道（SCH）。传输供移动台进行同步和对基站进行识别的信息，即基站识别码是在同步信道上传输的。

③ 广播控制信道（BCCH）。传输系统公用控制信息，例如公共控制信道（CCCH）号码以及是否与独立专用控制信道（SDCCH）相组合等信息。

（2）公用控制信道（CCCH）。CCCH 是一种双向控制信道，用于呼叫接续阶段传输链路连接所需要的控制信令。其又分为以下几种信道：

① 寻呼信道（PCH）。传输基站寻呼移动台的信道。

② 随机接入信道（RACH）。这是一个上行信道，用于移动台随机提出的入网申请，即请求分配一个独立专用控制信道（SDCCH）。

③ 准许接入信道（AGCH）。这是一个下行信道，用于基站对移动台的入网申请作出应答，即分配一个独立专用控制信道。

（3）专用控制信道（DCCH）。DCCH 是一种"点对点"的双向控制信道，其用途是在呼叫接续阶段以及在通信进行当中，在移动台和基站之间传输必需的控制信息。其又分为以下几种信道：

① 独立专用控制信道（SDCCH）。用于在分配业务信道之前传送有关信令。例如，登记、鉴权等信令均在此信道上传输，经鉴权确认后，再分配业务信道（TCH）。

② 慢速辅助控制信道（SACCH）。在移动台和基站之间，需要周期性地传输一些信息。例如，移动台要不断地报告正在服务的基站和邻近基站的信号强度，以实现"移动台辅助切换功能"。此外，基站对移动台的功率调整、时间调整命令也在此信道上传输，因此SACCH是双向的点对点控制信道。SACCH可与一个业务信道或一个独立专用控制信道联用。SACCH安排在业务信道时，以SACCH/T表示；安排在控制信道时，以SACCH/C表示。

③ 快速辅助控制信道（FACCH）。传送与SDCCH相同的信息，只有在没有分配SDCCH的情况下，才使用这种控制信道。使用时要中断业务信息，把FACCH插入业务信道，每次占用的时间很短，约18.5ms。

5.2.4　时隙格式

在GSM系统中，每帧含8个时隙，时隙的宽度为0.577ms，其中包含156.25bit。时分多址（TDMA）信道上一个时隙中的信息格式称为突发脉冲序列。

根据所传信息的不同，时隙所含的具体内容及其组成的格式也不相同，共有5种类型。

（1）普通突发脉冲序列（NB）。用于携带TCH及除RACHA，SCH和FCCH以外的控制信道上的信息，如图5.18所示，"57个加密比特"是客户数据或语音，再加"1"个比特用做借用标志。借用标志是表示此突发脉冲序列是否被FACCH信令借用。"26个训练比特"是一串已知比特，用于供均衡器产生信道模型（一种消除时间色散的方法）。

图5.18　常规突发脉冲等序列的格式

"TB"尾比特总是000帮助均衡器判断起始位和中止位。"GP"保护间隔，8.25个比特（相当于大约30?s），是一个空白空间。由于每载频最多8个用户，因此必须保证各自时隙发射时不相互重叠。尽管使用了时间调整方案，但来自不同移动台的突发脉冲序列彼此间仍会有小的滑动，因此8.25个比特的保护可使发射机在GSM建议许可范围内上下波动。

（2）频率校正突发（Frequency Correction Burst，FB）脉冲序列。频率校正突发脉冲序列用于校正移动台的载波频率，其格式比较简单，参见图5.18。

起始和结束的尾比特各占3bit，保护时间8.25bit，它们均与普通突发脉冲序列相同，其余的142bit，均置成"0"，相应发送的射频是一个与载频有固定偏移（频编）的纯正弦波，以便于调整移动台的载频。

（3）同步突发（Synchronisation Burst，SB）脉冲序列。同步突发脉冲序列用于移动台的时间同步。主要组成包括64bit的位同步信号，以及两段各39bit数据，用于传输TDMA帧号和基站识别码（BSIC），见图 5.18。

基站识别码（BSIC）用于移动台进行信号强度测量时区分同一个载频而不同的基站。

（4）接入突发（Access Burst，AB）脉冲序列。接入突发脉冲序列用于上行传输方向，在随机接入信道（RACH）上传送，用于移动用户向基站提出入网申请。它有一个较长的保护间隔，这是为了适应移动台首次接入（或切换到另一个 BTS）后不知道时间提前量而设置的。移动台可能远离基站收发信机（BTS），这意味着初始突发脉冲序列会迟一些到达 BTS，由于第一个突发脉冲序列中没有时间调整，为了不与下一时隙中的突发脉冲序列重叠，此突发脉冲序列必须短一些，如图 5.19 所示。

接入突发序列	尾比特8	训练序列41	加密比特36	尾比特3	保护期68.25

图 5.19　接入突发脉冲序列的格式

（5）空闲突发脉冲序列（DB）。此突发脉冲序列在某些情况下由 BTS 发出，不携带任何信息。它的格式与普通突发脉冲序列相同，其中加密比特改为具有一定比特模型的混合比特。

5.2.5　语音和信道编码

数字化语音信号在无线传输时主要面临三个问题：一是选择低速率的编码方式，以适应有限带宽的要求；二是选择有效的方法减少误码率，即信道编码问题；三是选用有效的调制方法，减小杂波辐射，降低干扰。

图 5.20 为 GSM 系统的语音和信道编码组成方框图。语音编码主要由线性预测编码 – 长

图 5.20　GSM 系统的语音和信道编码组成方框图

期预测编码 – 规则脉冲激励编码器（LPC-LTP-RPE 编码器）组成，而信道编码归入无线子系统，主要包括纠错编码和交织技术。

语音信号在无线接口路径的处理过程如图 5.21 所示。

图 5.21　语音在 MS 中的处理过程

在图 5.21 中，首先语音通过一个模/数转换器，实际上是经过 8kHz 抽样、量化后变为每 125μs 含有 13bit 的码流；每 20ms 为一段，再经语音编码后降低传码率为——13Kbps；经信道编码变为 22.8Kbps；再经码字交织、加密和突发脉冲格式化后变为 33.8Kbps 的码流，经调制后发送出去。接收端的处理过程相反。

GSM 系统语音编码器是采用声码器和波形编码器的混合物——混合编码器，全称为线性预测编码 – 长期预测编码 – 规则脉冲激励编码器（LPC-LTP-RPE 编码器），其原理图如图 5.22 所示。LPC-LTP 为声码器，声码器编码可以是很低的速率（可以低于 5Kbps），虽然不影响语音的可懂性，但语音的失真性很大，很难分辨是谁在讲话。RPE 为波形编码器，波形编码器语音质量较高，但要求的比特速率相应的较高。再通过复用器混合完成模拟语音信号的数字编码，每语音信道的编码速率为 13Kbps。

图 5.22　GSM 系统语音编码器原理图

在 GSM 系统中，能够检出和校正接收比特流中的差错。这是因为加入一些冗余比特，把几个比特上携带的信息扩散到更多的比特上。为此付出的代价是必须传送比该信息所需要的更多的比特，但有效地减少差错。方法是对一些信息比特通过增加一些冗余比特，进行纠错编码，从而形成编码比特流。这种编码方式适用于语音和数据。纠错编码的输出速率为 9.8Kbps。纠错编码后再进行交织编码，以对抗突发干扰。交织的实质是将突发错误分散开来，增强系统的抗干扰能力。如图 5.23 所示为 GSM 编码流程。即把 40ms 中的语音比特（2 ×456 =912bit）组成 8×114 矩阵，按水平写入、垂直读出的顺序进行交织，如图 5.24 所示，获得 8 个 114bit 的信息段，每个信息段占用一个时隙且逐帧进行传输。可见每 40ms 的语音需要用 8 帧才能传送完毕。

图 5.23 GSM 编码流程

图 5.24 GSM 的交织方式

5.2.6 跳频和间断传输技术

1. 跳频

在 GSM 标准中，采用跳频技术是为了确保通信的秘密性和抗干扰性。

跳频是指载波频率在很宽频率范围内按某种图案（序列）进行跳变，其实现方法是将语音信号进行语音和信道编码形成帧，在跳频序列控制下，由发射机采用不同频率发射。图5.25 为 GSM 系统的跳频示意图。采用每帧改变频率的方法，即每隔 4.615ms 改变载波频率，跳频速率为 1/4.615＝217 跳/秒。

图 5.25　GSM 系统的跳频示意图

跳频是靠躲避干扰来达到抗干扰能力的。抗干扰性能用处理增益 G_P 表征，G_P 的表达式为：

$$G_P = 10\lg\frac{B_W}{B_C} \tag{5.3}$$

式中，B_W——跳频系统的跳变频率范围；

　　　B_C——跳频系统的最小跳变的频率间隔（GSM 的 $B_C = 200\text{kHz}$）。

若 B_W 取 15MHz，则 $G_P = 18\text{dB}$。

跳频技术改善了无线信号的传输质量，可以明显地降低同频干扰和频率选择性衰落，提高整个系统的抗干扰能力。

2. 间断传输

为了提高频谱利用率，GSM 系统还采用了语音激活技术。这个被称为间断传输（DTx）技术的基本原则是只在有语音时才打开发射机，这样可以减小干扰，使频率复用面积减小，提高系统容量。采用间断传输（DTx）技术，对移动台来说是更有意义，因为在无信息传输时立即关闭发射机，可以减少电源消耗。

在 GSM 系统中，语音激活技术是采用一种自适应门限语音检测算法。当发端判断出通话者暂停通话时，立即关闭发射机，暂停传输；在接收端检测出无语音时，在相应空闲帧中填上轻微的"舒适噪声"，以免收听者造成通信中断的错觉。

5.3　编号和主要业务

5.3.1　编号

1. GSM 区域定义

GSM 系统属于小区制大容量移动通信网，在它的服务区，设置很多基站，移动台只要在服务区内，移动通信网就必须具有控制、交换功能，以实现位置更新、呼叫接续、过区切换及漫游服务等功能。

在由 GSM 系统组成的移动通信网络结构中，其相应的区域定义如图 5.26 所示。

（1）GSM 服务区。服务区是指移动台可获得服务的区域，即不同通信网（如 PSTN 或 ISDN）用户无须知道移动台的实际位置而可与其通信的区域。

一个服务区可由一个或若干个公用陆地移动通信网（PLMN）组成。从地域而言，可以是一个国家或是一个国家的一部分，也可以是若干个国家。

（2）公用陆地移动通信网（PLMN）。一个公用陆地移动通信网（PLMN）可由一个或若干个移动交换中心（MSC）组成。在该地区内具有共同的编号制度和路由计划。并由移动交换中心（MSC）完成呼叫接续。

（3）移动交换中心（MSC）。移动交

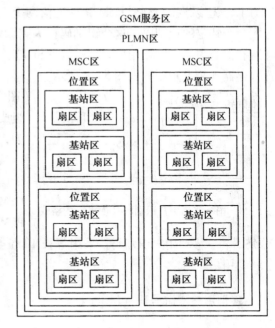

图 5.26　GSM 的区域定义

换中心（MSC）区是指一个移动交换中心（MSC）所控制的区域，通常它连接一个或若干个基站控制器，每个基站控制器控制着多个基站收发信机。从地理位置来看，移动交换中心（MSC）包含多个位置区。

（4）位置区。位置区一般由若干个小区组成，移动台在位置区内移动无须进行位置更新。通常呼叫移动台时，向一个位置区内的所有基站同时发寻呼信号。

（5）基站区。基站区即小区，指基站收发信机有效的无线覆盖区。

（6）扇区。当基站收发信机天线采用定向天线时，基站区分为若干个扇区。

2. 移动台 ISDN 号码（MSISDN）

移动台 ISDN 号码（MSISDN）是指主叫用户为呼叫数字公用陆地蜂窝移动通信网中用户所需拨的号码。号码的结构如图 5.27 所示。

图 5.27　移动台国际 ISDN 的格式

图中，CC——国家码，我国为 86；

NDC——国内目的地码，即网络接入号，"中国移动" GSM 网为 139 ~ 134，"中国联通公司" GSM 网为 130 ~ 132；

SN——用户号码，采用等长 8 位编号计划。

SN 号码结构是 $H_0H_1H_2H_3ABCD$，其中 $H_0H_1H_2H_3$ 为每个移动业务本地网的原籍用户位置寄存器（HLR）号码，ABCD 为移动用户码。

当客户号码容量受限时，可扩充国内目的地码。"中国移动"启用 138，137…，"中国联通公司"启用 131 和 132。

3. 国际移动用户识别码（IMSI）

为了在无线路径和整个 GSM 移动通信网上正确地识别某个移动用户，就必须给移动用户分配一个特定的识别码。这个识别码称为国际移动用户识别码（IMSI），用于 GSM 移动通信网所有信令中，存储在用户识别模块（SIM）、原籍用户位置寄存器（HLR）和访问用户位置寄存器（VLR）中，如图 5.28 所示。

图中，MCC——移动用户国家码，由 3 位数字组成，唯一地识别移动用户所属的国家。我国为 460；

MNC——移动网号，由 2 位数字组成，用于识别移动用户所归属的移动网。"中国移动"GSM PLMN 网为 00，"中国联通公司"GSM PLMN 网为 01；

图 5.28　国际移动用户识别码（IMSI）的格式

MSIN——移动用户识别码，采用等长 10 位数字构成，唯一地识别国内 GSM 移动通信网中移动用户。

4. 移动用户漫游号码（MSRN）

当移动台漫游到一个新的服务区时，由访问用户访问位置寄存器（VLR）给它分配一个临时性的漫游号码，并通知该移动台的原籍用户位置寄存器（HLR），用于建立通信路由。一旦该移动台离开该服务区，此漫游号码即被收回，并可分配给其他来访的移动台使用。

在每次移动台有来话呼叫时，根据 HLR 的请求，临时由 VLR 分配一个 MSRN，此号码只能在某一时间范围（比如 90s）内有效。

漫游号码的组成格式与移动国际（或国内）ISDN 号码相同。

我国 GSM 移动通信网技术体制规定如下（以中国移动网为例）：139 后二位为零的 MSISDN 号码为移动用户漫游号码（MSRN），即 $13900M_1M_2M_3ABC$。$M_1M_2M_3$ 为 MSC 的号码。$M_1M_2M_3$ 与 MSISDN 号码中的 $H_1H_2H_3$ 相同。

5. 临时移动用户识别码（TMSI）

考虑到移动用户识别码的安全性，GSM 系统能提供安全保密措施，即空中接口无线传输的识别码采用临时移动用户识别码（TMSI）代替国际移动客户识别码（IMSI）。两者之间可按一定的算法互相转换。它在某一 VLR 区域内与 IMSI 惟一对应。访问位置寄存器（VLR）可给来访的移动用户分配一个临时移动用户识别码（TMSI）（只限于在该访问服务区使用）。总之，国际移动用户识别码（IMSI）只在起始入网登记时使用，在后续的呼叫中，使用临时移动用户识别码（TMSI），以避免通过无线信道发送其国际移动用户识别码（IMSI），从而防止窃听者检测用户的通信内容，或者非法盗用合法用户的临时移动用户识别码（IMSI）。

临时移动用户识别码（TMSI）总长不超过 4 个字节，可以由 8 个十六进制数组成，其格式可由各运营部门决定。

TMSI 的 32 比特不能全部为 1，因为在 SIM 卡中比特全为 1 的 TMSI 表示无效的 TMSI。

6. 位置区识别码（LAI）

位置区识别码用于移动用户的位置更新，其号码结构如图5.29所示。

图中，MCC——移动用户国家码，同IMSI中的前三位数字；MNC——移动网号，同IMSI中的MNC；LAC——位置区号码，为一个2字节BCD编码，表示为$X_1X_2X_3X_4$。在一个GSM PLMN网中可定义65536个不同的位置区。0000与FFFF不能使用。

图5.29 位置区识别码的格式

7. 全球小区识别码（CGI）

CGI是用来识别一个位置区内的小区，它是在位置区识别码（LAI）后加上一个小区识别码（CI），其结构如图5.30所示。图中，CI为一个2字节BCD编码，由各MSC自定。

8. 基站识别色码（BSIC）

基站识别色码（BSIC）是用于识别相邻国家的相邻基站的，为6bit编码，其结构如图5.31所示。

图5.30 全球小区识别码格式　　　　图5.31 基站识别色码（BSIC）的格式

图中，NCC——国家色码，主要用来区分国界各侧的运营者（国内区别不同的省），为XY_1Y_2。X：运营者（移动X=1，联通=0）Y_1、Y_2：分配如表5.4所示。BCC——基站色码，识别基站。由运营设定。

表5.4　Y_1Y_2的分配

Y_1 ＼ Y_2	0	1
0	吉林、甘肃、西藏、广西、福建、湖北、北京、江苏	黑龙江、辽宁、宁夏、四川、海南、江西、天津、山西、山东
1	新疆、广东、河北、安徽、上海、贵州、陕西	内蒙古、青海、云南、河南、浙江、湖南

9. 国际移动台设备识别码（IMEI）

国际移动设备识别码（IMEI）是区别移动台设备的标志，可用于监控被窃或无效的移动设备, 如图 5.32 所示。

6位数字	2位数字	6位数字	1位数字
TAC	FAC	SNR	SP

IMEI(15位数字)

图 5.32 国际移动设备识别码 (IMEI) 的格式

图中, TAC——型号批准码, 由欧洲型号认证中心分配;

FAC——工厂装配码, 由厂家编码, 表示生产厂家及其装配地;

SNR——序号码, 由厂家分配。识别每个 TAC 和 FAC 中的某个设备的;

SP——备用, 备作将来使用。

10. 切换号码 (HON)

切换号码 (HON) 是当进行移动交换局间越局切换时, 为选择路由, 由目标移动交换中心 (MSC) (即切换要转移到的 MSC) 临时分配给移动用户的一个号码。此号码为移动用户漫游号码 (MSRN) 号码的一部分。

5.3.2 拨号方式

拨号方式是使用户可以通过拨十进制数字实现本地呼叫、国内长途呼叫及国际长途呼叫的一种方式。我国移动通信网技术体制规定的 GSM 移动通信的拨号方式是 (以中国移动网为例):

移动用户→固定用户 (含模拟移动用户)   0XYZ PQR ABCD

固定用户→本地移动用户 $139H_0H_1H_2H_3$ ABCD

固定用户→外地移动用户 $0139H_0H_1H_2H_3$ ABCD

移动用户→移动用户 $139H_0H_1H_2H_3$ ABCD

移动用户→待服业务   0XYZ1XX, 其中对火警只需拨 119, 对匪警只需拨 110, 对急救中心只需拨 120, 对交警中心只需拨 122。

国际用户→移动用户   国际长途有权字冠 + $139H_0H_1H_2H_3$ ABCD

移动用户→国际用户   00 + 国家代码 + 该国内有效电话号码

其中, 0——国内长途有权字冠; 00——国际长途有权字冠; XYZ——长途区号, 由 3 位或 2 位数字组成; PQR——局号; ABCD——用户号码, 当长途区号为 2 位时, 用户号可以由 4 位或 5 位号码组成; 1XX——特种业务号码。

由于 GSM 移动通信网的网络接入号是 "139", 因此 "139" 既有特服号码的特性, 又有长途区号的特性。因无论国际、国内长途均是分析 "139" 后接入中国移动 GSM 移动通信网的。根据我国电话网技术体制规定的拨号方式是采用闭锁拨号方式, 即在一个闭锁编号区内 (一个长途编号区为一个闭锁编号区) 用户相互呼叫时, 不需加拨长途区号, 而两个闭锁编号区内的用户相互呼叫时, 必须加拨被叫闭锁区的长途区号。因此移动用户呼叫固定电话网用户是两个闭锁编号区内用户互通, 移动用户需加拨被叫固定用户所在地的长途区号。反之, 固定用户 (含模拟移动用户) 呼叫移动用户时, 同样也是两个闭锁区间的用户互通, 固定用户应拨移动用户的 "长途区号" 139, 但在长途区号前需加长途字冠 "0" 方可知道 "0" 后的数字是长途区号。这样就出现了一个问题, 即无论固定用户呼叫何处移动用户首先均要拨 "0139", 限于我国目前公用电话网固定用户大量还属非长途有权用户, 又因为移动业务本地网和固定电话本地网相一致，因此就会出现非长途有权固定用户可以呼叫本地固定电话用户而不能呼叫本地 GSM 移动通信网的移动用户，这显然不合理，而且会给电信局带来很大的业务损失。所以，我国移动通信网技术体制在制定 GSM 移动通信网拨号方式中就将固定用户呼叫本地移动用户和外地移动用户分开规定，呼叫本地移动用户时只需拨 $139H_0H_1H_2H_3ABCD$，这时的 139 就具有了特服号码特性；呼叫外地移动用户时需在 139 前加拨长途字冠"0"，这时的 139 就具有长途区号特性。

当移动用户呼叫移动用户是在同一闭锁编号区内，如按上述说法用户呼叫时只需拨 $H_1H_2H_3ABCD$，不需加拨 139，但考虑到号码扩容，即 138，137…，用户就必须拨全号（即 $13XH_0H_1H_2H_3ABCD$），网络方可寻找到惟一的一个被叫用户。因此我国在制定 GSM 移动通信网的拨号方式时就规定移动用户呼叫移动用户时拨全号，避免将来客户号码扩容后要改变用户拨号习惯。

5.3.3 主要业务

GSM 系统定义的所有业务是建立在综合业务网（ISDN）概念基础上的，并考虑移动特点作了必要修改。GSM 系统可提供的业务分为基本通信业务和补充业务。补充业务只是对基本业务的扩充，它不能单独向用户提供，这些补充业务也不是专用于 GSM 系统的，大部分补充业务是从固定网所能提供的补充业务继承过来的。

1. 通信业务分类

GSM 移动通信网能提供 6 类 10 种电信业务，其业务编号、名称、种类和实现阶段如表 5.5 所示。

表 5.5　电信业务分类

分　类　号	电信业务类型	编　　号	电信业务名称	实 现 阶 段
1	语音传输	11 12	电话 紧急呼叫	E1 E1
2	短消息业务	21 22 23	点对点 MS 终止的短消息业务 点对点 MS 起始的短消息业务 小区广播短消息业务	E3 A FS
3	MHS 接入	31	先进消息处理系统接入	A
4	可视图接入	41 42 43	可视图文接入子集 1 可视图文接入子集 2 可视图文接入子集 3	A A A
5	智能用户 电报传递	51	智能用户电报	A
6	传真	61	交替的语音和三类传真　透明 　　　　　　　　　　　非透明	E2 A
		62	自动三类传真　透明 　　　　　　　非透明	FS FS

注：E1——必需项，第一阶段以前提供 ；E2——必需项，第二阶段以前提供；E3——必需项，第三阶段以前提供；A——附加项；FS——待研究；MS——移动台；MHS——消息处理系统。

2. 业务定义

(1) 电话业务。电话业务是 GSM 移动通信网提供的最重要业务。经过 GSM 网和 PSTN 网，能为数字移动用户之间、数字蜂窝移动电话网用户与固定网用户之间，提供实时双向通信，其中包括各种特服呼叫、各类查询业务和申告业务，以及提供人工、自动无线电寻呼业务。

(2) 紧急呼叫业务。紧急呼叫业务来源于电话业务，它允许数字移动用户在紧急情况下，进行紧急呼叫操作，即拨 119、110、120 等时，依据用户所处基站位置，就近接入火警中心（119）、匪警中心（110）、急救中心（120）等。当用户按紧急呼叫键（SOS 键）时，应向用户提示如何拨叫紧急中心。

紧急呼叫业务优先于其他业务，在移动台没有插入用户识别卡（SIM）或移动用户处于锁定状态时，也可按 SOS 键或拨 112（欧洲统一使用的紧急呼叫服务中心号码，目前我国使用的移动台均符合欧洲标准），即可接通紧急呼叫服务中心（目前我国 GSM 移动通信网是用送辅导音方式，提示用户拨不同紧急呼叫服务中心号码呼叫不同紧急服务中心，因我国各紧急呼叫服务中心尚未联网）。

(3) 短消息业务。短消息业务又可分为包括移动台起始和移动台终止的点对点的短消息业务与点对多点的小区广播短消息业务。移动台起始的短消息业务能使 GSM 用户发送短消息给其他 GSM 点对点用户；点对点移动台终止的短消息业务，则可使 GSM 用户接收由其他 GSM 用户发送的短消息。点对点的短消息业务是由短消息业务中心完成存储和前转功能的。短消息业务中心是在功能上与 GSM 网完全分离的实体，不仅可服务于 GSM 用户，亦可服务于具备接收短消息业务功能的固定网用户，尤其是把短消息业务与语音信箱业务相结合，更能经济地综合地发挥短消息业务的优势。点对点的信息发送或接收即可在移动台（MS）处于呼叫状态（语音或数据）时进行，也可在空闲状态下进行。当其在控制信道内传送时，信息量限制为 140 个八位组（7 比特编码，160 个字符）。

点对多点的小区广播短消息业务是指在 GSM 移动通信网某一特定区域内以有规则的间隔向移动台（MS）重复广播具有通用意义的短消息，如道路交通信息、天气预报等。移动台连续不断地监视广播消息，并在移动台上向用户显示广播短消息。此种短消息也是在控制信道上发送，移动台只有在空闲状态时才可接收，其最大长度为 82 个八位组（7 比特编码，92 个字符）。

(4) 可视图文接入。可视图文接入是一种通过网络完成文本、图形信息检索和电子邮件功能的业务。

(5) 智能用户电报传送。智能用户电报传送能够提供智能用户电报终端间的文本通信业务。此类终端具有文本信息的编辑、存储处理等功能。

(6) 传真。交替的语音和三类传真是指语音与三类传真交替传送的业务。自动 3 类传真是指能使用户经 GSM 网以传真编码信息文件的形式自动交换各种函件的业务。

5.4 我国 GSM 移动通信网的网络结构

5.4.1 全国 GSM 移动通信网的网络结构

全国 GSM 移动电话网按大区设立一级汇接中心、省内设立二级汇接中心、移动业务本地网设立端局构成三级网络结构。它与公用交换电话网（PSTN）的连接关系如图 5.33 所示。

▭	国际交换中心
▢	一级交换中心
△	二级交换中心
⊙	三级交换中心
○	四级交换中心
▨	移动汇接局
◹	移动电话局
⊘	移动端局
⊛	端局
⊙	市话汇接局

图 5.33　GSM 网络与 PSTN 网络连接示意图

从图 5.33 中可见，三级网络结构组成了一个完全独立的数字移动通信网络。它在省内建立二级汇接中心，在移动业务本地网内建端局，省际间的通信是借助于 PSTN 网的长途电话网来实现，可实现省际间的自动漫游。GSM 数字移动通信网与 PSTN 网相重叠。当然，公用交换电话网（PSTN）还有它的国际出口局，而 GSM 数字移动通信网却无国际出口局，国际间的通信仍然还需借助于公用交换电话网的国际局。

"中国联通"的 GSM 移动通信网与"中国移动"的 GSM 移动通信网和公用交换电话网（PSTN）之间的网络结构如图 5.34 所示。在"中国联通"GSM 移动交换局所在地，联通网和公用交换电话网（PSTN）之间各设一个网间接口局，双方接口局按一对一的方式成对互联。联通 GSM 用户与 GSM、公用交换电话网（PSTN）用户间的各种业务互通（含本地、自动长途、移动及国际业务等）所需的话路接续和信号，均经过网间接口局连通。

图 5.34　联通 GSM 与 PSTN/GSM 网络间互通组网方式示意图

5.4.2 省内 GSM 移动通信网的网络结构

省内 GSM 移动通信网由省内的各移动业务本地网构成，省内设若干个移动业务汇接中

图 5.35 省内 GSM 移动通信网络结构示意图

心（即二级汇接中心），汇接中心之间为网球网结构，汇接中心与移动端局之间成星状网。根据业务量的大小，二级汇接中心可以是单独设置的汇接中心（即不带用户，全有至基站接口，只作汇接），也可兼作移动端局（与基站相连，可带用户）。省内 GSM 移动通信网中一般设置二、三个移动汇接局较为适宜，最多不超过四个，每个移动端局至少应与省内两个二级汇接中心相连，如图 5.35 所示。任意两个移动交换局之间若有较大业务量时，可建立语音专线。图 5.35 中，VLR 为访问位置寄存器，HLR 为原籍用户位置寄存器，MSC 为移动业务交换中心。

5.4.3 移动业务本地网的网络结构

全国可划分为若干个移动业务本地网，划分的原则是长途区号为 2 位或 3 位的地区为一个移动业务本地网。每个移动业务本地网中应设立一个原籍用户位置寄存器（HLR）和一个或若干个移动业务交换中心（MSC），还可以几个移动业务本地网共用一个移动业务交换中心（MSC），如图 5.36 所示。图中，VLR 为访问位置寄存器，HLR 为原籍用户位置寄存器，MSC 为移动业务交换中心，TS 为长途局，LS 为市话汇接局。

在移动业务本地网中，每个移动业务交换中心（MSC）与所在地的长途局和市话汇接局相连。在长途多局制地区，移动业务交换中心（MSC）还应与该地区的高级长途局相连。在有市话汇接

图 5.36 GSM 移动业务本地网结构示意图

局或话务量足够大的情况下，移动业务交换中心（MSC）可与本地市话端局相连。当一个移动业务交换中心（MSC）覆盖几个长途编号区时，该移动业务交换中心（MSC）需与这几个长途编号区的市话汇接局和长途局相连。

每个移动业务交换中心（MSC）均为数字移动通信网的入口局，入口局具有为移动终端的呼叫询问、呼叫路由的功能和为呼叫选路径至它们终端的目的地——被叫移动台的功能。

5.5 GSM 系统控制与管理

GSM 系统是一个先进、复杂的数字蜂窝移动通信系统。无论是移动用户与市话用户，还是移动用户之间建立通信，必须涉及系统中的各种设备。下面着重讨论 GSM 系统控制与管理中的几个主要问题，包括位置登记与更新、鉴权与保密和越区切换。

5.5.1 位置登记

位置登记（或称注册）是通信网为了跟踪移动台的位置变化，而对其位置信息进行登记、删除和更新的过程。由于数字蜂窝网的用户密度高，因而位置登记过程必须更快、更精确。位置信息存储在原籍位置寄存器（HLR）和访问位置寄存器（VLR）中。

GSM 系统把整个网络的覆盖区域划分为许多位置区，并以不同的位置区标志进行区别，如图 5.37 所示中的 LA_1、LA_2、LA_3、…。

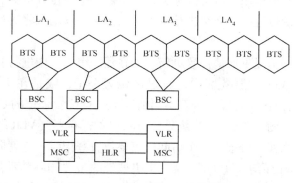

图 5.37　位置区划分示意图

当一个移动用户首次入网时，它必须通过移动交换中心（MSC），在相应的原籍位置寄存器（HLR）中登记注册，并把其有关的参数（如移动用户识别码（MSIN）、移动台编号及业务类型）全部放在原籍位置寄存器（HLR）中。

1. 基本规程

移动台的不断运动将导致其位置的不断变化。这种变化的位置信息由访问位置寄存器（VLR）进行登记。移动台可能远离其原籍地区而进入其他地区"访问"，该地区的访问位置寄存器（VLR）要对这种来访的移动台进行位置登记，并向该移动台的原籍位置寄存器（HLR）查询其有关的参数。此原籍位置寄存器（HLR）要临时保存该访问位置寄存器（VLR）提供的位置信息，以便为其他用户（市话用户或移动用户）呼叫此移动台提供所需的路由。访问位置寄存器（VLR）所存储的位置信息不是永久性的，一旦移动台离开了它的服务区，该移动台的位置信息既被删除。如图 5.38 更新位置过程示意图所示。移动台（MS）从一个旧位置换到新

图 5.38　更新位置过程示意图

的位置，MS 进行最初的位置更新（1），HLR 在接收到来自新 MSC/VLR 的请求（2）后，负责删除原先的 MSC/VLR 中的旧记录（3、4'），与此同时在新 MSC/VLR 中确认更新（4），再由新 MSC/VLR 应答移动台（MS）的申请（5）。概括以上情况，其基本规程如下：

（1）应移动台（MS）的请求，更新 MSC/VLR 存储的内容。

（2）应 MSC/VLR 请求，更新 HLR 存储的内容。

（3）应 HLR 请求，删除 MSC/VLR 中一个用户记录。

2. 位置更新规程

位置区的标志在广播控制信道（BCCH）中播送。移动台开机后，就可以搜索此广播控制信道（BCCH），从中提取所在位置区的标志。如果移动台从广播控制信道（BCCH）中获取的位置区标志就是它原来用的位置区标志，则不需要进行位置更新。如果两者不同，则说明移动台已经进入新的位置区，必须进行位置更新。于是移动台将通过新位置区的基站发出位置更新的请求。

移动台可能在不同情况下申请位置更新。如在任一个地区中进行初始位置登记，在同一个访问位置寄存器（VLR）服务区中进行过区位置登记，或是在不同的访问位置寄存器（VLR）服务区中进行过区位置登记等。不同情况下进行位置登记的具体过程会有不同，但基本方法都是一样的。图 5.39 给出的是两个访问位置寄存器（VLR）的位置更新过程，其他情况可依次类推。当移动台进入某个访问区需要位置登记时，它就向该区的移动交换中心（MSC）发出"位置登记请求（LR）"。若 LR 中携带的是"国际移动用户识别码（IMSI）"，新的访问位置寄存器 $(VLR)_n$ 在收到移动交换中心（MSC）"更新位置登记"的指令后，可根据国际移动用户识别码（IMSI）直接判断出该移动台的原籍位置寄存器（HLR）。访问位置寄存器 $(VLR)_n$ 给该移动台分配漫游号码（MSRN），并向该原籍位置寄存器（HLR）查询"移动台的有关参数"，获得成功后，再通过移动交换中心（MSC）和基站（BS）向移动台发送"更新位置登记"的确认信息。原籍位置寄存器（HLR）要对该移动台原来的移动参数进行修改，还要向原来的访问位置寄存器 $(VLR)_0$ 发送"位置信息注销"指令。

图 5.39　位置登记过程举例

如果移动台是利用"临时用户识别码（TMSI）"（由访问位置寄存器 $(VLR)_0$ 分配）发起"位置登记请求"的，访问位置寄存器 $(VLR)_n$ 在收到后，必须先向访问位置寄存器 $(VLR)_0$ 询问该用户的国际移动用户识别码（IMSI），如询问操作成功，访问位置寄存器 $(VLR)_n$ 再给该移动台分配一个新的临时用户识别码（TMSI），接下来的过程与上面一样。

如果移动台因故未收到"确认"信息，则此次申请失败，可以重复发送三次申请，每次间隔至少是 10s。

3. 国际移动用户识别码（IMSI）附着与分离规程

移动台可能处于激活（开机）状态，也可能处于非激活（关机）状态。移动台转入非激活状态时，要在有关的访问位置寄存器（VLR）和原籍位置寄存器（HLR）中设置一特定的标志，使网络拒绝向该用户呼叫，以免在无线链路上发送无效的呼叫信号，这种功能称为"国际移动用户识别码（IMSI）分离"。当移动台由非激活状态转为激活状态时，移动台取消上述分离标志，恢复正常工作，这种功能称为"国际移动用户识别码（IMSI）附着"。两者统称为"国际移动用户识别码（IMSI）分离/附着"，如图5.40所示。

图5.40　附着与分离程序

若移动台向网络发送"国际移动用户识别码（IMSI）附着"消息时，因无线链路质量很差，有可能造成错误，即网络认为移动台仍然为分离状态。反之，当移动台发送"国际移动用户识别码（IMSI）分离"消息时，因收不到信号，网络也会错认为该移动台处于"附着"状态。

为了解决上述问题，系统采用周期性登记方式，例如要求移动台每30分钟登记一次。这时，若系统没有接收到某移动台的周期性登记信息。访问位置寄存器（VLR）就以"分离"作标记，称作"隐分离"。

网络通过广播控制信道（BCCH）通知移动台其周期性登记的时间周期。周期性登记程序中有证实消息，移动台只有接收到此消息后才停止发送登记消息。

5.5.2　越区切换

越区切换是在通话期间，当移动台从一个小区进入另一个小区时，网络能进行实时控制，把移动台从原小区所用的信道切换到新小区的某一信道，并保证通话不间断（用户无感觉）。

越区切换的产生是基站收发信机（BTS）首先要通知移动台（MS）将其周围小区基站收发信机（BTS）的有关信息及对广播控制信道（BCCH）载频、信号强度进行测量，同时还要测量它所占用的业务信道（TCH）的信号强度和传输质量，再将测量结果发送给基站控制器（BSC），BSC根据这些信息对周围小区进行比较排队（也就是"定位"），最后由基站控制器（BSC）作出是否需要切换的决定，如图5.41所示。另外，基站控制器（BSC）还需判别在什么时候进行切换，切换到哪个基站收发信机（BTS）。

图 5.41　基站控制器（BSC）切换的判断

在 GSM 系统中，不同的移动交换中心（MSC）之间的切换，在切换前需进行大量的信息传递。这种切换由于涉及两个移动交换中心（MSC），我们称切换前移动台（MS）原所处的 MSC 为（MSCA），切换后 MS 所处的 MSC 为目标（MSCB），如图 5.42 所示。

图 5.42 中，MAP、ISUP、ACM 和 IAM 为 7 号信令协议部分。

图 5.42　两个移动交换中心（MSC）之间切换示意图

图 5.43 为上述两个移动交换中心 MSC 之间切换的基本流程。其基本流程如下：

（1）稳定的呼叫连接状态。

（2）移动台（MS）对邻近基站（BS）发出的信号进行无线测量，包括功率、距离和语音质量。这三个指标决定切换的门限值。无线测量结果通过专用控制信道（DCCH）报告给基站子系统（BSS）中的基站收发信台（BTS）。

（3）无线测量结果经过 BTS 预处理后传送给基站控制器（BSC），BSC 综合功率、距离和语音质量进行计算，并与切换门限值进行比较，决定是否要进行切换，如果需要再向 MSCA 发出切换请求。

（4）MSCA 决定执行 MSC 之间的切换，MSCA 再向 MSCB 发送切换请求。

（5）MSCA 请求在 MSCB 区域内建立无线通道。MSCB 负责建立与新 BSC 和基站收发信机（BTS）的链路连接，MSCB 向 MSCA 回送无线信道确认。根据越局切换号码（HON），在 MSCA 与 MSCB 之间建立通信链路。

图 5.43　两个移动交换中心 MSC 之间切换的基本流程

（6）MSCA 向移动台（MS）发出切换命令后，由 MSCA 向 MS 发送切换命令，MS 切换到新的业务信道（TCH）频率上，由新的 BSC 向 MSCB，MSCB 向 MSCA 发送切换完成指令。这时移动台切换到已准备好无线链路的基站（BS）。

（7）移动台（MS）发出切换成功确认消息传送给 MSCA，以释放原所处的 BSC 和 BTS 信息资源。

5.5.3　鉴权与加密

由于空中接口极易受到侵犯，GSM 系统为了保证通信安全，采取了特别的鉴权与加密措施。鉴权是为了确认移动台的合法性，而加密是了为防止第三者窃听。其主要是在下列部分加强了保护：接入网络方面采用了对用户鉴权；无线路径上采用对通信信息加密；对移动设备采用设备识别；对用户识别码用临时识别码保护；SMI 卡用 PIN 码保护。

1. 鉴权

鉴权的作用是保护网络，防止非法盗用。同时通过拒绝假冒合法用户的"入侵"而保护 GSM 移动网络的用户。当移动用户开机请求接入网络时，移动交换中心/访问位置寄存器（MSC/VLR）通过控制信道将鉴权与加密参数组的一个参数传送给用户，用户 SIM 卡收到这个参数后，用此参数与 SIM 卡存储的用户鉴权，经同样的加密算法得出一个响应参数，传送给移动交换中心/访问位置寄存器（MSC/VLR）。MSC/VLR 将收到的响应参数与鉴权与加密参数组中响应参数的进行比较。由于是同一参数，同样的加密算法，因此结果响应参数应相同。若移动交换中心/访问位置寄存器（MSC/VLR）比较的结果相同就允许接入，否则为非法用户，网络拒绝为此用户服务。

在每次登记、呼叫建立尝试、位置更新以及在补充业务的激活、去活、登记或删除之前均需要鉴权。

2. 加密

GSM 系统中的加密也只是指无线链路上的加密，是指基站收发信机（BTS）与移动台（MS）之间交换用户信息和用户参数时不被非法个人或团体获得或监听，在移动台（MS），运用加密算法，对用户信息数据流进行加密（也叫扰码），在无线链路上传送。在基站收发信机（BTS），把从无线链路上收到加密信息数据流，经过解密算法后，传送给基站收控制器（BSC）和移动交换中心（MSC）。

在 GSM 系统中，所有的语音和数据均需加密，并且所有有关用户参数也均需加密。

3. 设备识别

每一个移动台设备均有一个惟一的移动台设备识别码（IMEI）。在移动设备识别寄存器（EIR）中存储了所有移动台的设备识别码，每一个移动台只存储本身的移动台设备识别码（IMEI）。设备识别的目的是确保系统中使用的设备不是盗用的或非法的设备。为此，移动设备识别寄存器（EIR）中使用以下三种设备清单：

（1）白名单。合法的移动设备识别号；包括已分配给可参与运营的各国 GSM 所有设备识别序列号码。

（2）黑名单。禁止使用的移动设备识别号。

（3）灰名单。由运营者决定，例如有故障的或未经型号认证的移动设备识别号。

设备识别的程序如图 5.44 所示，移动交换中心/访问位置寄存器（MSC/VLR）向移动台（MS）请求移动台设备识别码（IMEI），并将其发送给移动设备识别寄存器（EIR），EIR 将收到的 IMEI 与白、黑、灰三种表进行比较，把结果发送给 MSC/VLR，以便 MSC/VLR 决定是否允许该移动台设备进入网络。

图 5.44　设备识别程序

4. 移动用户识别码（IMSI）保密

为了防止非法监听进而盗用移动用户识别码（IMSI），在无线链路上需要传送移动用户识别码（IMSI）时，均用临时移动用户识别码（TMSI）代替移动用户识别码（IMSI）。仅在位置更新失败或移动台（MS）得不到临时移动用户识别码（TMSI）时，才使用移动用户识别码（IMSI）。

移动台（MS）每次向 GSM 系统请求一种程序，如位置更新、呼叫尝试等，允许接入网络后，移动交换中心/访问位置寄存器（MSC/VLR）将给移动台（MS）分配一个新的临时移动用户识别码（TMSI）。位置更新 TMIS 的命令将其传送给移动台，写入客户 SIM 卡。此后，MSC/VLR 和 MS 之间的命令交换就使用 TMIS，用户实际的移动用户识别码（IMSI）便不再在无线路径上传送。如图 5.45 所示为位置更新时产生新的临时移动用户识别码（TMSI）程序。

图 5.45　位置更新时产生新的临时移动用户识别码（TMSI）程序

临时移动用户识别码（TMSI）是由移动交换中心/访问位置寄存器（MSC/VLR）分配，并不断地进行更换，更换周期由网络运营者设置。更换的频率越快，起到的保密性越好，但对用户的 SIM 卡寿命有影响。

5.6　主要接续流程

本节通过主要接续流程的例子对 GSM 系统的整体操作作进一步的说明。移动台开机步骤如下：

（1）首先搜索 124 个信道，即所有的 BCH 通道，决定收到的广播信道 BCH 强度（BCH 的承载的信息是距移动台最近的 BTS 呼叫信息）。

（2）跟网络同步时间和频率，由 FCH/SCH 调整频率和时间。

（3）解码 BCH 的子通道 BCCH。

（4）网络检查 SIM 卡的合法身份，是否是网络允许的 SIM 卡。

（5）手机的位置更新。

（6）网络鉴权。

5.6.1 移动用户至固定用户出局呼叫流程

移动用户至固定用户出局呼叫流程如图 5.46 所示。

图 5.46 移动用户至固定用户出局呼叫流程

图中，BSSMAP——基站子系统管理部分；

DTAP——直接转移应用单元；

LAPD——D 信道链路接入协议；

LAPDm——Dm 信道链路接入协议。

图 5.46 呼叫流程说明如下：

（1）在服务小区内，一旦移动用户拨号后，移动台（MS）向基站（BS）请求随机接入信道。

（2）在移动台与移动业务交换中心（MSC）之间建立信令连接的过程。

（3）对移动台的识别码进行鉴权，如果需加密则设置加密模等，进入呼叫建立的起始阶段。

（4）分配业务信道的过程。

（5）采用七号信令的用户部分（ISUP/TUP），建立与综合业务数字网/公用交换电话网（ISDN/PSTN）至被叫用户的链路，并向被叫用户振铃，向移动台回送呼叫接通证实信号。

（6）被叫用户摘机应答，向移动台发送应答连接消息，最后进入通话阶段。

（7）呼叫释放流程图如图 5.47 所示。其释放过程有两种情况：一种是移动台（MS）先终止连接，请求释放信道；另一种是固定用户（PSTN）先终止连接，请求释放信道。

图 5.47 呼叫释放流程图

5.6.2　固定用户至移动用户入局呼叫的基本流程

固定用户至移动用户入局呼叫的基本流程如图 5.48 所示。其呼叫流程与移动用户至固定用户出局呼叫流程类似，这里就不详述了。

图 5.48　固定用户至移动用户入局呼叫的基本流程

5.7　GSM 移动台（MS）

移动台是 GSM 移动通信网中用户使用的设备。移动台类型可分为车载台、便携台和手机。其中，手机本身小型、轻巧，而且功能也较强，因此手机的用户占移动用户的绝大多数。

5.7.1　技术特征

GSM 移动台的技术特征如下：
- 频率稳定度：1×10^{-7}。
- 语音编码：规则脉冲激励长期预测编码（RPE-LTP），语音编码速率 13Kbps。
- 跳频速率：217 跳/秒。
- 调制方式：高斯滤波最小移频键控（GMSK）。
- 输出功率可控。
- 安全与保密措施。

900MHz GSM 手机功率电平定义高至 33dBm，对应于 2W。因此，蜂窝式单元的半径可达 35km。典型 1800MHz GSM 手机功率电平为 30dBm 或 1W，由于 1800MHz 无线讯号衰减几乎是 900MHz 的两倍，因此 GSM1800 具有有限的工作距离（100m～4km），但相比GSM900，它能提供更高的通讯容量。双频段 900/1800MHz 网络的优点是网络运营者可以使用双频段，为 GSM900 用户提供更大的覆盖范围；同时，为 GSM1800 用户提供更高的通讯容量。

5.7.2　移动台组成和工作原理

移动台由无线收发信机、基带信号处理电路、基带控制电路、存储电路、键盘、显示器、外部接口等部分组成，如图 5.49 所示。

图 5.49 移动台的工作原理图

1. 射频单元

射频单元的发信通路将基带单元产生的 270.833Kbps 的 TDMA 帧数据流信号按 GMSK 调制方法形成 I、Q 信号, 再调制到 900MHz 或 1800MHz 射频信号, 经射频开关, 由天线发射出去, 收信通路将天线接收的信号经低噪声放大、解调, 产生基带 I、Q 信号, 通过解调和均衡将模拟的 I、Q 信号进行数字化, 恢复出数字基带信号, 送基带电路处理。射频单元的本振信号通常从时基电路获得基准频率, 然后采用锁相环技术实现频率合成。

2. 基带芯片与基带信号处理电路

基带电路包括信道编/译码, 加密/解密、TDMA 帧形成/信道分离及基准时钟电路、语音编/译码、码速适配器等。送话器的语音信号经过 8kHz 抽样及 A/D 变换, 成为均匀量化的数据流, 经语音编码、信道编码、交织、加密等处理, 形成 270 ~ 833Kbps 的 TDMA 帧数据流, 送调制器发送。在接收通道执行与发信通道相反的过程。帧及信令控制以时钟基准部分提供统一帧号、时隙号、1/8bits 时钟等基础, 实现同步。

3. 控制器

控制器实现对移动台系统的控制, 包括协议处理、射频电路控制、基带电路控制、键盘输入、显示器输出、SIM 卡接口及数据接口等功能。

5.7.3 SIM 卡

GSM 移动用户都有用户识别卡 (SIM 卡)。它是一种含有集成电路的、具有一定智能的卡片。

1. SIM 卡的结构

SIM 卡是带有微处理器的智能芯片卡, 它是由 CPU、程序存储器 (ROM)、工作存储器

（RAM）、数据存储器（EPROM 或 E2PROM）和串行通信单元五个模块构成的。这五个模块必须集成在一块集成电路中，否则其安全性会受到威胁。因为，芯片间的连线可能成为非法存取和盗用 SIM 卡的重要线索。

2. SIM 卡记录的信息

SIM 卡采用单片机及存储器管理结构，因此处理功能大大增强。SIM 卡中存有以下三类数据信息。

（1）与持卡者相关的信息以及 SIM 卡将来准备提供的所有业务信息，这种类型的数据存储在根目录下。

（2）GSM 应用中特有的信息，这种类型的数据存储在 GSM 目录下。

（3）GSM 应用所使用的信息，此信息可与其他电信应用或业务共享，位于电信目录下。

3. SIM 卡的功能

SIM 卡的主要完成两种功能：存储数据（控制存取各种数据）和在安全条件下（个人身份号码 PIN、鉴权钥 Ki 正确）完成客户身份鉴权和客户信息加密算法的全过程。

此功能主要是由 SIM 卡内的一部具有操作系统的微处理机完成。芯片有 8 个触点，与移动台设备相互接通是在卡插入设备中接通电源后完成。此时，操作系统和指令设置可以为 SIM 提供智能特性。

SIM 卡智能特性的逻辑结构是树形结构。全部特性参数信息都是用数据字段方式表达。即在根目录下有三个应用目录，一个属于行政主管部门应用目录，两个属于技术管理的应用目录，分别是 GSM 应用目录和电信应用目录。所有的目录下均为数据字段，有二进制的和格式化的数据字段。数据字段中的信息有的是永存性的即不能更新的，有的是暂存的，需要更新的。每个数据字段都要表达出它的用途、更新程度、数据字段的特性（如识别符）、类型是二进制的还是格式化的等。

SIM 卡除了存储正常的数据字段，也存储有非文件字段，如鉴权钥、个人身份鉴权号码（PIN）、个人解锁码等数据。

SIM 卡是随着 GSM 阶段实施，开发其阶段性的功能。通常在第二阶段所建议的功能都是在第一阶段的基础上建立的，因而第二阶段的 SIM 卡也适用于第一阶段。

4. SIM 卡的管理

在我国 GSM 移动通信网络中，对用户识别卡（SIM 卡）采用集中管理分散处理的管理方法。组织管理结构分为三级：

（1）第一级称为全国数字移动电话（GSM）用户识别卡管理中心，如中国移动、中国联通。

① 负责全国 SIM 卡的组织管理工作，协调各方面的业务关系。

② 统一管理和分配国际移动台识别码（IMSI）及 SIM 卡号码（ICCID），制定 IMSI、ICCID 号码对应表的编制基本原则要求及格式。

③ 统一申请 SIM 卡中的鉴权算法 A3、密钥算法 A8；规定产生密钥 Ki 的高级算法方程；制定向鉴权中心传输 SIM 卡内保密数据的专用加密高级算法方程。

④ 统一规定 SIM 卡内有关通信业务方面的数据及参数。

⑤ 根据各省级管理中心上报的相关数据，做数据汇总、统计、整理工作和保密管理工作。

（2）第二级称为省（市）数字移动电话（GSM）用户识别卡管理中心，如中国移动、中国联通各省、直辖市级分公司。

① 按照全国管理中心制定的 IMSI 号码和 ICCID 号码格式及范围，具体负责本省（市）IMSI 号码和 ICCID 号码对应关系。

② 统一购卡，并负责检验工作，完成 SIM 卡的写卡工作。

③ 保管各种算法、方程及母钥卡。

④ 组织 SIM 卡的分发工作、数据统计和安全保密管理工作。

（3）第三级为各地营业点，主要负责 SIM 卡的销售工作，如中国移动、中国联通各销售点或代销点。

5.8 GSM 基站（BS）设备

GSM 基站在 GSM 网络中起着重要的作用，直接影响着 GSM 网络的通信质量。GSM 基站是一种技术要求较高的产品，最初的基站设备基本都是一些国外的产品。随着我国一些高科技电信企业在移动通信领域的不断深入，从 1997 年开始，国外移动通信产品垄断国内市场的局面开始逐步被打破。经过不懈努力，以华为、中兴、大唐、广东金鹏集团等为代表的一批国内设备制造企业研制成功一系列拥有我国自主知识产权的 GSM 系统。1998 年以后，国产 GSM 设备迈出了实用化的步伐，开始陆续装备我国移动通信网，民族移动通信产业获得了群体突破。

GSM 赋予基站的无线组网特性使基站的实现形式可以多种多样——宏蜂窝、微蜂窝、微微蜂窝及室内、室外型基站，无线频率资源的限制又使人们更充分地发展着基站的不同应用形式来增强覆盖，收发信机、分布天线系统、光纤分路系统和直放站等。

在城市，基站可以安装在办公楼中；在农村，安装在集装箱内。基站是一套为无线小区服务的设备。

5.8.1 概念

在小区制移动通信网络中，通常采用正六边形无线小区邻接构成面状服务区。由于服务区的形状很像蜂窝，这种网络便被称为蜂窝式网络。传统的蜂窝式网络由宏蜂窝小区（Macrocell）构成，每小区的覆盖半径大多为 1～25km，基站天线尽可能做得很高。在实际的 Macrocell 内，通常存在着两种特殊的微小区域。一是"盲点"，由于电波在传播过程中遇到障碍物而造成的阴影区域，该区域通信质量严重低劣；二是"热点"，由于空间业务负荷的不均匀分布而形成的业务繁忙区域，它支持 Macrocell 中的大部分业务。以上两"点"问题的解决，往往依靠设置直放站、分裂小区等办法。除了经济方面的原因外，从原理上讲，这两种方法也不能无限制地使用，因为扩大了系统覆盖，通信质量要下降；提高了通信质量，往往又要牺牲容量。近年来，随着业务需求的剧增，这些方法更显捉襟见肘，这样便产生了微蜂窝技术。微蜂窝小区（Microcell）的覆盖半径为 30～300m，基站天线低于屋顶高度，传播主要沿着街道的视线进行，信号在楼顶的泄漏小。因此，微蜂窝小区（Microcell）最初被用来加大无线电覆盖，消除微蜂窝小区中的"盲点"。由于低发射功率的微蜂窝小区基站允许较小的频率复用距离，每个单元区域的信道数量较多，因此业务密度得到了巨大的增长，且 RF 干扰很低，将它安置在微蜂窝小区的"热点"上，可满足该微小区域质量与容量两方面的要求。实际上，微蜂窝小区主要安置在 Macrocell 内的"热点"地区。不同尽寸的小区重叠起来，不同发射功率的基站紧邻并同时存在，使得整个通信网络呈现出多层次的结构。相邻微蜂窝小区的切换都回到所在的 Macrocell 上，微蜂窝小区的广域大功率覆盖可看成是宏蜂窝上层网络，并作为移动用户在两个微蜂窝小区区间移动时的"安全网"，而大量的微蜂窝小区则构成微蜂窝下层网络。随着容量需求的进一步增长，运营者可按同一规则安装第三个或第四个微蜂窝小区层。一个多层次网络，往往是由一个上层宏蜂窝网络和数个下层微蜂窝网络组成的多元蜂窝系统。智能蜂窝是指基站采用具有高分辨阵列信号处理能力的自适应天线系统，智能地监测移动台所处的位置，并以一定的方式将确定的信号功率传递给移动台的蜂窝小区。对于上行链路而言，采用自适应天线阵接收技术，可以极大地降低多址干扰，增加系统容量；对于下行链路而言，则可以将信号的有效区域控制在移动台附近半径为 $100 \sim 200m$ 长的范围内，使同道干扰大小为减小。智能蜂窝小区既可以是微蜂窝小区，也可以是蜂窝小区。利用智能蜂窝小区的概念进行组网设计，能够显著地提高系统容量，改善系统性能。

5.8.2　基站组成

无线基站子系统（BSS）是在一定的无线覆盖区中由 MSC 控制，与 MS 进行通信的系统设备，它主要负责完成无线发送接收和无线资源管理等功能。功能实体可分为基站控制器（BSC）和基站收发信机（BTS）。

BSC：具有对一个或多个 BTS 进行控制的功能，它主要负责无线网路资源的管理、小区配置数据管理、功率控制、定位和切换等，是一个很强的业务控制点。

BTS：无线接口设备，它完全由 BSC 控制，主要负责无线传输，完成无线与有线的转换、无线分集、无线信道加密、跳频等功能。BTS 包括下列主要的功能单元：收发信机无线接口（TRI）、收发信机子系统（TRS）。其中 TRS 包括收发信机组（TG）和本地维护终端（LMT）。

收发信机无线接口（TRI）具有交换功能，它可使 BSC 和 TG 之间的连接非常灵活；TRS 包括基站的所有无线设备；TG 包括连接到一个发射天线的所有无线设备；LMT 是操作维护功能的用户接口，它可直接连接到收发信机。

发信机子系统包括基站所有无线设备，主要有收发信机组（TG）和本地维护终端（LMT）。一个收发信机组是由多个收发信机（TRX）组成，连接同一发射天线。

5.8.3　主要基站设备性能

下面分别介绍几家公司的基站。

1. 中兴公司的 ZXG10-BTS（V2）

中兴 ZXG10-BTS（V2）是 GSM900/GSM1800 一体化兼容平台，它不但能运用于业务量密集的大中城市或中小城市的业务密集地区，如繁华商业区、机场等地，还能运用于中小城市和广大农村地区业务量较小的地区。通过合理的网络规划，可适应各种不同的地域环境，如山区、丘陵、高速公路等。其产品特性说明如下：

（1）Abis 接口功能。每条 Abis 接口最多可以支持 15 个 TRX（15∶1 复用），能提供多种组网形式，如星形、链形、树形、环形。在环形组网形式中，每个环上的节点数即 BTS 数量不超过 4 个；在树形组网形式中，与 BSC 相连的 BTS 为中心节点，最多可分叉 5 个节点，即 5 个 BTS；在链形组网形式中，最多可级链 4 个 BTS。

（2）丰富的无线信道管理功能。该管理功能如下。

① 信道处理功能。ZXG10-BTS（V2）根据 BSC 送来的信道配置信息，对于不同信道上传输的信息进行编码和译码、数字调制（GMSK）和数字解调均衡、交织与反交织、加密与解密等。

② 随机接入功能。ZXG10-BTS（V2）提供无线终端用户的随机接入尝试检测，完成接入呼叫。

③ 测量功能。ZXG10-BTS（V2）将进行上行无线链路的测量和完成接收的预处理功能。

④ 确定时间提前量。ZXG10-BTS（V2）具备时间提前量的确定功能，同时可把该值报告给 BSC，并下发给无线终端用户。

⑤ 无线资源指示。ZXG10-BTS（V2）可以将空间信道的干扰电平信息上报给 BSC，由 BSC 进行判断和处理，然后合理分配信道，提高信道的利用率。

⑥ 切换功能。切换的决策虽然不在 BTS 控制，但是 ZXG10-BTS（V2）可检测由切换进入的无线终端用户，并把时间提前量和切换参数送给 BSC，由 BSC 最终通知 BTS 完成切换。

⑦ 寻呼功能。ZXG10-BTS（V2）把从 MSC 经 BSC 启动的寻呼命令，根据正确的寻呼组要求，将寻呼命令进行发送。

⑧ 分集接收处理功能。ZXG10-BTS（V2）可通过分集接收来提高抗干扰能力，在 ZXG10-BTS（V2）中可提供基于 Viterbi 软判决算法的分集合并功能，使得恢复出的信号失真最小，提高系统的分集增益。

（3）操作维护功能。ZXG10-BTS（V2）可提供完善的本地操作维护功能，如 BTS 状态管理、BTS 配置管理、BTS 设备管理、BTS 监控管理、BTS 测试管理、设备告警采集、TRX 远程复位、数据库管理等。

（4）U_m 接口功能。U_m 接口功能包括以下几项：

① 无线载波调制及发射功能。ZXG10-BTS（V2）可将经 GMSK 调制后的基带信号调制到预发送的载波频率上，并通过功率放大后经过合路器发射到无线空间。

② 无线载波接收及解调功能。ZXG10-BTS（V2）可将从无线终端用户发来的已调载波信号经过分路器进行解调，并恢复成基带信号。

③ 功率控制功能。ZXG10-BTS（V2）根据无线终端用户上报的下行信道测量报告，可以调整本身的发射功率，从而减少因功率过大而影响其他信道上的无线终端用户的情况发生。

④ 跳频功能。为了提高无线环境中的抗干扰能力，ZXG10-BTS（V2）可提供以时隙为单位的跳频方式。

2. 中兴公司的 ZXG10-MB 微蜂窝基站

ZXG10-MB GSM900/1800 微型基站是室内和室外微型 BTS，它主要是为了适应系统容量的日益扩大和频率资源匮乏的矛盾，解决热点地区的大容量问题和盲点地区的覆盖问题。

ZXG10-MB 主要完成有关无线接续功能，一端通过 Um 接口与 MS 连接，另一端通过 Abis 接口与 BSC 连接。ZXG10-MB 在硬件功能上主要由基带及控制模块（BCM）、载频单元模块（CUM）和功放与天馈模块（ATPM）、电源模块（PWCM）和外部电池单元（EXBM）组成。

ZXG10-MB 由几部分组成：安装套件、外罩、微蜂窝结构件、外部电池箱、接线区。其中微蜂窝结构件是系统的核心部件，所有的设备都安装在该结构体内部，可以安装两个载频。结构件和结构件上的接插件满足气密、水密要求。外表面上有散热器，散热器和结构件为一体化。

产品特性说明如下。

（1）支持 2TRX/BTS，并可方便级联扩展到 3BTS/Site。

（2）支持 Abis 口的星形、链形连接。

（3）支持射频跳频方式。

（4）采用基站功率控制：6 级静态功率控制（每级 2dB），15 级动态功率控制（每级 2dB）。

（5）支持 BSC 对 BTS 的远程测试功能，真正实现基站的无人值守和自动报警。

3. 金鹏集团的 GSM-MSC/VLR

其组网方式如图 5.50 所示。

图 5.50　GSM-MSC/VLR 组网方式

（1）设备物理特性说明如下。

① 主机柜物理指标：

尺寸（mm）高×宽×深：2060×590×600

工作电流（A）：10

重量（kg）：175

② 用户机柜物理指标：

尺寸（mm）高×宽×深：2060×590×600

工作电流（A）：10

重量（kg）：175

（2）设备特点说明如下。

① 基于原有平台，继承已有的固定交换、数据交换的全部功能。可根据用户要求在具有移动通信功能的基础上附加其他通信功能。例如：构成固定/移动一体化的交换机等。

② 积木式的系统结构，各种模块按照标准的接口设计，可满足用户将系统拆分或重组的需求。例如：与 HLR/AUC 合并为自含 HLR/AUC 的移动通信系统；适应特大容量需求将 GMSC、VLR 等分离为独立系统。

③ 面向对象的实时数据库技术，带给系统极高的响应性能。

④ 正交化的数据设计，完备定义每一事件，刻画事物本质。为系统的灵活性带来极大的方便，保证系统具有宽广的适应能力。

- 可配置的系统容量描述使系统容量、公共资源等完全不受程序设计限制；
- 可配置的系统功能描述使营运者可以灵活确定系统功能的取舍；
- 可配置的系统环境描述使系统具有宽广的组网能力。

（3）技术指标列出如下。

① 出错率。在正常情况下，呼叫处理过程出错的概率不大于 4×10^{-4}。

② 可靠性。系统中断服务，20 年内累计不超过 1 小时；单个电路中断服务，平均每年不大于 30 分钟，即概率 5×10^{-5}。

③ 信号指标。依照国家标准的频率、电平、时间和速率。

④ 传输指标。依照国家标准的传输损耗和 64Kbps 半连接特性。

⑤ 时钟：

- 时钟准确度：4×10^{-7}
- 时钟牵引范围：$\pm 4 \times 10^{-7}$
- 时钟稳定度：5×10^{-10}

⑥ 响应时间。依照 TDMA 数字蜂窝移动通信设备总技术规范。

4. 金鹏集团的 GSM-HLR

GSM-HLR 系统构成如图 5.51 所示。

图 5.51　GSM-HLR 系统构成

（1）产品简介。金鹏集团提供支持 GSM、GPRS、CDMA 的 HLR 设备，HLR（原籍位置寄存器）是移动通信系统中存储用户注册数据的数据库。金鹏 HLR 系统已全面实现 GPRS 功能，包括 G 和 GC 接口。

（2）设备特点说明如下。

① 接口开放：

● MAP 支持 Phase1、Phase2、Phase2 +，ETSI 09.02 和 IS-41D；

● 支持现运行网络中所有协议版本；

● 支持 SP、STPSP 和 STP 功能；

● SCCP 支持 PC 寻址和 GT 寻址两种方式，GT 寻址支持所有编码方案。

② 配置灵活。可选择是否与 MSC/VLR 合并使用，容量大小适应各种需要，支持虚拟 HLR，虚拟 HLR 数量及管理模式完全由数据配置确定。

③ 数据安全。采用内外存双边数据库备份策略，完备的自动日志维护，可随时根据要求恢复用户数据。

④ 响应迅速。高效率实时数据库支持，多处理机并行处理，负荷分担，为系统提供快速的数据查询。

⑤ 维护方便。多窗口图形界面提供直观灵活的数据维护手段，支持各种网络接口，为集中维护提供强力支持，并具远程维护能力，无须现场职守。

（3）性能指标列出如下。

① 容量：从 10 万到 100 万平滑过渡；

② 登记时延：小于 1000ms（95% 概率）；

③ 检索时延：小于 500ms（95% 概率）；

④ 消息丢失概率：小于 10^{-7}。

5. 金鹏集团的 GSM-BSC

GSM-BSC 如图 5.52 所示。

（1）产品简介。基站子系统（BSS）介于移动台和 MSC 之间。每个 BSS 包含基站控制器年（BSC）和用来控制基站的收发信台（BTS）。其功能包括呼叫处理，操作和维护管理以及为 BSS 和 MSC 间提供接口。BSC 可单独放置，也可放在任何一个 BTS 处、变码器处或者和 MSC 放在一起。

（2）设备特点说明如下。

① 对宏蜂窝，微蜂窝和室内系统的显著改进；

② 对 BSC 设备主要投资的保护；

③ 支持系统在不增加 BSC 的情况下显著扩容；

④ 网络配置方面附加的灵活性；

⑤ 降低了分割或者改变 BSC 区所必须的工程费用。

图 5.52　GSM-BSC

（3）技术参数如下。

① 尺寸（mm）：2096（H）×711（W）×416（D）

② 工作温度：0～50℃

③ 工作电压：+27V（90A）／-48V（50A）／-60V（40A）

④ N＋1 电源与处理备份·功率：3100W（max）

⑤ 最大承重：242kg

⑥ 容量

1650 Erl（1% GOS）

100 BTS

250 Cells

384 TRX

1920 Trunks

图 5.53　GSM-宏蜂窝基站
M-CellHorizonmacro

（3）特性描述如下。

- 可以运用在 900、1800 或 1900 频段
- 在同一个机柜里面可以用 900 和 1800 发射器
- 6 载波的室内 BTS，可扩展至 24 载波
- 单扇区可扩至 12 载波
- 可垒置，容纳 12 个载波
- 发射功率达到 32W
- 仅为 MCell6 50% 尺寸和重量
- 可按照双频带机柜配置
- 支持合成器跳频、基带跳频、EFR

（4）优点说明如下：

- 与 MCell 系列基站完全兼容
- 降低功耗
- 轻松的安装在 −1m 以下
- GSM900/1800 双频段运作

① 室内基站，如图 5.54 所示。

特性描述如下：

- 可叠放在一起，12 载波而高度低于 2m
- 占地面积：400mm×700mm

此外，BSC 可从 1TCH 扩展到 1680TCH。

6. 金鹏集团的 GSM-BTS

（1）产品介绍。金鹏 GSM 基站设备包括宏蜂窝基站 M-CellHorizonmacro 和微蜂窝基站 M-Cellarena。M-CellHorizonmacro 包括室内型和室外型，它针对大容量与覆盖范围设计，具有容量大、体积小、重量轻、机柜可叠加等优点。微蜂窝基站 M-Cellarena 针对中、低容量与覆盖范围设计，它能增强网络的覆盖能力，能够使运营商提供无缝覆盖无线通信。

（2）GSM-宏蜂窝基站 M-CellHorizonmacro，如图 5.53 所示。

图 5.54　室内基站

- 重量：单机框满配置少于120kg
- 两机框叠放在一起少于255kg
- 工作温度：$-5℃ \sim +45℃$
- 工作电压：AC 88 ~ 264V，45 ~ 66Hz，DC + 27V，−48V
- 支持 GSM900/1800 双频段运作
- 功耗：1.4kW
- 高度：低于1m（850mm）

② 室外基站，如图5.55所示。

- 高度：低于1.5m（1360mm）
- 占地面积：560mm × 1300mm
- 重量：满配置少于500kg
- 工作温度：$-40℃ \sim +50℃$
- 工作电压：AC 88 ~ 264V，45 ~ 66Hz

（5）GSM M-Cellarena 微蜂窝基站，如图5.56所示。

① 载波基站（M-Cellarena^{macro}）特性描述如下：

- 发射功率：1.2W/载波（GSM）
- 墙或柱上安装，如图5.57所示
- 工作温度：$-40℃ \sim +50℃$
- 支持合成器跳频
- 5 分钟备用电池
- 内置电池

图 5.55　室外基站

图 5.56　GSM M-Cellarena 微蜂窝基站

图 5.57　M-Cellarena 安装图

- 内置 HDSL
- 体积：35L
- 重量：25kg

典型的覆盖范围如表5.7所示。

② 特性描述如下：

- 发射功率：10W/载波
- 室外应用的设计
- 工作电压：88 ~ 264V AC

表 5.7　GSM 900 覆盖范围

	频　带	典型覆盖范围
郊区	GSM 900	6km
市区	GSM 900	1km

- 工作温度：－40℃～50℃
- 尺寸（mm）：471（H）×542（W）×168（D）

7. 华为公司的室内型宏蜂窝基站

图5.58所示为华为M900/M1800移动基站产品。

室内型6/12载频
宏蜂窝基站

室内/室外型
单载频微基站

室外型6载频
宏蜂窝基站

室内/室外型
2载频微蜂窝基站

18载频
方舱型基站

图5.58　华为M900/M1800移动基站产品

华为公司的室内型宏蜂窝基站分为公共单元、载频单元和天馈单元三部分，主要由定时传输管理单元（TMU）、收发信机（TRX）、合分路单元（CDU）、供电单元（PSU）、电源监控单元（PMU）等组成。设计采用模块化结构，即处理一个载频的所有电路（包括基带处理、RF部分、功放和电源等）集成在一个插入式模块TRX内。一个机架可以容纳12个或6个载频，并实现一条E1传输15个载频基站信号。华为室内型宏蜂窝基站支持GPRS通用分组无线业务，并可升级支持EDGE分组数据业务。

产品特性描述如下：华为基站采用射频跳频和基带跳频两种技术。室内型宏蜂窝基站一个机架最多可支持12个载频或6个载频，满配置时功耗仅为2400W（平均每个载频仅为200W，6载频基站只需约1200W）。与常规6载频基站相比，12TRX基站可节省机房占地面积超过50%，从而极大地降低了机房投资；低功耗设计降低了对电源设备、空调等的要求。

Abis接口十五个载频可共享一条E1传输（15:1），S5/5/5配置的基站在Abis接口上仅仅占用一条E1，极大地节省了传输费用。采用先进的流量控制算法，实现Abis信令的统计复用，从而有效提高了信令密度。与常规的10:1或12:1复用相比，可以节省高达50%的传输链路，从而节省运营商传输费用高达50%（模型：S5/5/5站型，采用最常见的星形连接方式）。

本 章 小 结

本章介绍了GSM蜂窝移动通信系统，主要包括GSM的发展过程及标准、GSM系统组成和接口、无线传输和接入方式、信道分类和时隙、编号和主要业务、我国GSM网络结构、越区切换和位置管理、呼叫的接续过程、移动台和基站的组成及主要技术性能。这些所涉及的都是构成GSM移动通信系统的基本原理和技术。通过对GSM移动通信系统的基本概念、原理、技术及设备的学习和了解，使学生了解和掌握GSM蜂窝移动通信系统。本章的主要内容包括：

（1）GSM 的发展过程及标准。

（2）GSM 系统组成和网络接口：GSM 系统组成各部分的功能和特点，给出了 GSM 网内主要部分接口的作用以及 GSM 网与 PSTN 之间的接口。

（3）无线传输特征和接入方式：GSM 系统的工作频段、信道配置、调制方式和 TDMA/FDMA 接入方式的特点。

（4）信道分类和时隙格式：介绍了两大类信道——业务信道和控制信道的功能及作用，时隙格式、语音和信道编码、跳频和间断传输技术的结构和特点。

（5）GSM 移动通信网的主要业务和号码的组成、作用。

（6）介绍我国 GSM 的三级网络结构。

（7）GSM 系统的控制与管理。主要介绍鉴权与加密、位置管理和越区切换。GSM 移动通信系统的鉴权与加密、位置管理和越区切换的概念和特点。着重通过越区切换和位置管理的流程和实例来说明越区切换和位置管理的控制过程。

（8）GSM 系统的主要接续流程，分别介绍了移动用户呼叫固定用户和固定用户呼叫移动用户的接续流程。

（9）介绍 GSM 移动台的工作原理和构成，着重介绍了 SIM 卡的结构、功能、记录信息和发卡管理及组织机构。

（10）介绍 GSM 基站设备的构成形式及主要性能。

习　题　5

5.1　GSM 主要采用_____多址方式。

5.2　GSM 900M 全速率系统载频带宽为_____Hz，一个载频可带有_____个物理信道，其调制技术采用_____，语音编码采用_____，其传输速率为_____。

5.3　GSM 系统采用的是_____跳频技术，其目的是提高抗衰落和抗干扰能力。

5.4　采用蜂窝技术，其目的就是频率复用，它可以_____。

5.5　GSM 系统主要结构由_____、_____、_____三个子系统和_____组成。

5.6　BTS 主要分为_____、_____、_____三大部分。

5.7　在 GSM 系统中，BSC 与 BTS 之间的接口称为_____接口，BTS 与 MS 之间的接口称之为_____接口，也叫_____接口，BSC 与码变换器之间的接口叫_____接口。

5.8　IMSI 采用的是_____编码格式，MSISDN 采用的是_____编码格式。

5.9　CGI 是所有 GSM PLMN 中小区的惟一标识，是在_____的基础上再加上_____构成的。

5.10　GSM900 移动台的最大输出功率是_____。

5.11　当手机在小区内移动时，它的发射功率需要进行变化。当它离基站较近时，需要_____发射功率，减少对其他用户的干扰，当它离基站较远时，就应该_____功率，克服增加了的路径衰耗。

5.12　GSM 系统信道采用双频率工作，一个发射，一个接收，这种信道我们称之为双工信道，其收发频率间隔称之为双工间隔，GSM 的双工间隔为 200kHz。　　　　　　　　　　　　　　（　　）

5.13　GSM 移动台分为移动台设备（ME）和用户识别模块（SIM）组成。　　　　　　　（　　）

5.14　移动识别码 IMSI 不小于 15 位。　　　　　　　　　　　　　　　　　　　　　　（　　）

5.15　一个 PLMN 区可以由一个或几个服务区组成。　　　　　　　　　　　　　　　　（　　）

5.16　TMSI 是由 HLR 分配的临时号码，它在某一 MSC 区域内与 IMSI 惟一对应，TMSI 的 32 位比特不能全为一。　　　　　　　　　　　　　　　　　　　　　　　　　　　　　　　　　（　　）

5.17　LAI 由 MCC + MNC + LAC 组成，LAC 是个两字节的十六进制的 BCD 码，也就是说有四位十六进制数字组成，它不能使用 0000 和 FFFF。　　　　　　　　　　　　　　　　　　　　（　　）

5.18 BSIC 用于移动台识别相邻的、采用相同载频的、不同的基站收发信台，特别用于区别在不同国家的边界地区采用相同载频的相邻 BTS。 （　　）

5.19 GSM 系统中的主要功能实体有哪些？

5.20 临时移动用户识别码（TMSI）作用是什么？

5.21 A 接口、Abis 接口和 Um 接口作用是什么？

5.22 在 GSM 系统中，采用跳频的目的是什么？

5.23 在 GSM 系统中，物理信道和逻辑信道各自的特点是什么？

5.24 GSM 系统语音的信道编码是如何实现的？

5.25 简述 GSM 时隙结构。

5.26 简述我国 GSM 网络结构。

5.27 采用语音间断传输方式的作用有哪些？

5.28 简述越区切换的主要过程。

5.29 鉴权与加密的作用是什么？

5.30 SIM 卡的使用有哪些特点？我国 SIM 卡是如何管理的？

第 6 章   通用分组无线业务（GPRS）

内容提要

GPRS 作为迈向第三代个人多媒体业务的关键技术，能够使移动通信与数据网络有机地结合起来，使 IP 业务得以引进广阔的移动市场。本章将讨论 GPRS 系统，主要包括 GPRS 的现状及标准、系统结构与接口、协议模型、管理功能、组网和典型的 GPRS 解决方案。着重于 GPRS 系统的构成和特点以及与 GSM 网络结构不同点进行阐述。

6.1   概述

6.1.1   GPRS 概念

GPRS（General Packet Radio Service）是通用无线分组业务的简称。作为第二代移动通信技术 GSM 向第三代移动通信（3G）的过渡技术，是由英国 BT Cellnet 公司早在 1993 年提出的，是 GSM Phase2＋（1997 年）规范实现的内容之一，是一种基于 GSM 的移动分组数据业务，面向用户提供移动分组的 IP 或者 X.25 连接。

GPRS 在现有的 GSM 网络基础上叠加了一个新的网络，同时在网络上增加一些硬件设备和软件升级，形成了一个新的网络逻辑实体，提供端到端的、广域的无线 IP 连接。通俗地讲，GPRS 是一项高速数据处理的技术，它以分组交换技术为基础，用户通过 GPRS 可以在移动状态下使用各种高速数据业务，包括收发 E-mail、Internet 浏览等。GPRS 是一种新的 GSM 数据业务，在移动用户和数据网络之间提供一种连接，给移动用户提供高速无线 IP 和 X.25 服务。GPRS 采用分组交换技术，每个用户可同时占用多个无线信道，同一无线信道又可以由多个用户共享，资源被有效地利用。GPRS 技术 160Kbps 的极速传送几乎能让无线上网达到公网 ISDN 的效果，实现"随身"携带"互联网"。GPRS 网络的数据实现分组发送和接收，用户永远在线且按流量、时间计费，高速并降低了服务成本。

与现有的通信网络相比，GPRS 有几个新特点：

（1）GPRS 一个最"招人"的特点就是"永远在线"，GPRS 采用的是分组交换技术，不需要像 Modem 那样拨号连接，用户只有在发送或接收数据时才占用资源。

（2）GPRS 手机以传输资料量计费，而不是以传送的时间计费，所以就算遇上网络堵塞，也不会计费，对用户来说更为合理。

如图 6.1 所示为 GPRS 网络结构模型。GPRS 在一个发送实体和一个或多个接收实体之间提供数据传送能力。这些实体可以是移动用户或终端设备，后者被连接到一个 GPRS 网络或一个外部的数据网络。

GPRS 是基于现有的 GSM 网络实现的，需要在现有的 GSM 网络中增加一些节点：网关

GPRS 支持节点 GGSN（Gateway GPRS Supporting Node）、服务 GPRS 支持节点 SGSN（Serving GPRS Supporting Node）。GGSN 在 GPRS 网络和公用数据网之间起关口站的作用，它可以和多种不同的数据网络连接，如 ISDN 和 LAN 等。SGSN 记录移动台的当前位置信息，并在移动台和各种数据网络之间完成移动分组数据的发送和接收，为服务区内所有用户提供双向的分组路由。系统公用 GSM 基站，但基站要进行软件更新，并采用新的 GPRS 移动台。GPRS 要增加新的移动性管理程序，通过路由器实现 GPRS 骨干网互联。

图 6.1　GPRS 网络结构模型

GSM 采用 GSM900、1800 和 1900 三个工作频段。相应地，GPRS 也工作于这三个频段。表 6.1 列出了 GSM 和 GPRS 的工作频段。

表 6.1　GSM 和 GPRS 的工作频段

	G1 频段上行频率	880 ～ 890 MHz
	P 频段上行频率	890 ～ 915 MHz
	G1 频段下行频率	925 ～ 935 MHz
800 MHz 频段	P 频段下行频率	935 ～ 960 MHz
	双工间隔	45 MHz
	载频间隔	200 kHz
	上行频率	1710 ～ 1785 MHz
1800 MHz 频段	下行频率	1805 ～ 1880 MHz
	双工间隔	95 MHz
	载频间隔	200 kHz
	上行频率	1850 ～ 1910 MHz
1900 MHz 频段	下行频率	1930 ～ 1990 MHz
	双工间隔	80 MHz
	载频间隔	200 kHz

现有的 GSM 移动台（MS），不能直接在 GPRS 中使用，需要按 GPRS 标准进行改造（包括硬件和软件）才可以用于 GPRS 系统。GPRS 定义了以下 3 类 MS：

● A 类可同时工作于 GPRS 和 GSM。

- B 类可在 GPRS 和 GSM 之间自动切换工作。
- C 类只能工作于 GPRS。

GPRS 被认为是 2G 向 3G 演进的重要一步，被称为 2.5G，可被 GSM 支持。

6.1.2 GPRS 主要特点

GPRS 系统具有以下主要特点：

（1）GPRS 采用分组交换技术，高效的传输高速或低速数据和信令，优化网络资源和更合理地利用无线资源。

（2）定义了新的 GPRS 无线信道，且分配方式十分灵活：每个 TDMA 帧可分配 1～8 个无线接口时隙。时隙能为在线用户所共享，且上行链路和下行链路的分配是独立的。

（3）支持中、高速率数据传输，可提供 9.05～171.2Kbps 的数据传输速率（每个用户）。GPRS 采用了与 GSM 不同的四种信道编码方案（CS-1、CS-2、CS-3、CS-4）。

（4）GPRS 网络接入速度快，提供了与现有数据网的无缝连接。

（5）GPRS 支持基于标准数据通信协议的应用，可以和 IP 网、X.25 网互联互通。支持特定的点对点和点对多点服务，以实现一些特殊应用如远程信息处理。GPRS 也允许短消息业务（SMS）经 GPRS 无线信道传输。

（6）GPRS 的设计使得它既能支持间歇的爆发式数据传输，又能支持偶尔的大量数据的传输。它支持四种不同的服务质量等级（QoS）级别。GPRS 能在 0.5～1s 之内恢复数据的重新传输。GPRS 的计费一般以数据传输量为依据。

（7）在 GSM 公用陆地移动通信网（PLMN）中，GPRS 引入两个新的网络节点：一个是服务 GPRS 支持节点（SGSN），它和 MSC 在同一等级水平，并跟踪单个移动台（MS）的存储单元，实现安全功能和接入控制。节点 SGSN 通过帧中继连接到基站系统。另一个是网关 GPRS 支持节点（GGSN），GGSN 支持与外部分组交换网的互通，并经由基于 IP 的 GPRS 骨干网和 SGSN 连通。

（8）GPRS 的安全功能同现有的 GSM 安全功能一样。身份认证和加密功能由 SGSN 来执行。其中的密码设置程序的算法、密钥和标准与目前 GSM 中的一样，不过 GPRS 使用的密码算法是专为分组数据传输所优化过的。GPRS 移动台（MS）可通过 SIM 卡访问 GPRS 业务，不管这个 SIM 卡是否具备 GPRS 功能。

（9）GPRS 蜂窝选择可由一个移动台（MS）自动进行，或者基站系统指示 MS 选择某一特定的蜂窝。MS 在重选择另一个蜂窝或蜂窝组（即一个路由区）时会通知网络。

（10）为了访问 GPRS 业务，MS 会首先执行 GPRS 接入过程，以将它的存在告知网络。在 MS 和 SGSN 之间建立一个逻辑链路，使得 MS 可进行如下操作：接收基于 GPRS 的短消息（SMS）服务、经由 SGSN 的寻呼和 GPRS 数据到来通知。

（11）为了收发 GPRS 数据，MS 会激活它所想用的分组数据地址。这个操作使 MS 可被相应的网关 GPRS 支持节点（GGSN）所识别，从而能开始与外部数据网络的互通。

（12）用户数据在 MS 和外部数据网络之间透明地传输，它使用的方法是封装和隧道技术：数据包用特定的 GPRS 协议信息打包并在 MS 和 GGSN 之间传输。这种透明的传输方法缩减了 GPRS 公用陆地移动通信网（PLMN）对外部数据协议解释的需求，而且易于在将来引入新的互通协议。用户数据能够压缩，并有重传协议保护，因此数据传输高效且可靠。

（13）GPRS 可以实现基于数据流量、业务类型及服务质量等级（QoS）的计费功能，计费方式更加合理，用户使用更加方便。

（14）GPRS 的核心网络层采用 IP 技术，底层可使用多种传输技术，很方便地实现与高速发展的 IP 网无缝连接。

6.1.3 GPRS 的业务

GPRS 是一组新的 GSM 承载业务，是以分组模式在公用陆地移动通信网（PLMN）和与外部网络互通的内部网上传输。在有 GPRS 承载业务支持的标准化网络协议的基础上，GPRS 网络管理可以提供或支持一系列的交互式电信业务。

1. 承载业务

支持在用户与网络接入点之间的数据传输的性能。提供点对点业务、点对多点业务两种承载业务。

（1）点对点业务（PTP）。点对点业务在两个用户之间提供一个或多个分组的传输。由业务请求者启动，被接收者接收。

（2）点对多点业务（PTM）。点对多点业务是将单一信息传送到多个用户。GPRS PTM 业务能够提供一个用户将数据发送给具有单一业务需求的多个用户的能力。它包括以下三种 PTM 业务：

① 点对多点广播（PTM-M）业务——是将信息发送给当前位于某一地区的所有用户的业务。

② 点对多点群呼（PTM-G）业务——是将信息发送给当前位于某一区域的特定用户子群的业务。

③ IP 多点传播（IP-M）业务——是定义为 IP 协议序列一部分的业务。

2. 用户终端业务

GPRS 支持电信业务，提供完全的通信业务能力，包括终端设备能力。用户终端业务可以分为基于 PTP 的用户终端业务和基于 PTM 的用户终端业务，如表6.2 所示。

表 6.2　GPRS 用户终端业务分类

基于 PTP 的用户终端业务	会话
	报文传送
	检索
	通信
基于 PTM 的用户终端业务	分配
	调度
	会议
	预定发送
	地区选路

3. 附加业务

GSM 附加业务支持所有的 GPRS 基本业务，如表6.3 所示。

表6.3　GPRS 附加业务的应用

简　称	名　称	简　称	名　称
CLIP	主叫线路识别表示	CW	呼叫等待
CLIR	主叫线路识别限制	HOLD	呼叫保持
CoLP	连接线路识别表示	MPTY	多用户业务
CoLR	连接线路识别限制	CUG	封闭式的用户群
CFU	无条件呼叫转移	AoCI	资费信息通知
CFB	移动用户遇忙呼叫转移	BAOC	禁止所有呼叫
CFNRy	无应答呼叫转移	BOIC	禁止国际呼出
CFNRc	无法到达的移动用户呼叫转移	BAIC	禁止所有呼入

6.1.4 GPRS 业务的具体应用

GPRS 业务主要有以下应用：

（1）信息业务。传送给移动电话用户的信息内容广泛，如股票价格、体育新闻、天气预报、航班信息、新闻标题、娱乐、交通信息等。

（2）交流。由于 GPRS 与因特网的协同作用，GPRS 将允许移动用户完全参与到现有的因特网聊天组中，而不需要建立属于移动用户自己的讨论组。因此，GPRS 在这方面具有很大的优势。

（3）因特网浏览。由于电路交换传输速率比较低，数据从因特网服务器到浏览器需要很长的一段时间，因此 GPRS 更适合于因特网浏览。

（4）文件共享及协同性工作。这就可以使在不同地方工作的人们可以同时使用相同的文件工作。

（5）E-mail。GPRS 能力的扩展，可使移动终端接转 PC 上的 E-mail，扩大 E-mail 应用范围。E-mail 可以转变成为一种信息不能存储的网关业务，或能存储信息的信箱业务。在网管业务的情况下，无线 mail 平台将信息从 SMTP 转化成 SMS，然后发送到 SMS 中心。

（6）定位信息。该应用综合了无线定位系统，该系统告诉人们所处的位置，并且利用短消息业务转告其他人其所处的位置。

（7）多媒体业务。照片、图片、明信片、贺卡和演讲稿等静态图像能在移动网络上发送和接收。

6.1.5 GPRS 的优势及存在问题

1. 技术优势

（1）资源利用率高。GPRS 引入了分组交换的传输模式，使得原来采用电路交换模式的 GSM 传输数据方式发生了根本性的变化，这在无线资源稀缺的情况下显得尤为重要。按电路交换模式来说，在整个连接期内，用户无论是否传送数据都将独自占有无线信道。而对于分组交换模式，用户只有在发送或接收数据期间才占用资源，这意味着多个用户可高效率地共享同一无线信道，从而提高了资源的利用率。GPRS 用户的计费以通信的数据量为主要依据，体现了"得到多少、支付多少"的原则。实际上，GPRS 用户的连接时间可能长达数小时，却只需支付相对低廉的连接费用。

（2）传输速率。GPRS 可提供高达 115 Kbps 的传输速率（最高值为 171.2 Kbps，不包括纠错检错编码 FEC）。这意味着通过移动 PC 等，GPRS 用户能和 ISDN 用户一样快速地上网浏览，同时也使一些对传输速率高的移动多媒体应用成为可能。

（3）接入时间短。分组交换接入时间缩短为少于 1 秒，能提供快速即时的连接，可大幅度提高一些事务（如信用卡核对、远程监控等）的效率，并可使已有的 Internet 应用（如 E-mail、网页浏览等）操作更加便捷、流畅。

（4）支持 IP 协议和 X.25 协议。GPRS 支持因特网上应用最广泛的 IP 协议和 X.25 协议。而且由于 GSM 网络覆盖面广，使得 GPRS 能提供 Internet 和其他分组网络的全球性无线接入。

2. 存在的问题

（1）GPRS 会发生包丢失现象。由于分组交换连接比电路交换连接要差一些，因此，使用 GPRS 会发生一些包丢失现象。而且，由于语音和 GPRS 业务无法同时使用相同的网络资源，用于专门提供 GPRS 使用的时隙数量越多，能够提供给语音通信的网络资源就越少。例如，语音和 GPRS 呼叫都使用相同的网络资源，这势必会相互产生一些干扰。其对业务影响的程度主要取决于时隙的数量。当然，GPRS 可以对信道采取动态管理，并且能够通过在 GPRS 信道上发送短信息来减少高峰时的信令信道数。

（2）实际速率比理论值低。GPRS 数据传输速率要达到理论上的最大值 171.2 Kbps，就必须只有一个用户占用所有的 8 个时隙，并且没有任何纠错保护。运营商将所有的 8 个时隙都给一个用户使用显然是不太可能的。因此，一个 GPRS 用户的带宽将会受到严重的限制，所以，理论上的 GPRS 最大速率将会受到网络和终端现实条件的制约。

（3）终端不支持无线终止功能。目前还没有任何一家主要手机制造厂家宣称其 GPRS 终端支持无线终止接收来电的功能。启用 GPRS 服务时，用户将根据服务内容的流量支付费用，GPRS 终端会装载 WAP 浏览器。但是，未经授权的内容也会发送给终端用户，用户要为这些不需要的内容付费。

（4）存在转接时延。GPRS 分组通过不同的方向发送数据，最终达到相同的目的地，那么数据在通过无线链路传输的过程中就可能发生一个或几个分组丢失或出错的情况。

6.1.6 GPRS 标准和业务的发展

1. GPRS 标准

欧洲最早是在 1993 年就提出了在 GSM 网上开通 GPRS 业务，1997 年 GPRS 的标准化工作取得重大进展，10 月份欧洲电信标准委员会（ETSI）发布了 GSM 02.60 GPRS Phase1 业务描述。1999 年年底完成 GPRS Phase2 的工作。GPRS 的标准分 3 个阶段，这 3 个阶段分别制定了 18 个新的标准并对几十个现有标准进行修订，以实现 GPRS。

我国从 1996 年开始跟踪研究 GPRS 的相关标准。2000 年 4 月，完成了"900/1800 MHz TDMA 数字蜂窝移动通信网 GPRS 隧道协议（GTP）规范"。在 2000 年内和 2001 年上半年，颁布 900/1800 MHz TDMA 蜂窝移动通信网通用分组无线业务（GPRS）相关的系列标准。

2. GPRS 的发展方向

GPRS 是 GSM 向 3G 迈进的一个重要步骤，根据 ETSI 对 GPRS 发展的建议，GPRS 从试验到投入商用后，分为两个发展阶段，第一阶段可以向用户提供电子邮件、因特网浏览等数据业务；第二阶段是 EDGE（Enhanced Data GSM Environment，增强型数据 GSM 环境）的 GPRS，简称 E-GPRS。

目前全世界已有一百多个运营商开通了 GPRS 商用系统。著名的有英国的 BT CellNET 和德国的 T-Mobile 等运营商。GPRS 系统可用于多媒体服务的领域，使用户可以用手机进行股票交易，办理银行转账业务等。

2000 年 12 月 21 日，中国移动通信集团公司在北京宣布：正式启动称为"移动梦网"的 GPRS 网络建设。2001 年 6 月，中国移动 GPRS 一期工程已完成，2001 年 10 月正式投入商用。标志着中国移动通信网络开始全面进入 GPRS（2.5G）时代。

6.2 GPRS 的网络结构

6.2.1 GPRS 网络总体结构

GPRS 网络是在现有 GSM 网络中增加了网关 GPRS 支持节点（GGSN）和服务 GPRS 支持节点（SGSN）来实现的，使得用户能够在端到端分组方式下发送和接收数据。其系统结构如图 6.2 所示。图中，笔记本电脑通过串行或无线方式连接到 GPRS 蜂窝电话上；GPRS 蜂窝电话与 GSM 基站（BS）通信，但与电路交换式数据呼叫不同，GPRS 分组是从基站发送到服务 GPRS 支持节点（SGSN），SGSN 是 GSM 网络结构中的一个节点，它通过帧中继与基站收发信机（BTS）相连，是 GSM 网络结构与移动台之间的接口，而不是通过移动交换中心（MSC）连接到语音网络上。服务 GPRS 支持节点（SGSN）与网关 GPRS 支持节点（GGSN）进行通信；GGSN 对分组数据进行相应的处理，通过基于 IP 协议的 GPRS 骨干网连接到 SGSN，再发送到目的网络，如因特网或 X.25 网络。

图 6.2　GPRS 系统结构

服务 GPRS 支持节点（SGSN）的主要作用是记录移动台的当前位置信息，并且在移动台（MS）和 GGSN 之间完成移动分组数据的发送和接收。

网关 GPRS 支持节点（GGSN）主要是起网关作用，是连接 GSM 网络和外部分组交换网（如因特网和局域网）的网关。也可将 GGSN 称为 GPRS 路由器。GGSN 可以把 GSM 网中的 GPRS 分组数据包进行协议转换，从而可以把这些分组数据包传送到远端的 TCP/ IP 或 X.25 网络。

SGSN 和 GGSN 利用 GPRS 隧道协议（GTP）对 IP 或 X.25 分组进行封装，实现二者之间的数据传输。如图 6.3 给出了 GPRS 网络结构的接入与参考点的简图。

图 6.3　GPRS 总体结构及接入接口和参考点

GGSN 到外部分组网络是通过 G_i 参考点连通的，而其他 GPRS 网络是通过 G_p 接口连通的。另外，从移动台（MS）到 GPRS 网络有两个接入点，U_m 接口用于无线通信接入而 R 参考点用于信息的产生或接收。移动终端 MT（例如手机）通过 U_m 接口接入 GPRS 公用陆地移动网（PLMN），R 则是 MT 和 TE（如笔记本电脑）之间的参考点。这里的 MS 由 TE 和 MT 两部分组成，它们通过 R 参考点组成一个整体，另外，MS 也可单独由一个移动终端（MT）组成。

对于一个支持 GPRS 的公用陆地移动网络（PLMN），当它运行 GPRS 业务时可能涉及任何其他网络，这时就产生了网络互通的需求。GPRS 网络通过 G_i 参考点和 G_p 接口实现同其他网络的互通。对于具有 GPRS 业务功能的移动终端，它本身具有 GSM 和 GPRS 业务运营商提供的地址，这样，分组公共数据网的终端利用数据网识别码即可向 GPRS 终端直接发送数据。另外，GPRS 支持与基于 IP 的网络互通，当在 TCP 连接中使用数据包时，GPRS 提供 TCP/IP 包头的压缩功能。由于 GPRS 是 GSM 系统中提供分组业务的一种方式，所以它能广泛应用于 IP 域。其移动终端（MT）可通过 GSM 网络提供的寻址方案和运营商的具体网间互通协议实现全球网间通信。

6.2.2 GPRS 体系结构

GPRS 通过在 GSM 网络结构中增添服务 GPRS 支持节点（SGSN）和网关 GPRS 支持节点（GGSN）两个新的网络节点来实现。由于增加了这两个网络节点，需要命名新的接口。表 6.4 给出了 GPRS 体系结构中的接口及参考点。图 6.4 说明了 GPRS 体系结构。

表 6.4　GPRS 体系结构中的接口及参考点

接口或参考点	说　　明
R	非 ISDN 终端与移动终端之间的参考点，可以基于多种传输方法，如 RS-232、红外等
G_b	服务 GPRS 支持节点（SGSN）与基站子系统（BSS）之间的接口，可以是租用的帧中继网络或者是运行帧中继封装协议的专线
G_c	网关 GPRS 支持节点（GGSN）与原籍位置寄存器（HLR）之间的接口，设置它的目的是为了支持外网主机发起连接。通常连接是由手机发起的，SGSN 在对用户鉴权之后，找到指定的 GGSN，并与之建立数据通路。如果联结是由外网主机发起的，信息到达 GGSN 之后，GGSN 就需要通过 G_c 接口查询 HLR：(1) 目的 IP 对应哪一台手机；(2) 这台手机现在由哪一个 SGSN 控制。这个接口目前还有没有实现
G_d	SMS-GMSC 之间的接口，SMS-IWMSC 与 SGSN 之间的接口，有了这个接口，短消息就可以通过 GPRS 网络传送，而不必占用 GSM 的资源
G_i	GPRS 与外部分组数据之间的参考点，在这个接口上可以设置隧道（Tunnel），以保证用户到企业内部网之间的安全性。除此之外，还有 G_p 接口，在 BGGSN 和其他运营商的网络之间，以便实现网间漫游
G_n	同一 GSM 网络中两个 GSN 之间的接口，所有的 SGSN 和 GGSN 构成了 GPRS 的骨干网，这个网络是运营商的私有网络，与外网之间没有路由。GGSN 将外网的信息封装后在 G_n 网络上传输
G_p	不同 GSM 网络中两个 GSN 之间的接口
G_r	SGSN 与 HLR 之间的接口，用户向 SGSN 登录时，SGSN 在 HLR 中获得用户的登记信息和鉴权信息
G_s	SGSN 与 MSC/VLR 之间的接口，主要为了便于一些组合的操作，例如，一个用户要同时登录 GPRS 和 GSM 两个网络，SGSN 就要通过这个接口将对 GSM 网络的登录请求转发给 MSC
G_f	SGSN 与 EIR 之间的接口
U_m	MS 与 GPRS 固定网部分之间的无线接口，接口上的传输格式与 GSM 无异，但逻辑信道的定义和分配有很大差别

图 6.4　GPRS 体系结构图

1. 原籍位置寄存器（HLR）

在 HLR 中有 GPRS 用户数据和路由信息。从 SGSN 经 G_n 接口或 GGSN 经 G_c 接口均都可访问 HLR，对于漫游的移动台（MS）来说，HLR 可能位于另一个不同的公用陆地移动通信网（PLMN）中，而不是当前的 PLMN 中。

2. 消息业务网关移动交换中心（SMS- GMSC）和短消息业务互通移动交换中心（SMS-IWMSC）

SMS-GMSC 和 SMS-IWMSC 经 G_d 接口连接到 SGSN 上，这样就能让 GPRS MS 通过 GPRS 无线信道收发短消息（SMS）。

3. 移动台（MS）

GPRS 移动台（MS）能以三个运行模式中的一个进行操作，其操作模式的选定由 MS 所申请的服务所决定：即仅有 GPRS 服务，同时具有 GPRS 和其他 GSM 服务，或依据 MS 的实际性能同时运行 GPRS 和其他 GSM 服务。

4. 移动交换中心（MSC）和访问位置寄存器（VLR）

在需要 GPRS 网络与其他 GSM 业务进行配合时选用 G_s 接口，如利用 GPRS 网络实现电路交换业务的寻呼，GPRS 网络与 GSM 网络联合进行位置更新，以及 GPRS 网络的 SGSN 节点接收 MSC/VLR 发来的寻呼请求等。同时 MSC/VLR 存储 MS（此 MS 同时接入 GPRS 业务和 GSM 电路业务）的国际移动用户识别码（IMSI）以及 MS 相连接的 SGSN 号码。

5. 公用数据网（PDN）

PDN 提供分组数据业务的外部网络。移动终端通过 GPRS 接入不同的 PDN 时，采用不同的分组数据协议地址。

除了这些接口和参考点之外，GPRS 还新增加了分组控制单元（Packet Control Unit，PCU）和 G$_b$ 接口单元（G$_b$ Interface Unit，GBIU）。PCU 使基站子系统（BSS：包括 BTS 和 BSC）提供数据功能、控制无线接口、使多个用户使用相同的无线资源。其主要功能是在基站控制器（BSC）与服务 GPRS 支持节点（SGSN）两个节点之间提供基于帧中继的 G$_b$ 接口，数据传输速率为 2Mbps。其原理如图 6.5 所示。GBIU 提供从 BSS 到 SGSN 的标准接口。可以和 PCU 合并在同一个物理实体中。由于 GPRS 在 GSM 网络中引入了两个 GPRS 支持节点和新的接口及单元，会对 GSM 网络设备产生以下的影响：

图 6.5　系统原理图

（1）原籍位置寄存器（HLR）现有软件需更新，以支持 G$_c$、G$_r$ 接口。

（2）移动交换中心（MSC）现有软件需更新，以支持 G$_s$ 接口。

（3）在基站控制中心（BSC）中引入 PCU，并且软件需要升级。

（4）基站收发信机（BTS）配合基站控制功能（BCF）进行相应的软件升级。

6.2.3　空中接口的信道构成

GPRS 中接口标准遵循 GSM 系统的标准。与 GSM 系统相同，在 GPRS 系统的空中接口中，一个 TDMA 帧分为 8 个时隙，每个时隙发送的信息称为一个"突发脉冲串"（Burst），每个 TDMA 帧的一个时隙构成一个物理信道。物理信道被定义成不同的逻辑信道。与 GSM 系统不同，在 GPRS 系统中，一个物理信道既可以定义为一个逻辑信道，也可以定义为一个逻辑信道的一部分，即一个逻辑信道可以由一个或几个物理信道构成。

移动台（MS）与 BTS 之间需要传送大量的用户数据和控制信令，不同种类的信息由不同的逻辑信道传送，逻辑信道映射到物理信道上。

空中接口的信道由分组公用控制信道（PCCCH）、分组广播控制信道（PBCCH）和分组业务信道（PTCH）等构成。

1. 分组公用控制信道（Packet Common Control Channel，PCCCH）

PCCCH 包括如下一组传输公用控制信令的逻辑信道。

（1）分组寻呼信道（PPCH）。PPCH（Packet Paging Channel），用来寻呼 GPRS 被叫用户。只存在于下行链路。在下行数据传输之前用于寻呼 MS。可以用来寻呼电路交换业务。

（2）分组随机接入信道（PRACH）。PRACH（Packet Random Access Channel）。GPRS 用户通过 PRACH 向基站发出信道请求。只存在与上行链路，MS 用来发起上行传输数据和信令信息。分组接入突发和扩展分组接入突发使用该信道。

（3）分组准许接入信道（PAGCH）。PAGCH（Packet Access Grant Channel）。PAGCH 是

一种应答信道，对 PRACH 作出应答。只存在于下行链路。在发送分组之前，网络在分组传输建立阶段向 MS 发送资源分配信息。

（4）分组通知信道（PNCH）。PNCH（Packet Notification Channel）。只存在于下行链路。当发送点到多点–组播（PTM-M）分组之前，网络使用该信道向 MS 发送通知信息。

2. 分组广播控制信道（Packet Broadcast Control Channel，PBCCH）

PBCCH 只存在于下行链路。广播分组数据特有的系统信息。

3. 分组业务信道（Packet Traffic Channel，PTCH）

（1）分组数据业务信道（PDTCH）。PDTCH（Packet Data Traffic Channel）。这种信道用来传送空中接口的 GPRS 分组数据。用于传输分组数据。在 PTM-M 方式，该信道在某个时间只能属于一个 MS 或者一组 MS。在多时隙操作方式时，一个 MS 可以使用多个 PDTCH 并行地传输单个分组。所有的数据分组信道都是单向的，对于移动发起的传输就是上行链路（PDTCH/U），对于移动终止分组传输就是下行链路（PDTCH/D）。

（2）分组随机控制信道（PACCH）。PACCH（Packet Asscrchted Control Channel）。这种信道用来传送实现 GPRS 数据业务的信令。它携带与特定 MS 有关的信令信息。这些信令信息包括确认、功率控制等内容。它还携带资源分配和重分配消息，包括分配的 PDTCH 的容量和将要分配的 PACCH 的容量。当 PACCH 与 PDTCH 共享时，就是共享时已经分配给 MS 的资源。另外，当一个 MS 正在进行分组传输时，可以使用 PACCH 进行电路交换业务的传输。

总之，GPRS 系统定义了为分组数据而优化的逻辑信道，如表 6.5 所示。

表 6.5　GPRS 逻辑信道

组　　别	名　　称	方　　向	功　　能
PCCCH	PRACH	上行	随机接入
	PPCH	下行	寻呼
	PAGCH	下行	允许接入
	PNCH	下行	广播
PBCCH	PBCCH	下行	广播
PTCH	PDTCH	下行和上行	数据
	PACCH	下行和上行	随路控制

6.3　GPRS 的协议

6.3.1　GPRS 的协议模型

移动台（MS）和 SGSN 之间的 GPRS 分层协议模型如图 6.6 所示。U_m 接口是 GSM 的空中接口。U_m 接口上的通信协议有 5 层，自下而上依次为物理层、MAC（Medium Access Control）层、LLC（Logical Link Control）层、SNDC（Subnetwork Dependant Convergence）层和网络层。

1. 物理层

U_m 接口的物理层为射频接口部分，而逻辑链路层则负责提供空中接口的各种逻辑信道。

GSM 空中接口的载频带宽为 200 kHz，一个载频分为 8 个物理信道。如果 8 个物理信道都分配为传送 GPRS 数据，则原始数据传输速率可达 200 Kbps。考虑前向纠错码的开销，最终的数据传输速率可达 164 Kbps 左右。

图 6.6　GPRS 协议模型

2. 无线链路控制（RLC）/介质访问控制（MAC）

这个层具备两个功能：一是无线链路控制（RLC）功能，它定义了选择性重传未成功发送的 RLC 数据块的过程，可提供一条独立于无线解决方案的可靠链路。二是介质访问控制功能，它定义了多个移动台（MS）共享传输媒体的过程，共享媒体由几个物理信道组成。其提供了对多个 MS 的竞争仲裁过程、冲突避免、检测和恢复方法。MAC 层功能还允许单个的 MS 并行地使用几个物理信道。其主要作用是定义和分配空中接口的 GPRS 逻辑信道，使得这些信道能被不同的移动台共享。MAC 除了控制着信令传输所用无线信道外，还将 LLC 帧映射到 GSM 物理信道中去，为上层（LLC）提供服务。

3. 逻辑链路控制（LLC）层

LLC 是一种基于高速数据链路规程（HDLC）的无线链路协议，能够提供高可靠的加密逻辑链路。LLC 层负责从高层 SNDC 层的 SNDC 数据单元上形成 LLC 地址、帧字段，从而生成完整的 LLC 帧。另外，LLC 可以实现一点对多点的寻址和数据帧的重发控制。LLC 独立于底层无线接口协议，这是为了在引入其他可选择的 GPRS 无线解决方案时，对网络子系统（NSS）的改动程度最小。

4. 子网相关融合协议（SNDC）

这个传输功能将网络级特性映射到底层网络特性中去。它的主要作用是完成传送数据的分组、打包，确定 TCP/IP 地址和加密方式。在 SNDC 层，移动台（MS）和 SGSN 之间传送的数据被分割为一个或多个 SNDC 数据包单元。SNDC 数据包单元生成后被放置到 LLC 帧内。

5. 网络协议

GPRS 骨干网 GSN（GPRS 支持节点）中的用户数据和信令利用 GTP（GPRS 隧道协议）进行隧道传输。GTP 是 GPRS 骨干网中 GSN 节点之间的互联协议，它是为 G_n 接口和 G_p 接口定义的协议。GPRS 网中所有的点对点 PDP 协议数据单元（PDU）将由 GTP 协议进行封装。

在 GPRS 骨干网中需要一个可靠的数据链路（如 X.25）进行 GTP PDU 的传输时，所用的传输协议是 TCP 协议。TCP 提供流量控制功能和防止 GTP PDU 丢失或破坏的功能。如果不要求一个可靠的数据链路（如 IP），就使用 UDP 协议来承载 GTP PDU。UDP 提供防护 GTP PDU 受到破坏的功能。

IP 是 GPRS 骨干网络协议，用以用户数据和控制信令的选路。GPRS 骨干网最初是建立在 IP v4 协议基础上的，随着 IP v6 的广泛使用，GPRS 会最终采用 IP v6 协议。

6.3.2　GPRS 主要接口

数据包从外网传到手机要经过 4 个接口，G_i、G_n、G_b 和 U_m，如图 6.7 所示。

1.　G_i 接口——外网与网关 GPRS 支持节点（GGSN）之间的接口

在这个接口上没有新的协议。与普通的路由器一样，GGSN 利用现有的传输方法，接收二层数据帧之后，做帧处理，得到 IP 数据包。分析该 IP 包的目的地址，恰为本地分组数据协议的内容（PDP Context）所标示的某一手机地址，则将此数据包送至 G_n 接口的软件模块，做进一步处理。

图 6.7　4 个接口，G_i、G_n、G_b 和 U_m

2.　G_n 接口——GGSN 与 SGSN 之间的接口

最先对数据包做处理的 GTP（GPRS Tunneling Protocol）协议，它实现了从 GGSN 到 SGSN 的虚拟传输通路，即隧道。隧道的优点有二，一是便于手机的移动，当手机由一个服务 GPRS 支持节点（SGSN）转移到另外一个 SGSN 的控制下时，只需改变 GTP 的配置，使隧道的末端发生变化即可，对于被承载的 IP 数据包来说是透明的；二是在 G_i 和 G_n 两个网络之间，即外网和运营商网络之间不存在路由，只有封装关系，安全性得到了保障。

G_n 网络本身是一个 TCP/IP 网络，G_n 网络中的元素都是靠 IP 来寻址的。GTP 协议数据包对于 G_n 网络来说是高层的应用数据，需要由 TCP 或 UDP 承载，对应 GTP 应用的四层端口号是 3386 之后，TCP 或 UDP 的数据包进一步封装成 IP 包，此包的目的地址即为目标 SGSN 的地址。

G_n 网络中的 IP 包传送也是靠一系列的路由器和交换机来完成的。注意，这时传送的是运营商内网 IP（或者内层 IP、下层 IP），与此相对应，封装在 GTP 协议内部的 IP 叫做外网 IP（或者外层 IP、上层 IP）。

数据到达 SGSN 之后，层层解封，最终还原出用户的 IP 数据包，交给 IP Relay 软件模块。

3.　G_b 接口——SGSN 和 BSS 之间的接口

首先，子网相关融合协议（Sub-Network Dependent Convergence Protocol，SNDCP）对 IP 数据包做同一化处理，这一步的目的是提高 GPRS 的可扩展性，未来，只需改变 SNDCP 就可以适应新的三层协议，比如 IPv 6。除此之外，SNDCP 还负责数据的压缩和分段，压缩的目的是节约空中接口带宽，分段的目的是适应下层 LLC 的 MTU（Maximum Transmission

Unit，最大传输单元）。

LLC（Logical Link Control）协议负责从 SGSN 到手机的数据传输。它的服务对象有三种：SNDCP 数据包（即用户数据）、用户信令和短消息。服务的类型有面向连接和无连接两种，用户可以根据 QoS 要求选择。

基站子系统 GPRS 协议（Base Station System GPRS Protocol，BSSGP）是服务 GPRS 支持节点（SGSN）与 BSS 通信的最上层协议，故而它不但发送上层的 LLC 数据，还传输 SGSN 对 BSS 的控制信息，如对手机的呼叫（Paging）等。BSSGP 的主要功能是提供与无线相关的数据、QoS 和选路信息，以满足在 BSS 和 SGSN 之间传输用户数据时的需要。在 BSS 中，它用做 LLC 帧和 RLC/MAC 块之间的接口；在 SGSN 中，它形成一个在源于 RLC/MAC 的信息和 LLC 帧之间的接口。在 SGSN 和 BSS 之间的 BSSGP 协议具有一一对应关系，如果一个 SGSN 处理多个 BSS，这个 SGSN 对于每一个 BSS 都必须有一个 BSSGP 协议机制。

BSSGP 主要具有以下功能：

（1）在 SGSN 和 BSS 之间提供一个无连接的链路。

（2）在 SGSN 和 BSS 之间非确认的传输数据。

（3）在 SGSN 和 BSS 之间提供了数据流量双向控制工具。

（4）处理从 SGSN 到 BSS 的寻呼请求。

（5）支持在 BSS 上的旧信息的刷新。

（6）支持在 SGSN 和 BSS 之间的多层链路。

NS（Network Service）提供网络传输服务，目前，这个服务是基于帧中继（PVC）的。也就是说，G_b 接口是帧中继接口，可以租用帧中继服务商的线路，也可以在专线上运行帧中继协议。

数据到达 BSS 之后，同样是层层解封，最终得到的是 LLC 数据帧，BSS 并不对 LLC 帧做处理，而只是透明转发。

4. U_m 接口——基站子系统（BSS）和移动台（MS）之间的接口

无线接口 U_m 是移动台（MS）与基站（BTS）之间的连接接口，GPRS 中接口标准遵循 GSM 系统的标准。GPRS 的无线接口 U_m 可以用图 6.8 GPRS MS 网络参考模型来描述。MS 与网络之间的通信涉及了物理射频（RF）、物理链路、无线链路控制/媒体接入控制（RLC/MAC）、逻辑链路控制和子网依赖的汇聚层几个层次。

图 6.8 GPRS MS 网络参考模型

物理层分为物理 RF 层和物理链路层两个子层。物理 RF 层执行无线信号的调制和解调功能，把物理链路层收到的比特序列调制成无线信号，或把接收的无线信号解调成物理链路层所需要的比特序列。物理链路层提供在 MS 和网络之间的物理信道上进行信息传输的服务。这些功能包括数据单元成帧、数据编码、检测和纠正物理介质上传输错误。物理链路层使用物理 RF 层提供的服务。

数据链路层包括 RLC 和 MAC 两个子层。RLC/MAC 层提供通过 GPRS 无线接口传输信息的服务。这些功能包括后向纠错过程。MAC 层提供多个 MS 接入共享媒体的方法。RLC/MAC 层使用物理链路层提供的服务，并向上层（LLC）提供服务。

（1）物理射频（RF）层。物理 RF 层由 GSM05 系列标准定义，包括如下的内容：载波频率的特点和 GSM 信道结构；发送无线信号的调制方式和 GSM 信道的数据传输；发射机和接收机的特性及其要求。

（2）物理链路层。物理链路层运行在物理 RF 层的上面，在 MS 和网络之间提供物理链路。其目标是通过 GSM 的无线接口传输信息，包括 RLC/MAC 层的信息。物理链路层支持多个 MS 共享一个物理信道。主要完成前向纠错编码、检测和纠正发送的码字并提供错误码字的指示、块交织、在 TDMA 帧的连续 4 个突发序列上进行正交交织和提供检测物理链路层拥塞的过程。

物理链路层的控制功能提供维持通信能力所需要的服务。在 GPRS 中不使用网络控制的越区切换，而是由 MS 执行小区的重新选择。

物理链路层的控制功能如下：

- 同步过程包括决定和调整 MS 定时提前的方法。
- 无线链路信号质量的监视和评估过程。
- 小区选择和重选的过程。
- 发射机的功率控制过程。
- 电池功率管理过程，例如非连续接收（DRX）过程。

① 无线块结构。传输不同的数据和控制信息有不同的无线块结构，块结构包含 MAC 层头部、RLC 数据块或 RLC/MAC 层控制块，一般情况下包括 4 个正常的突发，如图 6.9 所示。

图 6.9　无线块结构

MAC 层的头部包含控制域，8 比特的固定长度，上行和下行不同。

RLC 头部包含上行和下行方向不同的控制域，RLC 是可变长度的。RLC 数据域包含一个或多个 LLC PDU 数据字（8 比特）。块校验序列（BCS）用于错误检测。

RLC/MAC 控制信息域包含一个 RLC/MAC 控制信息。

② 信道编码。信道编码定义了 4 种分组数据编码方案，CS-1 到 CS-4。编码块结构如图

6.10 和图 6.11 所示。除了 PRACH、PTACH/U，其他所有的分组控制信道一般使用 CS-1。对于 PRACH 的接入突发，指定了两种编码方案。MS 都必须提供所有的编码方案，而网络端只需提供 CS-1。

图 6.10　CS-1、CS-2、CS-3 的块结构　　　　　图 6.11　CS-4 的块结构

对于携带 RLC 的无线块，定义了 4 种编码方案。

编码过程的第一步是附加块校验序列（BCS）。

对于 CS-1、CS-2 和 CS-3，第二步包括：上行链路状态标志（USF）预编码（除 CS-1），附加 4 比特的尾码，半速率卷积码之后进行截短以便提供希望的编码速率。

对于 CS4，不对纠错码进行编码。不同编码方案如表 6.6 所示。

表 6.6　不同编码方案的编码参数

方案	码率	SF	预编码 USF	无线块	BCS	尾码	编码后比特	截短比特	数据传输速率（Kbps）
CS-1	1/2	3	3	181	40	4	456	0	9.05
CS-2	2/3	3	6	268	16	4	588	132	13.4
CS-3	3/4	3	6	312	16	4	676	220	15.6
CS-4	2	3	12	428	16	—	456	—	21.4

（3）媒体介入控制和无线链路控制层（MAC/RLC）。MAC 层的功能定义了多个 MS 共享传输媒体的过程，共享媒体由几个物理信道组成。其提供了对多个 MS 的竞争仲裁过程、冲突避免、检测和恢复方法，对 MS 终止的信道接入，包括分组接入的排队和优先级处理。MAC 层功能还允许单个的 MS 并行地使用几个物理信道。

RLC 功能定义了选择性重传未成功发送的 RLC 数据块的过程。RLC/MAC 功能提供了非确认和确认两种操作模式。

一般地，在 GPRS 中，多个 MS 和网络共享媒体资源，即分组数据业务信道（PDTCH）。GPRS 无线接口由非对称的和独立的上行和下行链路组成。下行链路是从网络到多个 MS 的传输，不需要竞争裁决。上行链路是在多个 MS 之间共享的媒体之间进行，需要竞争裁决过程。

公用陆地移动网（PLMN）分配无线资源和 MS 使用这些资源能分割成两个部分：PLMN 按对称的方式对 GPRS 分配无线资源（上行和下行）。对点到点、点到多点组播和组呼叫服务使用上行和下行链路的无线资源是独立的，也允许上行和下行相关的分配方式，以便支持少数 MS 在两个方向上同时传输数据。一个 MS 也可分配几个 PDTCH。

（4）子网相关融合协议（SNDCP）。在 MS 和 SGSN 中子网相关融合协议（SNDCP）位于网络层之下，逻辑链路控制层之上。它支持多种网络层，这些网络层分组数据协议共享同一个 SNDCP，由此，来自不同数据源的多元数据都能通过 LLC 层。

总之，任何由空中接口传输的数据，必须先经过两个协议的处理，RLC（Radio Link

Control）和 MAC（Media Access Control）。RLC 将 LLC 数据帧拆分成便于空中传输的数据块，并负责空中接口的可靠性保障。数据块的大小依编码方案的不同，可能是 181 bits、268 bits、312 bits 和 428 bits。

MAC 的功能是控制空中资源的使用，由于一个用户可以使用多个信道，多个用户也可以使用一个信道，而且，资源的分配是动态的，所以下行传输时，MAC 必须标识当前的数据块是给哪一个手机的，上行传输时，必须指定当前资源由谁使用。

加上 LLC 和 MAC 头之后，数据块被卷积（Convolutional Coding）和交织（Interleaving）。卷积指在数据中添加冗余信息，以减少非连续比特错误。卷积处理之后的数据块统一为 456 bits。交织是将数据块交叉分散到四个突发序列（Normal Burst）中，可以抵抗连续比特错误。

经过上述处理，最终得到的突发序列与 GSM 无异，每个包含 114 bits 的数据信息。它们采用和 GSM 同样的方式，通过空中接口，到达手机。手机做数据包的解封之后，还原出 IP 数据包。至此，IP 包通过了 GPRS 网络，承载的功能完成了。

控制 GPRS 操作的有两个重要的内容（Context），在 SGSN 之前（靠近手机一侧）有移动性管理（MM）功能，SGSN 之后（靠近网络一侧）有分组数据协议内容（PDP Context）。

移动性管理（MM）功能负责移动管理，它有三种状态，空闲（Idle）、就绪（Ready）和守候（Standby）。手机开机，执行登录网络操作，手机的状态由空闲转至就绪。在就绪状态下，手机可以收发数据。一段时间没有数据收发，手机将转入守候状态。这时，网络中有手机的注册信息，但手机基本不占用网络资源。在守候状态下，手机可以申请资源进行上行传输，位置更新；网络方也可以通过呼叫（Paging）发起下行传输，传输一旦开始，手机就返回就绪状态。在正常状态下，手机的移动性管理（MM）功能在就绪和守候两者之间。也就是说，无论网络还是手机都随时可以发起数据传输，这就是 GPRS 宣称的一直在线（Always Online）功能，与传统的上网方法相比，效率着实提高不少。

分组数据协议（PDP）功能负责数据的传输，任何数据传送之前，手机要建立 PDP 功能，必备的参数包括手机的 IP 地址，访问点名称（Access Point Name，APN）等。有了这些参数，SGSN 可以发起建立一条到 GGSN 的数据传输通路。IP 地址的动态分配也是在这个过程中完成的。

5. Abis 接口

当 GPRS MAC 层和 RLC 层的功能置于远离基站收发信机（BTS）的位置上时，信道编码器单元（CCU）和远端 GPRS 分组控制单元（PCU）之间的信息按 320 bit（20 ms）的固定长度的帧发送。如图 6.12 说明了远端分组控制单元 PCU 的位置。

不管分组控制单元（PCU）是置于基站控制器（BSC）端（图 6.12（b））还是置于 GPRS 支持节点（GSN）端（图 6.12（c）），Abis 接口都是一样的。在图 6.12（b）中，PCU 作为到 BSC 的连接单元，在图 6.12（c）中，BSC 对 16 Kbps 信道来说是透明的。

图 6.12　远端分组控制单元（PCU）的位置

在结构图 6.12（b）和图 6.12（c）中，PCU 被认为是远端 PCU。

远端 PCU 看成是 BSC 的一部分，BSC 和 PCU 之间的信令传输通过使用 BSC 内部信令执行。当应用 Abis 接口时，CCU 和 PCU 功能之间的带内信令传输要求使用 PCU 帧。

PCU 负责实现下列 GPRS MAC 和 RLC 层的功能：

（1）把 LLC 层 PDU 分块成 RLC 块，用以下行链路传输。

（2）把 RLC 块重组成 LLC 层分组数据单元（PDU），用以上行链路传输。

（3）分组数据业务信道（PDTCH）时序安排功能，用以上行链路和下行链路的数据传输。

（4）PDTCH 上行链路自动重复请求（ARQ）功能，包括 RLC 块 ACK/NAK。

（5）PDTCH 下行链路 ARQ 功能，包括对 RLC 块的缓冲和重组。

（6）信道访问控制功能，例如访问请求和授权。

（7）无线信道管理功能，例如功率控制、拥塞控制、广播控制消息等。

信道编码器单元（CCU）的功能包括：

（1）信道编码功能，包括前向纠错（FEC）和插入。

（2）无线信道测度功能，包括接收质量水平、接收信号水平以及与时间提前测度相关的信息。

BSS 负责无线资源的分配和回收，在 PCU 和 CCU 之间每隔 20 ms 发送一个 PCU 帧。

6.4 GPRS 管理功能

在 GPRS 网络功能中，主要有网络访问控制功能、分组选路和传输功能、移动性管理功能、逻辑链路管理功能、无线资源管理功能和网络管理功能 7 个功能组，每一个功能组都包含许多相对独立的功能。

6.4.1 网络访问控制功能

网络访问控制功能就是用户连接到电信网中以使用由这个网络所提供的服务或者设施的途径。访问协议是一组已定义了的过程，它能让用户使用到电信网络提供的服务或设施。访问控制功能的各项主要功能如表 6.7 所示。

表 6.7 网络访问控制功能说明

功　　能	功　能　说　明
注册功能	通过注册功能，用户的移动 ID 和用户在公用陆地移动通信网（PLMN）范围内的分组数据协议及其地址联系起来，还与连到外部分组数据协议（PDP）网的用户访问点联系在一起。这种联系可以是静态的，即存储在一个原籍位置寄存器（HLR）中，还可以是动态的，即分布于每一个所必需的基站
身份认证和授权	该功能进行服务请求者的身份认证和识别，并验证服务请求类型以确保某个用户使用某特定网络服务的权限
许可证控制功能	许可证控制的目的是为了计算需要那些网络资源以提供所要求的服务质量，并判断这些资源是否可用，然后预定这些资源。许可证控制与无线资源管理功能相辅成，以估计每一个蜂窝对无线资源的需求程度
消息筛选	用于滤除未授权或不请自来的消息，这可通过分组过滤功能来实现
分组终端适配功能	该功能使从终端设备接收或向终端设备发送的数据分组经过适配，以适合于在 GPRS 网络中传输
计费数据收集功能	收集有关按用户计费和按流量计费的必要数据

6.4.2 分组选路和传输功能

路由是一个有序的节点列表，用于在公用陆地移动通信网（PLMN）内或 PLMN 之间传递信息。每一个路由均由源节点、中继节点和目的节点所组成。路由选择是指根据一定规则，判断或选择在 PLMN 之内或之间传输消息所用路由的过程。

GPRS 的路由管理是指 GPRS 网络如何进行寻址和建立数据传送路由。GPRS 的路由管理表现在以下三个方面：移动台发送数据的路由建立、移动台接收数据的路由建立，以及移动台处于漫游时数据路由的建立。GPRS 的路由管理如图 6.13 所示。

图 6.13 GPRS 的路由管理

1. 移动台（MS）发送数据的路由建立

如图 6.13 中的路由 1 所示，当移动台产生了一个分组数据单元（PDU），这个 PDU 经过 SNDC 层处理，称为 SNDC 数据单元。然后经过 LLC 层处理为 LLC 帧，通过空中接口送到 GSM 网络中移动台所处的 SGSN。SGSN 把数据送到 GGSN。GGSN 把收到的消息进行解装处理，转换为可在公用数据网（PDN）中传送的格式（如 PSPDN 的 PDU），最终送给公用数据网的用户。为了提高传输效率并保证数据传输的安全，可以对空中接口上的数据做压缩和加密处理。

2. 移动台（MS）接收数据的路由建立

一个公用数据网用户传送数据到移动台，如图 6.13 中的路由 2 所示。首先通过数据网的标准协议建立数据网和 GGSN 之间的路由。数据网用户发出的数据单元（如 PSPDN 中的 PDU），通过建立好的路由把数据单元 PDU 送给 GGSN。而 GGSN 再把 PDU 送给移动台所在的 SGSN，GSN 把 PDU 封装成 SNDC 数据单元，再经 LLC 层处理为 LLC 帧单元，最终经空中接口送给移动台。

3. 移动台（MS）处于漫游时数据的路由建立

一个数据网用户传送数据给一个正在漫游的移动用户。如图 6.13 中路由 3 所示。其数据必须经过归属地的网关（GGSN），然后送到移动用户 A。

6.4.3 移动性管理（MM）功能

移动性管理（MM）功能用于跟踪在本地 PLMN 或其他 PLMN 中 MS 的当前位置。在 GPRS 网络中的移动性管理涉及新增的网络节点和接口以及参考点，这与 GSM 网中的有很大的不同。

1. 移动性管理状态的定义

与 GPRS 用户相关的移动性管理定义了空闲（Idle）、等待（Standby）、就绪（Ready）三种不同的移动性管理状态，每一种状态都描述了一定的功能性级别和分配的信息。这些由移动台（MS）和业务 GPRS 支持节点（SGSN）所拥有的信息集合称作移动性管理（MM）环境。

（1）空闲状态。在 GPRS 空闲状态中，用户没有激活 GPRS 移动性管理。MS 和 SGSN 环境中没有存储与这个用户相关的有效的位置信息或路由信息。因此在这个状态下不能进行与用户有关的移动性管理过程。包括对用户的寻呼等功能也是不可用的。

（2）等待状态。在等待状态下，用户可进行 GPRS 移动性管理。在 MS 和 SGSN 中的 MM 环境已经创建了用户的国际移动用户识别号（IMSI），此时 MS 执行 GPRS 路由区（RA）选择、GPRS 蜂窝选择和本地重选功能。当 MS 进入一个新的路由区时 MS 会执行移动性管理过程来通知 SGSN。而在同一路由区中改变蜂窝时就不需通知 SGSN。因此，在等待状态下，SGSN MM 环境中的位置信息仅包含 MS 的 GPRS 路由区标识（GPRS RAI）。

在等待状态时，MS 启动分组数据协议（PDP）环境的激活或去活。一个 PDP 环境将会在数据发送或接收前使 MS 被激活。MS 的 MM 状态会改变到就绪状态。

MS 可以运行 GPRS 断开（Detach）过程进入空闲状态。

（3）就绪状态。在就绪状态下，SGSN MM 环境会对在相应的等待状态下的 MM 环境进行扩充，它扩充了在蜂窝级的用户位置信息。MS 执行移动性管理过程向网络提供实际所选择的蜂窝，GPRS 的蜂窝选择和重选由 MS 在本地完成，或可以选择由网络控制来完成。

在此状态下，网络启动对 MS 的 GPRS 业务寻呼，但对其他业务的寻呼由 SGSN 来完成。SGSN 传送下行链路数据到当前负责用户蜂窝的 BSS。而且 MS 还可以激活或去活 PDP 环境。不管某一无线资源是否已分配给了用户，即使没有数据传送，MM 环境也总保持就绪状态。就绪状态由一个计时器监控，当就绪状态计时器超时时，MM 环境就会从就绪状态转移到等待状态。MS 可以启动一个 GPRS 业务断开过程，来实现从就绪状态向空闲状态的转移。

2. 状态转移和功能

一个状态向另一个状态的转移，主要依据的是当前状态（空闲、等待或就绪）和当前所发生的事件（例如接入 GPRS 业务），如图 6.14 所示描述了下列状态的变化。

（1）从空闲状态转移到就绪状态。MS 请求接入 GPRS 业务，开始建立一个到 SGSN 的逻辑链路，在 MS 和 SGSN 中分别建立了 MM 环境。

（2）从等待状态转移到空闲状态。等待状态计时器超时，在 MS 和 SGSN 中的 MM 环境和分组数据协议（PDP）环境均返回到空闲状态，即非激活状态。位置取消时，SGSN 收到一个来自原籍位置寄存器（HLR）的位置取消消息，它的 MM 和 PDP 环境会被删除。

（3）从等待状态转移到就绪状态。PDU 发送时，为了响应一个呼叫，MS 会向 SGSN 发送一个 LLC 分组数据单元（PDU）。PDU 接收时，SGSN 接收来自 MS 的 LLC PDU。

图 6.14　移动性管理状态模型

（4）从就绪状态转移到等待状态。

① 就绪状态计时器超时时，MS 和 SGSN 中的 MM 环境均返回到等待状态。

② 当强制返回等待状态时，在就绪状态计时器超时之前，MS 或 SGSN 可能会发出一个返回到等待状态的信号，然后其 MM 环境会立即返回到等待状态。

③当 RLC 条件异常时，SGSN 的 MM 环境也会返回到等待状态。

（5）从就绪状态转移到空闲状态。GPRS 业务断开（Detach）时，MS 请求 SGSN 中的 MM 环境返回到空闲状态，以及 SGSN 中的 PDP 环境返回到非激活状态。当位置取消时，SGSN 收到一个来自 HLR 的位置取消消息，它的 MM 和 PDP 环境会被删除。

3. 移动性管理（MM）流程

GPRS 的 MM 流程将使用 LLC 和 RLC/MAC 协议，经 U$_m$ 接口来传输信息。MM 流程将为底层提供信息，使得 MM 消息在 U$_m$ 接口可靠传输。

用户数据一般在 MM 信令过程期间传输。在业务接入、身份认证和路由区更新过程中，用户数据可能会丢失也因而需要重传。

6.4.4　逻辑链路管理功能

MS 通过无线接口参与与维护某个 MS 与 PLMN 之间的通信通道。逻辑链路管理功能包括协调 MS 与 PLMN 之间的链路状态信息，同时监管这个逻辑链路上的数据传输活动性。

6.4.5　无线资源管理功能

无线资源管理功能参与无线通信路径的分配和维护。GSM 无线资源能被电路模式（语音和数据）服务和 GPRS 服务之间所共享。其路径管理功能是用于管理基站无线子系统（BSS）与 SGSN 节点之间的分组数据通信路径。可根据数据流量动态建立和释放这些路径，又可根据每一蜂窝中的最大期望载荷静态地建立和释放这些路径。

6.4.6　网络管理功能

网络管理功能提供相应的机制，支持与 GPRS 相关的运行和维护中心（OMC）功能。

6.4.7　计费管理

1. 计费管理

分组交换服务的计费原理与电路交换服务的计费原理是不同的，分组交换服务是基于流量计费而电路交换服务是基于时间计费，因此，GPRS 的计费管理有别于 GSM 的计费管理。GPRS 引入新的计费网关（CG）和计费中心（BC），结合 SGSN 和 GGSN 组件，构成一个计费系统，如图 6.15 所示。

图 6.15　GPRS 的计费系统

GPRS 的基本计费单元称为 CDR（Call Detail Record），一个 CDR 含有一个 PDP 通话（一个 PDP 上下文）期间收集的计费数据的参数。若通话持续时间超过指定的时间或者流量计数器已计满，则产生计费信息的部分输出（部分 CDR）。GPRS 计费是基于流量（IP 负荷，SMS 数量）以及通话时长。

SGSN 和 GGSN 使用计费识别符收集计费数据 CDR，收集到的 CDR 形成计费数据文件，计费数据文件又组合成计费记录输出 CRO（Charge Record Output），CRO 通过计费网关（CG）以 FTP 协议传送到外部计费中心，计费中心得到 CRO 后，进行一系列的存储、处理，完成计费过程。

2. 计费信息

由于在 GPRS 网络中引入了两个新增节点 SGSN 和 GGSN，因此 GPRS 网络中的计费信息是由给该 MS 提供服务的 SGSN 和 GGSN 从每一个 MS 中搜集。有关无线网络使用的计费信息由 SGSN 收集，而有关外部数据网络的使用的计费信息由 GGSN 收集，这两个 GSN 都收集有关 GPRS 网络资源使用的计费信息。点到点计费信息是为 GPRS 用户搜集的。

（1）SGSN 应收集下列计费信息：

① 无线接口的使用。计费信息应描述按照 QoS 和用户协议分类的在 MO 和 MT 方向传输的数据量。

② 分组数据协议地址的使用。计费信息应描述 MS 使用了分组数据协议地址的时间

长短。

③ GPRS 一般资源的使用。计费信息应描述其他 GPRS 相关资源的使用和 MS 的 GPRS 网络活动（如移动性管理）。

④ MS 的定位。本地公用陆地移动网络（HPLMN）、访问地公用陆地移动网络（VPLMN）以及可选的更高精确度的定位信息。

（2）GGSN 应收集下列计费信息：

① 目的端和源端。计费信息应能以 GPRS 运营商定义的精确程度来描述目的端和源地址。

② 外部数据网络的使用。计费信息应能描述流入和流出自外部数据网络的数据量。

③ 分组数据协议地址的使用。计费信息应能描述 MS 使用 PDP 地址的时间长短。

④ MS 的定位。HPLMN、VPLMN 以及可选的更高精确度的定位信息。

3. 计费网关

计费网关简化了计费系统中对 GPRS 计费的处理，从而保障了在移动网中方便引入 GPRS 业务。在移动网中引入 GPRS，最重要的是在管理和计费系统上做好工作。

以上说明了 GPRS 的计费信息必须从新增的 SGSN 和 GGSN 节点中搜集，这两种节点使用了与 AXE MSC 不同的接口，所搜集的信息生成新的呼叫数据记录（CDR）类型。根据来源的不同，CDR 可分为以下类型：

（1）S-CDR：与对无线网络的使用有关，从 SGSN 中得到。

（2）G-CDR：与对外部数据网络的使用有关，从 GGSN 中得到。

（3）M-CDR：与移动性管理活动有关，从 SGSN 中得到。

（4）与在 GPRS 中使用短消息业务相关的 CDR 类型。

在 GPRS 标准规范中，计费网关的功能性（CGF）既可以作为单独的中心网络单元来实现，也可以分布于各个 GSN 中。GPRS 计费网关（BGw）增强了 GSM 系统中计费系统的功能，提供了在 GPRS 标准中规范的所有高级功能。

6.5 GPRS 组网结构

6.5.1 网络结构

组成一个 GPRS 蜂窝移动网应由以下主要区域组成：GPRS 服务区（SA）、公用陆地移动通信网（PLMN）、服务 GPRS 支持节点（SGSN）服务区、SGSN 路由区（RA）、位置更新区（LA）、基站控制器（BSC）控制区和基站小区（Cell）。如图 6.16 所示了 GPRS 系统的蜂窝移动通信组网示意图。

1. GPRS 服务区（SA）

SA 是移动台（MS）能获得 GPRS 服务的地理区域，也就是在一个 GPRS 网络内 MS 能够发送和接收数据的区域。它可以由一个或多个公用陆地移动通信网（PLMN）组成。PLMN 是由一个网络运营商提供的 GPRS 服务区域，一个 PLMN 可以由一个或多个 SGSN 路由区域组成。

2. 服务 GPRS 支持节点（SGSN）服务区

SGSN 服务区是一个 SGSN 提供的网络服务区域，也就是终端的登记区域。一个 SGSN 服务区可以由一个或多个 SGSN 路由区组成。一个 SGSN 服务区可以包含一个或多个 BSC 控制区。一个 SGSN 服务区并不需要与一个移动交换中心/访问位置寄存器（MSC/VLR）服务区相同。

图 6.16　GPRS 系统的蜂窝移动通信组网示意图

3. SGSN 路由区（RA）

RA 是位置更新区的一个子集，在 SGSN 路由区中，MS 移动时不需要更新 SGSN。一个 SGSN 能够控制处理多个路由区。路由区的路由范围可以从一个城市的一部分到整个省份，甚至一个小国家。一个 RA 可以由一个或多个小区组成。

4. 位置更新区（LA）

LA 是 MS 移动时不需要更新访问位置寄存器（VLR）的区域，一个 LA 可以包含一个或多个基站小区（Cell）。LA 不同于 VLR 区域，也不同于移动交换中心（MSC）区域。

5. 基站控制器（BSC）控制区

BSC 控制区是一个 BSC 控制的一个或多个小区组成无线覆盖区域，BSC 控制区的边界与 LA 区域的区界不需要一致。

6. 基站小区

基站小区是 GPRS 服务区中最小的地理单元，也是一个移动蜂窝网络的基本单元，它由一个基站收发信机（BTS）覆盖。有两种类型的基站小区：全向小区和方向小区。

6.5.2　GPRS 系统的组网

由于 GPRS 网的设备（SGSN、GGSN、PCU 等）与 GSM 设备之间的连接具有较大的灵活性，使得 GPRS 系统的组网也具有较大的灵活性。

（1）服务 GPRS 支持节点（SGSN）可与多个 MSC 连接，一个 SGSN 服务区可包含多个 MSC/VLR 服务区。

（2）SGSN 和网关 GPRS 支持节点（GGSN）可以分开配置，也可以合一配置。分开配置时，一个 GGSN 可以与多个 SGSN 连接；合一配置时，SGSN 与 GGSN 之间的通信协议可进行较大的简化和改进，提高系统的处理效率。

（3）分组控制单元（PCU）作为独立设备时，可以与多个 MSC 连接，它可以和其中一个 BSC 放置在一起。

GPRS 的组网结构如图 6.17 所示。

图 6.17 GPRS 的组网结构图

GGSN 可以配置 G_c 接口，也可以不配置 G_c 接口。不配置 G_c 接口时，通过 SGSN 连接原籍位置寄存器（HLR）/GR。在物理接口上，G_b 接口提供 E1（2.048 Mbps）接口，SGSN 和基站控制器（BSC）的连接采用点到点方式连接，或连接 FR 网；$G_n/G_p/G_i$ 接口采用 PPP over SDH、PPP over E1、FR over E1、ATM、LAN 等多种接口。

1. 服务 GPRS 支持节点（SGSN）配置方式

在 GPRS 系统规划中，可根据组网结构和 SGSN 的性能指标，来确定 SGSN 的数量。SGSN 通过 PCU 单元与 BSC 相连，根据 SGSN 与 BSS 相连的不同情况，可以将 SGSN 组网划分为以下三种结构，三种结构均假设采用点到点连接。

（1）第一种结构如图 6.18 所示。在同一 MSC 内的所有 BSS 连到同一个 SGSN，不同的 MSC 的 BSC 连到各自独立的 SGSN。这种结构较清晰，管理方便，对 SGSN 的容量要求较低，但投资成本较高。

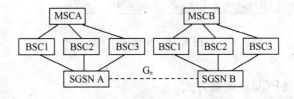

图 6.18 SGSN 组网的第一种结构

（2）第二种结构如图 6.19 所示。与同一个 SGSN 连接的 BSC 可以归属于不同的 MSC。这种结构比较适合大城市，因为这些地方的 MSC 配置较多，要求 SGSN 的容量较大；若容量较小，只能用于 GPRS 业务需求较少但又要实现业务覆盖的地区。

（3）第三种结构如图 6.20 所示。是在同一个 MSC 内设置多个 SGSN。这种情况适用于 GPRS 业务需求量很大的地区，为满足分组用户的需求，甚至可能单个 BSC 连到独立的一个 SGSN 节点上。

图 6.19　SGSN 组网的第二种结构　　　　图 6.20　SGSN 组网的第三种结构

在 GPRS 建网初期，为节省投资及降低网络节点的风险，对于数据业务较少的地区，可以采用第二种方式，即只在 BSS 系统中增加 PCU 单元并提供传输电路，连到一个公共的 SGSN 即可为用户提供服务。待用户数业务量增加后，再进行扩容，扩容方式就是减少接入一个 SGSN 的 BSC 数量，并增加 SGSN 的数量。

在网络建设过程中，如果 SGSN 数量不多，BSC 和 SGSN 之间采用点到点的方式连接，等到 SGSN 增加到一定数量后采用帧中继方式连接，使系统的可靠性和效率更高，组网更加灵活。

对于不同 PLMN 网之间，如果 SGSN 需要连接，则需增加边界网关（BG）来实现，两个 BG 之间采用 G_p 接口。

2. 网关 GPRS 支持节点（GGSN）配置方式

GGSN 是 GPRS 系统中增加的另一类节点，它提供与 SGSN 的接口、与外部 PDN/外部 PLMN 的接口、路由选择与转发、流量管理、移动性管理和接入服务器等功能。从外部 IP 网来看，GGSN 是一个拥有 GPRS 网络所有用户的 IP 地址信息的主机，并提供到达正确 SG-SN 的路由和协议转换的功能。GGSN 根据所连接的网络不同分为两种情况：一种是与另一个 PLMN 网连接，一种是与公用数据网（PDN）连接。两种方式所采用的接口均为 G_i 接口。在建网初期主要是与 PDN 连接，并且也可以把 SGSN 合设成为混合的 GSN 节点。GGSN 连接方式如图 6.21 所示。

图 6.21　非透明接入

3. 分组控制单元（PCU）配置方式

GPRS 在无线子系统中，新增了 PCU 单元（Packet Control Unit）。该单元主要功能是在

BSC 与 SGSN 两个节点之间提供基于帧中继的 G_b 接口，速率为 2 Mbps。PCU 在 GPRS 中的配置方式主要有两种，如图 6.22 所示。

(a) PCU放在BSC一侧　　　　　　　　　　(b) PCU放在GSN一侧

图 6.22　PCU 的配置方式

（1）第一种配置，把 PCU 放在 BSC 一侧，物理上和 BSC 共址，PCU 与 BSC 之间的传输很容易实现。对 BSC 容量较大的系统来说较合适；而对于 BSC 容量较小的系统，由于 BSC 数量相对较多，这种配置将因网元过多而导致成本升高。

（2）第二种配置，把 PCU 放置在 GSN 一侧，物理上和 GSN 同址。可以实现多个 BSC 共用同一个 PCU，但是各 BSC 到 PCU 之间的传输费用增加，只适用于 BSC 容量较小的系统，而且 PCU 要求有较大的容量和处理能力。

6.5.3　GPRS 组网原则

GPRS 无线组网时有以下原则：

（1）充分利用现有 GSM 系统的设备资源，保护 GSM 的投资。

（2）与 GSM 公用频率资源。

（3）利用现有的基站实现无线覆盖，不单独增加 GPRS 基站。

（4）GPRS 组网需要对 BTS、BSC、MSC/VLR、HLR 等组件进行软件升级，并需增加 PUC 组件。

6.6　典型方案

6.6.1　诺基亚（Nokia）GPRS 系统解决方案

如图 6.23 所示为诺基亚（Nokia）GPRS 系统核心部分的解决方案。

图 6.23　诺基亚（Nokia）GPRS 系统核心部分的解决方案

1. 主要设备

(1) 诺基亚（Nokia）网关 GPRS 支持节点（GGSN）：

① 基于 Intel 技术（Pentium Ⅱ 450 MHz）；Intel NX440LX 主板。

② 易于维护——网络接口板和电源单元热更换。

③ 软件基于 FreeBSD。

④ 支持 OSPF、RIPv2.0 和 BGP4.0 路由协议。

⑤ 软件上使用外部冗余协议。

(2) 诺基亚（Nokia）DX200 服务 GPRS 支持节点（SGSN）：

① 采用 Pentium Ⅱ 处理器和兼容 PCI 总线技术。

② 可靠的平台：分布式处理、模块化结构、容错度（2N，$N+1$）。

③ 操作方便：好的在线操作性、运行和维护中心（OMC）功能的 OSI 协议模式、用户界面友好的人机界面（MMI）接口（ITU-T）。

④ 灵活的配置，模块化扩展：分组交换容量、用户容量、接口容量。

(3) 分组控制单元（PCU）：

① PCU 安装于基站控制器（BSC）中，每个 BSC 可满装 9 个 PCU（8+1 冗余）。

② 一个 PCU 支持 64 个小区。

③ 一个 PCU 支持 256 个无线信道。

2. 诺基亚（Nokia）GPRS 版本 1 的功能

(1) 提供 GPRS 点到点 IP 服务（IPv4）；每个用户能同时激活 2 个分组数据协议（PDP）上下文；支持动态和静态 IP 地址。

(2) 短消息通过 SGSN 与网关移动交换中心（GMSC）之间的 G_d 接口在 GPRS 上传送。

(3) 支持漫游。

(4) 提供 SGSN 与移动交换中心/访问位置寄存器（MSC/VLR）之间的 G_s 接口。

(5) 小区重选由移动台（MS）执行。

(6) 计费基于以下几个因素：

① 数据传输量（上行和下行链路）。

② MS 的位置（小区、路由区域、位置区域）。

③ 外部网络的接入点。

(7) 服务质量等级（QoS）功能——提供最好的效果。

(8) 支持企业接入方案；多接入点；RADIUS/DHCP 服务器接入。

3. 资源共享

(1) 广播控制信道（BCCH）与 GPRS：

① 现有的 BCCH 修改为含有用于 GPRS 的新参数。

② 引入 GPRS 后不会减少小区话务量。

③ 信令容量由 GPRS 和电路交换共享。

(2) GPRS 移动台（MS）之间：

① 多个 MS 可以共享一个时隙。

② MS 排队最大值：上行链路 7 个，下行链路 9 个。

③USF（上行链路状态标志）用于标识那个 MS 转向发送状态。

④ 时隙选择以获得最大吞吐量为原则。

⑤ 每个 MS 获得信道容量的 $1/n$，n 为队列中 MS 的数量。

4. 网络配置

诺基亚（Nokia）GPRS 系统网络配置灵活，可以随着用户和话务的增长方便地扩大网络配置。如图 6.24 所示了诺基亚（Nokia）建议的一个网络扩容例子。

图 6.24 诺基亚（Nokia）GPRS 网络演变示例

6.6.2 金鹏 GPRS 组网方案

1. 金鹏 GPRS 系统

金鹏 GPRS 系统如图 6.25 所示。

2. 产品简介

GPRS（通用分组无线业务），是移动通信技术和互联网技术发展融合产生的移动高速分组数据业务。其主要特色是可以提供高达 171.2 Kbps 的分组数据传送速率，从而使得移动互联网、移动办公等移动数据业务的实现成为可能。

图 6.25 金鹏 GPRS 系统

GPRS 系统通过对 GSM 网络增加网关 GPRS 支持节点（GGSN）、服务 GPRS 支持节点（SGSN）、PCU（分组控制单元）等功能实体来完成分组数据功能。新增功能实体组成 GSM/GPRS 网络，包括电路域和分组域两个部分，分别实现语音业务和高速分组数据业务，如图 6.26 所示。

图 6.26　GPRS 系统逻辑结构图

3. 技术特点

（1）支持 IP 业务、SMS 业务、WAP 业务。

（2）具有寻呼、会话管理、移动性管理、安全性管理等功能。

（3）在现有的 GSM 网络系统上叠加，利用现有网络设施。

（4）支持手机快速网上浏览，手机上网的最大速率可达到 171.2 Kbps。

（5）包月制计费、根据数据流量（收发字节数）计费、按使用时间计费、按使用次数计费。

（6）针对传输速度和应用的不同设置不同的收费级别。

（7）直接接入到分组数据网（如：互联网，X.25）。

（8）GPRS 系统的可扩展性良好：可让低成本、小容量的 GSM 系统通过添加新硬件和更新软件的方法来扩容，而对现有硬件只需进行很小的改动。

（9）只对传输数据收费（实际用量）而对连接间隙不收费。

（10）保持永久连接。

4. 组网

灵活的组网能力以适应不同网络建设的需求。根据网络情况，用户量较小时采用 SGSN 和 GGSN 合一配置，从而降低了设备成本，同时也减轻了 GPRS 核心骨干网上的传输压力。

PCU 采用独立的物理实体，可灵活放置，可连接一个或多个 BSC，降低传输成本和设备成本；提供完备的接口如：G_s、G_d 接口，实现 GPRS 网络建设和业务开展的合理与完善。

本 章 小 结

本章介绍了 GPRS 系统，主要包括 GPRS 的现状及标准、系统结构和接口、协议模型、管理功能、组网和典型的解决方案。就 GPRS 系统的构成、特点和与 GSM 网络结构不同点进行了描述。这些所涉及的都是构成 GPRS 系统的基本原理和技术。通过对 GPRS 移动通信系统的基本概念、原理、技术及设备的学习和了解，使学生了解和掌握 GPRS 系统。本章的主要内容包括：

（1）GPRS 的概念、标准和现状、业务、应用范围和技术优势与不足；

（2）构成 GPRS 系统的各部分功能和特点以及网络接口，着重介绍了 SGSN、GGSN 和 PCU 的概念及作用；

（3）介绍了 GPRS 协议的模型的构成及各层的作用；

（4）GPRS 管理功能包括网络访问控制功能、分组选路和传输功能、移动性管理功能、逻辑链路管理功能、无线资源管理功能、网络管理功能和计费管理功能七个部分，分别介绍各个部分的功能和作用；

（5）介绍了 GPRS 组网的结构、各部分功能和作用以及组网的原则；

（6）典型方案介绍：诺基亚（Nokia）公司和广州金鹏集团 GPRS 组网方案。

习 题 6

6.1　GPRS 是一种基于 GSM 的＿＿＿＿业务，面向用户提供移动＿＿＿＿或者 X.25 连接。

6.2　简述 GPRS 的主要特点。

6.3　简述 GPRS 系统的优势和不足。

6.4　GPRS 通过在 GSM 网络结构中增添＿＿＿＿和＿＿＿＿两个新的网络节点来实现。

6.5　在 GPRS 系统中，一个逻辑信道可以由一个或几个＿＿＿＿构成。

6.6　GPRS 系统要在基站子系统中引入＿＿＿＿来实现数据业务功能。

6.7　简述 SGSN、GGSN 和 PCU 在 GPRS 系统中的作用。

6.8　GTP 是 GPRS 骨干网中＿＿＿＿之间的互联协议，它实现了从＿＿＿＿到＿＿＿＿的虚拟传输通路。

6.9　简述 GPRS 的协议模型中各层的作用。

6.10　简述 GPRS 移动台路由的建立过程。

6.11　GPRS 与 GSM 在网络机构上有什么不同？为什么？

6.12　GPRS 系统是如何计费管理的？

6.13　简述 GPRS 的组网原则。

第7章 CDMA 数字蜂窝移动通信系统及设备

内容提要

由于 CDMA 体制具有抗干扰、抗衰落、抗多径时延扩展，并可提供十分巨大的系统容量和便于与模拟或数字体制共存的优点，使 CDMA 移动通信系统成为 GSM 数字蜂窝移动通信系统强有力的竞争对手，已成为第三代移动通信的主要技术手段。本章将讨论 CDMA 数字蜂窝移动通信系统主要包括 CDMA 系统的现状及标准、技术特点、系统结构与接口、信道组成、控制和管理功能、注册登记、漫游及呼叫处理、手机工作原理和 CDMA 典型的解决方案等内容。

7.1 概述

7.1.1 扩频通信的概念

码分多址（CDMA）是以扩频技术为基础的。扩频是把信息的频谱扩展到宽带中进行传输的技术。扩频技术用于通信系统具有抗干扰、抗多径、隐蔽、保密和多址能力。

适用于码分多址（CDMA）蜂窝通信系统的扩频技术是直接序列扩频（DSSS）或简称直扩。

直接序列（DS）扩频，就是直接用具有高码率的扩频码（PN）序列在发端去扩展信号的频谱。而在接收端，用相同的扩频码序列去进行解扩，把展宽的扩频信号还原成原始的信息。

处理增益 G_p 也称扩频增益，它定义为频谱扩展前的信息带宽 ΔF 与频带扩展后的信号带宽 W 之比：

$$G_p = W/\Delta F \tag{7.1}$$

在扩频通信系统中，接收机作扩频解调后，只提取相关处理后的带宽 ΔF 的信息，而排除掉宽频带 W 中的外部干扰、噪声和其他用户的通信影响。因此，处理增益 G_p 反映了扩频通信系统信噪比改善的程度。工程上常以分贝（dB）表示，即

$$G_p = 10\lg W/\Delta F \tag{7.2}$$

7.1.2 码分多址（CDMA）蜂窝通信系统的特点

在码分多址（CDMA）通信系统中，不同用户传输信息所用的信号不是靠频率不同或时隙不同来区分的，而是用各个不同的编码系列来区分的。

在码分多址（CDMA）蜂窝通信系统中，用户之间的信息传输也是由基站进行转发和控制的。为了实现双工通信，正向传输和反向传输各使用一个频率，即频分双工（FDD）。正

向传输和反向传输除传输业务信息外，还传输相应的控制信息。为了传输不同的信息，需要设置不同的信道。但是，CDMA 通信系统既不分频道又不分时隙，传输信息的信道都是靠采用不同的码型来区分的。

（1）根据理论分析，CDMA 蜂窝系统通信容量是模拟蜂窝系统（AMPS）的 20 倍或 GSM 数字蜂窝系统的 4 倍。

（2）CDMA 蜂窝系统的全部用户共享一个无线信道，用户信号的区分只靠所用码型的不同，因此当蜂窝系统的负荷满载时，另外增加少数用户，只会引起语音质量的轻微下降（或者说信干比稍微降低），而不会出现阻塞现象。在 FDMA 蜂窝系统或 TDMA 蜂窝系统中，当全部频道或时隙被占满以后，哪怕只增加一个用户也没有可能。CDMA 蜂窝系统的这种特征，使系统容量与用户数之间存在一种"软"的关系。

在其他蜂窝通信系统中，当用户越区切换而找不到可用频道或时隙时，通信必然中断。CDMA 蜂窝通信系统的"软"容量可以避免发生类似现象。

（3）CDMA 蜂窝通信系统具有"软切换"功能。即在越区切换的起始阶段，由原小区的基站与新小区的基站同时为越区的移动台服务，直到该移动台与新基站之间建立起可靠的通信链路后，原基站才中断它和该移动台的联系。CDMA 蜂窝通信系统软切换功能可保证移动台越区切换的可靠性。

（4）CDMA 蜂窝系统可以充分利用人类对话的不连续特性来实现语音激活技术，以提高系统的通信容量。在许多用户共用一个无线频道时，由于人类对话的特性是不连续，利用语音激活技术，使通信中的用户有语音才发射信号，没有语音就停止发射信号，减小用户之间的背景干扰，可提高系统的容量。

（5）CDMA 蜂窝通信系统的功率控制。在 CDMA 系统中，不同用户发射的信号由于距基站的距离不同，到达时的功率也不同。距离近的信号功率大，距离远的功率小，相互形成干扰。这种现象称为远近效应。CDMA 系统要求所有用户到达基站接收机信号的平均功率要相等才能正常解扩，功率控制就是为解决这一问题。它调整各个用户发射机的功率，使其到达基站接收机的平均功率相等。功率控制有两种类型：开环控制与闭环控制。开环控制主要是用户根据测量到的帧差错概率来调整发射功率，而闭环功率控制则由基站根据收到移动台发来的信号测量其信干比（SIR）发出指令，调整移动台发射机的功率。对于下行链路的功率控制主要是用来减小对邻近小区的干扰。

（6）CDMA 系统中综合利用了频率分集、空间分集和时间分集来抵抗衰落对信号的影响，从而获得高质量的通信性能。

（7）CDMA 蜂窝系统以扩频技术为基础，因而它具有扩频通信系统所固有的优点，如抗干扰、抗多径衰落和具有保密性等。

7.2 CDMA 系统综述

7.2.1 CDMA 的发展

CDMA 技术早已在军用抗干扰通信研究中得到广泛应用，1989 年 11 月，美国 Qualcomm（高通）公司在美国的现场试验证明 CDMA 用于蜂窝移动通信的容量大。1995 年中国香港和美国的 CDMA 公用网开始投入商用。1996 年韩国用从美国购买的 Q-CDMA 生产许可证，自己生产的 CDMA 系统设备开始大规模商用，头 12 个月发展了 150 万用户。1998 年全球 CDMA 用户已达 500 多万，CDMA 的研究和商用进入高潮，有人说 1997 年是 CDMA 年。1999 年 CDMA 在日本和美国形成增长的高峰期，全球的增长率高达 250%，用户已达 2000 万。无线通信在未来的通信中起着越来越重要的作用，CDMA 技术已成为第三代蜂窝移动通信标准的无线接入技术。

中国 CDMA 的发展并不迟，也有长期军用研究的技术积累，1993 年国家 863 计划已开展 CDMA 蜂窝技术研究。1994 年美国 Qualcomm 公司首先在天津建立技术试验网。1998 年具有 14 万容量的 800 MHz 长城 CDMA 商用试验网在北京、广州、上海、西安建成，并开始商用。2002 年，中国联通"新时空" CDMA 网络正式开通。中国联通计划在未来 3 年内逐步建成一个覆盖全国、总容量达到 5000 万户的 CDMA 网络，成为世界最大、最好的 CDMA 网。2002 年后期，中国联通开始建设 CDMA 2000 1X 数字移动蜂窝网，在 2003 年上半年在全国投入运营。

7.2.2 技术标准

目前，国际通用的 CDMA 标准主要是由美国国家标准委员会（ANSI TIA）开发颁布的。ANSI（American National Standard Institute）作为美国国家标准制定单位，负责授权其他美国标准制定实体，其中包括电信工业解决方案联盟（ATIS）、电子工业协会（EIA）以及电信工业协会（TIA）。TIA 主要开发 IS（Interim Standards，暂定标准）系列标准，如 CDMA 系列标准 IS-95、IS-634、IS-41 等。IS 系列标准之所以被列为暂定标准是因为它的时限性，最初定义的标准有效期限是 5 年，现在是 3 年。CDMA 蜂窝移动通信系统的技术标准经历了 IS-95A、IS-95B、CDMA 2000、1X/EV-DO 和 1X/EV-DV 几个发展阶段。

IS-95A 是窄带 CDMA（N-CDMA）技术标准，1993 年 7 月由美国电信工业协会（TIA）公布。采用基于美国 Qualcomm（高通）公司开发的 CDMA 蜂窝移动通信系统，也称为 Q-CDMA。IS-95A 的先进性和成熟性经过了时间的充分检验，直到现在，IS-95A 系统仍然在广泛使用，这在高速发展的 IT 行业中堪称奇迹。

IS-95B 是 IS-95A 的进一步发展，于 1998 年由美国电信工业协会（TIA）制定的标准。主要目的是能满足更高的比特速率业务的需求，IS-95B 可提供的理论最大比特速率为 115 Kbps，实际只能实现 64 Kbps。

IS-95A 和 IS-95B 均有一系列标准，其总称为 IS-95，为第二代 CDMA 蜂窝移动通信系统的技术标准。CDMA One 是基于 IS-95 标准的各种 CDMA 产品的总称，即所有基于 CDMA One 技术的产品，其核心技术均以 IS-95 作为标准。

基于 IS-95 的 CDMA One 技术自 1995 年 10 月商用实践以来，迅速覆盖韩国、日本、美国、欧洲和南美洲的一些主要市场，取得了巨大的商业成功，并成为业界公认的过渡到未来 3G 的技术平台。

CDMA 2000 是美国电信工业协会（TIA）制定的第三代 CDMA 移动通信标准，于 2000 年 3 月公布。CDMA 2000 也是国际移动电信 2000（IMT—2000）所确定的三个第三代蜂窝移动通信标准之一。是 IS-95 标准向第三代演进的技术体制方案，这是一种宽带 CDMA 技术。CDMA 2000 室内最高数据传输速率为 2 Mbps 以上，步行环境时为 384 Kbps，车载环境时为 144 Kbps 以上。

CDMA 2000 1X 是指 CDMA 2000 的第一阶段（速率高于 IS-95，低于 2 Mbps），可支持 308 Kbps 的数据传输、网络部分引入分组交换，可支持移动 IP 业务。

CDMA 2000 1X 系统的下一个发展阶段被称为 1X/EV-DO，其中 EV 是演进的缩写，DO 指仅支持数据（Data Only）。这项技术在 CDMA 技术的基础上引入了时分多址（TDMA）技术的一些特点，从而大幅度提高了数据业务的性能。在单个载波中，数据传输速率最大可以达到 2.4 Mbps，总吞吐量大约为 600 Kbps。但是，正是由于引入了很多 TDMA 的技术，使 1X/EV-DO 不能前向兼容。在实际使用中，1X/EV-DO 系统要使用独立的载波，移动台也要使用双模方式来支持语音和数据业务。3GPP2（Third Generation Partnership Project 2，第三代合作伙伴计划 2）已经完成了 1X/DV-DO 的空中接口和 A 接口的标准，网络部分采用基于 IP 技术的分组网络。

为了克服 1X/DV-DO 技术在前向兼容方面的缺点，3GPP2 已制定 CDMA 2000 1X/EV-DV（Data and Voice）的标准。1X/EV-DV 仍然采用 CDMA 体系一贯的前向兼容思路，即可以与 CDMA 2000 1X 系统共存在同一个载波中。CDMA 2000 1X/EV-DV 的标准已在 2002 年 6 月发布第一个版本。

7.2.3 CDMA 系统基本特性

1. 工作频段

（1）800 MHz 频段：

① 下行链路：869~894 MHz（基站发射）；824~849 MHz（基站接收）。

② 上行链路：824~849 MHz（移动台发射）；869~894 MHz（移动台接收）。

（2）1800 MHz 频段：

① 下行链路：1955~1980 MHz（基站发射）；1875~1900 MHz（基站接收）。

② 上行链路：1875~1900 MHz（移动台发射）；1955~1980 MHz（移动台接收）。

③ 中国联通新时空 CDMA 占用的载频上行链路：825~845 MHz；下行链路：870~890 MHz。

2. 信道数

（1）每一载频：64（码分信道）。

（2）每一小区可分为 3 个扇形区，可共用一个载频。

（3）每一网络分为 9 个载频，其中收、发各占 12.5 MHz，共占 25 MHz 频段。

CDMA 系统使用 N 个频率载波，每个载波能够支持 M 条链路，任何一个 CDMA 用户都可以接入这些链路。每个用户都可以通过不同的代码序列定义唯一的一条链路，在 CDMA 系统的控制下，在正向链路和反向链路上保持频率的分配。CDMA 系统的接入采用 CDMA/FDD 方式。

对于 CDMA 系统载波，1.23 MHz 的带宽是两个载波频率之间的最小中心频率间隔为 1.23 MHz，如表 7.1 和表 7.2 所示。

表 7.1　CDMA 系统信道间隔、信道分配和 800 MHz 频段的发送中心频率

发 射 机	CDMA 信道编号	CDMA 信道中心频率（MHz）
移动台（MS）	$1 \leqslant N \leqslant 799$	$0.030 \times N + 825.000$
	$991 \leqslant N \leqslant 1023$	$0.030 \times (N - 1023) + 825.000$
基站（BS）	$1 \leqslant N \leqslant 799$	$0.030 \times N + 870.000$
	$991 \leqslant N \leqslant 1023$	$0.030 \times (N - 1023) + 870.000$

表 7.2　CDMA 系统信道间隔、信道分配和 1800 MHz 频段的发送中心频率

发 射 机	CDMA 信道编号	CDMA 信道中心频率（MHz）
移动台（MS）	$1 \leqslant N \leqslant 1199$	$0.050 \times N + 1850.000$
基站（BS）	$1 \leqslant N \leqslant 1199$	$0.050 \times N + 1930.000$

3. 调制方式

（1）基站：QPSK。每个信道的信息经过适当的沃尔什（Walsh）函数调制，然后以固定码片（chip）速率 1.2288Mcps，用 PN 序列进行正交相移键控（QPSK）调制。

（2）移动台：OQPSK。移动台（MS）发送的所有数据以每 6 个码符号为一组传输调制符号，6 个码符号对应为 64 个调制符号中的一个进行发送，然后以固定码片（chip）速率 1.2288Mcps，用 PN 序列进行交错正交相移键控（OQPSK）调制。

4. 采用直接系列扩频（DSSS）

在 CDMA 蜂窝系统之间是采用频分的，而在一个 CDMA 蜂窝系统之内是采用码分多址（CDMA）的。不同的码型由一个伪随机（PN）码系列生成的，PN 系列周期（长度）为 $2^{15} = 32768$ 个码片（chip）。将此周期系列的每 64chip 移位系列作为一个码型，共可得到 $32768/64 = 512$ 个码型。这就是说，在 1.25 MHz 带宽的 CDMA 蜂窝系统中，可建多达 512 个基站（或小区）。

5. 语音编解码

CDMA 蜂窝系统语音编码采用码激励线性预测（CELP）编码算法，也称为 QCELP 算法。其基本速率是 8 Kbps，但是可随输入语音消息的特征而动态地分为 4 种，即 8、4、2、1 Kbps，可以 9.6，4.8，2.4，1.2 Kbps 的信道速率分别传输。发送端的编码器对输入的语音取样，产生编码的语音分组（packet）传输到接收端，接收端的解码器把收到的语音分组解码，再恢复成语音样点。每帧时间为 20 ms。

6. CDMA 蜂窝通信系统的时间基准

CDMA 蜂窝系统利用"全球定位系统（GPS）"的时标，GPS 的时间和"世界协调时间（UTC）"是同步的，二者之差是秒的整倍数。

各基站都配有 GPS 接收机，保持系统中各基站有统一的时间基准，称为 CDMA 系统的公共时间基准。移动台通常利用最先到达并用于解调的多径信号分量建立基准。如果另一条多径分量变成了最先到达并用于解调的多径分量，则移动台的时间基准要跟踪到这个新的多径分量。用导频、同步信道为移动台作载频和时间同步时使用。

7. RANK 接收机

由于移动通信环境的复杂和移动台的不断运动，接收到的信号往往是多个反射波的叠加，形成多径衰落。分集是解决多径衰落很好的方法，CDMA 系统在基站和移动台都采用 RANK 接收机。RANK 接收机所作的是通过接收多径信号中的各路信号，并把它们合并在一起，以改善接收信号的信噪比，提高了系统链路质量，给系统带来更好的性能。在 CDMA 中，移动台接收机中使用三个 RANK 接收机，在基站中每副天线使用四个 RANK 接收机。每一个 RANK 接收机独立地跟踪信号和多径，而它们信号强度的总和用于信号的解调。其结果是，即使在最坏的条件下，通话清晰度也很好。

8. 软切换

移动台如果与两个基站同时连接时进行的切换称为软切换。在 CDMA 系统中软切换可以减少对于其他小区的干扰，并通过分集技术还可以改善性能。软切换的原理如下：移动台在上行链路中发射的信号被两个基站所接收，经解调后转发到基站控制器（BSC），下行链路的信号也同时经过两个基站再传送到移动台。移动台可以将收到的两路信号合并，起到分集的作用。因为处理过程是先通后断，故称为软切换，而一般的硬切换则是先断后通。

9. 功率控制技术

在 CDMA 系统中，不同用户发射的信号由于距基站的距离不同，到达时的功率也不同，相互形成干扰。CDMA 系统要求所有用户到达基站接收机信号的平均功率要相等才能正常解扩，功率控制就是为解决这一问题。它调整各个用户发射机的功率，使其到达基站接收机的平均功率相等。功率控制的原理有两种类型：开环控制与闭环控制。开环控制主要是用户根据测量到的帧差错概率来调整发射功率，而闭环功率控制则由基站根据收到移动台发来的信号测量其信干比（SIR）发出指令，调整移动台发射机的功率。对于下行链路的功率控制主要是用来减小对邻近小区的干扰。

10. 双模式移动台

双模式移动台既能工作在原有的模拟蜂窝系统（AMPS），又能工作在扩频码分（CDMA）蜂窝系统。或者说，这种移动台在模拟式和码分多址两种制式不同的蜂窝系统中，均能向网中其他用户发起呼叫和接受其呼叫，而两种制式不同的蜂窝系统也均能向网中这种双模式移动台发起呼叫和接受其呼叫，而且这种呼叫无论在定点上或在移动漫游过程中都是自动完成的。

7.3 CDMA 数字蜂窝移动通信系统

7.3.1 CDMA 网络

1. CDMA 网络结构与组成

CDMA 数字蜂窝移动通信系统网络结构如图 7.1 所示，它与 GSM 蜂窝系统的网络相类似，主要由网络子系统（NSS）、基站子系统（BSS）和移动台（MS）组成。

网络子系统（NSS）处于市话网与基站控制器之间，它主要由移动交换中心（MSC），或称为移动电话交换局（MTSO）组成。移动交换中心（MSC）是蜂窝移动通信网的核心，其主要功能是对位于本移动交换中心（MSC）控制区域内的移动用户进行通信控制和管理，实现移动用户与固定网用户、移动用户与移动用户之间的互联，并面向下列功能实体：基站子系统（BSS）、原籍位置寄存器（HLR）、鉴权中心（AUC）、移动设备识别寄存器（EIR）、操作维护中心（OMC）和固定网（公用电话网和综合业务数字网等）等。

图 7.1　CDMA 数字蜂窝移动通信系统网络结构

（1）移动交换中心（MSC）。MSC 是完成对位于它所服务区域中的移动台进行控制、交换的功能实体，也是蜂窝网与其他公用交换网或其他 MSC 之间的用户话务的自动接续设备。

（2）原籍位置寄存器（HLR）。HLR 是为了记录的目的而指定用户身份的一种位置登记器，登记的内容是用户信息（例如 ESN、DN、IMSI（MIN）、服务项目信息、当前位置、批准有效的时间段等）。HLR 可以与 MSC 合设，也可以分设。合设在一起时 C 接口变为内部接口。

（3）访问位置寄存器（VLR）。VLR 是 MSC 作为检索信息用的位置登记器，例如处理发至或来自一个拜访用户的呼叫信息。VLR 可以与 MSC 合设，也可以分设，合设时 B 接口变为内部接口。

（4）鉴权中心（AUC）。AUC 是一个管理与移动台相关的鉴权信息的功能实体，AUC 可以与 HLR 合设，也可以分设。合设在一起时，H 接口变为内部接口。

（5）消息中心（MC）。MC 是一个存储和转送短消息的实体。

（6）短消息实体（SME）。SME 是合成和分解短消息的实体。SME 可以位于 MSC、HLR 或 MC 内。

（7）操作维护中心（OMC）。OMC 是数字蜂窝网的操作维护功能实体。

（8）智能外设（IP）。IP 主要完成专用资源功能。例如播放录音通知，采集用户信息，完成语音到文本，文本到语音的转换，记录和存储语音消息，传真业务，数据业务等。

（9）业务控制点（SCP）。SCP 作为一个实时数据库和事务处理系统，提供业务控制和业务数据功能。

（10）业务交换点（SSP）。业务交换点负责检出智能业务请求，并与 SCP 通信，对 SCP

的请求作出响应，允许 SCP 中的业务逻辑影响呼叫处理。一个业务交换点应包括呼叫控制功能和业务交换功能。业务交换点应当和 MSC 合设。

基站子系统（BSS）包括基站控制器（BSC）和基站收发设备（BTS）。每个基站有效覆盖范围即为无线小区。它通过无线接口与移动台相接，进行无线发送、接收及无线资源管理。一个基站控制器（BSC）可以控制多个基站，每个基站可有多部收发信机。基站控制器（BSC）通过网络接口分别连接移动交换中心（MSC）和基站收发信机（BTS）。实现移动用户与固定网络用户之间或移动用户之间的通信连接。

移动台（MS）是 CDMA 移动通信网中用户使用的设备。可采用双模式移动台，既能工作在原有的模拟蜂窝系统（AMPS），又能工作在扩频码分（CDMA）蜂窝系统。它通过无线接口接入 CDMA 系统，即具有无线传输与处理功能。不同的基站具有不同的引导 PN 码偏置系数，移动台据此判断不同基站。

2. CDMA 网络参考模型

CDMA 网络参考模型定义了网中的功能实体和相互间的接口，如图 7.2 所示。从图 7.2 中可看出 CDMA 网络参考模型与 GSM 网相似。

MSC—移动交换中心；HLR—原籍位置寄存器；VLR—访问位置寄存器；AC—鉴权中心；
MC—短消息中心；SME—短消息实体；PSTN—公用交换电话网；MS—移动台；
EIR—设备识别寄存器；BS—基站系统；OMC—操作维护中心；IWF—互联功能

图 7.2   CDMA 网络参考模型

3. 交换网络组织

CDMA 网采用 3 级结构，如图 7.3 所示，具体为：在大区中心（北京、上海、广州、西安、沈阳、成都或武汉）设立一级移动业务汇接中心并网状相连；在各省会或大城市设立二级移动业务汇接中心，并与相应的一级汇接中心相连；在移动业务本地网中设一个或若干个移动端局（MSC），也可视业务量由一个 MSC 覆盖多个移动业务本地网。移动业务本地网原则上以固定电话网的长途编号区编号为 2 位和 3 位的区域来划分。

图 7.3   CDMA 网的网结构示意图

4. 接口信令规程

U$_m$ 接口（也称空中接口）的无线信令规程由《800 MHz CDMA 数字蜂窝移动通信网空中接口技术规范》规定。中国联通已颁布的此规范是基于 TIA/EIA/IS-95 A——宽带双模扩频蜂窝系统移动台–基站兼容性标准。

A 接口的信令规程由《800 MHz CDMA 数字蜂窝移动通信网移动业务交换中心与基站子系统间接口信令技术规范》规定。中国联通已颁布的此规范是 A 接口信令规程与 EIA/TIA/IS—634 的信令规程基本兼容，是其一个子集。

B、C、D、E、N 和 P 接口的信令规程由《800 MHz CDMA 数字蜂窝移动通信网移动应用部分技术规范》规定。中国联通已颁的此规范是基于 TIA/EIA/IS-41C——蜂窝无线通信系统间操作标准。中国联通颁布的 MAP 为 IS-41C 的子集，第一阶段使用 IS-41C 中 51 个操作（Operation）中的 19 个，主要为鉴权、切换、登记、路由请求、短消息传送等。

Ai 接口的信令规程由《800 MHz CDMA 数字蜂窝移动通信网与 PSTN 网接口技术规范》规定。中国联通已颁布的此规范也称为 MTUP。其 MTUP 为与《中国国内电话网 No. 7 信号方式技术规范》所规定的信令规程相兼容的子集，即 MTUP 不使用 NNC、SSB、ANU、CHG、FOT 和 RAN 消息；另外，只接收不发送 4 个消息：后续地址消息 SAM，带一信号后续地址消息的 SAO，主叫用户挂机信号 CCL 和用户本地忙信号 SLB。

5. 网络同步

中国联通 CDMA 网的技术体制规定 CDMA 网内以 GPS 系统作为时钟基准，同时以公用数字同步网的同步基准作为备用时钟基准。因此，每个基站都需使用 GPS 作为时间基准参考源。

BSC 从 MSC 来的数据流中提取时钟。BTS 从 BSC 来的数据流中提取时钟。

6. 编号计划

(1) 移动用户号码簿号码（MDN）。为移动用户作被叫时，主叫用户所需拨的号码。MDN 由国家码、移动接入码、HLR 识别码和移动用户号四部分共 13 位号码成。中国的国家码为 86，国内拨号时可省略。移动接入码采用网号方案，中国联通为 133。CDMA 网与 GSM 网 DN 的区别在于移动接入码的不同。MDN 号码的结构如图 7.4 所示。

图 7.4 移动用户号码簿号码（MDN）结构

图中，CC——国家码，中国使用 86；MAC——移动接入码，本网采用网号方案，为 133，$H_0H_1H_2H_3$——HLR 识别码，由总部统一分配；ABCD——移动用户号；由各 HLR 自行分配。

根据中国联通公司掌握的 IRM（国际漫游 MIN）号码资源和用户发展预测。在实际使用过程中，应当 H_0 从等于 $0 \sim 9$ 开始，逐步启用。$H_0H_1H_2H_3$ 的分配方案由中国联通公司总部统一分配。

（2）国际移动用户识别码（IMSI）与移动台识别码（MIN）。IMSI 是在 CDMA 网中唯一地识别一个移动用户的号码，由移动国家码、移动网络码和移动用户识别码三部分共 15 位号码（十进制数），如图 7.5 所示。中国的移动国家码为 460，中国联通的 CDMA 移动网络码为 03。

图 7.5　国际移动用户识别码（IMSI）结构

MIN 码是为了保证 CDMA/AMPS 双模工作而沿用 AMPS 标准定义的，MIN 是 IMSI 的后 10 位，即 MSIN。中国联通的 MIN 定义为 $09M_0M_1M_2M_3ABCD$，其中 $M_0M_1M_2M_3$ 与 MDN 号码中的 $H_0H_1H_2H_3$ 相同。MSIN 使用中国联通公司获得的 IRM 号码资源。中国联通首先使用 09 1000 0000 ~ 09 4999 9999 号码段。ABCD 为用户号，可以根据 DN 号码中的 ABCD 按一定方式扰码得到，扰码方式由中国联通总部定义。

（3）电子序列号（ESN）。ESN 是唯一地识别一个移动台设备的 32 比特的号码，每个双模移动台分配一个唯一的电子序号，由厂家编号和设备序号构成。空中接口、A 接口和 MAP 的信令消息都使用到 ESN。

（4）系统识别码（SID）和网络识别码（NID）。在 CDMA 网中，移动台根据一对识别码（SID，NID）判决是否发生了漫游。系统识别码（SID）包含 15 比特。中国联通 CDMA 网首先使用比特 14 至比特 9 为 011011 的 512 个号码。每个移动本地网分配一个 SID 号码，每个本地网具体获得的号码由总部确定。

网络识别码（NID）由 16 比特组成，NID 的 0 与 65535 保留。0 用做表示在某个 SID 区中不属于特定 NID 区的那些基站。65535 用做表示移动用户可在整个 SID 区中进行漫游。NID 的分配由各本地网管理，具体的分配方案待定。

SID 是 CDMA 网中唯一识别一个移动业务本地网的号码。NID 是一个移动业务本地网中唯一识别一个网络的号码，可用于区别不同的 MSC。移动台可根据 SID 和 NID 判断其漫游状态。

（5）临时本地用户号码（TLDN）。当呼叫一个移动用户时，为使网络进行路由选择，MSC 临时分配给移动用户的一个号码。它是 133 后面第一、第二位为 44 的号码。其号码结构如图 7.6 所示。

CC ＋ MAC ＋ 44 ＋ $H_0H_1H_2H_3$ ＋ AB

图 7.6　临时本地用户号码（TLDN）结构

图中，CC——86；MAC——133；$H_0H_1H_2H_3$ 的分配方案与 DN 号码中 $H_0H_1H_2H_3$ 的分配方案相同。

（6）登记区识别码（REG-ZONE）。在一个 SID 区或 NID 区中唯一识别一个位置区的号码，它包含 12 比特。由各本地网管理。

（7）基站识别码（BSID）。一个 16 比特的数，唯一地识别一个 NID 下属的基站，由各本地网管理。

7. 系统参数

CDMA 系统主要参数如表 7.3 所示。

表 7.3 CDMA 系统主要参数

性　　能	参　　数
工作频段	下行链路：869～894 MHz（基站发射，移动台接收） 上行链路：824～849 MHz（基站接收，移动台发射）
双工方式	FDD（频分双工）
传输带宽	25 MHz
上、下行频率间隔	45 MHz
载波间隔	1.25 MHz
信道速率	1.2288 Mchip/s
接入方式	CDMA/FDD
调制方式	下行：QPSK 上行：OQPSK
分集方式	RANK、交织、天线分集
信道编码	下行：卷积码（$r=1/2$，$k=9$）上行：卷积码（$r=1/3$，$k=9$）
语音编码	QCELP 可变速声码器
数据传输速率	9.6，4.8，2.4，1.2 Kbps

7.3.2　CDMA 蜂窝系统信道组成

在 CDMA 蜂窝系统中，各种逻辑信道都是由不同的码系列来区分的。除要传输业务信息外，还必须传输各种必需的控制信息。为此，CDMA 蜂窝系统在基站到移动台的传输方向上，设置了导频信道、同步信道、寻呼信道和正向业务信道；在移动台到基站的传输方向上，设置了接入信道和反向业务信道。这些信道的示意图如图 7.7 所示。

图 7.7 CDMA 蜂窝系统信道示意图

由于 CDMA 蜂窝系统所有信道是靠不同的码型来区分的，类似这样的信道可称为逻辑信道。在 CDMA 系统中，用到两个伪随机序列（或称 PN 码），一个长度是 $2^{15}-1$，一个长度是 $2^{42}-1$，各自的作用不同。

在正向 CDMA 信道中，长度为（$2^{42}-1$）的 PN 码被用做对业务信道进行扰码（不是被用做扩频，在前向信道中使用正交的 Walsh 函数进行扩频）。长度为（$2^{15}-1$）的 PN 码被用于对正向信道进行正交调制，不同的基站采用不同相位的 PN 码进行调制，其相位差至少为 64 个码片，这样最多可有 512 个不同的相位可用。

在反向 CDMA 信道中，长度为（$2^{42}-1$）的 PN 码被用做直接扩频，每个用户被分配一个 PN 码的相位，这个相位是由用户的电子序列号（ESN）计算出来的，这些相位是随机分配且不会重复的，这些用户的反向信道之间基本是正交的。长度为 $2^{15}-1$ 的 PN 码也被用于对反向业务信道进行正交调制，但因为在反向信道上不需要标识属于哪个基站，所以对于所有移动台而言都使用同一相位的 PN 码，其相位偏置是 0。

在 CDMA 蜂窝系统中，上、下行链路使用不同载频（频率间隔为 45 MHz），通信方式为 FDD（频分双工）。一个载频包含 64 个逻辑信道，占用带宽约 1.23 MHz。正向传输（下行）和反向传输（上行）的要求及条件不同，因此逻辑信道的构成及产生方式也不同。逻辑信道由正向传输逻辑信道和反向传输逻辑信道组成，其示意图如图 7.8 所示。

图 7.8　CDMA 蜂窝系统的逻辑信道示意图

1. 正向传输逻辑信道

正向传输逻辑信道如图 7.8（a）所示。图中，由 1 个导频信道（W_0）、1 个同步信道（W_{32}）、7 个寻呼信道（$W_1 \cdots W_7$）和 55 个业务信道，共 64 个逻辑信道组成。每一个码分信道都要经过一个 Walsh 函数进行正交扩频，然后又由 1.2288 Mchip/s 速率的伪噪声序列扩频。在基站可按照频分多路方式使用多个正向 CDMA 信道（1.23 MHz）。

正向码分信道最多为 64 个，但正向码分信道的配置并不是固定的，其中导频信道一定要有，其余的码分信道可根据情况配置。例如可以用业务信道一对一地取代寻呼信道和同步信道，这样最多可以达到有一个导频信道、0 个寻呼信道、0 个同步信道和 63 个业务信道，这种情况只可能发生在基站拥有两个以上的 CDMA 信道（即带宽大于 2.5 MHz），其中一个为基站 CDMA 信道（1.23 MHz），所有的移动台都先集中在基本信道上工作，此时，若基本 CDMA 业务信道忙，可由基站在基本 CDMA 信道的寻呼信道上发生信道支配消息或其他相应的消息将某个移动台指配到另一个 CDMA 信道（辅助 CDMA 信道）上进行业务通信，这时这个辅助 CDMA 信道只需要一个导频信道，而不在需要同步信道和寻呼信道。

（1）导频信道。基站使用导频信道为所有的移动台提供基准。传输由基站连续发送的导频信号。导频信号是一种未调制的直接序列扩频（DSSS）信号，所有基站的导频信号使用相同的 PN 序列，但可以通过唯一对应的时间偏移来识别每一个基站。每个基站连续地发送该信号，令移动台可迅速而精确地捕获信道的定时信息，并提取相干载波进行信号的解调。移动台通过对周围不同基站的导频信号进行检测和比较，可以决定什么时候需要进行过境切换。因此，大量不同的偏移值确保了即使在密集的微蜂窝网下也能正确识别各个基站。

导频信道在 CDMA 正向信道上是不停发射的。它的主要功能包括：

① 移动台用它来捕获系统

② 提供时间与相位跟踪的参数

③ 用于使所有在基站覆盖区中的移动台进行同步和切换

④ 导频相位的偏置用于扇区或基站的识别

基站利用导频 PN 序列的时间偏置来标识每个正向 CDMA 信道。由于 CDMA 系统的频率复用系数为"1"，即相邻小区可以使用相同的频率。在 CDMA 蜂窝系统中，可以重复使用相同的时间偏置（只有使用相同时间偏置的基站的间隔距离足够大）。导频信道用偏置指数（0～511）来区别。偏置指数是指相当于 0 偏置导频 PN 序列的偏置值。导频 PN 序列的偏置值有 2^{15} 个，但实际取值只能是 512 个值中的一个（$2^{15}/64 = 512$）。

（2）同步信道。同步信道是一种经过编码、交织和调制的扩频信号，它主要传输同步信息（还包括提供移动台选用的寻呼信道数据率），移动台利用导频信道和同步信道可以得到起始时间同步。在同步期间，移动台利用此同步信息进行同步调整。一旦同步完成，它通常不再使用同步信道，但当设备关机后重新开机时，还需要重新进行同步。当通信业务量很多，所有业务信道均被占用而不敷应用时，此同步信道也可临时改作业务信道使用。

基站发送的同步信道消息包括以下信息：该同步信道对应的导频信道的 PN 偏置、系统时间、长码状态、系统标识、网络标识、寻呼信道的比特率。

同步信道的比特率是 1200 bps，其帧长为 26.666 ms。同步信道上使用的 PN 序列偏置与同一正向信道的导频信道使用的相同。

（3）寻呼信道。寻呼信道用来向移动台发送控制信息。在呼叫接续阶段传输寻呼移动台的信息。移动台通常在建立同步后，接着就选择一个寻呼信道（也可以由基站指定）来监听系统发出的系统信息和指令，如移动台显示的显示信息、识别被叫号码、识别主叫号码、音频和告警信号的方式、CDMA 信道列表信息和信道分配信息，等等。另外在移动台接入信道的接入请求完成之后可对信息进行确认。在需要时，寻呼信道可以改作业务信道使用，直至全部用完。寻呼信道信息的形式类似于同步信道信息。

基本寻呼信道是编号为 1 的寻呼信道。寻呼信道发送 9600 bps 或 4800 bps 固定数据传输速率的信息。在一给定的系统中所有寻呼信道发送数据传输速率相同。寻呼信道帧长为 20 ms。寻呼信道使用的导频序列偏置与同一正向 CDMA 信道上实体的相同。寻呼信道分为许多寻呼信道时隙，每个为 80 ms 长。

（4）正向业务信道。正向业务信道共有四种传输速率（9600、4800、2400、1200 bps）。

业务速率可以逐帧（20 ms）改变，以动态地适应通信者的语音特征。比如，发音时传输速率提高，停顿时传输速率降低。这样做，有利于减小 CDMA 系统的多址干扰，以提高系统容量。在业务信道中，还要插入其他的控制信息，如链路功率控制和过区切换指令等。另外，正向业务信道还连续不断地发送链路功率控制子信道信息，每 1.25 ms 发送 1 bit（"0"或"1"），"0"表示移动台将平均输出功率提高 1 dB，"1"表示移动台将平均输出功率降低 1 dB，实际速率 800 bps，以调整移动台的发射功率。

2. 反向传输逻辑信道

反向 CDMA 信道由接入信道和反向业务信道组成。这些信道采用直接序列扩频的 CDMA 技术共用于同一 CDMA 频率。反向传输逻辑信道如图 7.8（b）所示。图中，由 55 个业务信道和 n 个接入信道组成。在反向传输逻辑信道上无导频信道。

在这一反向 CDMA 信道上，基站和用户使用不同的长码（PN 码）作为掩码区分每一个接入信道和反向业务信道。因为 CDMA 系统会对每个用户产生唯一的用户长码序列，其长度为 $2^{42}-1$。对于接入信道，不同基站或同一基站的不同接入信道使用不同的长码掩码，而同一基站的同一接入信道用户使用的长码掩码则是一致的。进入业务信道以后，不同的用户使用不同的长码掩码，也就是不同的用户使用不同的相位偏置。

反向 CDMA 信道的数据传输以 20 ms 为一帧，所有的数据在发送之前均要经过卷积编码、块交织、64 阶正交调制、直接序列扩频以及基带滤波。接入信道和业务信道调制的区别在于：反向接入信道调制中没有加 CRC 校验比特，而且接入信道的发送速率是固定的 4800 bps，而反向业务信道选择不同的速率发送。

（1）接入信道。移动台使用接入信道给基站发送控制信息。移动台也可以使用接入信道发送非业务信息，提供移动台到基站的传输通路，如发起呼叫、对寻呼进行响应以及传送登记注册等短信息。接入信道和正向传输中的寻呼信道相对应，以相应传送指令、应答和其他有关的信息。不过，所有接入同一系统的移动台共用相同的频率分配，因此，接入信道是一种分时隙的随机接入信道，允许多个用户同时抢占同一接入信道（竞争方式）。每个寻呼信道所支撑的接入信道数最多可达 32 个，编号从 0 到 31。基站可通过每个移动台的接入代码序列信息来进行识别。通过接入信道可以传送许多信息，当移动台发出呼叫时，它就会使用接入信道通知基站。该信道同时还可用来对一个寻呼做出响应。

移动台使用接入信道的功能包括：发起同基站的通信、响应基站发来的寻呼信道消息、进行系统注册、在没有业务时接入系统和对系统进行实时情况的回应。

移动台在接入信道上发送信息的速率固定为 4800 bps。接入信道帧长度为 20 ms。仅当系统时间是 20 ms 的整数倍时，接入信道帧才可能开始。一个寻呼信道最多可对应 32 个反向 CDMA 接入信道，标号从 0 至 31。对于每一个寻呼信道，至少应有一个反向接入信道与之对应，每个接入信道都应与一个寻呼信道相关联。

在移动台刚刚进入接入信道时，首先发送一个接入信道前缀，它的帧由 96 全零组成，也是以 4800 bps 的速率发射。发射接入信道前缀是为了帮助基站捕获移动台的接入信道消息。

（2）反向业务信道。反向业务信道支持 9600、4800、2400、1200 bps 的可变数据传输速率。但是反向业务信道只对 9600 bps 和 4800 bps 两种速率使用 CRC 校验。反向业务信道帧的长度为 20 ms。速率的选择以一帧（即 20 ms）为单位，即上一帧是 9600 bps，下一帧就可能是 4800 bps。

移动台业务信道初始帧的时间偏置由寻呼信道的信道支配消息中的帧偏置参数定义。反向业务信道的时间偏置与正向业务信道的时间偏置相同。

与正向业务信道的特点和作用基本相同。反向业务信道处理过程类似于接入信道。其最主要的不同是反向业务信道（基本代码）使用数据猝发随机化函数发生器，通过数据猝发随机化函数发生器利用语音激活性，实现减少语音寂静区的反向链路功率。

基站反向业务信道接收机在 1.25 ms 的时间间隔内（相当于 24 个调制码元宽度），对特定移动台来的信号强度进行估值，然后采用正向业务信道的正向功率控制子信道对移动台进行功率控制。

7.4 CDMA 系统逻辑信道结构

CDMA 系统逻辑信道由正向传输逻辑信道和反向传输逻辑信道组成，由于 CDMA 系统综合使用频分和码分多址技术，它是把可供使用的频段（25 MHz）分成若干个宽为 1.25 MHz 的频道。

7.4.1 正向传输逻辑信道结构

CDMA 系统组成方框图如图 7.9 所示，图中详细给出了信道组成、信号产生过程及信号的主要参数。

基站发送的信号带宽约为 1.23 MHz，包含相互正交的 64 个逻辑信道。

（1）数据传输速率。同步信道的数据传输速率为 1200 bps，寻呼信道为 9600 或 4800 bps，正向业务信道为 9600、4800、2400、1200 bps 可变速率操作。

正向业务信道的数据在每帧（20 ms）末尾含有 8 bit，称为编码器尾比特，它的作用是把卷积码编码器置于规定的状态。此外，在 9600 和 4800 bps 的数据中都含有帧质量指示比特（即 CRC 检验比特），前者为 12 bit，后者为 8 bit。因而，正向业务信道的信息速率分别是 8.6、4.0、2.0、0.8 Kbps。

（2）卷积编码。数据在传输之前都要进行卷积编码，卷积码的码率 r 为 1/2，约束长度 k 为 9，即编码器的码率 r 为 1/2，每输入 1 比特，则输出 2 比特。

（3）码元重复。对于同步信道，经过卷积编码后的各个码元，在分组交织之前，都要重复一次（每码元连续出现 2 次）。对于寻呼信道和正向业务信道，只要数据率低于 9600 bps，在分组交织之前都要重复。速率为 4800 bps 时，各码元要重复一次（每码元连续出现 2 次），速率为 2400 bps 时，各码元要重复 3 次（每码元连续出现 4 次），速率为 1200 bps 时，各码元要重复 7 次（每码元连续出现 8 次）。这样做，使各种信息速率均变换为相同的调制码元速率，即每秒 19200 个调制码元。

（4）分组交织。所有码元在重复之后都要进行分组交织。

同步信道所用的交织跨度等于 26.666 ms，相当于码元速率为 4800 bps 时的 128 个调制码元宽度。交织器组成的阵列是 8 行 ×16 列（即 128 个单元）。

寻呼信道和正向业务信道所用的交织跨度等于 20 ms，这相当于码元速率为 19200 bps 时的 384 个调制码元宽度。交织器组成的阵列是 24 行 ×16 列（即 384 个单元）。

图 7.9 CDMA 系统的正向传输逻辑信道

（5）数据扰乱。数据扰乱用于寻呼信道和正向业务信道，其作用是为通信提供保密。扰乱器把交织器输出的码元流和按用户编址的 PN 序列进行模 2 相加。这种 PN 序列是工作在时钟为 1.2288 MHz 的长码，每一调制码长度等于 $1.2288 \times 10^6/19200 = 64$ 个 PN 子码宽度。长码经分频后，其速率变为 19200 bps，因而送入模 2 相加器进行数据扰乱的是每 64 个子码中的第一个子码在起作用。

（6）正交扩展。为了使正向传输的各个信道之间具有正交性，在正向 CDMA 信道中传输的所有信号都要用 64 阶沃尔什（Walsh）函数进行扩展。其中导频信道使用沃尔什函数 0，记为 W_0，同步信道采用 W_{32}，寻呼信道可用 $W_1 \sim W_7$，其他用于业务信道。每一个逻辑信道都先用相应的沃尔什函数正交扩频，沃尔什函数的码片（chip）的速率为 1.2288 Mchip/s。

（7）四相调制。在正交扩展之后，各种信号都要进行四相调制。四相调制所用的序列称为引导 PN 序列。引导 PN 序列的作用是给不同基站发出的信号赋以不同的特征，便于移动台识别所需的基站。不同的基站使用相同的 PN 序列，但各自采用不同的时间偏置，因而移动台用相关检测法很容易把不同基站的信号区分开来。通常，一个基站的 PN 序列在其所有配置的频率上，都采用相同的时间偏置，而在一个 CDMA 蜂窝系统中，时间偏置可以再用。

不同的时间偏置用不同的偏置系统表示，偏置系数共 512 个，编号从 0 到 511。偏置时间 = 偏置系数 ×64，单位是 PN 序列子码数目。例如，当偏置系数是 15 时，相应的偏置时间是 $15 \times 64 = 960$ 个子码，已知子码宽度为 $1/1.2288 \times 10^6 = 0.8138$ ms，故偏置时间为 $960 \times 0.8138 = 781.25$ ms。

（8）功率控制子信道。在正向业务信道中包含有一个功率控制子信道。在该子信道中，基站要在正向业务信道上连续地进行发送功率控制比特，基站的反向业务信道接收机在 1.25 ms 的时间间隔内（相当于 24 个调制码元宽度），对移动台来的信号强度进行估值，然后采用插入技术，把此控制比特嵌入正向业务信道中传输到移动台，以控制移动台发射功率，使基站接收到的移动台发射功率既能满足接收机门限值的要求，又能对其他正在通信的移动台不产生背景干扰。

7.4.2　反向传输逻辑信道结构

1. 信道结构

CDMA 系统反向传输逻辑信道包括接入信道和反向业务信道，其中接入信道与正向信道中的寻呼信道相对应，反向业务信道与正向业务信道相对应。其组成方框图如图 7.10 所示，图中给出了信道组成、信号产生过程及信号的主要参数。

2. 信号组成

反向传输逻辑信道所传输的数据都要进行卷积编码（$r = 1/3$，$k = 9$）、码元重复、分组交织和正交多进制调制等处理后再传输，以保证通信的安全和可靠。接入信道用 4800 bps 的固定速率。反向业务信道用 9600，4800，2400 和 1200 bps 的可变速率。两种信道的数据中均要加入编码器尾比特，用于把卷积编码器复位到规定的状态。此外，在反向业务信道上传送 9600 和 4800 bps 数据时，也要加质量指示比特（CRC 校验比特）。

反向传输逻辑信道其特点、参数和作用与正向传输逻辑信道有许多相同点，在这里就不详细讨论了。

图 7.10 CDMA 系统的反向传输逻辑信道

7.5 CDMA 系统的控制功能和呼叫处理

7.5.1 CDMA 系统功率控制

功率控制技术是 CDMA 系统的核心技术。由于 CDMA 系统基站的非相干检测，下行链路的干扰比上行链路的干扰严重得多，况且，CDMA 系统是一个自扰系统，所有移动用户都占用相同带宽和频率，"远近效应"问题特别突出。CDMA 功率控制的目的是在所有条件下，使系统能维护高质量通信，限制上、下向链路的发射功率，克服"远近效应"，又不对其他用户产生干扰。功率控制分为正向（下行）功率控制和反向（上行）功率控制，反向功率控制又可分为仅由移动台参与的开环功率控制和移动台、基站同时参与的闭环功率控制。

功率控制的原则是：当信道的传播条件突然改善时，功率控制应作出快速反应（例如在几微秒时间内），以防止信号突然增强而对其他用户产生附加干扰；相反，当传播条件突然变坏时，功率调整的速度可以相对慢一些。也就是说，宁愿单个用户的信号质量短时间恶化，也要防止许多用户都增大背景干扰。

1. 反向功率控制

反向链路功率控制影响接入和反向业务信道。在发起呼叫和对抗大的路径损耗波动时，使用反向链路功率控制建立链路。反向功率控制分为由移动台参与的开环功率控制（自动功率控制）和移动台、基站同时参与的闭环功率控制。

（1）反向开环功率控制。反向开环功率控制也称上行链路开环功率控制。其主要要求是使任一移动台无论处于什么位置上，其信号在到达基站的接收机时，都具有相同的电平，而且刚刚达到信干比要求的门限。显然，能做到这一点，既可以有效地防止"远近效应"，又可以最大限度地减小多址干扰。

进行反向开环功率控制的办法是移动台接收并测量基站发来的导频信号强度，并估计正向传输损耗，然后根据这种估计来调节移动台的反向发射功率。如果接收信号增强，就降低其发射功率；接收信号减弱，就增加其发射功率。移动台的开环功率控制是一种快速响应的功率控制，其响应时间仅有几微秒，动态范围约为 80 dB。它完全是一种移动台自己进行的功率控制。

（2）反向闭环功率控制。反向闭环功率控制是指移动台根据基站发送的功率控制指令（功率控制比特携带的信息）来调节移动台发射功率的过程，其本身所具有的较快的响应时间使得它能够在实际应用中比反向开环功率控制有优先权。功率控制比特要在正向业务信道的功率子信道上连续地进行传输。每个功率控制比特使移动台增加或降低功率 1 dB。其方法是基站测量所接收到的每一个移动台的信噪比，并与一个门限值相比较，其测量周期为 1.25 ms，以决定发给移动台的功率控制指令的是增大或减少它的发射功率。移动台将接收到的功率控制指令与开环功率估算相结合，来确定移动台闭环控制应发射的功率。在反向闭环功率控制中，基站起着重要的作用。

2. 正向功率控制

正向功率控制也称下行链路功率控制。其目的是减少下行链路的干扰。这不仅限制小区内的干扰，而且对减小其他小区/扇区的干扰尤其有效。其要求是调整基站向移动台发射的功率，使任一移动台无论处于小区中的任何位置上，收到基站的信号电平都刚刚达到信干比所要求的门限值。做到这一点，可以避免基站向距离近的移动台辐射过大的信号功率，也可以防止或减少由于移动台进入传播条件恶劣或背景干扰过强的地区而发生误码率增大或通信质量下降的现象。

CDMA 的正向信道功率要分配给导频信道、同步信道、寻呼信道和各个业务信道。基站需要调整分配给每一个业务信道的功率，使处于不同传播环境下的各个移动台都得到足够的信号能量。一般来说，该调整范围很小，在标称功率上下浮动范围建议是 ±3 到 ±4 dB（各个设备厂家可能不同）。

基站通过移动台对正向链路误帧率的报告来决定是增加发射功率还是减小发射功率。移动台的报告分为定期报告和门限报告。定期报告顾名思义就是隔一段时间汇报一次，门限报告就是当 FER（误帧率）达到一定门限时才报告。这个门限是由运营者根据对语音质量的不同要求设置的。这两种报告可以同时存在，也可以只要一种，可以根据运营者的具体要求来设定。

7.5.2 CDMA 系统的切换

软切换不同于传统的硬切换过程。在硬切换中，切换与否有一个明确的选择。在硬切换的发起和执行过程中，用户不会与两个基站保持信道的通信，即"先断后通"方式。对于软切换来说，是否进行切换是一个有条件的选择。可根据来自两个或多个基站导频信号强度的变化，最终确定与其中一个进行通信，这种情况发生在来自一个基站的信号比其他基站的信号强度大许多的条件下，在切换完成之前，用户与所有的候选基站保持业务信道的通信。这就是所谓的"先通后断"方式。

CDMA 系统把功率控制和软切换作为一种抗干扰的机制，并把功率控制用做克服"远近效应"的主要工具，而当最初的信道和新的信道占用相同的频段时，功率控制的应用又离不开软切换。软切换有四种切换的方式类型。

1. 四种切换方式

CDMA 系统中移动台在进行业务信道通信中，会发生以下 4 种切换：

（1）软切换。在这种切换中，当移动台开始与一个新的基站联系时，并不立即中断与原来基站之间的通信。软切换仅仅能用于具有相同频率的 CDMA 信道之间，软切换可提供在基站边界处的正向业务信道和反向业务信道的路径分集，就可以获得分集增益，这意味着总的系统干扰的减少，提高了系统的平均容量，从而保证通信质量。同时，减少了移动台发射功率，延长了电池的使用时间，也就延长了通话时间。

（2）更软切换。这种切换发生在同一基站具有相同频率的不同扇区之间。移动台与同一基站的不同扇区保持通信。基站 RANK 接收机将来自不同扇区分集式天线语音帧中最好的帧合并为一个业务帧。

（3）硬切换。在这一切换中，移动台先中断与原基站的联系，再与新基站取得联系。硬切换一般发生在不同频率的 CDMA 信道间。如同一移动交换中心（MSC）中的切换、不同 MSC 之间的切换。

（4）CDMA 系统到模拟切换。在这一切换中，移动台从 CDMA 业务信道转到模拟语音信道。

2. 软切换

软切换就是当移动台需要跟一个新的基站通信时，并不先中断与原基站的联系。软切换只能在相同频率的 CDMA 信道间进行。它在两个基站覆盖区的交界处起到了业务信道的分集作用。这样可大大减少由于切换造成的掉话。因为根据以往对系统的测试统计，无线信道上 90% 的掉话是在切换过程中发生的。实现软切换以后，切换引起掉话的概率大大降低，保证了通信的可靠性。

在进行软切换时，移动台首先搜索所有导频并测量它们的强度。移动台合并计算导频的所有多径分量来作为该导频的强度。当该导频强度大于一个特定值时，移动台认为此导频的强度已经足够大，能够对其进行正确解调，但尚未与该导频对应的基站相联系时，它就向原基站发送一条导频强度测量消息，以通知原基站这种情况，原基站再将移动台的报告送往移动交换中心（MSC），移动交换中心则让新的基站安排一个正向业务信道给移动台，并且由原基站发送一条消息指示移动台开始切换。可见 CDMA 系统软切换是移动台辅助的切换。

当移动台收到来自基站的切换指示消息后，移动台将新基站的导频纳入有效导频集，开始对新基站和原基站的正向业务信道同时进行解调。之后，移动台会向基站发送一条切换完成消息，通知基站自己已经根据命令开始对两个基站同时解调了。

随着移动台的移动，可能两个基站中某一方的导频强度已经低于某一特定值，这时移动台启动切换去掉计时器（移动台对在有效导频集和候选导频集里的每一个导频都有一个切换去掉计时器，当与之相对应的导频强度比特定值 D 小时，计时器启动）。当该切换去掉计时器 T 期满时（在此期间，其导频强度应始终低于 D），移动台发送导频强度测量消息。两个基站接收到导频强度测量消息后，将此信息送至移动交换中心（MSC），MSC 再返回相应切换指示消息，然后基站发切换指示消息给移动台，移动台将切换去掉计时器到期的导频，此时移动台只与目前有效导频集内的导频所代表的基站保持通信，同时会发一条切换完成消息告诉基站，表示切换已经完成。

更软切换是由基站完成的，并不通知移动交换中心（MSC）。而软切换是由 MSC 完成的，将来自不同基站的信号都送至选择器，由选择器选择最好的一路，再进行语音编解码。

在实现系统运行时，这些切换是组合出现的，可能同时既有软切换，又有更软切换和硬切换。比如，一个移动台处于一个基站的两个扇区和另一个基站交界的区域内，这时将发生软切换和更软切换。若处于三个基站交界处，又会发生三方软切换。上面两种软切换都是基于具有相同载频的各方容量有余的条件下，若其中某一相邻基站的相同载频已经达到满负荷，移动交换中心（MSC）就会让基站指示移动台切换到相邻基站的另一载频上，这就是硬切换。在三方切换时，只要另两方中有一方的容量有余，都优先进行软切换。也就是说，只有在无法进行软切换时才考虑使用硬切换。

7.5.3　登记注册与漫游

为了便于通信进行控制和管理，把 CDMA 蜂窝系统划分为三个层次：即"系统"、"网络"和"区域"。"网络"是"系统"的子集，"区域"是"系统"和"网络"的组成部分（由一组基站组成）。系统用"系统标志（SID）"区分，网络用"网络标志（NID）"区分，区域用"区域号"区分。属于一个系统的网络，由"系统/网络"标志（SID，NID）来区分，属于一个系统中某个网络的区域，用"区域号"加上"系统/网络"标志（SID，NID）来区分。为了说明问题，图 7.11 给出一个系统与网络的简例。系统 i 包含三个网络，其标志号分别为 t，u，v，在这个系统中的基站可以分别处于三个网络（SID = i，NID = t），或（SID = i，NID = u），或（SID = i，NID = v）之中，也可以不处于这三个网络之中，以（SID = i，NID = 0）表示。

基站和移动台都保存一张供移动台注册用的"区域表格"。

当移动台进入一个新区，区域表格中没有它的登记注册，则移动台要进行以区域为基础的注册。注册的内容包括区域号与系统/网络标志（SID，NID）。

每次注册成功，基站和移动台都要更新其存储的区域表格。移动台为区域表格的每一次注册都提供一个计时器，根据计时的值可以比较表格中的各次注册的寿命。一旦发现区域表格中注册的数目超过了允许保存的数目，则可根据计时器的值把最早的即寿命最长的注册

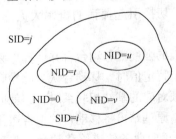

图 7.11　系统与网络示意图

删掉，保证剩下的注册数目不超过允许的数目。

允许移动台注册的最大数目由基站控制，移动台在其区域表格中至少能进行 7 次注册。

为了实现在系统之间以及网络之间漫游，移动台要专门建立一种"系统/网络表格"。移动台可在这种表格中存储 4 次注册。每次注册都包括系统/网络标志（SID，NID）。这种注册有两种类型：一是原籍注册；二是访问注册。如果要存储的标志（SID，NID）与原籍的标志（SID，NID）不符，则说明移动台是漫游者。漫游有两种形式：其一是要注册的标志（SID，NID）和原籍标志（SID，NID）中的 SID 相同，则移动台是网络之间的漫游者（或称外来 NID 漫游者）；其二是要注册的标志（SID，NID）和原籍标志（SID，NID）中的 SID 不同，则移动台是系统之间的漫游者（或称外来 SID 漫游者）。

移动台的原籍注册可以不限于一个网络或系统。比如移动台的原籍标志（SID，NID）是（2，3），（2，0），（3，1），若它进入一个新的基站覆盖区，基站的标志（SID，NID）是（2，3），由于（2，3）在移动台的原籍表格中，所以，可判断移动台不是漫游者。如果新基站的标志（SID，NID）是（2，7），这时 SID =2 在移动台的原籍表格中，但（SID，NID）为（2，7）不在移动台的原籍表格中，故移动台是外来 NID 漫游者。如果基站的标志（SID，NID）是（4，0），则 SID =4 不在移动台的原籍表格中，故移动台是外来 SID 漫游者。

NID 有两个保留值，一个是 0，这是为公众蜂窝网所预留的；另外一个是 65535（ =2^{16} -1），移动台利用它来进行漫游状态判决，如果移动台的 NID 设为 65535，这时移动台只进行 SID 比较，不进行 NID 的比较。只要在同一 SID 内，就认为是本地用户，不被看做是漫游。

7.5.4　呼叫处理

1. 移动台呼叫处理

移动台呼叫处理状态如图 7.12 所示。

图 7.12　移动台呼叫处理状态图

（1）移动台初始化状态。移动台接通电源后就进入"初始化状态"。在此状态下，移动台首先要判定它要在模拟系统中工作还是要在 CDMA 系统中工作。如果是后者，它就不断地检测周围各基站发来的导频信号和同步信号。各基站使用相同的引导 PN 序列，但其偏置各不相同，移动台只要改变其本地伪随机（PN）序列的偏置，就能很容易地测出周围有哪些基站在发送导频信号。移动台比较这些导频信号的强度，即可判断出自己目前处于哪个小区之中，因为一般情况下，最强的信号是距离最近的基站发送的。

（2）移动台空闲状态。移动台在完成同步和定时后，即由初始化状态进入"空闲状态"。在此状态中，移动台可接收外来的呼叫，可进行向外的呼叫和登记注册的处理，还能置定所需的码信道和数据率。

移动台的工作模式有两种：一种是时隙工作模式，另一种是非时隙工作模式。如果是后者，移动台要一直监听寻呼信道；如果是前者，移动台只需在其指配的时隙中监听寻呼信道，其他时间可以关掉接收机（有利于节电）。

（3）系统接入状态。如果移动台要发起呼叫，或者要进行注册登记，或者收到一种需要认可或应答的寻呼信息时，移动台即进入"系统接入状态"，并在接入信道上向基站发送有关的信息。这些信息可分为两类：一类属于应答信息（被动发送）；一类属于请求信息（主动发送）。

要解决的一个问题是移动台在接入状态开始向基站发送信息时，应该使用多大的功率电平。为了防止移动台一开始就使用过大的功率，增大不必要的干扰，这里用到一种"接入尝试"程序，它实质上是一种功率逐步增大的过程。

在传输一个接入探测之后，移动台要开始等候一个规定的时间，以接收基站发来的认可信息。如果接收到认可信息则尝试结束，如果收不到认可信息，则下一个接入探测在延迟一定时间后被发送。在发送每个接入探测之间，移动台关掉其发射机。

（4）移动台在业务信道控制状态。在此状态中，移动台和基站利用反向业务信道和正向业务信道进行信息交换。为了支持正向业务信道进行功率控制，移动台要向基站报告帧错误率的统计数字。为此，移动台要连续地对它收到的帧总数的错误帧数进行统计。

无论移动台还是基站都可以申请"服务选择"。基站在发送寻呼信息或在业务信道工作时，能申请服务选择。移动台在发起呼叫、向寻呼信息应答或在业务信道工作时，都能申请服务选择。如果移动台（基站）的服务选择申请是基站（移动台）可以接受的，则它们开始使用新的服务选择。如果移动台（基站）的服务选择申请是基站（移动台）不能接受的，则基站（移动台）能拒绝这次服务选择申请，或提出另外的服务选择申请。移动台（基站）对基站（移动台）所提另外的服务选择申请也可以接受、拒绝或再提出另外的服务选择申请。这种反复的过程称为"服务选择协商"。当移动台和基站找到了双方可接受的服务选择或者找不到双方可接受的服务选择，这种协商过程就结束了。

2. 基站呼叫处理

（1）导频和同步信息处理。在此期间，基站发送导频信号和同步信号，使移动台捕获和同步到 CDMA 信道。同时移动台处于初始化状态。

（2）寻呼信道处理。在此期间，基站发送寻呼信号。同时移动台处于空闲状态，或系统接入状态。

（3）接入信道处理。在此期间，基站监听接入信道，以接收移动台发来的信息。同时移动台处于系统接入状态。

（4）业务信道处理。在此期间，基站用正向业务信道和反向业务信道与移动台交换信息。同时，移动台处于业务信道控制状态。

3. 呼叫流程图

呼叫流程分多种情况，下面分别给出几种不同情况下呼叫流程的例子。

（1）由移动台发起的呼叫。由移动台发起的呼叫如图7.13所示。

图7.13 由移动台发起的呼叫的简化流程图（使用服务选择1）

（2）以移动台为终点的呼叫。以移动台为终点的呼叫如图7.14所示。

（3）软切换期间的呼叫处理。图7.15示出了软切换期间，由基站A向基站B进行软切换的例子。

（4）连续软切换期间的呼叫处理。连续软切换期间的呼叫处理如图7.16所示。移动台由一对基站A与基站B，通过另一对基站B和基站C，向基站C进行软切换的过程。

图 7.14 以移动台为终点的呼叫的简化流程图（使用服务选择1）

图 7.15 软切换期间的呼叫处理

图 7.16　连续软切换期间的呼叫处理

7.6　典型设备介绍

7.6.1　组网结构

CDMA 系统组网结构如图 7.17 所示。

MSC—移动交换中心；PSTN—公用交换电话网；BSC—基站控制器；PLMN—公用陆地移动电话网；

BTS—基站收发信机；ISDN—综合数字业务网；IWF—网络互联单元；SMSC—短消息中心；

HLR—原籍位置寄存器；VLR—访问位置寄存器；AUC—鉴权中心

图 7.17　CDMA 系统组网结构

7.6.2 CDMA-MSC

1. 产品介绍

金鹏 JPM-I CDMA 移动交换系统是基于 IS-95A 标准的 CDMA 移动交换系统，可以方便地引入新业务以及平滑过渡到第三代系统。

2. 系统特点

该系统具有如下特点：

（1）800 MHz 频段宽带 CDMA 系统，兼容 IS-95A 标准。

（2）为 CDMA 移动通信系统提供完整解决方案。

（3）开放的网络接口，支持 IS-41C（MAP 接口）、IS-634（A 接口）、TMN（Q3 接口）。

（4）平滑过渡，兼容 IS-95B、IS-95C、HDR 和 CDMA 2000 标准。

3. 性能参数

金鹏 JPM-I CDMA 移动系统的性能参数如表 7.4 所示。

表 7.4　性能参数

名　称	性 能 参 数
容量	350000 用户
中继容量	30000 中继
呼叫处理能力	500000 BHCA
话务能力	27000 爱尔兰
VLR 容量	350000 用户
七号信令容量	128 链路
BSC 负荷	12BSCs（576BTSs）
尺寸（mm）	750(W)×550(D)×2140(H)

7.6.3　CDMA 集中基站控制器 CBSC

1. 产品介绍

金鹏 CDMA BSS 系统由一个集中式基站控制器（CBSC）和若干个远端基站（BTS）构成。金鹏 CBSC 包括两个主要部件：移动管理器（MM）和变码器（XC）。CDMA 集中式基站控制器如图 7.18 所示。

移动管理器（MM）对移动交换中心（MSC）、无线操作维护中心（OMC-R）、变码器（XC）和基站（BTS）进行集中控制，对呼叫建立、语音信道分配和基站系统内的切换处理进行控制。XC 提供了变码、交换和回声消除等功能。

图 7.18　CDMA 集中基站控制器 CBSC

金鹏 CBSC 只要进行简单的硬件升级和软件升级，就可以平滑升级到 CDMA 2000 1X 及未来的 1X-EV 系统。

2. 系统特点

该系统的特点如下：

（1）高性能：采用 UNIX 操作系统，功能开发和应用周期短，采用容错性的工业标准硬件，容错标准为用户可定义型，用户可根据实际需要选择最佳设计方案。

（2）可升级性：可进行平滑升级并可在升级同时维持系统工作不间断。

（3）高效管理服务特性：能分离软件故障部分，实现热备重启服务。

（4）高容量：支持 120000BHCA/2000Erl 的容量。

（5）高速处理器：硬件配置采用 R10000/R12000 CPU 可提供 200 MHz 内部时钟，4MB 缓存器及 265MB 存储器。

（6）一个 CBSC 可支持 150 个单载波 3 扇区基站。

3. 技术参数

金鹏 CDMA BSS 系统技术参数如表7.5所示。

表7.5　技术参数

名　　称	移动管理器（MM）	变码器（XC）
高度	1830 mm	1800 mm
占地	762 mm × 762 mm	800 mm × 600 mm
重量	612 kg	250 kg
工作电压	−48V DC ～ +27V DC	−48V DC ～ +27V DC
输出功率	3200 W	3152 W
工作温度	4℃ ～38℃	0℃ ～50℃
操作相对湿度	20% ～ 80%	20% ～80%

7.6.4　CDMA 基站设备

1. 产品介绍

金鹏 CDMA 基站包括室内宏蜂窝基站 SC4812T 和室外宏蜂窝基站 SC4812ET。SC4812T 和 SC4812ET 针对中、高容量与覆盖范围设计，是灵活的室内和室外无线 CDMA 通信基站，如图7.19所示。

2. 系统特点

该系统特点描述如下：

（1）六扇区结构基站。

（2）单机柜支持全向 8 载波，6 扇区 2 载波或 3 扇区 4 载波

图7.19　CDMA 基站设备

任意配置。

（3）扇区和载波之间实现信道共享。

（4）共享 LPA，合路器/带通滤波器。

（5）独有的 EMAXX 芯片，使反向链路增益提高 3.0 dB。

（6）支持远端 GPS，支持第三代系统。

（7）六扇区结构在空间十分珍贵的情况下，能使 CDMA 载波容量几乎增加一倍。

（8）EMAXX 芯片组极大地改进了基站的接收灵敏度，减少了为提供 CDMA 覆盖所需的基站数量。

（9）通过减少天线数量和占地面积减少成本。

（10）前端操作，技术人员能够很快、很容易进行安装、优化、扩展以及维护等操作。

3. 技术参数

（1）室内基站（SC4812T）。SC4812T 室内基站技术参数如表 7.6 所示。

表 7.6　SC4812T 室内基站技术参数

名　　称	技　术　参　数
高度	2100（mm）
占地面积	800 mm(W)×685 mm(D)
重量	500 kg
输入电压	+48V DC
工作温度	0℃ ~ +50℃
射频功率输出	每载波 60 W

（2）室外基站（SC4812T）。SC4812T 室外基站技术参数如表 7.7 所示。

表 7.7　SC4812T 室外基站技术参数

名　　称	射 频 框 架	电 源 框 架
高度	1730 mm	1730 mm
占地面积	1423 mm×865 mm	1423 mm×965 mm
重量	680 kg	1590 kg
输入电压	−48V DC ~ +27V DC	220V AC
工作温度	−40℃ ~ +50℃	−40℃ ~ +50℃
射频功率输出	每载波 60 W	

7.7　CDMA 移动台（MS）

7.7.1　概述

移动台（MS）由两部分组成：移动设备（ME）和用户识别模块（UIM）。

移动台根据不同的射频能力，移动设备可分为车载台、手提式移动台和手机三种类型，其中手机是最常见的应用类型。

CDMA IS-95A 规范对手机最大发射功率要求为 $0.2 \sim 1\,W$（$23 \sim 30\,dBm$），实际上目前网络上允许手机的最大发射功率为 $23\,dBm$（$0.2\,W$），规范对 CDMA 手机最小发射功率没有要求。

在实际通信过程中，在某个时刻某个地点，手机的实际发射功率取决于环境，系统对通信质量的要求，语音激活等诸多因素，实际上就是取决于系统的链路预算。在通常的网络设计和规划中，对于基本相同的误帧率要求，GSM 系统要求到达基站的手机信号的载干比通常为 $9\,dB$ 左右，由于 CDMA 系统采用扩频技术，扩频增益对全速率编码的增益为 $21\,dB$，（对其他低速率编码的增益更大），所以对解扩前信号的等效载干比的要求为 $-14\,dB$（CDMA 系统通常要解扩后信号的 E_b/N_0 值为 $7\,dB$ 左右）。

从手机发射功率的初始值的取定及功率控制机制的角度来进行比较：

手机与系统的通信可分为两个阶段，一是接入阶段，二是通话阶段。对于 GSM 系统，手机在随机接入阶段没有进入专用模式以前，是没有功率控制的，为保证接入成功，手机以系统能允许的最大功率发射（通常是手机的最大发射功率）。在分配专用信道（SDCCH 或 TCH）后，手机会根据基站的指令调整手机的发射功率，调整的步长通常为 $2\,dB$。调整的频率为 $60\,ms$ 一次。

对于 CDMA 系统，在随机接入状态下，手机会根据接收到的基站信号电平估计一个较小的值作为手机的初始发射功率，发送第一个接入试探，如果在规定的时间内没有得到基站的应答信息，手机会加大发射功率，发送第二个接入试探，如果在规定时间内还没有得到基站的应答信息，手机会再加大发射功率。这个过程重复下去，直到收到基站的应答或者到达设定的最多尝试次数为止。在通话状态下，每 $1.25\,ms$ 基站会向手机发送一个功率控制命令信息，命令手机增大或减少发射功率，步长通常为 $1\,dB$。

CDMA 手机主要技术指标如下：

（1）工作频率：接收 $870 \sim 890\,MHz$，发射 $825 \sim 845\,MHz$。

（2）频率误差：$\pm 0.05 \times 10^{-6}$。

（3）接收灵敏度：$-123\,dBm$。

（4）发射功率：$\leqslant 200\,mW + 2\,dB$ 或 $\leqslant 200\,mW - 4\,dB$。

（5）发射传导杂散：$\leqslant -60\,dB$。

（6）随机杂散：符合 J-STD-019 2.4.1 标准。

（7）导频定时误差：$\pm 1\,ms$。

（8）导频信道与码分信道之间定时误差：$\pm 5\,ns$。

（9）导频信道与码分信道之间相位误差：0.05 弧度。

7.7.2　移动台组成和工作原理

CDMA 移动台由无线收发信机、基带信号处理电路、基带控制电路、存储电路、键盘、显示器、外部接口、供电和充电电路等部分组成，如图 7.20 所示。

CDMA 手机主要由逻辑电路、射频电路、基带电路组成。移动台使用一副天线，通过双工器与收发两端相连。在模拟前端包括功率放大、频率合成及射频和中频滤波器等。

图 7.20　移动台原理图

　　基带电路由以下几部分组成，首先是 A/D 和 D/A 转换器、声码器、前向纠错、信道化、调制解调。人的声音是模拟信号，通过发送器将声信号转化为电信号，将模拟的信号转化为数字信号，常用的方法是 PCM 编码得到数字式语音信号，CDMA 用一个声码器完成 8K、13KEVR 语音编解码，13K 的声码器所提供的滑音质量能够跟固定电话相媲美。然后将产生数字语音信号进行卷积码的前向纠错编码及交织编码，再经过扩频调制，因为 CDMA 移动台不发送导频信号，所以它采用 OQPSK 调制。扩频调制使用伪随机码序列是根据用户号码编排的。经数字滤波、D/A 转换和模拟前端调制电路调制到相应的载波频率上，并经功率放大到合适的功率，再经双工器馈送到天线发射出去。整个发送过程语音要经过数据压缩和适合信道的编码以及纠错编码处理，这样可以提高频谱利用率和信号的抗干扰能力，提高信号的传输质量。

　　CDMA 移动台接收时，中频滤波器输出的模拟信号首先经过 A/D 转换器转变为数字信号，然后传送信号给四个相关接收机，四个接收机中一个用于搜索，其他三个用于数据接收（RANK 接收机）。数字化的中频信号包含许多由相邻小区基站发出的具有相同导频频率的呼叫信号。数字接收机用适当的伪随机序列进行相关解调，使用移动台距基站最近的导频载波作为载波相位参考对相关解调器输出的信号进行信息解调，从而得到编码数据符号序列。用适当的伪随机序列进行解调也可以识别不同路径信号，如果到达移动台的信号有多路时，由于信号在空中所经过的路径不同，到达的时间也不一样。当相对时间差超过一个伪随机序列码元宽度时，相关接收器可以识别其中之一。三个相关接收机（RANK 接收机）并行接收三路不同路径的信号，输出信号再进行路径分集合并，经过路径分集合并后降低了多径衰落的影响，极大地改善了信号信噪比。然后用导频载波作为载波相位参考进行信息解调，得到编码数据序列。在这过程中，搜索接收机对三个接收机进行不断的调整，使它们始终保持对多路信号中最强的三路信号进行相关解调。解调后的数据序列首先进行反交织，再经维特比（Viterbi）译码器进行前向纠错译码，最后将得到的数据由声码器转换为模拟语音信号。

7.7.3 UIM 卡

《800 MHzCDMA 数字蜂窝移动通信网用户识别模块（UIM）技术要求》是 2001 年 11 月 1 日公布并实施的，该标准的编号为 YD/T1168—2001。它详细介绍了 CDMA 手机机卡分离技术的概念和起源、UIM 卡的技术实现、UIM 卡的应用工具箱（UIM Application Toolkit）以及 CDMA 网络中机卡分离技术的实施情况。

1. UIM 卡产生背景

中国联通公司于 1999 年首先提出了在 CDMA 系统中引入智能 IC 卡的概念，即所谓的机卡分离技术。通过机卡分离技术，将与用户相关的信息、鉴权算法及与安全相关的信息保留在智能卡上，这个卡叫做 R-UIM（Removable User Identity Module 可移动用户标识模块卡），也叫做 UIM 卡。

机卡分离技术的实现不但使用户能够更加灵活方便地更换 CDMA 手机，而且能够使用户在不同制式的网络中自由漫游的愿望得以实现（比如使用 CDMA/GSM 双模卡的用户，可以通过更换不同制式的手机或使用双模手机，在 CDMA 和 GSM 网络中漫游）。在这个概念的基础上，UIM 卡的标准化工作已由 3GPP2（第三代伙伴计划 2）负责完成。

2. UIM 卡主要技术

UIM 卡在 CDMA 系统中所起的作用与 GSM 系统中的 SIM 卡所起的作用极其相似，是一种安全机制。用户的签约数据、网络参数（如工作的载频信息）、鉴权算法以及鉴权过程中使用的密钥都保存在 UIM 中，使用户可以安全、方便地使用 CDMA 网络提供的各种服务，可以避免由于个别用户盗用号码而带来的经济损失。

根据 UIM 卡标准，CDMA 系统的 UIM 卡采用与 GSM 系统 SIM 卡相同的物理结构、电气性能和逻辑接口，并在 SIM 卡的基础上，根据 CDMA 系统的要求，增加与 CDMA 操作有关的参数、命令、鉴权算法而成，以实现 CDMA 系统的功能。当然对于只支持 CDMA 一种系统操作的 UIM 卡，可以不包含与 GSM 相关的内容。无论是 SIM 卡还是 UIM 卡，都是基于 IC 卡技术的，不同的蜂窝系统就是在 IC 卡中存储与自己系统有关的信息，使用户在不同制式的移动网络间的自由漫游能够成为现实。

CDMA 系统在 UIM 卡中存储的信息可以分为以下三类：

（1）用户识别信息和鉴权信息。主要是国际移动用户识别码（IMSI）和 CDMA 系统的专有的鉴权信息。

（2）业务信息。CDMA 系统中与业务有关的信息存储在原籍位置寄存器（HLR）中，这类信息在 UIM 卡中并不多，主要有短消息状态等。

（3）与移动台工作有关的信息。包括优选的系统和频段，归属区标识（系统识别码（SID）、网络识别码（NID）等参数。除上述保证系统正常运行的信息以外，用户也可以在 UIM 卡中存储自己使用的信息，如电话号码本等。

UIM 卡根据 EEPROM 的容量大小，可将 UIM 卡分为 32K、64K。目前中国联通仅提供 32K 的 UIM 卡，如表 7.8 所示。

表 7.8　32 K 的 UIM 卡配置

UIM 卡	电话号码数量	短信数量
32 K CDMA	80	15
32 K CDMA	150	15
32 K CDMA	200	40

（1）UIM 卡的物理和电气特性。UIM 卡采用标准的接触式 IC 卡（符合 ISO/IEC7816 接触式集成电路 IC 卡的规定）。

UIM 卡是有微处理器的智能卡（IC）；它由 CPU、RAM、ROM、EEPROM 及串行通信单元五个部分组成。这五个模块集成在一块集成电路中，以防止非法存取和盗用。

其物理接口特性包括卡的物理尺寸、各触点的尺寸和位置、触点压力、静电保护等。电气接口主要包括各触点电信号特性（包括电流、电压等参数指标）和传输协议等，所有这些内容的具体要求与 GSM 的 SIM 卡的要求是完全一致的。

（2）逻辑接口。逻辑接口包括文件标识（ID）、专用文件（DF）、基本文件（EF 包括透明文件、线性固定文件、循环文件）的文件结构和不同结构文件的特性，以及选择文件的方法，这部分与 GSM 的 SIM 卡也没有什么差别，同样可以直接参照 SIM 卡相关的要求。所不同的是在 GSM 的 SIM 卡定义逻辑结构的基础上，增加了一个新的目录文件 DFCDMA，文件 ID 为 7F25。所有与 CDMA 操作有关的用户信息和参数均保存在该目录下，以保证 CD-MA 操作的正常进行。对于 CDMA 手机来说，在插入 UIM 卡并开机后，手机应该自动搜索卡上 DFCDMA 下的数据和信息。

例如，EFPRL 就是 DFCDMA 下的一个非常重要的数据文件，在这个文件中按照一定的顺序，可以写入运营商的网络参数、网络的系统标识（SID）和网络标识（NID）等，而且不仅可以写入本运营商的网络参数，还可以写入与本运营商签署国际漫游协议的其他运营商的网络参数。这样，在移动台开机后，通过读该文件中写入的参数信息搜索 CDMA 网络，并正确捕获提供服务的 CDMA 网络。如果用户漫游到了签署漫游协议的运营商的 CDMA 网络中后，移动台就能够根据这个文件中预先写好的参数信息，自动捕获到漫游地的 CDMA 网络。

（3）功能描述。在功能方面，规定了 UIM-ME 接口上传递的所有命令，UIM-ME 接口支持所有原 SIM-ME 接口上的命令和响应。原 SIM-ME 接口上的命令和响应、命令代码，命令的映射原理可直接参照 GSM 技术标准 11.11 中相关章节的定义。除了原有 SIM 卡的所有命令外（不包括 RUNGSMALGORITHM 命令），在 UIM-ME 接口上增加了基于 ANSI-41 的与安全有关的命令和 ESN 管理命令。

（4）安全特性。安全特性主要包括鉴权和密钥生成过程、加密算法处理过程以及文件的访问条件。文件的访问条件与 SIM 卡的文件访问条件一样。在所有这些过程中使用的参数 UIMID 或 ESN、IMSI-M 或 IMSI-T 均在 UIM 卡插入手机时确定。

UIM ID 是 UIM 卡的标识。在使用 UIM 卡的移动台中，这个参数将代替 ESN 号码参与鉴权，也参与构造 CDMA 反向信道。

UIM ID 的长度为 32 比特，其中前 14 比特为 UIM 卡厂商代码，由 3GPP2 统一分配，后 18 比特为 UIM 卡序列号，由 UIM 卡厂商自行分配。

在定义了 UIM 卡的基本功能和性能要求的基础上，为了实现更多的增值业务，定义了

UIM 应用工具箱。所谓应用工具箱（Application Toolkit）就是在 UIM 卡上提供一个平台，以支持基于短消息作为承载的增值业务。为了支持 UTK，在 UIM-ME 接口上又定义了一套命令。仍然使用 T = 0 的协议，采用基于菜单驱动的操作方式。用户可以通过移动台屏幕上的菜单选择相关的服务，如订制新闻、天气预报等信息服务，以及手机银行和手机炒股等移动商务服务。有了 UTK，运营商可以非常方便、快速地提供各种各样的服务。

3. UIM 卡应用

随着 CDMA 网络的不断成熟，各种增值业务也纷纷进入实验和商用阶段。目前基于 UTK 的业务，中国联通已经推出了天气预报、航班信息、移动 QQ 和笑话订制等信息类业务。

本 章 小 结

本章介绍了 CDMA 蜂窝移动通信系统，主要包括 CDMA 系统的现状及标准、技术特点、系统结构和接口、信道组成、控制和管理功能、注册登记、漫游及呼叫处理和典型的解决方案，在本章中还介绍了 CDMA 移动台特点、结构及 UIM 卡技术和应用。这些所涉及的都是构成 CDMA 系统的基本原理和技术。通过对 CDMA 移动通信系统的基本概念、原理、技术及设备的学习和了解，使学生了解和掌握 CDMA 系统。本章的主要内容包括：

（1）CDMA 的概念、标准和现状、特点和基本特征。着重介绍了 CDMA 系统的频段、信道数、调制方式、扩频、语音编码、RANK 接收、软切换和功率控制技术的基本特征。

（2）构成 CDMA 系统的各部分功能、系统参数和特点，着重介绍了网络同步和 UIM 卡的功能及作用。

（3）介绍了 CDMA 系统的信道组成，导频信道、同步信道、寻呼信道、正向业务信道和接入信道、反向业务信道的特点、功能及作用。

（4）CDMA 系统控制功能主要是介绍了功率控制的方式及特点和切换的四种方式，重点是软切换和功率控制。

（5）通过呼叫处理的流程，介绍了移动台、基站呼叫处理的过程，并对注册登记、漫游的控制管理的机理进行了介绍。

（6）典型方案介绍：广州金鹏集团 CDMA 系统设备。

（7）介绍了 CDMA 移动台特点、结构和 UIM 卡。

习 题 7

7.1 TIA 称为_____。世界第一个 CDMA 商用蜂窝移动网_____年在_____试运行开通。

7.2 中国联通 CDMA 800 MHz 下行链路载频为_____MHz，带宽为_____MHz。

7.3 CDMA 800M 全速率系统一个载频可带有_____个正向物理信道，其调制技术采用_____，语音编码采用_____，其传输速率为_____。

7.4 CDMA 系统主要结构由_____、_____、_____三个子系统和_____组成。

7.5 IMSI 称为_____，ESN 称为_____，当 NID = 65535 时表示移动用户可在_____。

7.6 CDMA 正向信道可分为_____、_____、_____和_____，而反向信道可分为_____和_____。

7.7 CDMA 手机在_____上捕获信息作为时间和相位跟踪参数，而在切换时作为信号测量的参考。

7.8 CDMA 系统 $2^{15} - 1$ 短码在正向信道是用于_____，而 242 - 1 长码在正向信道是用于_____。

7.9 CDMA 的切换类型有_____、_____和_____。

7.10 CDMA 手机输出功率为_____。

7.11 CDMA 系统闭环功率控制不仅用在反向链路，也用在正向链路中。（　　）

7.12 CDMA 移动台分为移动台设备（ME）和用户识别模块（UIM）组成。（　　）

7.13 CDMA 无线接口标准为 IS-95，而核心网标准为 ANSI-41。（　　）

7.14 CDMA 系统切换实现是以网络为主、移动台为辅的切换。（　　）

7.15 CDMA 系统多址干扰来自非同步 CDMA 网中不同的用户的扩频序列不完全正交。（　　）

7.16 CDMA 系统中采用什么技术解决"远－进"效应_____。

    A. 分集技术　　　　　B. Walsh 码　　　　　C. 软切换　　　　　D. 功率控制

7.17 移动台开户数据和当前数据分别存放于_____。

    A. HLR、VLR　　　　B. VLR、HLR　　　　C. VLR、MSC　　　　D. MSC、VLR

7.18 CDMA 系统 2⁴²－1 长码在反向信道中用于_____。

    A. 扰码　　　　　　　B. 区分移动台　　　　C. 区分基站　　　　D. 以上皆可

7.19 CDMA 系统可大致分为_____。

    A. 传输系统和交换系统　　　　　　　　B. 交换系统和基站系统

    C. 传输系统和基站系统　　　　　　　　D. 交换系统和寻呼系统

7.20 CDMA 系统反向闭环功率控制调节的速率为_____。

    A. 1600 Hz　　　　　B. 33 Hz　　　　　　C. 2 Hz　　　　　　D. 800 Hz

7.21 简述 CDMA 系统的主要特点。

7.22 CDMA 的 UIM 卡有什么特点？卡上存储哪些信息？

7.23 简述正向逻辑信道的特点。

7.24 简述功率控制功能的特点。

7.25 CDMA 系统有哪几种切换方式？简述软切换的过程。

7.26 简述移动台发起呼叫的过程。

7.27 简述两基站间软切换的过程。

第8章 CDMA 2000 1X 数字蜂窝移动通信系统

内容提要

CDMA 2000 1X 技术是上一代经验证的 CDMA 系统的直接演进，为 CDMA 运营商提供了最为便捷和经济适用的向3G业务演进的路径。从理论分析结果来看，传送语音业务 CDMA 2000 1X 系统的总容量是 IS-95 系统的2倍；传送数据业务 CDMA 2000 1X 系统的总容量是 IS-95 系统的3.2倍。CDMA 2000 是当今世界上发展最为迅猛的无线技术，其全球用户已超过2.2亿。本章将介绍 CDMA 2000 1X 系统的标准、技术特点、系统结构与接口、信道组成、关键技术、简单 IP 与移动 IP 功能结构、网络解决方案和典型设备等内容。

8.1 概述

CDMA 2000 是第3代（3G）移动通信标准体系之一，它也可以代指相关的产品和技术，实现 CDMA 2000 技术体制的正式标准名称为 IS-2000，它由美国电信工业协会（TIA）制定，并经 3GPP2 批准成为一种第3代移动通信的空中接口标准。IS-2000 向下兼容 IS-95 系统。

8.1.1 CDMA 系统技术与标准

CDMA 的发展历程如图8.1所示。

图 8.1 CDMA 的发展历程

CDMA 系统技术标准的发展经历了从 IS-95A 到 IS-95B，到 CDMA 2000 建议和 IS-2000 标准的发展过程。IS-2000 主要标准对照表如表8.1所示。

表 8.1　IS-2000 主要标准对照表

TIA	3GPP2	内　容
IS-2000-1	C.S.0001	CDMA 2000 介绍
IS-2000-2	C.S.0002	CDMA 2000 物理层
IS-2000-3	C.S.0003	CDMA 2000MAC 层
IS-2000-4	C.S.0004	CDMA 2000 第二层 LAC
IS-2000-5	C.S.0005	CDMA 2000 第三层
IS-2000-6	C.S.0006	CDMA 2000 模拟

CDMA 2000 1X 是指 CDMA 2000 的第一阶段（速率高于 IS-95，低于 2 Mbps），可支持 308 KBps 的数据传输速率，网络部分引入分组交换，可支持移动 IP 业务。

CDMA 2000 1X-EV 是在 CDMA 2000 1X 基础上进一步提高数据传输速率的增强体制，采用高速率数据（HDR）技术，除基站信号处理部分及移动台不同外，它能与 CDMA 2000 1X 共享原有的系统资源。它可以在 1.25 MHz（同 CDMA 2000 1X 带宽）带宽内，下行链路达到 2.4 Mbps（甚至高于 CDMA 2000 3X），上行链路上也可提供 153.6 KBps 的数据业务，很好地支持了高速分组业务，适于移动 IP，是 CDMA 2000 1X 的边缘技术。3GPP2（第三代伙伴计划 2）在 2002 年已制定 CDMA 2000 1X-EV 的技术标准。

CDMA 2000 3X 称为 CDMA 2000 1X 下一阶段。其技术特点是正向信道有 3 个载波的多载波调制方式，每个载波均采用 1.2288 Mbps 直接序列扩频，其反向信道则采用码片速率为 3.6864 Mbps 的直接扩频（DSSS），因此，CDMA 2000 3X 的信道带宽为 3.75 MHz，最大用户比特率为 1.0368 Mbps。它与 CDMA 2000 1X 的主要区别是正向 CDMA 信道采用 3 载波方式，而 CDMA 2000 1X 采用单载波方式。因此它的优势在于能提供更高的速率数据，但占用频谱资源也较宽。

IS-95 为 CDMA 系统第二代，IS-2000（包括 CDMA 2000 1X、CDMA 2000 3X、CDMA 2000 1X-EV 等）均属第三代系统。IS-2000 各系统之间的业务性能、功能还是有明显的差别。

8.1.2　CDMA 2000 1X 系统的特点

CDMA 2000 1X 移动通信系统最终正式标准是 2000 年 3 月通过的，它的主要追求目标是更高的数据传输速率和更好的频谱利用率。表 8.2 归纳了 CDMA 2000 系统的主要技术特点。

表 8.2　CDMA 2000 系统的主要技术指标

带宽（MHz）	1.25	3.75	7.5	11.5	15
无线接口来源于	IS-95				
网络结构来源于	IS-41				
业务演进来源于	IS-95				
最大用户比特率	307.2 KBps	1.0368 Mbps	2.0736 Mbps	2.4576 Mbps	
码片（chip）速率（Mchip/s）	1.2288	3.6864	7.3728	11.0592	14.7456
帧的时长（ms）	典型为 20，也可选 5，用于控制				
同步方式	IS-95（使用 GPS，使基站之间严格同步）				
导频方式	IS-95（使用公共导频方式，与业务码复用）				

分析表 8.2，与 CDMA One 相比，CDMA 2000 系统有下列技术特点：

（1）多种信道带宽。下行链路上支持多载波（MC）和直扩（DSSS）两种方式；上行链路仅支持直扩方式。当采用多载波方式时，能支持多种射频带宽，即射频带宽可为 N × 1.25 MHz，其中 N = 1、3、5、9 或 12。目前技术仅支持前两种，即 1.25 MHz（CDMA 2000 1X）和 3.75 MHz（CDMA 2000 3X）。

（2）可以更加有效地使用无线资源。

（3）可实现 CDMA One 向 CDMA 2000 系统平滑过渡。

（4）核心网协议可使用 IS-41（美国蜂窝系统网络协议标准）、GSM-MAP 以及 IP 骨干网标准。

（5）使用 Turbo 码，对数据应用支持 MAC、QoS 和 Turbo 码。

（6）下行链路快速功率控制，反向信道相干解调。

（7）可选择较长的交织器；灵活帧长。

（8）下行链路发送分集。

（9）后向兼容 IS-95A/B。

（10）可支持高达 153.6 KBps 数据传输速率。

（11）与 IS-95A/B 相比，数据应用能力有 4 ~ 6 倍的提高。

（12）与 IS-95A/B 相比，语音容量有 1.5 ~ 1.8 倍的提高，减小了运营成本。

CDMA 2000 1X 系统正向信道和反向信道均用码片（chip）速率为 1.2288 Mchip/s 的单载波直接序列扩频（DSSS）方式。因此，它可以方便地与 IS-95（A/B）后向兼容，实现平滑过渡。移动网络运营商可在某些需求高速数据业务而导致容量不够的蜂窝（CDMA One）上，用相同载波部署 CDMA 2000 1X 系统，从而减少了用户和运营商的投资。

由于 CDMA 2000 1X 采用了反向相干解调、下行链路快速功率控制、下行链路发送分集、Turbo 编码等新技术，其容量比 IS-95 大为提高。在相同条件下，对普通语音业务而言，通信容量为 IS-95 系统的两倍，而传送数据业务 CDMA 2000 1X 系统的总容量是 IS-95 系统的 3.2 倍。

8.2 CDMA 2000 1X 系统分层结构

8.2.1 CDMA 2000 1X 系统结构

CDMA 2000 1X 网络结构为第 3 代移动通信系统的典型结构，其网络结构示意图如图 8.2 所示。

CDMA 2000 1X 网络结构主要由以下 4 部分组成：

（1）移动台（MS）。用户终端，为用户接入无线网络和使用各种应用服务业务的设备。移动台由移动设备（ME）和用户识别模块（UIM）两部分组成。

（2）无线网络（RN）。为移动用户提供服务的无线接入点，实现从无线信息传输形式到有线信息传输形式的转换，完成空中无线资源的管理和控制，并与网络交换系统交换必要的信息。它包括基站收发信机（BTS）、基站控制器（BSC）两个主要功能实体和为支持分组数据业务而增加的分组控制功能（PCF）实体。

（3）网络交换系统（NSS）。为移动用户提供基于电路交换和分组交换的业务服务，这包括语音业务、电路数据业务和分组数据业务等，并为这些服务提供所必需的呼叫控制、用户管理、移动性管理等功能。它包括移动交换中心（MSC）、访问位置寄存器（VLR）、原籍位置寄存器（HLR）和鉴权（ACU）等功能实体。

（4）操作维护系统（OMS）。对网络设备进行维护，提供网络维护人员与网络设备之间的人机接口。它由网络管理中心（NMC）和操作维护中心（OMC）两部分功能实体组成。

由于 CDMA 2000 1X 系统是由与第二代 IS-95 CDMA 系统发展而来，两个系统之间无论无线还是核心网部分都是平滑过渡的，所以 CDMA 2000 1X 系统由电路域网络和分组域网络两部分构成。这样使移动通信系统即完全是在第二代核心网的基础上，引入第三代移动通信

图 8.2　CDMA 2000 网络结构示意图

无线接入网络，通过电路交换和分组交换并存的网络实现电路型语音业务和分组数据业务。所有的用户业务在无线网络（RN）中进行分流，语音业务通过电路网络交换系统，而分组数据业务通过分组网络交换系统。电路域网络结构是由 IS-95 CDMA 网络演进而来，没有大的变化网络结构和主要技术都基本相同。而分组域网络是 CDMA 2000 1X 系统为引入高速分组数据业务，在整个网络结构中增加的部分。分组域网络采用大量现有的 IP 技术，构造了 CDMA 2000 的分组数据网络，为移动通信网络向全 IP 网络的发展目标推进。

8.2.2　CDMA 2000 1X 系统分层结构

CDMA 2000 1X 系统网络简单分层结构如图 8.3 所示。

图 8.3　CDMA 2000 1X 系统网络简单分层结构

图 8.3 所示的 CDMA 2000 1X 系统网络分层结构分为上层（IP 和 PPP）、链路层（LAC 和 MAC）和物理层（无线链路）三层。

1. 上层

该层包括以下三项基本业务：

（1）语音业务。包括 PSTN 接入、移动用户到移动用户语音业务和 Internet 电话。

（2）终端用户数据承载业务。给移动用户提供的任何一种形式的数据业务，包括分组数据业务（如 IP 业务）、电路数据业务（B-ISDN 仿真业务）和短信业务（SMS）。分组数

据业务分为面向连接和无连接分组数据业务，它包括 IP 协议（TCP 和 UDP）和 ISO/OSI 无连接互通协议（CLIP）。电路数据业务如异步拨号接入、传真、V. 120 速率适配 ISDN 和 B-ISDN 业务。

（3）信令。控制所有移动操作的业务。

2. 链路层

链路层根据具体上层业务的需要提供各种等级的可靠性和满足 QoS 特性的业务。它为数据传送业务提供协议支持和控制机制，并完成把上层数据传送需求映射为物理层具体功能和特性。链路层分为以下两个子层：

（1）链路接入控制（LAC）子层。它管理对等上层实体之间的点对点通信信道，并具有能够支持各种不同端对端可靠链路层协议的框架；

（2）媒体接入（MAC）子层。它支持高级设备多种状态，每种状态分别对应有效分组或电路数据的实例。MAC 层与 QoS 控制实体共同实现无线系统复杂的多媒体、多业务功能，并使每个有效的业务都具有 QoS 管理功能。MAC 子层有三个重要功能：

① 控制数据（分组和电路）业务接入到物理层的过程。

② 利用无线链路协议（RLP）在无线链路上提供最高可靠性能的传输。

③ 通过调解来自竞争业务请求的冲突来协商 QoS 等级，并适当优化接入要求。

3. 物理层

物理层是为链路层使用的物理信道提供编码、交织、调制解调和扩频的功能。

8.3　CDMA 2000 1X 系统网络实现结构

CDMA 2000 1X 系统网络与现有的 IS-95 CDMA 系统后向兼容，并与 IS-95 CDMA 系统的频率共享或重叠。与 IS-95 CDMA 系统相比，CDMA 2000 1X 系统在其基础上增加了一些功能模块，采用了一系列新技术，大大地提高了整个系统的性能，以适应于高速数据业务。

8.3.1　CDMA 2000 1X 系统网络实现结构

CDMA 2000 1X 系统网络主要有基站收发信机（BTS）、基站控制器（BSC）、分组控制功能（PCF）、分组数据服务器（PDSN）、业务数据单元（SDU）、基站控制器连接（BSCC）和移动交换中心/访问位置寄存器（MSC/VLR）组成。系统结构如图 8.4 所示。

移动交换中心（MSC）是 CDMA 蜂窝移动通信网的核心，其主要功能是对位于本移动交换中心（MSC）控制区域内的移动用户进行通信控制和管理，实现移动用户与固定网用户、移动用户与移动用户之间的互连，并面向下列功能实体：基站控制器（BSC）和基站收发设备（BTS）、原籍位置寄存器（HLR）、鉴权中心（AUC）、移动设备识别寄存器（EIR）、操作维护中心（OMC）和固定网（公用电话网、综合业务数字网等）。

基站控制器（BSC）和基站收发机（BTS）。每个基站有效覆盖范围即为无线小区。它通过无线接口与移动台相接，进行无线发送、接收及无线资源管理。一个基站控制器

图 8.4　CDMA 2000 1X 系统结构图

（BSC）可以控制多个基站，每个基站可有多部收发信机。基站控制器（BSC）通过网络接口分别连接移动交换中心（MSC）和基站收发信机（BTS）。实现移动用户与固定网络用户之间或移动用户之间的通信连接。

　　BTS 在小区建立无线覆盖区用于移动台通信，移动台可以是 IS-95 或 CDMA 2000 1X 制式手机。

　　移动台（MS）是 CDMA 移动通信网中用户使用的设备。它通过无线接口接入 CDMA 2000 系统，即具有无线传输与处理功能。不同的基站具有不同的引导 PN 码偏置系数，移动台据此判断不同基站。

　　与 IS-95 CDMA 系统相比，CDMA 2000 1X 系统中的分组控制功能（PCF）、分组数据服务器（PDSN）、归属代理（HA）、外部代理（FA）和认证、授权与计费服务器（AAA）为新增模块，通过支持移动 IP 协议的 A10、A11 接口互连，可以支持分组数据业务传输。而以移动交换中心/访问位置寄存器（MSC/VLR）为核心的网络部分，支持语音和增强的电路交换型数据业务，与 IS-95 一样，MSC/VLR 与原籍位置寄存器/接入信道（HLR/AC）之间的接口基于 IS-41 协议。

　　分组控制功能（PCF）是新增功能实体，用于转发无线子系统和分组数据服务器（PD-SN）分组控制单元之间的信息。其主要功能描述如下：

　　（1）完成控制无线数据到分组交换数据的格式处理。

　　（2）与分组数据服务器（PDSN）建立、维护和释放链路层的链路资源。

　　（3）为分组数据业务，建立和管理无线资源。

　　（4）在移动台不能获得无线资源时，可以缓存分组数据。

　　（5）收集与无线链路有关的计费信息，并通知 PDSN。

　　为了完成上述功能，分组控制功能（PCF）需要与基站控制器和分组数据服务器（PD-SN）进行通信，其相互间的接口作为 A 接口的一部分，也已实现了标准化。

　　分组数据服务器（PDSN）为 CDMA 2000 1X 系统接入 Internet 的接口模块，它是连接无线网络和分组数据网的接入网关。其主要功能是提供移动 IP 服务，使用户可以访问公用数据网或专有数据网。移动 IP 时，PDSN 作为移动台的外部代理，相当于移动台访问网络的一个路由器，为移动台提供 IP 转交地址和 IP 路由服务。

　　归属代理（HA）为移动用户提供分组数据业务的移动性管理和安全认证，包括认证移动台发出的移动 IP 注册信息，在外部公共数据网与外地代理（FA）之间转发分组数据包，建立、维护和终止与 PDSN 的通信并提供加密服务，从 AAA 服务器获取用户身份信息，为移动用户指定动态的原籍 IP 地址。

外部代理（Foreign Agent，FA）为移动台访问网络的一个路由器，为在该 FA 登记的移动台提供路由功能。FA 通过 PDSN 来实现，在功能上类似于部分移动交换中心（MSC）。

认证、授权与计费（AAA）服务器为移动用户在分组域核心网内提供用户身份与服务资格的认证和授权以及计费等服务。

图 8.4 中所示，CDMA 2000 1X 系统主要有以下接口：

Abis 接口——用于 BTS 和 BSC 之间连接的。

A1 接口——用于传输 MSC 与 BSC 之间的信令信息。

A2 接口——用于传输 MSC 与 BSC 之间的语音信息。

A3 接口——用于传输 BSC 与 SDU（交换数据单元模块）之间的用户话务（包括语音和数据）和信令。

A7 接口——用于传输 BSC 之间的信令，支持 BSC 之间的软切换。

以上实体与接口与 IS-95 系统需求相同。CDMA 2000 1X 系统新增接口如下：

A8 接口——传输 BS 和 PCF（分组控制单元）之间的用户业务；

A9 接口——传输 BS 和 PCF 之间的信令信息；

A10 接口——传输 PCF 和 PDSN（分组数据服务器）之间的用户业务；

A11 接口——传输 PCF 和 PDSN 之间的信令信息；

A10/A11 接口——是无线接入网和分组核心网之间的开放接口。

由于在目前设备实现中，几乎所有厂家都是把基站控制器（BSC）和分组控制功能（PCF）在同一个物理实体中进行实现，所以实际上 A8 和 A9 接口并没有真正开放，而是采用各个厂家自己定义的接口。

8.3.2 频段设置、无线配置（RC）和后向兼容性

1. 频段设置

CDMA 2000 系统可以工作在 8 个 RF 频段类，包括 IMT-2000 频段、北美 PCS（个人通信系统）频段、北美蜂窝网频段、TACS（全接入通信系统）频段等，其中北美蜂窝网频段（上行链路：824 ~ 849 MHz，下行链路：869 ~ 894 MHz）提供了 AMPS（高级移动电话系统）/IS-95 CDMA 同频段运营的条件。

不同的国家支持不同的频段，中国联通使用 0 类频段。CDMA 2000 1X 系统采用频分双工（FDD）方式来实现双工通信，基站与移动台（MS）发射采用不同的频率，频率间隔为45 MHz，与 IS-95 CDMA 系统频率相同。中国联通 CDMA/CDMA 2000 1X 系统的基本工作频率为：

825 ~ 845 MHz（基站收，移动台发）

870 ~ 890 MHz（基站发，移动台收）

中国联通 CDMA/CDMA 2000 1X 系统 A 频段和 B 频段的第一载频编号分别为 283 和384，283 对应的实际工作频率在反向链路为 833.49 MHz，283 对应的实际工作频率在前向链

路为 878. 49 MHz；而 384 对应的实际工作频率在反向链路为 836. 52 MHz，384 对应的实际工作频率在前向链路为 881. 52 MHz。

CDMA 频道间隔为 1. 23 MHz。

图 8. 5 示出 CDMA 各频道的安排。图中按照 AMPS 系统的信道编号，标注 CDMA 频道的编号（中心频率）位置。中心频率在 AMPS 的 283 和 384 号频道为 CDMA 频道 A 频段和 B 频段的基本频道。以后视发展情况逐步由高端向低端扩展。

图 8. 5　中国联通 CDMA 系统的基本工作频率

CDMA 不需进行频率规划，各小区可以使用相同频道。表 8. 3 为 CDMA 系统信道间隔、信道分配和 800 MHz 频段的发送中心频率。

表 8. 3　CDMA 系统信道间隔、信道分配和 800 MHz 频段的发送中心频率

发 射 机	CDMA 信道编号	CDMA 信道中心频率/ MHz
移动台（MS）	$1 \leqslant N \leqslant 799$	$0.030 \times N + 825.00$
	$991 \leqslant N \leqslant 1023$	$0.030 \times (N - 1023) + 825.00$
基站（BS）	$1 \leqslant N \leqslant 799$	$0.030 \times N + 870.00$
	$991 \leqslant N \leqslant 1023$	$0.030 \times (N - 1023) + 870.00$

目前，中国联通已有单载波、双载波和三载波基站，单载波基站只使用频道 283，双载波基站使用频道 283 和 201，三载波基站使用频道数更多。随着业务的不断发展，多载波将逐步成为主流。

2. 无线配置（RC）

由于 CDMA 2000 物理信道的复杂化，引入了无线配置（RC）的概念，无线配置是根据前向和反向业务信道不同的物理层传输特性而进行的分类。CDMA 2000 中，针对不同的环境和应用，定义了不同的物理信道配置，其传输能力有所不同，所采用的差错控制编码、调制解调、扩频码的使用方式也不相同，这些物理信道的各种参数组合就称为无线配置（RC）。

CDMA 2000 的前向业务信道支持 RC1 ~ RC9；反向业务支持 RC1 ~ RC6。CDMA 2000 的前向、反向业务信道可以使用 RC3 及以上的 RC。CDMA 2000 后向兼容 IS-95 CDMA，也就是符合 CDMA 2000 标准的设备也支持 RC1 和 RC2。

3. 可变长度沃尔什码（Walsh Code）

CDMA 2000 利用沃尔什码（Walsh Code）的正交特性区分信道，沃尔什码的产生很有

规则，也很简单，如图 8.6 所示，以"0"为起始，向右复制，向下复制，向右下角取反，然后把这个二维沃尔什码（Walsh Code）作为整体，再按上述步骤和规则不断地重复下去可以得到更高维数的沃尔什码。

$$H_1=0, \qquad H_2=\begin{matrix}0\ 0\\0\ 1\end{matrix},$$

$$H_4=\begin{matrix}0\ 0\ 0\ 0\\0\ 1\ 0\ 1\\0\ 0\ 1\ 1\\0\ 1\ 1\ 0\end{matrix}, \qquad H_{2N}=\begin{matrix}H_N\ H_N\\ H_N\ \overline{H_N}\end{matrix},$$

在 CDMA 2000 1X 系统中，沃尔什码（Walsh Code）的长度是可变的，这与在 IS-95 CDMA 系统中，沃尔什码长度是固定不变不同，而在 CDMA 2000 1X 系

图 8.6　沃尔什码（Walsh Code）产生

统中是为了能够更加灵活地划分正交码资源，以便于支持不同速率的业务。

在应用变长沃尔什码（Walsh Code）时，由于这种正交码资源的有限性，使得当低维数的沃尔什码被占用时，由其衍变而来的高维数沃尔什码就不可用了。不同长度的沃尔什码产生如图 8.7 所示。图 8.7 中的 SF 为扩展因子（Spreading Factor），与沃尔什码（Walsh Code）的维数对应。

图 8.7　不同长度的沃尔什码（Walsh Code）产生

图 8.8　沃尔什码的长度与所支持的速率关系

当使用的沃尔什码（Walsh Code）维数越低时，可用的码字就越少，系统支持的用户也越少。每个用户的速率却越高；反之，当使用的沃尔什码（Walsh Code）维数越高时，可用的码字就越多，系统支持的用户也越多，而每个用户的速率却越低。沃尔什码的长度与所支持的速率有这样关系的一个重要前提是：不管信息符号速率如何变化，沃尔什码的速率是不变的，因为扩频后的带宽是固定的。沃尔什码的长度与所支持的速率关系如图 8.8 所示。

CDMA 2000 使用了可变长度的沃尔什码，其优点是可以灵活地分配不同的速率，因此要充分发挥这一优点，还需要考虑合理地分配不同维数的沃尔什码。

4. 后向兼容性

CDMA 2000 1X 系统的信令提供对 IS-95 系统业务支持的后向兼容能力，这些能力包括：

（1）支持重迭蜂窝网结构。

（2）在越区切换期间，共享公共控制信道。

（3）对 IS-95 系统的信令协议标准的延用以及对语音业务的支持。

8.4 CDMA 2000 1X 系统信道结构

对于 CDMA 2000 1X 系统的物理信道分类，与 IS-95 CDMA 系统相同，CDMA 2000 1X 从传输方向上把信道分为前向传输逻辑和反向传输逻辑信道两大类，如图 8.9 所示。CDMA 2000 1X 系统的前向传输逻辑和反向传输逻辑信道结构主要采用码片（chip）速率为 1×1.2288 Mc/s，数据调制方式为 OQPSK，采用 64×64 阵列正交码平衡四相扩频调制。

CDMA 2000 1X 系统前向传输逻辑信道所包括的导频信道、同步信道、寻呼信道均兼容 IS-95 系统控制信道特性。

CDMA 2000 1X 系统反向传输逻辑信道包括接入信道、增强接入信道、公共控制信道、业务信道，其中增强接入信道和公共控制信道除可提高接入效率外，还适应多媒体业务。

导频信道(F-PICH)
同频信道(F-SYNCH)
寻呼信道(F-PCH)
快速寻呼信道(F-QPCH)
广播控制信道(F-BCCH)
公共控制信道(F-CCCH)
公共分配信道(F-CACH)
公共功率控制信道(F-CPCCH)

接入信道(R-ACH)
公共控制信道(R-CCCH)
增强接入信道(R-EACH)
业务信道(R-TCH)
业务信道操作(R-TOCH)

图 8.9　CDMA 2000 1X 系统信道结构

8.4.1　前向物理信道

CDMA 2000 1X 系统与 IS-95 CDMA 系统兼容，因此，当接入的移动台只支持 IS-95 CDMA 系统业务时，与 IS-95 CDMA 系统中相应信道的作用、功能和处理都一样。由于 CDMA 2000 1X 系统采用了复扩频方式，因此 CDMA 2000 1X 系统前向物理信道结构的形式与 IS-95 CDMA 系统有所变化，即在编码和扰码输出后的复扩频方式有所不同，但这只是结构上的变化，而实际输出到空中接口的信号是和 IS-95 CDMA 相同的，也就是说，CDMA 2000 1X 系统与 IS-95 CDMA 系统在前向物理信道的结构和信号所经过对应的后续处理有所不同，但最终输出到空中的结果是相同的，所以 CDMA 2000 1X 系统与 IS-95 CDMA 系统是兼容的。

前向物理信道的关键特性描述如下：

（1）信道是正交的，并使用沃尔什码（Walsh Code）编码。使用不同长度的沃尔什码使不同信息比特率有相同的码片（chip）速率。

（2）在扩频之前使用 QPSK 调制来提高可用沃尔什码编码的数量。

（3）采用前向纠错（FEC）编码。

（4）同步前向物理信道。

（5）前向链路发射分集。

（6）每秒 800 次快速前向功率控制（闭环）。

（7）帧长度：信令和用户信息使用 20 ms 帧；控制信息使用 5 ms 帧。

对于 SR1（扩展速率 1）操作基站在前向专用信道（即前向专用控制信道，前向基本信道，前向补充信道）和前向公共信道（即广播信道，快速寻呼信道，公共功率控制信道，公共分配信道，前向公共控制信道）上可以支持正交发送分集（OTD）或空时扩展（Space Time Spreading，STS）；对于 SR3 操作基站在分离天线上可以通过发送载频支持发送分集。目前，中国联通未使用正交发送分集（OTD）和（STS）。前向物理信道如图8.10 所示。

图 8.10　CDMA 2000 1X 系统前向物理信道

这些码道均用适当的 Walsh 码或准正交函数进行扩频。然后再用 1.2288 Mcps 固定码片速率的正交 PN 序列对扩频。在一个基站中可以采用频分复用的方法使用多个前向 CDMA信道。

1. 前向导频信道（F-PICH）

为了提供定时和相位信息，在整个小区内不断地发送前向导频信息，共用导频是在Walsh 码扩频之前具有 Walsh 0 的一个全 0 序列，其提供以下功能：

（1）移动台用它来捕获系统。

（2）提供时间与相位跟踪的参数。

（3）用于使所有在基站覆盖区中的移动台进行同步和切换。

（4）导频相位的偏置用于扇区或基站的识别小区的捕获和切换。

（5）检测多路径信号，可以有效地把 RANK 接收分支分配给信号最强的路径。

基站利用导频 PN 序列的时间偏置来标识每个前向 CDMA 信道。由于 CDMA 系统的频率复用系数为"1"，即相邻小区可以使用相同的频率，所以频率规划变得简单了，在某种程度上相当于相邻小区导频 PN 序列的时间偏置的规划。

2. 前向同步信道（F-SYCH）

在基站覆盖范围内，移动台利用同步信道获取初始化时间同步信息。同步信道在发射前要经过卷积编码、码符号重复、交织、扩频可调制等步骤。在基站覆盖区中开机状态的移动台利用它来获得初始的时间同步、系统标识、网络标识和寻呼信道的比特率等信息。

一旦移动台捕获到导频信道，即与导频 PN 序列同步，这时可认为移动台在这个前向信道也达到同步。这是因为同步信道和其他码分信道是用相同的导频 PN 序列进行扩频的，并且同一前向信道上交织器定时也是用导频 PN 序列进行校准的。

3. 前向寻呼信道（F-PCH）

寻呼信道是经过卷积编码、码符号重复、交织、扰码、扩频和调制的扩频信号。基站使用寻呼信道发送系统信息和对移动台的寻呼消息。

在一给定的系统中所有寻呼信道的发送数据传输速率相同。寻呼信道使用的导频序列偏置与同一前向 CDMA 信道上实体的相同。寻呼信道分为许多寻呼信道时隙。

4. 前向广播信道（F-BCCH）

前向广播信道是专门用来承载开销信息和可能存在短信（SMS）广播信息的寻呼信道。CDMA 2000 1X 把开销信息从寻呼信道转移到单独的广播信道，这样就缩短了移动台初始化所需的时间，改善了系统的接入能力。

5. 前向快速寻呼信道（F-QPCH）

前向快速寻呼信道（F-QPCH）是基站需要在时隙模式下与移动台联系时所采用的一种新型寻呼信道。它的应用减少了激活移动台所需的时间，从而延长了移动台所用电池的寿命。

它包括一个比特的快速寻呼信息，指示时隙模式的移动台监视在寻呼信道上分配给它的时隙。在寻呼信息通知移动台收听寻呼信道之前，发送最高达 80ms 快速寻呼信息。

6. 前向公共功率控制信道（F-CPCCH）

为了提高在移动台接入时的传输效率，保证信号质量并降低对其他用户的干扰，在 CDMA 2000 1X 系统中增加前向公共功率控制信道（F-CPCCH），用于对移动台接入时发射功率进行闭环控制。前向公共功率控制信道（F-CPCCH）是由时分复用的公共功率控制子信道组成，每个公共功率控制子信道控制一个增减功率，从而在移动台接入时实现对其接入功率的闭环控制。

7. 前向公共分配信道（F-CACH）

前向公共分配信道（F-CACH）是用于在移动台接入过程中向特定移动台发送信道分配信息，通知移动台在随后的时隙里基站是否发送与它有关的信息，这样可以使移动台不必去监听那些没有相关信息的时隙，从而使移动台更加省电。

8. 前向公共控制信道（F-CCCH）

前向公共控制信道（F-CACH）负责向空闲状态的特定移动台发送专用的信息，如寻呼信息等。

9. 前向专用控制信道（F-DCCH）

前向专用控制信道（F-DCCH）用于传送低速小量数据或相关控制信息，它的最大特点是可以动态分配，非连续发送，比较适合于突发方式的数据，但它不支持语音业务。

10. 前向业务信道（F-TCH）

前向业务信道（F-TCH）在用户间主要采用的时分复用方式，其帧长（或时隙）最短为 1.25ms，可以充分利用系统当前不断变化的可用功率和码字资源提供分组数据业务。无线配置（RC1）编码结构。

8.4.2　反向物理信道

CDMA 2000 1X 与 IS-95 CDMA 兼容，因此，IS-95 CDMA 系统中的反向物理信道仍被支持。当移动台只支持 IS-95 CDMA 系统业务时，CDMA 2000 1X 反向物理信道向下兼容 IS-95 CDMA 系统，与 IS-95 CDMA 系统中相应信道作用、功能和处理相同。

CDMA 2000 1X 反向 CDMA 信道由接入信道、公共控制信道和反向业务信道等组成。这些信道采用直接序列扩频的 CDMA 技术共用于同一 CDMA 频率。在这一反向 CDMA 信道上，基站和用户使用不同的长码掩码区分每一个反向业务信道。反向物理信道的结构图如 8.11 所示。

图 8.11　反向物理信道结构

反向物理信道的主要特点说明如下：

（1）信道主要采用编码复用。

（2）针对不同的 QoS 和物理层特性采用不同的信道。

（3）采用连续传输来避免电磁干扰。

（4）QPSK 和 BPSK 调制解调方式混用。

（5）相干反向链路具有连续导频。

（6）信道编码采用前向纠错编码。

（7）语音和数据采用卷积码（$k=9$）。

（8）辅助信道的高速数据采用并行 Turbo 码（$k=4$）。

（9）快速反向功率控制：每秒 800 次。

（10）帧长：信令和用户信息采用 20 ms；控制信息采用 5 ms。

1. 反向接入信道（R-ACH）

移动台使用接入信道的功能包括：

（1）发起同基站的通信。

（2）响应基站发来的寻呼信道消息。

（3）进行系统注册。

（4）在没有业务时接入系统和对系统进行实时情况的回应。

接入信道传输的是一个经过编码、交织以及调制的扩频信号。接入信道由其共用长码掩码唯一识别。

2. 反向增强接入信道（R-EACH）

由于反向接入信道传输速率较低，并且传输质量有限，接入时延较大。为了改善接入性能，在 CDMA 2000 1X 系统中，增强了接入管理，引入了反向增强接入信道（R-EACH）。反向增强接入信道（R-EACH）与反向接入信道（R-ACH）一样，用于移动台发起同基站的通信，或者用于响应专门发给移动台的信息，但两者实现的细节不同，结构也不同。

3. 反向公共控制信道（R-CCCH）

反向公共控制信道（R-CCCH）用于在没有使用反向业务信道时，向基站发送用户信息和信令信息。对应一个前向公共控制信道（F-CCCH），最多可以有 32 个反向公共控制信道（R-CCCH）。反向公共控制信道（R-CCCH）主要特点是发射功率受基站的前向公共功率控制信道（F-CPCCH）闭环控制，并且本身还可以工作于软切换模式，因此可以支持的速率较高，对系统资源利用率高。

4. 反向基本信道（R-FCH）

CDMA 2000 1X 系统中反向基本信道（R-FCH）兼容 IS-95 CDMA 系统中的反向基本信道（R-FCH），对应的是无线配置 RC1 和 RC2。而 RC3 和 RC4 与 RC1 和 RC2 不同，不再采用 64 阶正交调制，而是每个移动台的反向信道之间利用不同的 Walsh 码区分。RC3 和 RC4 的非全速率发送是采用连续发送，而且降低功率，从而保证每信号比特能量基本不变，这与 RC1 和 RC2 不同，RC1 和 RC2 的非全速率发送是采用非连续发送。

5. 反向辅助信道（R-SCH）

反向辅助信道（R-SCH）是为了实现高速数据业务而增加的反向信道。它是一种分组业务信道，信道编码采用卷积码和 Turbo 码，用于高于 19.2 KBps 的数据业务，它可根据用户的不同需求提供不同的数据传输速率，无线配置 3（RC3）时最高速率为 153.6 KBps 或 307.2 KBps，无线配置 4（RC4）时最高速率为 230.4 KBps。不同的速率，R-SCH 会被自动地分配不同长度的 Walsh 码。它的信道结构与反向基本信道（R-FCH）类似。

6. 反向专用控制信道（R-DCCH）

反向专用控制信道（R-DCCH）功能和前向专用控制信道（F-DCCH）类似，用于传送低速的小量数据或相关控制信息，它可以动态分配，非连续发送，比较适合于突发方式的数据，不支持语音业务。

7. 反向导频信道（R-DCCH）

由于 IS-95 CDMA 系统反向物理信道中没有导频信道，所以不能进行相干解调，从而限制了系统容量。在 CDMA 2000 1X 系统中反向导频信道（R-DCCH）的主要功能是为接收方提供相位定时参考，以便于进行相干解调。这是 CDMA 2000 1X 系统与 IS-95 CDMA 系统在反向链路中显著不同点之一。反向导频信道（R-DCCH）上还承载用来对前向信道进行快速功率控制的指令。

8. CDMA 2000 1X 反向链路 I/Q 映射和调制方式

无线配置 RC3 和 RC4，反向导频信道、增强型接入信道、反向公共控制信道和反向业务信道 I、Q 结构如图 8.12 所示。

图 8.12　无线配置 RC3 和 RC4，反向导频信道、增强型接入信道、
反向公共控制信道和反向业务信道 I、Q 结构

8.4.3 CDMA 2000 1X 系统关键技术

1. 前向链路快速功率控制技术

CDMA 2000 1X 系统采用前向链路快速功率控制方法。具体方法是移动台通过测量收到来自基站前向业务信道信号的信噪比，并与门限值比较，根据比较结果，向基站发出调整基站发射功率的指令，功率控制速率可以达到 800 bps。由于使用快速功率控制，可以达到减少基站发射功率、减少总干扰电平，从而降低移动台信噪比要求，最终可以增大系统容量。

2. 前向快速寻呼信道技术

前向传输逻辑信道快速寻呼信道技术主要有两个作用：

（1）寻呼或睡眠状态的选择。因基站使用快速寻呼信道向移动台发出指令，决定移动台是处于监听寻呼信道还是处于低功耗状态的睡眠状态，这样移动台便不必长时间连续监听前向寻呼信道，故可减少激活移动台的激活时间和节省移动台功耗。

（2）配置改变。通过前向快速寻呼信道，基站向移动台发送最近几分钟内的系统参数信息，使移动台根据此新信息作相应设置处理。

3. 前向链路发射分集技术

CDMA 2000 1X 系统采用直接扩频（DSSS）发射分集技术。采用前向链路发射分集技术可以减少基站的发射功率，抗瑞利衰落，增大系统容量。它主要有两种方式：

（1）一种是正交发射分集方式。方法是先分离数据流再用不同的正交沃尔什（Walsh）函数扩频码对两路数据流进行扩频，并通过两部发射天线发射。

（2）另一种是空间分集方式。采用在空间上两副分离天线发射已交织的数据流，并使用相同原 Walsh 函数扩频码信道。

4. 反向相干解调

基站利用反向传输逻辑信道的导频信道捕获移动台发送的无调制直接扩频信号，再用 RAKE 接收机实现反向相干解调，这样，基站接收反向传输逻辑信道的信号时，可采用相干解调。与 IS-95 系统采用非相干解调相比（IS-95 系统反向传输逻辑信道无导频信道），其提高了前向链路性能，降低了移动台发射功率，提高了系统容量。

5. 连续的反向空中接口波形

在反向链路中，数据采用连续导频，使反向信道上数据波形连续，此措施可减少外界电磁干扰，改善搜索性能，支持正向功率快速控制以及反向功率控制连续监控。

6. Turbo 码使用

Turbo 码具有优异的纠错性能，适于高速率对译码时延要求不高的数据传输业务，并可降低对发射功率的要求，增加系统容量。在 CDMA 2000 1X 系统中，Turbo 码仅用于前向补充信道和反向补充信道中。

Turbo 编码器由两个 RSC 编码器（卷积码的一种）、交织器和删除器组成。每个 RSC 有两路校验位输出，两路输出经删除复用后形成 Turbo 码。

Turbo 译码器由两路软输入、软输出的译码器、交织器、去交织器构成，经对输入信号交替译码、软输出经多轮译码、过零判决后得到译码输出。

7. 灵活的帧长

与 IS-95 系统不同，CDMA 2000 1X 系统支持 5ms、10ms、20ms、40ms、80ms 和 160ms 多种帧长，不同类型信道分别支持不同帧长。前向基本信道、前向专用控制信道、反向基本信道、反向专用控制信道采用 5ms 或 20ms 帧，前向补充信道、反向补充信道采用 20ms、40ms 或 80ms 帧，语音信道采用 20ms 帧。

帧长较短可以减少传输时延，但解调性能较差；帧长较长可降低对发射功率要求。

8. 增强的媒体接入控制功能

媒体接入控制子层控制多种业务接入物理层，保证多媒体的实现。它可以实现语音、分组数据和电路数据业务、实时处理、提供发送、复用和服务质量等级（QoS）控制、提供接入程序。与 IS-95 系统相比，它可以满足宽带和更多业务的要求。

8.5 CDMA 2000 1X 系统物理信道接续流程

从 CDMA 2000 1X 系统接续流程中，可以看到系统中各种物理信道的基本功能。总的来说，CDMA 2000 1X 和 IS-95 CDMA 系统的接续流程是类似的，只是针对不同的步骤，所使用的物理信道是不同的，CDMA 2000 1X 主要是侧重了支持高速数据业务和提高了系统接续性能方面。

如果接入 CDMA 2000 1X 系统的移动台是符合 IS-95 CDMA 的，那么它仍然利用 IS-95 CDMA 的物理信道进行工作；如果接入 CDMA 2000 1X 系统的移动台是符合 CDMA 2000 1X 的，其工作过程会有所不同，下面将介绍两类不同速率业务的基本接续流程。

8.5.1 CDMA 2000 1X 系统语音/低速数据接续流程

CDMA 2000 1X 系统语音/低速数据接续流程，与 IS-95 CDMA 系统的接续流程是基本相同的。低速数据率是指基本信道（FCH）所能承载的最大数据传输速率，对于 CDMA 2000 1X 系统来说是 19.2 KBps，如图 8.13 所示。具体步骤如下：

（1）移动台加电后扫描 CDMA 载频。

（2）在 CDMA 载频上扫描最强的前向导频信道（F-PICH），进行初始同步，包括频率和相位同步。

（3）对前向导频信道（F-PICH）和前向同步信道（F-SYNCH）进行解码，从而与系统同步，包括系统时间同步和导频偏置同步等。

（4）接收前向寻呼信道（F-PCH）获得系统的各种参数配置数据。

（5）监听前向快速寻呼信道（F-QPCH）是否有针对本移动台的寻呼信息，如果有，则准备接收该信息。

（6）接收前向寻呼信道（F-PCH）上传送的寻呼信息。

（7）如果是移动台发起的呼叫，则在反向接入信道（R-ACH）上传送用户的接入信息。

图 8.13　CDMA 2000 1X 系统语音/低速数据接续流程

（8）移动台在前向寻呼信道（F-PCH）上收到确认，以及系统分配专用信道资源的信息。

（9）移动台发送反向导频信道（R-PICH）以使基站与之同步。

（10）基站通过建立的专用信道、即前向、反向的基本信道（FCH），传输业务信息和信令信息。

8.5.2　CDMA 2000 1X 系统高速数据接续流程

CDMA 2000 1X 系统高速数据接续流程，如图 8.14 所示。具体步骤如下：

图 8.14　CDMA 2000 1X 系统高速数据接续流程

（1）移动台加电后扫描 CDMA 载频。

（2）在 CDMA 载频上扫描最强的前向导频信道（F-PICH），进行初始同步，包括频率和相位同步。

（3）对前向导频信道（F-PICH）和前向同步信道（F-SYNCH）进行解码，从而与系统同步，包括系统时间同步和导频偏置同步等。

（4）接收前向广播控制信道（F-BCCH）获得系统的各种参数配置数据。

（5）监听前向快速寻呼信道（F-QPCH）是否有针对本移动台的寻呼信息，如果有，则准备接收该信息。

（6）接收前向公共控制信道（F-CCCH）上传送的寻呼信息。

（7）如是移动台发起的呼叫，则在反向增强接入信道（R-EACH）或反向公共控制信道（R-CCCH）上传送用户的接入信息。在这一过程中，如使用R-CCCH，则需要通过前向公共分配信道（F-CACH）进行分配，并且需要前向公共功率控制信道（F-CPCH）用于对R-EACH/R-CCCH进行功率控制，具体步骤见IS-2000的MAC层技术标准；

（8）移动台在前向公共控制信道（F-CCCH）上收到确认，以及系统分配专用信道资源的信息。

（9）移动台发送反向导频信道（R-PICH）以使基站与之同步。

（10）基站通过建立的专用信道，即前向、反向的基本信道（FCH）/辅助信道（SCH）/专用控制信道（DCCH），传输业务信息和信令信息，通常配置是：在辅助信道（SCH）上传送高速业务数据，而在基本信道（FCH）或专用控制信道（DCCH）上传送信令。

8.6 CDMA 2000 1X 分组数据业务实现

CDMA 2000 1X 由于引入了高速分组数据业务和移动 IP 技术，它能提供高速 153.6KBps 的数据传输速率，可以开展 AOD、VOD、网上游戏、可视数话和高速数据下载等业务。通常用户有两种接入 CDMA 2000 1X 分组数据网络方式。

8.6.1 简单 IP

简单 IP 业务是指移动台作为主叫时系统能提供的 WWW 浏览、E-mail 和 FTP 等业务，即提供目前拨号上网所能提供的全部分组数据业务。图 8.15 所示为简单 IP 接入网络结构模型，提供较为简单的业务，具有以下特点：

图 8.15 简单 IP 接入网络结构

（1）不需要归属代理（HA），直接通过 PDSN 接入 Internet。

（2）分组数据服务器（PDSN）提供静态 IP 地址；若 MS 要求动态 IP 地址分配，则由 PDSN 或鉴权、授权和计费（AAA）服务器完成。

（3）移动台（MS）的 IP 地址仅具有链路层的移动性，即移动用户的 IP 地址仅在 PDSN 服务区内有效，不支持跨 PDSN 的切换。

简单 IP 接入网络对应的协议结构如图 8.16 所示。无线网（RN）由分组控制功能（PCF）和无线资源控制器（RRC）一起构成；而 PCF 和 PDSN 间的无线包数据 R-P 接口，完成无线信道和有线信道的协议转换。R-P 接口属于 A 接口的一部分，定义为 A10 和 A11。

图 8.16　IP 协议参考模型

8.6.2　移动 IP

1. 移动 IP 网络结构

这是一种在 Internet 网上提供移动功能的方案，它提供了 IP 路由机制，使移动台可以以一个永久 IP 地址连到任何子网中，可实现移动台作为主叫或被叫时的分组数据业务通信。

移动 IP 是一种全球互联网上提供移动功能的方案，它提供了一种 IP 路由机制，使移动节点可以以一个永久的 IP 地址连接到任何链路上。在 CDMA 2000 系统中，移动 IP 业务是一种移动分组数据业务的解决方法，是网络提供的核心业务之一。确切地说，是指基于 RFC2002 系列标准的一种业务，即由业务提供者网络为用户提供到公共 IP 网络或预先定义的专用 IP 网络的 IP 路由服务的业务。

移动 IP 业务主要用来实现移动台作为主叫或被叫时的分组数据业务，除了能提供上述简单 IP 业务外，还可提供非实时性多媒体数据业务，类似于目前的短消息（传输的信息更丰富）。

相对于简单 IP 或传统的拨号上网，移动 IP 具有两方面的优势：

（1）用户可以使用固定的 IP 地址实现真正的永远在线和移动，且用户可作为被叫，这便于 ISP 和运营商开展丰富的 PUSH 业务（广告、新闻和话费通知）。

（2）移动 IP 提供了安全的 VPN 机制，移动用户无论何时、何地都可以通过它所提供的安全通道方便地与企业内部通信，感觉就像连在家里的局域网一样方便，因为你不需要修改任何 IP 设置。

如图 8.17 所示为采用移动 IP 技术的 CDMA 2000 系统网络结构。

在 CDMA 2000 1X 网络中，由 RN（包括 MS、BTS、BSC、PCF）、PDSN、AAA、HA、FA 共同完成分组数据业务。

RN 中，MS、BTS、PCF 均在上述有介绍，其中 PCF 主要负责与 BSC、MSC 配合将分组数据用户接入到分组交换核心网 PDSN 上。核心网的功能实体包括 PDSN、HA、FA、RADI-US（AAA）服务器等功能实体。以下分别作简单描述。

（1）PSDN：连接无线网络 RN 和分组数据网的接入网关。其主要功能是提供移动 IP 服务，使用户可以访问公共数据网或专有数据网。

（2）移动节点：是可以将接入因特网的位置从一条链路切换到另一条链路上，而仍然保持所有正在进行的通信，并且只使用它归属地址（Home Address）的节点（在 CDMA 2000 系统中为用户的移动终端）。

（3）FA：移动 IP 时，PDSN 作为移动台的外地代理，相当于移动台访问网络的一个路由器，为移动台提供 IP 转交地址和 IP 选路服务（前提是 MS 须有 HA 登记）。对于发往移动台的数据，FA 从 HA 中提取 IP 数据包，转发到移动台。对于移动台发送的数据，FA 可作为一个默认的路由器，利用反向隧道发往 HA。

（4）HA：归属代理是 MS 在本地网中的路由器，负责维护 MS 的当前位置信息，建立 MS 的 IP 地址和 MS 转发地址的关系。当 MS 离开注册网络时，需要向 HA 登记，当 HA 收到发往 MS 的数据包后，将通过 HA 与 FA 之间随道将数据包送往 MS，完成移动 IP 功能。

（5）RADIUS 服务器：用 RADIUS 服务器方式完成鉴权、计费、授权服务（AAA 服务）。

MS——移动台；VLR——访问位置寄存器；RN——无线网络；HLR——原籍位置寄存器；
PDSN——分组数据服务节点；RADIUS——远程拨号接入用户服务；FA——外地代理；HA——归属代理

图 8.17　移动 IP 接入网络结构

图 8.18 和图 8.19 分别为移动 IP 接入时控制信令和用户数据的协议模型。其中 MAC 为媒体接入控制，LAC 为链路接入控制，它们与空中接口一起组成无线信道。PPP 为点到点协议，支持上层网络协议类型指定和 CHAP 及 PAP 认证；IP、TCP/UDP 及上层应用协议为标准的 IP 协议簇。MIP 作为上层控制协议通过 UDP 封装进行通信；与简单 IP 不同，为保证 HA 和 PDSN 间通信的安全和私密性，接入专用网络时上层数据经过 IPsec 处理。从数据通信的角度来看，PDSN 和 HA 具备路由器的功能。

2. 移动 IP 与简单 IP 差别

作为 CDMA 2000 系统所提供的分组数据业务的两种基本形式，简单 IP 和移动 IP 具有各自不同的特点。

在无线通信系统中，用户终端是随时都在移动的，这也就是人们习惯将无线环境下的终端称为移动终端的原因。正因为如此，必须要考虑移动性管理的问题。

图 8.18　控制信令协议模型

图 8.19　用户数据协议模型

就分组数据业务来说涉及三个层次的移动性管理问题。第一个层次是指在无线网络（RN）内部的移动性，主要是通过无线接入网络内部的机制来进行保证的，例如，同一 BSC 下的不同基站之间的切换或同一基站下不同扇区之间的切换等。第二个层次是指 R-P 会话的移动性。由于 R-P 会话是与 PCF 绑定的，因此这一层次的移动性管理可以理解为发生 PCF 之间的切换，但仍然在同一 PDSN 管辖范围内，此时移动终端应保持相同的 PPP 连接和同样的 IP 地址，这是简单 IP 需要解决的问题。而第三个层次就是 IP 层的移动性管理。当用户发生 PDSN 间切换后，由于需要重新建立 PPP 连接，对于简单 IP 来说已无法保证用户的 IP 地址不发生变化，此时就需要移动 IP 来保证这一层次的移动性。实际上这是移动 IP 与简单 IP 最根本的差别。

8.7　CDMA 2000 1X 系统升级方案和典型系统介绍

8.7.1　CDMA 2000 1X 系统升级方案

在 CDMA 系统基础上发展 CDMA 2000 1X 系统，既要考虑对原有网络的影响，又要最大体现 CDMA 2000 1X 系统的优势，使网络平滑过渡到 CDMA 2000 1X 系统。

对于 CDMA 系统已覆盖区域存在以下两种组网方案：

（1）IS-95 系统网络升级到 CDMA 2000 1X 系统。

（2）建设 CDMA 2000 1X 系统叠加网络。

CDMA 2000 1X 兼容 IS-95A/B，增加 SCH 以支持分组业务，因此可以通过增加 CDMA

2000 1X BSC 和 BTS 的方式平滑过渡，即业务可以平滑升级，但设备需增加，CDMA 平滑升级方案如图 8.20 所示。

图 8.20　CDMA 平滑升级方案

1. 升级方案

其指导思想是在 IS-95 系统网络基础上升级为 CDMA 2000 1X 系统来满足新业务需求，并进行系统扩容。

此方案要对原有设备进行较大的改造，有些设备必须替换。

（1）基站收发信机（BTS）。更换信道板、升级软件、升级 BTS 和基站控制器（BSC）间的接口板。

（2）基站控制器（BSC）设备。增加与分组控制单元（PCF）接口以及 BSC 间接口。BSC 平台升级以适应处理分组数据业务。

（3）移动交换中心/原籍位置寄存器/接入信道（MSC/HLR/AC）设备，软件升级。同时，也要增加分组数据服务器（PDSN）和分组控制功能（PCF）设备。

2. 叠加方案

其指导思想是保持原有 IS-95 系统网络不变，同时新建一个 CDMA 2000 1X 系统网络，它有以下三种方案。

（1）独立组网方案。新建移动交换中心（MSC）、基站控制器（BSC），增加分组数据服务器（PDSN）和分组控制功能（PCF），新业务与原有系统完全独立。

（2）共移动交换中心（MSC）组网。新建 BSC，新增 PDSN 和 PCF，升级 MSC 软件。

（3）共 MSC、BSC 组网。新增 PDSN 和 PCF，升级 BSC 软件或 BSC 平台升级。

以上三种方案中，（1）方案对原有 IS-95 系统网络影响最小。

3. 基站覆盖

由于不同地区对移动数据业务需求不同，组网时要根据不同情况，实行不同数据传输速率的覆盖能力。有下列方案可参考：

（1）设置较小站距，保证在 CDMA 2000 1X 基站覆盖范围内对于高、低速数据业务均有较好的 QoS。

（2）设置站距较大，在保证语音业务覆盖同时，也对低速数据有较好覆盖，但对高速数据业务，在全网不能保证有较好的 QoS。

8.7.2 东方通信 CDMA 2000 1X 系统介绍

1. 系统简介

东方通信 CDMA 2000 1X 基站系统由基站收发信机 CS21-BTS、基站控制器 CS21-BSC 和无线操作维护中心 CS21-OMCR 等三部分组成。

A 接口遵循 IOS4.1 标准，具备良好的开放性和兼容性；空中接口遵照 IS-2000 标准，提供高质量的语音和高速数据业务；网络管理提供 CORBA 或 Q3 接口；系统基于先进的 ATM（异步传输模式）交换平台，采用分布的模块化设计结构，集成度高。

基站控制器（BSC）容量扩展能力强，组网灵活；基站收发信机（BTS）产品系列化，可支持全向、三扇区和六扇区的工作模式，适应不同的用户需求。

无线操作维护中心（OMC-R）基于人性化的界面设计，实现对基站系统内的 CDMA 网内设备实施集中操作、维护和管理，提供配置、故障、安全、性能等方面的管理维护功能的同时，具备智能诊断定位功能，提高系统的可维护性。

2. CDMA 2000 1X 基站系统整体解决方案

CS21-BSS 无线子系统主要由四大部分组成：BTS 部分、BSC 部分、PCF（分组控制功能）部分和 OMC-R 部分，如图 8.21 所示。

图 8.21 CS21-BSS 系统整体解决方案

（1）基站收发信机（BTS）。BTS 主要功能是用于无线信号的发送和接收，它是在小区范围内与用户通信的设备。BTS 硬件结构紧凑，集成度高。它主要由主控部分、基带处理部分、上下变频处理部分、射频前端部分、线性功率放大器（MCPA）、时钟同步部分、电源部分组成。

（2）基站控制器（BSC）。BSC 主要实现对基站的控制功能。它掌握和控制整个基站子系统（BSS）的资源分配，实现对语音和数据信息的交换。BSC 主要由 ATM 交换模块、主处理机模块、声码器模块、NO.7 信令模块、PCF 模块、ATM 集中器模块组成。系统特性描述如下：

① 能够支持灵活的容量配置：最大支持 1920 ch（信道）。

② 最大支持 64 BTS（基站收发信机）。

③ 可以支持数据业务，提供与数据核心网络接口。

④ 数据传输速率：用户：153.6 KBps，BTS：384 KBps。

⑤ 支持电路数据业务和分组数据业务。

⑥ 具有后向兼容性：支持 IS-95A。

⑦ 实现对无线系统的配置、监控和测试等功能。

⑧ 最大呼叫处理能力：168 万 BHCA。

（3）分组控制单元（PCF）。PCF 主要实现对分组数据业务的处理功能。它能够提供强大的分组数据处理能力，满足用户对高速分组数据的传输要求，能适应目前和将来不断增长的业务需要。

（4）无线操作维护中心（OMC-R）。OMC-R 主要是对整个基站子系统（BSS）来进行管理和控制，它是整个 BSS 的操作维护中心。

（5）无线网络特性。CS21CDMA 移动通信系统无线网络部分除具有呼叫处理的功能之外，还具有如下先进的特性：

①支持高速数据和多媒体业务。

② 支持优先访问及信道调配（Priority Access and Channel Assignment，PACA）。

③ 支持等级业务，能够提供如等级计账及为某一用户组的用户提供特别信息等不同的业务。

④ 支持网络系统选择（Network Directed System Slection，NDSS）可以改变用户登记位置到合适的网络。

⑤ 提供 8 KBps EVRC，8 KBps QCELP 和 13 KBps QCELP 压缩方法，支持多种声码器。

⑥ 充分利用 ATM 网络，CDMA 网络系统通过 ATM 网络处理大量的用户传输信号，提供有 QoS 支持的多种多媒体业务。通过 ATM 网络的操作及维护工具，完善 ATM 路径、设备的检测和统计功能的操作和维护。

⑦ 结构模块化，硬、软件均模块化，可以在不改变硬件系统结构的情况下通过插拔模块来扩展系统，改变或增加功能软件时，使系统变更最小，同样在升级时使系统的中断可能性变得最小。

⑧ 采用 AAL2 传输语音信号，增强网络建设的经济性；系统操作的方便性，BSM 以图形方式显示系统组件状况，从而操作员可以很方便地检查和进行必要的测试。BSM 同时也可通过以太网和双向 modem 进行远程调试和维护；采用高集成信道卡，提供大用户容量。

8.7.3 中兴 CDMA 2000 1X 移动通信系统介绍

CDMA 2000 1X 移动通信系统相对于 IS-95 CDMA 移动通信系统的一个重要提高是高速分组数据业务。中兴 CDMA 2000 1X 移动通信系统不仅可实现 IS-95 CDMA 系统所有的基本电信、补充、短消息、无线智能网等业务，而且可实现高速数据业务。

中兴 ZX3G1X-BSS 基站子系统在空中接口使用基本信道（FCH）和 1 条辅助信道（SCH）进行数据传输，其前向和反向的最高数据传输速率为 163.2 KBps（153.6 KBps + 9.6 KBps）。并且使用智能化的无线资源管理算法，对高速分组数据业务在空中的传输进行有效的管理，提高无线容量。根据无线资源的状况可以支持灵活的传输速率，其中 SCH 可支持的前反向速率为 9.6 ~ 153.6 KBps。由于中兴 ZX3G1X-BSS 基站子系统同时使用基本信道（FCH）和辅助信道（SCH）传输数据，所以对每一个用户支持的空中传输速率也为 9.6 ~ 163.2 KBps。

ZX3G1X-BSS 在建立时，根据 RF 的功率情况和用户的无线环境计算 SCH 需要传输的功率，充分利用空中的剩余资源进行数据传输，提高数据业务的空中资源利用率。

ZX3G1X-BSS 可以根据运营商的要求调整对数据业务的管理策略，在平均用户传输速率和同时支持激活用户数量之间进行调整。当系统处于休眠（Dormant）状态时，保持用户的 PPP 连接，但是释放用户占用的空中资源，达到提高频谱利用率的目的，并且可以根据运营商的要求方便地实现对数据用户的"always-on（永远在线）"的支持。

中兴 ZXC100-PDSS 分组数据网络可向用户提供两种通用的业务：本地和公用 IP 网络的接入访问，私有（专用）IP 网络的接入访问。这些业务是通过 IP 技术实现的。

根据系统网络结构不同，中兴 ZXC100-PDSS 分组数据网络支持简单 IP 技术和移动 IP 技术。

简单 IP 技术类似于拨号上网，每次给移动台分配的 IP 地址是动态可变的，可实现移动台作为主叫的分组数据呼叫，协议简单，容易实现，但跨分组数据服务节点（PDSN）时需要中断正在进行的数据通信。简单 IP 业务是指移动台作为主叫时系统能提供的 WWW 浏览、E-mail、FTP 等业务，即提供目前拨号上网所能提供的全部分组数据业务。

移动 IP 技术是在全球 Internet 网上提供一种 IP 路由机制，使移动台可以以一个永久的 IP 地址连接到任何子网中，可实现移动台作为主叫或被叫时的分组数据业务通信，并可保证移动台在切换 PPP 链路（跨 PDSN）时仍保持正在进行的通信。移动 IP 业务主要用来实现移动台作为主叫或被叫时的分组数据业务，除了能提供上述简单 IP 业务外，还可提供非实时性多媒体数据业务，类似于目前的短消息（传输的信息更丰富）。

中兴 CDMA 2000 1X 移动通信系统网络示意图如图 8.22 所示。系统由以下几部分组成：

（1）基站子系统（Base Station System，BSS）。包括基站收发信机（BTS）和基站控制器（BSC），一个 BSC 可以控制多个 BTS，它们之间的接口为内部 Abis 接口。其作用与 IS-95 系统基本相同，只是增加了对分组数据用户的支持。

（2）分组控制功能（Packet Control Funtion，PCF）。CDMA 2000 1X 系统新增物理实体，其作用主要是对移动用户所进行的分组数据业务进行转换、管理与控制。

（3）移动交换中心（Mobile Switch Centre，MSC）。其作用与 IS-95 系统基本相同，只是增加了对分组数据业务的支持与控制。

（4）访问位置寄存器（Visitor Location Register，VLR）。其作用与 IS-95 系统基本相同，只是增加了对分组业务相关的用户数据的支持。

（5）原籍位置寄存器（Home Location Registor，HLR）。其作用与 IS-95 系统基本相同，只是增加了与分组业务相关的用户数据。

（6）鉴权中心（Authentication Center，AUC）。其作用与 IS-95 系统基本相同，只是增加对分组数据用户的鉴权。

（7）分组数据服务节点（Packet Digital Switch Node，PDSN）。CDMA 2000 1X 系统新增物理实体，为 CDMA 2000 1X 移动通信网络系统中的移动台提供接入 Internet、Intranet 和 WAP 的能力，类似于接入服务器。

（8）外部代理（Foreign Agent，FA）。CDMA 2000 1X 系统新增物理实体，位于移动台

拜访网络的一个路由器，为在该 FA 登记的移动台提供路由功能。FA 通过 PDSN 来实现，在功能上类似于部分移动交换中心（MSC）。

（9）归属代理（Home Agent，HA）。CDMA 2000 1X 系统新增物理实体，移动台在归属网上的路由器，负责维护移动台的当前位置信息，完成"移动 IP（Mobile IP）"的登记功能。当移动台离开归属网络时，通过隧道（tunnel）将数据包送往 FA，由 FA 转发给移动台。只有使用"移动 IP（Mobile IP）"时才需要 HA，功能上类似于部分归属位置寄存器（HLR）。

（10）鉴权、授权、计费服务器（Authentication、Authorization、Accounting，AAA）。CDMA 2000 1X 系统新增物理实体，其主要作用是对分组数据用户进行鉴权，判决用户的合法性；保存用户的业务配置信息；完成分组数据计费功能。功能上类似于鉴权中心（AUC）和部分归属位置寄存器（HLR）。

图 8.22　中兴 CDMA 2000 1X 移动通信系统网络示意图

本 章 小 结

本章介绍了 CDMA 2000 1X 蜂窝移动通信系统，主要包括 CDMA 2000 1X 系统的现状及标准、技术特点、系统结构和接口、信道组成、关键技术、接续流程和典型的解决方案及设备。主要就 CDMA 和 CDMA 2000 1X 系统的网络结构、特点进行了描述，着重于在与 CDMA（IS-95）系统的不同点。这些所涉及的都是构成 CDMA 2000 1X 系统的基本原理和技术。通过对 CDMA 2000 1X 移动通信系统的基本概念、原理、技术及设备的学习和了解，使学生了解和掌握 CDMA 2000 1X 系统。本章的主要内容包括：

（1）CDMA 2000 1X 的概念、标准和现状、特点和基本特征。

（2）CDMA 2000 1X 系统的网络分层结构，各部分功能和特点；

（3）CDMA 2000 1X 系统的网络实现结构，频率配置、无线配置和后向兼容性。着重介绍了 CDMA 2000 1X 系统的频段和信道的主要参数；

（4）介绍了 CDMA 2000 1X 系统的信道组成，前向物理信道和反向物理信道的特点、功能及作用；同时也介绍了 CDMA 2000 1X 系统的关键技术。

（5）通过对 CDMA 2000 1X 系统语音/低速数据业务和高速数据业务接续流程的介绍，有助于了解移动台、基站流程处理的过程；

（6）对 CDMA 2000 1X 系统简单 IP 和移动 IP 网络技术介绍，有助于了解移动通信 IP 网组成和特点；

（7）介绍了从 IS-95 升级到 CDMA 2000 1X 系统的两种方案，并着重介绍已有的 CDMA 2000 1X 系统的设备。

习 题 8

8.1 CDMA 2000 技术体制的正式标准名为_____。

8.2 CDMA 2000 1X 可支持_____数据传输速率，网络引入分组交换，可支持_____业务。

8.3 CDMA 2000 1X 与 IS-95（A/B）_____，实现平滑过度。

8.4 CDMA 2000 1X 系统由_____、_____、_____和_____四部分组成。

8.5 几乎所有厂家都把_____和 PCF 在同一物理实体中实现。

8.6 CDMA 2000 1X 系统利用沃尔什码的_____区分信道。

8.7 简单 IP 可提供拨号上网所提供的全部_____业务。

8.8 传送数据业务的 CDMA 2000 1X 总容量是 IS-95A 系统的_____。

    A. 1 倍   B. 2 倍   C. 3.2 倍

8.9 中国联通 CDMA/CDMA 2000 1X 系统第一载频编号为_____。

    A. 37   B. 160   C. 283

8.10 PDSN 功能实体属于_____。

    A. 无线网   B. 分组域部分   C. 电路域部分

8.11 简述 CDMA 2000 1X 的主要技术特点。

8.12 CDMA 2000 1X 与 IS-95 相比，在结构上有什么特点？

8.13 在 CDMA 2000 1X 中采用了哪些关键技术？

8.14 简述 CDMA 2000 1X 的分层结构。

8.15 简述 PCF 主要功能和 PDSN 主要作用。

8.16 简述简单 IP 与移动 IP 主要区别。

8.17 从 IS-95 升级到 CDMA 2000 1X 系统有哪几种方案？各有什么特点？

第 9 章 第三代移动通信系统

内容提要

第三代移动通信系统是移动通信发展方向，也是当前全球通信领域关注的焦点。而第三代移动通信系统与第二代移动通信系统不同在于是以提供移动环境下的多媒体业务和宽带数据业务为主，是宽带数字系统，数据传输速率可达 2 Mbps。本章将首先介绍第三代移动通信系统标准、特点、演进策略、系统网络结构、功能结构模型和关键技术，然后重点介绍 WCDMA 移动通信系统的结构、功能模型、接口和网络解决方案；随后简要介绍 TD-SCDMA 和 CDMA 2000 1X EV-DO 移动通信系统标准、技术特点，最后对 WCDMA、TD-SCDMA 和 CDMA 2000 1X 三种 3G 主流技术进行了分析比较。

第二代移动通信系统主要提供的服务仍然是语音服务以及低速率数据服务。由于网络的发展，数据和多媒体通信有了迅猛的发展势头，第三代移动通信的目标就是宽带多媒体通信。

3G 是 3rd Generation 的缩写，指第三代移动通信技术。它是指将无线通信与互联网等多媒体通信相结合的新一代移动通信系统。它能够处理图像、音乐、视频流等多种媒体形式，提供包括网页浏览、电话会议、电子商务等多种信息服务。为了提供这种服务，无线网络必须能够支持不同的数据传输速度，也就是说在室内、室外和行车的环境中能够分别支持至少 2 Mbps、384 Kbps 以及 144 Kbps 的传输速度。CDMA 是第三代移动通信（3G）技术的首选，目前的标准有 WCDMA、CDMA 2000、TD-SCDMA。

9.1 第三代移动通信系统简介

9.1.1 概述

第三代移动通信系统是以提供移动环境下的多媒体业务和宽带数据业务为主，是宽带数字系统，采用码分多址或时分多址，数据传输速率可达 2 Mbps，第三代移动通信系统必将对人类社会的生活方式带来深远的影响。

蜂窝移动通信系统的演进如图 9.1 所示。

图 9.1 蜂窝移动通信系统的演进

9.1.2 第三代移动通信系统的标准

1. 概述

国际电信联盟（ITU）早在 1985 年就开始研究适于全球运营的第三代移动通信系统，当时称为未来公共陆地移动通信系统（FPLMTS）；1992 年，世界无线电大会（WRC）分配了 230 MHz 的频率给 FPLMTS；1996 年，ITU 将 FPLMTS 更名为 IMT-2000，即国际移动通信系统，这个命名有三重含意：工作于 2000 MHz 频段，最高数据传输速率可达 2000 Kbps（即 2 Mbps），预计 2000 年左右投入商用。

1999 年 10 月份 ITU 在赫尔辛基举行的会议确定了 5 种标准方案，如图 9.2 所示。

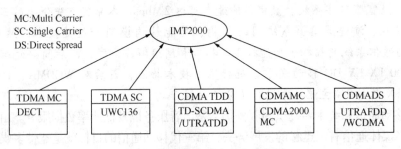

图 9.2　IMT-2000 确定的五种方案

IMT-2000 CDMA DS：即欧洲和日本的 UTRA/WCDMA。

IMT-2000 CDMA MC：即美国的 CDMA 2000 MC。

IMT-2000 CDMA TDD：即中国的 TD-SCDMA 和欧洲的 UTRA TDD。

IMT-2000 TDMA SC：即美国的 UWC-136。

IMT-2000 TDMA MC：即欧洲电信标准协会（ETSI）的 DECT。

ITU IMT-2000 所确定 5 种无线传输技术的规范，其中 3 种基于 CDMA 技术，两种基于 TDMA 技术。CDMA 技术作为第三代移动通信系统的主流技术。

国际电信联盟（ITU）在 2000 年 5 月确定 WCDMA、CDMA 2000 和 TD-SCDMA 三大主流无线接口标准，写入 3G 技术指导性文件《2000 年国际移动通讯计划》（简称 IMT-2000）。

2. 标准组织

3G 的标准化工作实际上是由 3GPP（3th Generation Partner Project，第三代伙伴关系计划）和 3GPP2 两个标准化组织来推动和实施的，如图 9.3 所示。

3GPP 成立于 1998 年 12 月，由欧洲的 ETSI、日本的 ARIB、韩国的 TTA 和美国的 T1P1 等组成。采用欧洲和日本的 WCDMA 技术，构筑新的无线接入网络，在核心交换侧则在现有的 GSM 移动交换网络基础上平滑演进，提供更加多样化的业务。UTRA（Universal Tetrestrial Radio Access）为无线接口的标准。

其后不久，在 1999 年的 1 月，3GPP2 也正式成立，由美国的 TIA、日本 ARIB、韩国 TTA 等组成。无线接入技术采用 CDMA 2000 和 UWC-136 为标准，CDMA 2000 这一技术在很大程度上采用了美国高通公司的专利。核心网采用 ANSI/IS-41。

图 9.3　3G 标准化组织

IMT-2000 的网络采用了"家族概念",受限于家族概念,ITU 无法制定详细的协议规范。中国无线通信标准研究组(CWTS)是这两个标准化组织的正式组织成员,华为公司、大唐集团也都是 3GPP 的独立成员。

(1)WCDMA:即 Wideband CDMA,也称为 CDMA Direct Spread。其支持者主要是以 GSM 系统为主的欧洲厂商,日本公司也或多或少参与其中,包括欧美的爱立信、阿尔卡特、诺基亚、朗讯(Lucent)、北电,以及日本的 NTT、富士通、夏普等厂商。这套系统能够架设在现有的 GSM 网络上,对于系统提供商而言可以较轻易地过渡,而 GSM 系统相当普及的亚洲对这套新技术的接受度预料会相当高。因此 WCDMA 具有先天的市场优势。

(2)CDMA 2000:CDMA 2000 也称为 CDMA Multi-Carrier,由美国高通公司为主导提出,摩托罗拉、Lucent 和后来加入的韩国三星都有参与,韩国现在成为该标准的主导者。这套系统是从窄频 CDMA One 数字标准衍生出来的,可以从原有的 CDMA One 结构直接升级到 3G,建设成本低廉。但目前使用 CDMA 的地区只有日本、韩国和北美地区,所以 CDMA 2000 的支持者不如 WCDMA 多。不过 CDMA 2000 的研发技术却是目前各标准中进度最快的,许多 3G 手机已经率先面世。

(3)TD-SCDMA:该标准是由中国独自制定的 3G 标准,1999 年 6 月 29 日,中国原邮电部电信科学技术研究院(大唐电信)向 ITU 提出。该标准将智能无线、同步 CDMA 和软件无线电等当今国际领先技术融于其中,在频谱利用率、对业务支持具有灵活性、频率灵活性及成本等方面的独特优势。另外,由于中国国内的庞大的市场,该标准受到各大主要电信设备厂商的重视,全球一半以上的设备厂商都宣布可以支持 TD-SCDMA 标准。

TD-SCDMA 是由中国提出的第三代移动通信系统体制标准,它与 WCDMA 和 CDMA 2000 两个标准最大不同之处是采用了 TDD 双工方式,并将 TDMA 与 CDMA 技术结合应用,优势在于节省频谱资源,不需要成对的频率,能很好地实现非对称数据传输,由于上下行传播特性相同,可以使智能天线技术得到最佳应用,同时它还应用了软件无线电、联合检测等新技术。

3. 第三代移动通信系统的特点

第三代移动通信系统具有以下特点:

(1)高速率。数据传输速率可从几 Kbps 到 2 Mbps;高速移动时为 144 Kbps;慢速移动时为 384 Kbps;静止时为 2 Mbps。

(2)多媒体化。提供高质量的多媒体业务,如语音、可变速率数据、活动视频和高清晰图像等多种业务，实现多种信息一体化。

（3）全球性。采用公用频段，全球漫游。在设计上具有高度的通用性，系统中的业务以及它与固定网之间的业务可以兼容，拥有足够的系统容量和强大的多种用户管理能力，能提供全球漫游，是一个覆盖全球的、具有高度智能和个人服务特色的移动通信系统。

（4）综合化。多环境、灵活性，能把现存的寻呼、无绳电话、蜂窝（宏蜂窝、微蜂窝、微微蜂窝）、移动卫星等通信系统综合在统一的系统中（具有从小于 500 m 的微微小区到大于 500 km 的卫星小区），与不同网络互通，提供无缝漫游和业务一致性。

（5）平滑过渡和演进。与第二代系统的共存和互通，开放结构，易于引入新技术。

（6）业务终端具有多样化的特征。终端既是通信工具，又是一个计算工具和娱乐工具。

（7）智能化。主要表现在优化网络结构方面（引入智能网概念）和收发信机的软件无线电化。

（8）个人化。用户可用唯一个人电信号码（PTN）在任何终端上获取所需要的电信业务，这就超越了传统的终端移动性，真正实现个人移动性。

9.1.3　3G 演进策略

3GPP 和 3GPP2 制定的演进策略总体上都是渐进式的，如图 9.4 所示。

（1）保证现有投资和运营商利益。

（2）有利于现有技术的平滑过渡。

由于目前我国的第二代无线网络中 GSM 系统的主导地位，加之 GSM 和 DAMPS 的趋同（DAMPS 向 GSM 靠近）。可以认为 GSM 向 UMTS/IMT-2000 的过渡将是第二代向第三代发展的主干。

1. GSM 向 WCDMA 的演进策略

GSM 向 WCDMA 的演进策略如图 9.5 所示。

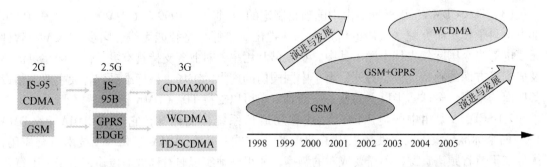

图 9.4　3G 演进图　　　　　　　图 9.5　GSM 向 WCDMA 的演进策略

GSM 向 WCDMA 的演进策略应是：目前的 GSM→HSCSD（高速电路交换数据，速率 14.4～64 Kbps）→GPRS（通用分组无线业务，速率 144 Kbps）→IMT-2000 WCDMA。

（1）高速电路交换数据（High Speed Circuit Switched Data，HSCSD）。HSCSD 是能将多个全速率语音信道共同分配给 HSCSD 结构的特性。HSCSD 的目的是以单一的物理层结构提供不同空间接口用户速率的多种业务的混合。HSCSD 结构的有效容量是 TCH/F 容量的几倍，使得空间接口数据传输速率明显提高。

HSCSD 的好处在于更高的数据传输速率（高达 64 Kbps，最大数据传输速率取决于生产厂家）并仍使用现有 GSM 数据技术，现有 GSM 系统稍加改动就可使用。此技术中较高的数据传输速率是以多信道数据传输实现的。并且，如果改动信道编码及协议，每个信道的数据传输速率可到达 14.4 Kbps。

（2）通用分组交换无线业务（General Packet Radio Service，GPRS）的主要优点如下：

① 标准的无线分组交换 Internet/Intranet 接入，适用于所有 GSM 覆盖的地方。

② 可变的数据传输速率峰值，从每秒几个比特到 171.2 Kbps（最大数据传输速率取决于生产厂家）。

③ 由于按实际数据量计费，使用用户可能全天在线上而只付实际传输数据量的费用。

④ 现有业务的使用性以及新的应用。

⑤ 无线接口上打包，优化无线资源共享。

⑥ 网络构成的分组交换技术，优化网络资源共享。

⑦ 可延伸到未来无线协议的能力。

在现有 GSM 部分的基础上，以分组交换为基础的 GPRS 网络结构增加了新的网络功能部分：

① 服务 GPRS 支持节点 SGSN。此节点支持移动台并执行加密功能和接入控制。SGSN 与 BSS 间采用帧中继方式。在使用 GPRS 时，SGSN 建立包含与信息相符的移动管理环境（CONTEXT），比如手机的加密和移动。在 PDP（公共数据协议）环境激活时，SGSN 建立一个与所使用 GGSN（Gateway GPRS Support Nodes，网关 GPRS 支持节点）之间的，用于路由目的 PDP 环境。SGSN 在某些情况下可与 MSC/VLR 之间发送位置信息或接收寻呼要求。

② 网关 GPRS 支持节点 GGSN。此节点根据 PDP 的估算与分组数据网相连，比如 X.25 或 IP 地址。它包含 GPRS 用户的路由信息。路由信息是用于接通 PDU（协议数据单元）与手机所附着的当前点 SGSN。GGSN 可通过 Gc 接口向位置登记器 HLR 要位置信息。对于漫游的手机 HLR 可能与当前的 SGSN 不在一个 PLMN 内。在支持 GPRS 的 GSM PLMN 网中，GGSN 是 PDU 上与之连接的第一点。

③ 点到多点的服务中心 PTM - SC。处理 PTM 话务。它与 GPRS 主干网和 HLR 相连接。

（3）宽带码分多址（Wideband Code Division Multi Access，WCDMA）。WCDMA 成为以 UMTS/IMT-2000 为目标的成熟的新技术。其能够满足 ITU 所列出的所有要求，提供非常有效的高速数据，以及具有高质量的语音和图像业务。其具体内容将在本章 9.3 节中进行介绍。但是，在 GSM 向 WCDMA 的演进过程中，仅核心网部分是平滑的。而由于空中接口的革命性变化，无线接入网部分的演进也将是革命性的。

2. IS-95 向 CDMA 2000 的演进策略

IS-95 向 CDMA 2000 的演进策略如图 9.6 所示。

从 IS-95A（速率 9.6/14.4 Kbps）→IS-95B（速率 115.2 Kbps）→CDMA 2000 1X，CDMA 2000 1X 能提供更大容量和高速数据传输速率（144 Kbps），支持突发模式并增加新的补充信道，先进的 MAC 提供改进的 QoS 保证。采用增强技术后的 CDMA 2000 1X EV 可以提供更高的性能。

IS-95B 与 IS-95A 的主要区别在于可以捆绑多个信道。当不使用辅助业务信道时，IS-95B 与 IS-95A 是基本相同的，可以共存于同一载波中。CDMA 2000 1X 则有较大的改进，CDMA 2000 与 IS-95 是通过不同的无线配置（RC）来区别的。CDMA 2000 1X 系统设备可以通过设置

图 9.6　IS-95 向 CDMA 2000 的演进策略

RC，同时支持 1X 终端和 IS-95A/B 终端。因此，IS-95A/B/1X 可以同时存在于同一载波中。对 CDMA 2000 系统来说，从 2G 到 3G 过渡，可以采用逐步替换的方式。即压缩 2G 系统的 1 个载波，转换为 3G 载波，开始向用户提供中高速速率的业务。这个操作对用户来说是完全透明的，由于 IS-95 的用户仍然可以工作在 3G 载波中，所以 2G 载波中的用户数并没有增加，也不会因此增加呼损。随着 3G 系统中用户量增加，可以逐步减少 2G 系统使用的载波，增加 3G 系统的载波。通过这种方式，可以很好地解决网络升级的问题，网络运营商通过这种平滑升级，不仅可以向用户提供各种最新的业务，而且很好地保护了已有设备的投资。

在向第三代演进的过程中，需要注意的问题是 BTS 和 BSC 等无线设备的演进问题。在制定 CDMA 2000 标准时，已经充分考虑了保护运营商的投资，很多无线指标在 2G 和 3G 中是相同的。对 BTS 来说，天线、射频滤波器和功率放大器等射频部分是可以再利用的，而基带信号处理部分则必须更换。

CDMA 2000 1X EV 的演进方向目前包括两个分支：仅支持数据业务的分支 CDMA 2000 1X EV-DO 和同时支持数据与语音业务的分支 CDMA 2000 1X EV-DV。在仅支持数据业务方面目前已经确定采用美国高通（Qualcomm）公司提出的 HDR，而在同时支持数据和语音业务分支方面目前的提案已有几家，包括我国已经提交的一项技术 LAS–CDMA，这些改进技术目前还处于评审过程中。

9.1.4　3G 技术体制

对于 3G，ITU 的目标是：建立 ITM–2000 系统家族，求同存异，实现不同 3G 系统上的全球漫游。

网络部分：与第二代兼容，即第三代的网络是基于第二代的网络逐步发展演进的。第二代网络有两大核心网：GSM MAP 和 IS-41。

无线接口：美国的 IS-95 CDMA 和 IS-136 TDMA 运营者强调后向兼容（演进性）；欧洲的 GSM、日本 PDC 运营者无线接口不后向兼容（革命性）。

核心网与无线接口的对应关系如图 9.7 所示。

图 9.7　核心网与无线接口的对应关系

9.1.5 3G 频谱

国际电联对第三代移动通信系统 IMT-2000 划分了 230 MHz 频率，即上行 1885 ~ 2025 MHz、下行 2110 ~ 2200 MHz，共 230 MHz。其中，1980 ~ 2010 MHz（地对空）和 2170 ~ 2200 MHz（空对地）用于移动卫星业务。上下行频带不对称，主要考虑可使用双频 FDD 方式和单频 TDD 方式。此规划在 WRC1992 上得到通过。

WRC1992 划分的频谱，已经得到各标准化组织的支持，如 3GPP 和 3GPP2 分别在 WCD-MA 和 CDMA 2000 的标准中给出了 IMT-2000 WRC1992 频谱的使用方法。

在 2000 年的 WRC2000 大会上，在 WRC-1992 基础上又批准了新的附加频段：806 ~ 960 MHz、1710 ~ 1885 MHz、2500-2690 MHz，如图 9.8 所示。

图 9.8 WRC2000 对 IMT-2000 的频谱安排

（1）WCDMA FDD 模式使用频谱如下（3GPP 并不排斥使用其他频段）：

① 上下行分别为：1920 ~ 1980 MHz、2110 ~ 2170 MHz

② 美洲地区：上行：1850 ~ 1910 MHz，下行：1930 ~ 1990 MHz。

（2）WCDMA TDD（包括 High bit rate 和 Low bit rate）模式使用频谱如下（3GPP 并不排斥使用其他频段）：

① 上下行分别为：1900 ~ 1920 MHz、2010 ~ 2025 MHz

② 美洲地区：上下行分别为：1850 ~ 1910 MHz、1930 ~ 1990 MHz

③ 美洲地区：上下行 1910 ~ 1930 MHz

CDMA 2000 中只有 FDD 模式，目前共有 7 个 Band Class，其中 Band Class 6 为 IMT-2000 规定的 1920 ~ 1980 MHz/2110 ~ 2180 MHz 的频段。

在我国，第三代移动通信必须与现有的各种无线通信系统共享有限的频率资源。为了促使运营、科研、生产等部门积极发展第三代移动通信系统，满足我国移动通信发展的近期频谱需求和长远频谱需求，必须随着技术、业务的发展，做好 IMT-2000 频段的规划调整工作。考虑到实际应用的业务，我国 IMT-2000 频谱分配，如图 9.9 所示。

	频率资源	可选制式
3G 核心频段	上下行各 60M	WCDMA（广泛支持）
1920～1980MHz/2110～2170MHz		CDMA2000（缺乏支持，需改频）
1880～1920MHz	TDD 频率	TD-SCDMA
2000～2015MHz	共 155MHz	
2300～2400MHz		
1800MHz 频段	剩余 55MHz	GSM 1800

图 9.9　我国 IMT-2000 频谱分配

9.2　第三代移动通信系统结构

由于人们对高速数据业务和多媒体业务的需求及第二代移动通信系统所固有的局限性，促使了第三代移动通信的出现。同时，鉴于全世界第二代移动通信体制和标准不尽相同，以及第二代与第三代将在今后较长的时间内共存，ITU 提出了"IMT-2000 家族"的概念。这意味着只要该系统在网络和业务能力上满足要求，都可以成为 IMT-2000 成员。

9.2.1　IMT-2000 系统网络结构

IMT-2000 的功能模块大体可以分为三大部分：核心网络、业务控制网络和接入网络。其中核心网络的主要作用是提供信息交换和传输，将采用分组交换或 ATM 网络，最终过渡到全球 IP 网络，并且与当前的 2G 网络后向兼容。业务控制网络是为移动用户提供附加业务和控制逻辑，将基于增强型智能网来实现。接入网络包括与无线技术有关的部分，主要实现无线传输功能。在一般情况下，为了分析方便，人们通常将业务控制网络划入核心网络范围。所以，由无线接入网和核心网这两个子网与用户终端设备就组成了一个完整的 IMT-2000 系统。其系统结构如图 9.10 所示。

1. 无线接入网

无线接入网由以下两部分组成。

（1）无线载体通用功能（RBCF）：包括所有与采用的无线传输技术无关的控制和传输功能。

（2）无线载体特殊功能（RTSF）：包括与传输技术有关的各项功能，可以进一步划分为无线传输技术（RTT）和相关的无线传输适配功能（RTAF）。

图 9.10　IMT-2000 系统结构

2. 核心网

早期的核心网络（2G 系统）可以通过互通单元（IWF）与 IMT-2000 核心网相连；同时，IMT-2000 的接入网也可以通过一定的适配模块（AF）接入早期的核心网。

3. 3G 终端

在 IMT-2000 的初期阶段，用户终端将不得不处于一个多标准的应用环境中，所以必须制造出多模式、多频段的终端设备来实现全球漫游。而在终端设备中，未来软件程序和增值业务将比无线电技术占有更大的份额。

9.2.2　IMT-2000 的功能结构模型

ITU 建议的 IMT-2000 功能模块划分的一个主要特点是：将依赖无线传输技术的功能与不依赖无线传输技术的功能分离开来，对网络的定义尽可能地独立于无线传输技术。IMT-2000 的功能模块如图 9.11 所示。它由两个平面组成：无线资源（RRC）平面和通信控制（CC）平面。RRC 平面负责无线资源的分配和监视，代表无线接入网完成的功能；而 CC 平面负责整体的接入、业务、寻呼、承载和连接控制。

1. 无线资源（RRC）平面的功能模型

在 RRC 平面中包括以下 4 个功能实体。

（1）无线资源控制（RRC）：处理无线资源总的控制，如无线资源的选择和保留、切换决定、频率控制、功率控制及系统信息广播等。

（2）移动无线资源控制（MRRC）：处理移动侧的无线资源控制。

（3）无线频率的发射和接收（RFRC）：处理无线接口网络侧的用户与控制信息的发射和接收，包括无线信道资源管理和纠错编码。

（4）移动无线频率的发射和接收（MRTR）：处理无线接口用户侧的用户与控制信息的

发射和接收，包括无线信道资源管理和纠错编码。

图 9.11　IMT-2000 的功能结构模型

2. 通信控制（CC）平面的功能模型

CC 平面包括的功能实体比较多，主要有以下几种。

（1）业务数据功能（SDF）：负责存储与业务和网络有关的数据，并提供数据的一致性检查。其中的数据包括业务轮廓和移动多媒体属性。

（2）业务控制功能（SCF）：包括整个业务逻辑和移动控制逻辑，负责处理与业务有关的事件，支持位置管理、移动管理和身份管理等功能。

（3）业务交换功能（SSF）：与呼叫控制功能（CCF）结合在一起，提供呼叫控制功能（CCF）和 SCF 之间通信所需的功能。

（4）呼叫控制功能（CCF）：负责提供呼叫控制和连接控制，提供访问智能网功能的触发机制，建立、保持、释放网络中的承载连接。

（5）特殊资源功能（SRF）：负责提供智能网业务、多媒体业务、分组数据交换业务等所需要的特殊资源，例如收发器、放音设备和会议桥等。

（6）业务访问控制功能（SACF）：提供与呼叫和承载无关的处理和控制功能，例如移动管理功能。

（7）终端访问控制功能（TACF）：提供移动终端和网络之间连接的整体控制，例如终端寻呼、寻呼响应检测、切换决定和执行等。

（8）承载控制功能（BCF）：控制承载实体之间的互连。

（9）承载控制功能（BCFr，与无线承载有关）：控制无线承载和对应的有线承载之间的互连和适配。

（10）移动控制功能（MCF）：在无线接口的移动网侧提供整体业务访问控制逻辑。它可以支持与呼叫和载体无关的业务与网络通信（例如移动性管理）。

（11）增强的呼叫控制代理功能（CCAF）：为用户提供业务接入功能，是用户与网络CCF 的接口。

（12）终端接入控制代理功能（TACAF）：提供移动终端的接入功能。

（13）承载控制代理功能（BCAF）：控制无线承载和移动终端其余部分的互连和适配。

（14）用户身分管理功能（UIMF）：保存诸如标识、安全等用户信息，给网络或业务供应商提供一种手段，用来标识和鉴权 IMT-2000 用户和移动终端。

（15）终端/用户登记、鉴权和隐私。

（16）呼叫/连接建立和控制。

（17）不同类型的切换。

从以上功能实体结构图中可以看出，IMT-2000 不仅负责业务的执行、加载和运行，而且具有位置管理、移动管理等方面的能力。其中作为网络中心的 SCF（业务控制功能）包括全部业务处理和与业务有关的活动。业务逻辑由来自其他实体的业务请求激活，以支持位置管理、移动管理、身份管理和定制业务。SCF 和其他实体通信，获得附加的逻辑和处理呼叫、业务逻辑实例所需要的信息。SCF 功能分布在归属 SCF 和访问 SCF 中。访问 SCF 为访问本地用户提供 IMT-2000 的支持。而用户的永久性数据和业务操作存放在归属 SCF 中。

9.2.3 第三代移动通信系统中的关键技术

1. 软件无线电技术

软件无线电技术的基本思想是高速模数和数模转换器尽可能靠天线处理，所有基带信号处理都用软件方式替代硬件实施。

软件无线电系统的关键部分为：宽带多频段天线、高速 A/D 和 D/A 转换器以及高速信号处理部分。宽带多频段天线采用多频段天线阵列，覆盖不同频段的几个窗口；高速 A/D 转换器和高速信号处理部分完成基带处理、调制解调、比特流处理和编译码等工作。

软件无线电技术最大的优点是基于同样的硬件环境，针对不同的功能采用不同的软件来实施，其系统升级、多种模式的运行可以自适应地完成。软件无线电能实现多模式通信系统的无缝连接。

2. 智能天线阵技术

无线覆盖范围、系统容量、业务质量、阻塞和掉话等问题一直困扰着蜂窝移动通信系统。采用智能天线阵技术可以提高第三代移动通信系统的容量及服务质量。其特点在于以较低的代价换得无线覆盖范围、系统容量、业务质量、抗阻塞和掉话等性能的显著提高。

我国提出的 TD-SCDMA 方案是目前世界上唯一采用智能天线的第三代移动通信系统。

3. 多用户检测技术

在 CDMA 系统中，由于码间不正交，会引起多址干扰（MAI），而多址干扰将会限制系统容量，为了消除多址干扰影响，人们提出了利用其他用户的已知信息去消除多址干扰的多用户检测技术。目前，CDMA 系统中的多用户检测技术还存在一定的局限，主要表现在：多用户检测只是消除了小区内的干扰，而对小区间的干扰还是无法消除；算法相当复杂，不易在实际系统中实现。多用户检测技术的局限是暂时的，随着数字信号处理技术和微电子技术的发展，降低复杂性的多用户检测技术必将在第三代移动通信系统中得到广泛的应用。

4. 多层网络结构

第三代移动通信系统中众多的要求，复杂的功能，集中了几乎是通信领域中所有难点于一身。因此，该系统不可想象成一个单一的系统，它应该是一组系统和子系统（包括现在的系统和未来的系统）的不同组合。

在网络结构上是采用 ATM 技术提供宽带综合业务的核心网结构。由于它具有通用的网络接口功能，故能将第二代（如 GSM、CDMA、DCS-1800、DECT）和第三代移动通信系统以及有线语音网、数据网连接至核心网。在业务控制中心的控制下，智能地完成多种业务的传送与交换。

5. 智能协议

未来移动通信希望自适应移动通信系统结构，使之能适应不同地区、不同时间、不同环境的通信需求。自适应系统结构要求自适应移动控制和资源管理，离不开智能网络协议。用户、业务 QoS 不同，其网络协议也得与之适应。移动智能网络协议是必不可少的。研究如何适应不同网络和业务的智能协议就很有必要。

目前，第三代移动通信系统的技术正处于发展和完善阶段，三大主流技术标准将经历逐步融合演变的过程，最终实现全球的统一，现有第二代移动通信系统网络将向第三代移动通信系统过渡已是大势所趋。

9.3 WCDMA 移动通信系统

9.3.1 概述

UMTS（Universal Mobile Telecommunications System，通用移动通信系统）是采用 WCDMA 空中接口技术的第三代移动通信系统，通常也把 UMTS 系统称为 WCDMA 通信系统。UMTS 是 IMT-2000 的重要成员，主要是由欧洲、日本等国家和地区的移动通信设备供应商提出的。UMTS 系统采用了与第二代移动通信系统类似的结构，包括无线接入网络（Radio Access Network，RAN）和核心网络（Core Network，CN）。其中无线接入网络用于处理所有与无线有关的功能，而 CN 处理 UMTS 系统内所有的语音呼叫和数据连接，并实现与外部网络的交换和路由功能。CN 从逻辑上分为电路交换域（Circuit Switched Domain，CS）和分组交换域（Packet Switched Domain，PS）。UTRAN、CN 与用户设备（User Equipment，UE）一起构成了整个 UMTS 系统。其系统结构如图 9.12 所示。

图 9.12　UMTS 的系统结构

从 3GPP R99 标准的角度来看，UE 和 UTRAN（UMTS 的陆地无线接入网络）由全新的协议构成，其设计基于 WCDMA 无线技术。而 CN 则采用了 GSM/GPRS 的定义，这样可以实现网络的平滑过渡，此外在第三代网络建设的初期可以实现全球漫游。

将图 9.12 从物理的角度进行模型化，其物理结构模型如图 9.13 所示。域是最高级的物理实体，参考点在域之间定义。

图 9.13　IMT-2000 物理结构模型

UMTS 支持可变速率的业务量及 QoS 的高比特率承载业务。同时，也能以有效的方式支持突发和非对称业务，这将允许 UMTS 引入一系列新的业务如多媒体和 IP 业务等。

一般的 UMTS 系统的物理结构分为两个域：用户设备域和基本结构域。用户设备域是用户用来接入 UMTS 业务的设备，用户设备通过无线接口与基本结构相连接。基本结构域由物理节点组成，这些物理节点完成终止无线接口和支持用户通信业务需要的各种功能。基本结构是共享的资源，它为其覆盖区域内的所有授权用户提供服务。

1. 用户设备域

用户设备域包括具有不同功能的各种类型设备。它们可能兼容一种或多种现有的接口（固定或无线）设备。用户设备还可以包括智能卡。从图 9.13 可以看出，用户设备域可进一步分为移动设备（ME）域和用户业务识别单元（USIM）域。

（1）移动设备（ME）域。移动设备域的功能是完成无线传输和应用。移动设备还可以分为实体，如完成无线传输和相关功能的移动终端（MT），包含端到端应用的终端设备（TE）。对移动终端没有特殊的要求，因为它与 UMTS 的接入层和核心网有关。

（2）用户业务识别单元（USIM）域。用户业务识别单元包含清楚而又安全地确定身份的数据和过程。这些功能一般存入智能卡中。它只与特定的用户有关，而与用户所使用的移动设备无关。

2. 基本结构域

基本结构域可进一步分为直接与用户相连接的接入网域和核心网域，两者通过开放接口连接。接入网域由与接入技术相关的功能组成，而核心网域的功能与接入技术无关。从功能方面出发，核心网又可以分为分组交换业务域和电路交换业务域。但是，网络和终端可以只具有分组交换功能或电路交换功能，也可以同时具有两种功能。

（1）接入网域。接入网域由管理接入网资源的物理实体组成，并向用户提供接入到核心网域的机制。对于 UMTS 系统接入网的标准，现在只包括 UMTS 无线接入网（UTRAN），其他类型的接入网有待进一步研究。UTRAN 是一种新的接入网，为了使 UMTS 网络能够在两种接入网下运行，特别定义了 UTRAN 和基站子系统（BSS）接入网的互操作。

从网络发展及漫游和切换的角度看，UMTS 系统应后向兼容第 2 代移动通信系统 GSM 网络。所以 UMTS 将允许运营商引入新的技术，如 ATM、IP 等。UMTS 将支持各种接入方法，以便于用户利用各种固定和移动终端接入 UMTS 核心网和虚拟原籍环境（VHE）业务。在所有情况下，接入到 UMTS 网需要使用 UMTS 的用户业务识别单元。UMTS 的移动终端设计成运用于各种无线接入环境。

（2）核心网域。核心网域由提供网络支持特性和通信业务的物理实体组成。提供的功能包括用户位置信息的管理、网络特性和业务的控制、信令和用户信息的传输机制等。核心网域又可分为服务网域、原籍网域和传输网域。

① 服务网域：与接入网域相连接，其功能是呼叫的寻路和将用户数据与信息从源传输到目的。它既和原籍网域联系以获得与用户有关的数据和业务，又和传输网域联系以获得与用户无关的数据和业务。

② 原籍网域：管理用户永久的位置信息。用户业务识别单元与原籍网域有关。

③ 传输网域：它是服务网域和远端用户间的通信路径。

9.3.2　WCDMA 系统网络结构

1. WCDMA 系统网络结构

WCDMA 系统网络单元构成如图 9.14 所示。

图 9.14　WCDMA 网络单元构成示意图

从图 9.14 的 WCDMA 系统网络构成示意图中可以看出，WCDMA 系统的网络单元包括如下部分。

（1）用户终端设备（User Equipment，UE）。用户终端设备它主要包括射频处理单元、基带处理单元、协议栈模块以及应用层软件模块等；UE 通过 U_u 接口与网络设备进行数据交互，为用户提供电路域和分组域内的各种业务功能，包括普通语音、数据通信、移动多媒体、Internet 应用（如 E-mail、WWW 浏览、FTP 等）。

用户终端设备包括两部分：用户设备（The Mobile Equipment，ME），提供应用和服务；用户业务识别单元（The UMTS Subsriber Module，USIM），提供用户身份识别。

（2）无线接入网（UMTS Terrestrial Radio Access Network，UTRAN）。无线接入网包含一个或几个无线网络子系统（RNS）。一个 RNS 由一个无线网络控制器（RNC）和一个或多个基站（Node B）组成。UTRAN 可分为基站（Node B）和无线网络控制器（RNC）两部分。

① Node B。Node B 是 WCDMA 系统的基站（即无线收发信机），包括无线收发信机和

基带处理部件。通过标准的 Iub 接口和 RNC 互连，主要完成 U_u 接口物理层协议的处理。它的主要功能是扩频、调制、信道编码及解扩、解调、信道解码，还包括基带信号和射频信号的相互转换等功能。

② Node B 由下列几个逻辑功能模块构成：RF 收发放大，射频收发系统（TRX），基带部分（BB），传输接口单元，基站控制部分，如图 9.15 所示。

图 9.15　Node B 的逻辑组成框图

③ 无线网络控制器（Radio Network Controller，RNC）。主要完成连接建立和断开、切换、宏分集合并、无线资源管理控制等功能。具体如下：

a. 执行系统信息广播与系统接入控制功能。

b. 切换和 RNC 迁移等移动性管理功能。

c. 宏分集合并、功率控制、无线承载分配等无线资源管理和控制功能。

（3）核心网络（Core Network，CN）。CN 负责与其他网络的连接和对 UE 的通信和管理。主要功能实体如下：

① 移动交换中心/访问位置寄存器（MSC/VLR）。MSC/VLR 是 WCDMA 核心网 CS 域功能节点，它通过 Iu-CS 接口与 UTRAN 相连，通过 PSTN/ISDN 接口与外部网络（PSTN、ISDN 等）相连，通过 C/D 接口与 HLR/AUC 相连，通过 E 接口与其他 MSC/VLR、GMSC 或 SMC 相连，通过 CAP 接口与 SCP 相连，通过 G_s 接口与 SGSN 相连。MSC/VLR 的主要功能是提供 CS 域的呼叫控制、移动性管理、鉴权和加密等功能。

② 网关 MSC 节点（GMSC）。GMSC 是 WCDMA 移动网 CS 域与外部网络之间的网关节点，是可选功能节点，它通过 PSTN/ISDN 接口与外部网络（PSTN、ISDN、其他 PLMN）相连，通过 C 接口与 HLR 相连，通过 CAP 接口与 SCP 相连。它的主要功能是完成 VMSC 功能中的呼入呼叫的路由功能及与固定网等外部网络的网间结算功能。

③ 服务 GPRS 支持节点（SGSN）。SGSN 是 WCDMA 核心网 PS 域功能节点，它通过 Iu-PS 接口与 UTRAN 相连，通过 G_n/G_p 接口与 GGSN 相连，通过 G_r 接口与 HLR/AUC 相连，通过 G_s 接口与 MSC/VLR，通过 CAP 接口与 SCP 相连，通过 G_d 接口与 SMC 相连，通过 G_a 接口与 CG 相连，通过 G_n/G_p 接口与 SGSN 相连。

SGSN 的主要功能是提供 PS 域的路由转发、移动性管理、会话管理、鉴权和加密等功能。

① 网关 GPRS 支持节点（GGSN）。GGSN 是 WCDMA 核心网 PS 域功能节点，通过 G_n/G_p 接口与 SGSN 相连，通过 G_i 接口与外部数据网络（Internet /Intranet）相连。GGSN 提供数据包在 WCDMA 移动网和外部数据网之间的路由和封装。GGSN 主要功能是同外部 IP 分组网络的接口功能，GGSN 需要提供 UE 接入外部分组网络的关口功能，从外部网的观点来看，GGSN 就好像是可寻址 WCDMA 移动网络中所有用户 IP 的路由器，需要同外部网络交

换路由信息。

② 原籍位置寄存器（HLR）。HLR 是 WCDMA 核心网 CS 域和 PS 域共有的功能节点，它通过 C 接口与 MSC/VLR 或 GMSC 相连，通过 G_r 接口与 SGSN 相连，通过 G_c 接口与 GGSN 相连。HLR 的主要功能是提供用户的签约信息存放、新业务支持、增强的鉴权等功能。

③ 操作维护中心（OMC）。OMC 功能实体包括设备管理系统和网络管理系统。

a. 设备管理系统完成对各独立网元的维护和管理，包括性能管理、配置管理、故障管理、计费管理和安全管理等功能。

b. 网络管理系统能够实现对全网所有相关网元的统一维护和管理，实现综合集中的网络业务功能，同样包括网络业务的性能管理、配置管理、故障管理、计费管理和安全管理。

④ 外部网络（External networks）。外部网络可以分为以下两类：

a. 电路交换网络（CS networks）：提供电路交换的连接，例如通话服务。ISDN 和 PSTN 均属于电路交换网络。

b. 分组交换网络（PS networks）：提供数据包的连接服务，Internet 属于分组数据交换网络。

2. 系统接口

从图 9.14 的 WCDMA 网络单元构成示意图中可以看出，WCDMA 系统主要有如下接口：

（1）C_u 接口。C_u 接口是 USIM 卡和 ME 之间的电气接口，C_u 接口采用标准接口。

（2）U_u 接口。U_u 接口是 WCDMA 的无线接口。UE 通过 U_u 接口接入到 UMTS 系统的固定网络部分，可以说 U_u 接口是 UMTS 系统中最重要的开放接口。

（3）I_u 接口。I_u 接口是连接 UTRAN 和 CN 的接口。类似于 GSM 系统的 A 接口和 Gb 接口。I_u 接口是一个开放的标准接口。这也使通过 Iu 接口相连接的 UTRAN 与 CN 可以分别由不同的设备制造商提供。

（4）Iur 接口。Iur 接口是连接 RNC 之间的接口，Iur 接口是 WCDMA 系统特有的接口，用于对 RAN 中移动台的移动管理。例如在不同的 RNC 之间进行软切换时，移动台所有数据都是通过 Iur 接口从正在工作的 RNC 传到候选 RNC。Iur 是开放的标准接口。

（5）Iub 接口。Iub 接口是连接 Node B 与 RNC 的接口，Iub 接口也是一个开放的标准接口。这也使通过 Iub 接口相连接的 RNC 与 Node B 可以分别由不同的设备制造商提供。

9.3.3 信道结构

WCDMA 分层和信道结构如图 9.16 所示。

从图 9.16 中可以看出，逻辑信道是传输控制信息和传输用户信息内容的组合，它可能携带用户数据或者层 3（L3）控制和信令。L3 信令有时候是指如"移动性管理"，被使用于发送如测量报告和切换命令等信息。这些逻辑信道通过 MAC（Medium Access Control）层影射到传输信道。传输信道指由低层提供给高层的服务，是所使用的传输方法的组合，定义无线接口数据传输的方式和特性，允许不同的 CRC 编码用于申请不同的应用。

图 9.16 WCDMA 分层和信道结构

然后传输信道影射到物理信道，物理信道是通过频率、信道编码、扩频码、调制以及时隙（TDD）来区分的。换句话说就是，这些信道提供实际数据位的传输。物理信道分为上行物理信道和下行物理信道。

W-CDMA 有两种接入模式：FDD 和 TDD。

（1）FDD：上行和下行链路采用两个不同频率的载波工作的双工模式。

（2）TDD：上行和下行链路采用两个不同时隙来区分、在相同的频段上工作的双工模式，即上、下行链路的信息是交替发送的。

9.3.4 WCDMA 核心网（CN）基本结构

核心网（CN）从逻辑上可划分为电路域（CS 域）、分组域（PS 域）和广播域（BC 域）。电路域（CS 域）设备是指为用户提供"电路型业务"，或提供相关信令连接的实体。CS 域特有的实体包括：MSC、GMSC、VLR、IWF。分组域（PS 域）为用户提供"分组型数据业务"，PS 域特有的实体包括：服务 GPRS 支持节点（SGSN）和网关 GPRS 支持节点（GGSN）。其他设备如 HLR（或 HSS）、AUC、EIR 等为 CS 域与 PS 域共用。

WCDMA 的网络总体结构定义在 3GPP TS 23.002 中。WCDMA 各版本的版本号和完成时间如表 9.1 所示。

表 9.1　WCDMA 各版本的版本号和完成时间

WCDMA 版本	缩写	规范版本号	完成时间（年.月）
Release6	R6	6. x. y	2003. 6
Release5	R5	5. x. y	2002. 3
Release4	R4	4. x. y	2001. 3
Release2000	R00	4. x. y	被 Release4 代替
		9. x. y	
Release1999	R99	3. x. y	2000. 3
		8. x. y	

3GPP 在 1998 年年底和 1999 年年初开始制定 3G 的规范。R99 版本计划在 1999 年年底完成，最后是在 2000 年 3 月完成的。后来意识到按年度命名版本会给实现带来困难，因为年度版本不能保持一个相对稳定的规范集，因此决定从 R99 后不再按年来命名版本，同时把 R2000 的功能分成两个阶段实施：Rel4 和 Rel5；以后升级将按 R6，R7 的方式命名版本。原则上 R99 的规范是 Rel4 规范集的一个子集，若在 R99 中增加新的特征，就把它升级到 Rel4。同样 Rel4 规范集是 Rel5 规范集的子集，若在 Rel4 中增加了新的特征就把它升级到 Rel5。从中可看出，WCDMA 版本的演进过程基本上体现了技术和业务需求不断提高的过程。

对于以上几个版本，PS 域特有设备主体没有变化，只进行协议的升级和优化；CS 域设备变化也不是非常大。典型的 WCDMA 网络模型如图 9.17 所示。

WCDMA 网络的标准接口主要包括 U_u、Iub、Iur、I_u 等。WCDMA 的网络接口具有以下三个特点：

（1）所有接口具有开放性。

（2）将无线网络层与传输层分离。

（3）控制面和用户面分离。

图 9.17　WCDMA 网络模型

9.3.5　华为 WCDMA 网络解决方案

华为公司 WCDMA 系统基于 iNET 平台，采用模块化、构件化设计，各部分既可一起组网，也可以单独应用，组网方式灵活，全面适应各种移动网络应用的需要。WCDMA 移动网产品遵循 ITU-T 和 ETSI 相关标准。

采用华为公司 WCDMA 系统，移动运营商和业务提供商既可以演进已有的移动网，也可以直接构建第三代移动网络，华为公司为用户提供了完整的移动解决方案。

1. 系统介绍

华为 WCDMA 系统由无线接入网（UTRAN）和核心网（CN）两个部分构成。

UTRAN 与 CN 间为标准的 I_u 接口，UTRAN 与用户终端（UE）间为标准的 Uu 接口。

UTRAN 包括许多通过 I_u 接口连接到 CN 的 RNS，一个 RNS 包括一个 RNC 和一个或多个 NodeB。NodeB 通过 Iub 接口连接到 RNC 上，它支持 FDD 模式、TDD 模式或双模，NodeB 提供一个或多个小区的覆盖。

RNC 负责决定 UE 的切换，它具有分集/合并的功能，用以支持在不同 NodeB 之间的宏分集。

在 UTRAN 内部，RNC 之间通过 Iur 接口交互信息，Iur 接口是逻辑连接，可以是 RNC 之间直接的物理相连，或通过适当的传输网络实现。

核心网设备主要包括 UMSC、MSC/VLR、GMSC、SGSN、GGSN。

UMSC 设备完成 R99 规范定义的 MSC/VLR、GMSC、SGSN 的所有功能。

UMSC 通过 I_u 接口与 UTRAN 相连。

GMSC 为关口 MSC，提供 UMSC 与 PTSN 之间的接口；GGSN 为关口 GSN，提供 UMSC 与 Internet 之间的接口。华为 WCDMA 网络结构如图 9.18 所示。

2. 系统目标

WCDMA 移动网系统是从满足客户需求（即业务要求）和网络运营者需要（即网络要求）两方面来设计的。

GMSC—关口移动交换中心；VLR—访问位置寄存器；HLR—原籍位置寄存器；SCP—业务控制节点；

BSS—GSM 基站子系统；GGSN—网关 GPRS 业务节点；AUC—鉴权中心；UTRAN—UMTS 无线接入网；

SMC—短消息中心；CGF—（分组）计费网关功能；UMSC—UMTS 移动交换中心；SGSN—服务 GPRS 业务节点

图 9.18　华为 WCDMA 网络结构

（1）业务要求。该业务要求如下：

① 用户可通过标准的用户网络接口接入 WCDMA 移动网，获得 WCDMA 移动网所提供的业务。

② 能完成对业务的接入控制。

③ 很容易定义和引入业务。

④ 记录业务在网络中使用的情况。

（2）网络要求。该网络要求如下：

① 能非常灵活地从现有的 2G 核心网演进到 3G 核心网，既可采用 OverLay 方式，也可采用综合方式。

② 支持 ETSI、ITU-T 标准，提供开放的标准接口。

③ 能以经济的费用和较短的时间从网络功能中去生成新的业务。

④ 能管理网络单元和网络资源，以保证服务质量和网络性能。

⑤ 业务的提供独立于技术的发展和网络的演进，这样物理网络可以发展而不影响现有的业务。

9.4　TD-SCDMA 系统

9.4.1　概述

TD-SCDMA 的中文含义为时分同步码分多址接入，该项通信技术也属于一种无线通信的技术标准，它是中国提出的 TD-SCDMA 全球 3G 标准之一，也是中国对第三代移动通信发展的贡献。TD-SCDMA 系统的设计参照了 TDD（时分双工）在不成对的频带上的时域模式。

TDD 模式是基于在无线信道时域里的周期地重复 TDMA 帧结构实现的。这个帧结构被再分为几个时隙。在 TDD 模式下，可以方便地实现上/下行链路间地灵活切换。这一模式的突出的优势是，在上/下行链路间的时隙分配可以被一个灵活的转换点改变，以满足不同的业务要求。这样，运用 TD-SCDMA 这一技术，通过灵活地改变上/下行链路的转换点就可以实现所有 3G 对称和非对称业务。合适的 TD-SCDMA 时域操作模式可自行解决所有对称和非对称业务以及任何混合业务的上/下行链路资源分配的问题。因此，TD-SCDMA 通过最佳自适应资源的分配和最佳频谱效率，可支持速率从 8 Kbps 到 2 Mbps 的语音、互联网等所有的 3G 业务。

TD-SCDMA 为 TDD 模式，在应用范围内有其自身的特点：一是终端的移动速度受现有 DSP 运算速度的限制只能做到 240 km/h；二是基站覆盖半径在 15 km 以内时频谱利用率和系统容量可达最佳，在用户容量不是很大的区域，基站最大覆盖可达 4～30 km。所以，TD-SCDMA 适合在城市和城郊使用。因在城市和城郊，车速一般都小于 200 km/h，城市和城郊人口密度高，因容量的原因，小区半径一般都在 15 km 以内。而在农村及大区全覆盖时，用 WCDMA FDD 方式也是合适的，因此 TDD 和 FDD 模式是互为补充的。

9.4.2 TD-SCDMA 系统技术特点

TD-SCDMA 除具备 CDMA TDD 的所有特点外，还采用了以下技术，保证了 TD-SCDMA 有着其独特的特色和优点，这也是 TD-SCDMA 提案被国际电联接受的重要原因。

1. 时分双工（TDD）模式

在 TDD 模式下，TD-SCDMA 采用在周期性重复的时间帧里传输基本 TDMA 突发脉冲的工作模式（与 GSM 相同），通过周期性转换传输方向，在同一载波上交替进行上下行链路传输。该模式具有如下优势：

（1）根据不同业务，上下行链路间转换点的位置可任意调整。在传输对称业务（如语音、交互式实时数据业务等）时，可选用对称的转换点位置；在传输非对称业务（如互联网方式业务）时，可在非对称的转换点位置范围内选择。对于上述两种业务，TDD 模式都可提供最佳频谱利用率和最佳业务容量。

（2）TD-SCDMA 采用不对称频段，无须成对频段，系统采用 1.28 Mchip/s 的低码片速率，扩频因子有 1、2、4、8、16 五种选择，这样可降低多用户检测器的复杂度，灵活满足 3G 要求的不同数据传输速率。

（3）单个载频带宽为 1.6 MHz，帧长为 5 ms，每帧包含 7 个不同码型的突发脉冲同时传输，由于它占用带宽窄，所以在频谱安排上有很大灵活性。

（4）TDD 上下行工作于同一频率，对称的电波传播特性使之便于利用智能天线等新技术，可达到提高性能、降低成本的目的。

（5）TDD 系统设备成本低，无收发隔离的要求，可使用单片 IC 实现 RF 收发信机，其成本比 FDD 系统低 20%～50%。

TDD 系统的主要缺陷在于终端的移动速度和覆盖距离：

（1）采用多时隙不连续传输方式，抗快衰落和多普勒效应能力比连续传输的 FDD 方式差，因此 ITU 要求 TDD 系统用户终端移动速度为 120 km/h，FDD 系统为 500 km/h。

（2）TDD 系统平均功率与峰值功率之比随时隙数增加而增加，考虑到耗电和成本因素，用户终端的发射功率不可能很大，故通信距离（小区半径）较小，一般不超过 10 km，而 FDD 系统的小区半径可达数 10 km。

由于 TD-SCDMA 系统码片速率（Chiprate）采用的是 1.28 MHz，为 UTRA/TDD 码片速率的 1/3，这有利于 URTA/TDD 系统的兼容。低的码片速率，在硬件上也容易实现，可大大降低成本。另外，1.28 MHz 码片速率的单个载频占用 1.6 MHz 的带宽，较之 5 MHz 的 URTA/TDD 和 UTEA/FDD，由于占用带宽窄，在频谱安排上有着很大的灵活性。对于利用将来要空置了的第二代频谱开展第三代业务，可有效地使用日益宝贵的频谱资源。

2. 智能天线

TD-SCDMA 系统中所用的智能天线采用波束成形技术，方向图随移动台的移动而动态跟踪（基站装配智能天线）。由于它的波束很窄，对其他用户的干扰很小，因而大大提高了系统容量。同时，基站的发射功率也大大降低。另一方面，由于 TD-SCDMA 系统中的波束很窄，下行链路的多径问题也得到了很好解决。

采用智能天线技术的 TD-SCDMA 移动通信系统不仅适用于室内环境，而且也适用于室外的车速环境。无论移动台的速度多高，在上行链路的接收机都可以迅速地在每一帧适应新的波束特点。在 TDD 双工模式下，上行链路和下行链路使用的是同一个频带，基站端的发射机可以根据在上行链路上得到的接收信号来了解下行链路的多径信道的快衰落特性。这样，基站的收发信机就可以使用在上行链路上得到的信道估测信息来实现下行的波束成形。

作为 TD-SCDMA 的关键技术之一的智能天线技术能够提高系统的容量，扩大小区的最大覆盖范围，减少移动台的发射功率，提高信号的质量并增大传输数据传输速率。这些优点给移动网络运营商提供了很大的灵活性。

3. 上行同步 （Uplink Synchronization）

TD-SCDMA 系统中，上行链路和下行链路一样，都采用正交码扩频。移动台动态调整发往基站的发射时间，使上行信号到达基站时保持同步，保证了上行信道信号的不相关，降低了码间干扰，使系统的容量由于码间干扰的降低大大提高。

TD-SCDMA 上行链路各终端信号在基站解调器完全同步，它通过软件及物理层设计实现，这样可使使用正交扩频码的各个码道在解扩时完全正交，相互间不会产生多址干扰，克服了异步 CDMA 多址技术由于每个移动终端发射的码道信号到达基站的时间不同，造成码道非正交所带来的干扰，大大提高了 CDMA 系统容量，提高了频谱利用率，同时基站接收机的复杂度也大为降低。

其缺点是系统对同步的要求非常严格，上行的同步要求为 1/8 码片宽度，网络同步要求为 5us。由于移动终端的小区位置不断变化，即使在通信过程中也可能高速移动，电波从基站到移动终端的传播时间不断变化，引起同步变化，若再考虑多径传播影响，同步将更加困难，一旦同步破坏，将导致通信阻塞和严重干扰。系统同步要求在基站有 GPS 接收机或公共的分布式时钟，增加了系统成本。

4. 联合检测（Joint Detection）

CDMA 系统是干扰受限系统，干扰包括多径干扰、小区内多用户干扰和小区间干扰。这些干扰破坏各个信道的正交性，降低 CDMA 系统的频谱利用率。过去传统的 Rake 接收机技术把小区内的多用户干扰当做噪声处理，而没有利用该干扰不同于噪声干扰的独有特性。联合检测技术即"多用户干扰"抑制技术，是 TD-SCDMA 系统中使用的又一重要技术，是消除和减轻多用户干扰的主要技术，它把所有用户的信号都当做有用信号处理，这样可大幅度降低多径多址干扰。

在基站侧，由于信号从移动台多径到达基站，因此上行同步技术只能保证主径在一定范围内的同步。联合检测技术把同一时隙中多个用户的信号及多径信号一起处理，充分利用用户信号的拥护码、幅度、定时、延迟等信息，精确地解调出各个用户的信号。在移动台侧，基站智能天线的波束成形，虽然极大地降低了多用户干扰的强度，但是多用户干扰依然存在，尤其是当用户的位置非常靠近时，多用户干扰问题仍很严重，也存在多码道处理复杂和无法完全解决多址干扰问题。结合使用智能天线和多用户检测，可获得理想效果。

5. 软件无线电（Software Radio）

软件无线电是近几年发展起来的技术，它把许多以前需要硬件实现的功能用软件来实现。软件无线电是利用数字信号处理软件实现无线功能的技术，能在同一硬件平台上利用软件处理基带信号，通过加载不同的软件，可实现不同的业务性能。其具有以下优点：通过软件方式，灵活完成硬件功能；良好的灵活性及可编程性；可代替昂贵的硬件电路，实现复杂的功能；对环境的适应性好，不会老化；便于系统升级，降低用户设备费用。

对 TD-SCDMA 系统来说，软件无线电可用来实现智能天线、同步检测和载波恢复等。由于软件修改较硬件容易，在设计、测试方面非常方便，不同系统的兼容性也易于实现，所以这一技术在 TD-SCDMA 系统中也被采用。

6. 接力切换（Baton Handover）

移动通信系统采用蜂窝结构，在跨越空间划分的小区时，必须进行越区切换，即完成移动台到基站的空中接口转换，及基站到网入口和网入口到交换中心的相应转移。由于采用智能天线可大致定位用户的方位和距离，所以 TD-SCDMA 系统的基站和基站控制器可采用接力切换方式，根据用户的方位和距离信息，判断手机用户现在是否移动到应该切换给另一基站的临近区域。如果进入切换区，便可通过基站控制器通知另一基站做好切换准备，达到接力切换的目的。接力切换可提高切换成功率，降低切换时对临近基站信道资源的占用。基站控制器（BSC）实时获得移动终端的位置信息，并告知移动终端周围同频基站信息，移动终端同时与两个基站建立联系，切换由 BSC 判定发起，使移动终端由一个小区切换至另一小区。TD-SCDMA 系统既支持频率内切换，也支持频率间切换，具有较高的准确度和较短的切换时间，它可动态分配整个网络的容量，也可以实现不同系统间的切换。

由于 TD-SCDMA 系统中智能天线的使用，系统可得到移动台所在的位置信息。接力切换就是利用移动台的位置信息，准确地将移动台切换到新的小区。接力切换避免了频繁的切换，大大提高了系统容量。在切换时可根据系统需要，采用硬切换或软切换的机理。

7. 基站与终端技术

TD-SCDMA 系统采用时分双工（TDD）、TDMA/CDMA 多址多方式工作，基于同步 CD-MA、智能天线、多用户检测、正向可变扩频系数等技术，工作在 2010 MHz 到 2025 MHz 频段。

（1）基站。TD-SCDMA 系统基站采用基站高集成度、低成本设计，采用 TD-SCDMA 的物理层和基于修改的 GPRS 业务。基站具有以下主要特点：

① 基站采用 3 载波设计，每载波带宽 1.6 MHz，其占用 5 MHz 带宽。

② 采用低中频数字合成技术，以解决多载波的有关问题。

③ 公用一套智能天线，达到增强所需信号，抑制干扰信号，成倍扩展通信系统容量的目的。

④ 公用射频收发信机单元。

⑤ 基于软件无线数字信号处理技术。

⑥ 低功耗设计，每个载波基站耗电不超过 200 W。

⑦ 具有高可靠性、可维护性等特点。

（2）用户设备（UE）。TD-SCDMA 系统采用双频双模（GSM900 和 TD-SCDMA）用户设备，支持 TD-SCDMA 系统内切换，支持 TD-SCDMA 系统到 GSM 系统的切换。在 TD-SCDMA 系统覆盖范围内优先选择 TD-SCDMA 系统，在 TD-SCDMA 系统覆盖范围以外，采用现有的 GSM 系统。UE 具有以下主要特点：

① TD-SCDMA 系统采用双频双模 UE，GSM – 900 MHz 和 TD-SCDMA – 2000 MHz。

② 采用固定台和车载台，多载波工作，外接天线，提供速率 384 Kbps ~ 2 Mbps 数据业务。

③ UE 有 6 个发射功率等级。

④ 使用 GSM 的 SIM 卡。

⑤ 语音编译码，GSM/3G，8 Kbps。

⑥ 用户设备数据接口或大尺寸 LCD 显示屏幕。

⑦ TD-SCDMA 系统的价位，平均每户价格将比 GSM 扩容降低至少 20%，与 GSM 系统同基站安装不需另投资。

TD-SCDMA 系统设计的一个重要思想就是建立在 GSM 网络基础上逐步向第三代系统过渡，支持系统的平滑演进和业务的发展同步。GSM 网络和第三代网络共存，基站控制器（BSC）被连接到无线网络控制器（UMSC）。最终，网络升级到完全基于第三代网络，提供所有第三代的业务。

9.5 CDMA 2000 1X EV-DO

CDMA 2000 1X EV- DO 技术是美国高通公司 CDMA 2000 家族标准的一员，同时经 ITU 的批准，它还是 IMT-2000 标准系列的一部分。1X 表示该产品是 CDMA 2000 家族的一员，EV 表示系统演进，DO 表示数据优化，以使分组通信达到最高性能。

1X EV-DO 是 CDMA 2000 1X 技术向提高分组数据传输能力方向的演进。它是在独立于 CDMA 2000 1X 的载波上向移动终端提供高速无线数据业务，不支持语音业务。

CDMA 2000 1X 移动通信系统在本书第 8 章中已有介绍。本节将简要介绍 CDMA 2000 1X EV-DO 移动通信系统。

9.5.1 CDMA 2000 1X EV-DO 与 CDMA 2000 1X 兼容性

CDMA 2000 1X EV-DO 与 CDMA 2000 1X 不具有兼容性，即 CDMA 2000 1X EV-DO 单模终端不能在 CDMA 2000 1X 网络中通信，同样 CDMA 2000 1X 单模终端也不能在 CDMA 2000 1X EV-DO 网络中通信。

但 CDMA 2000 1X EV-DO 组网非常灵活，对于那些只需要分组数据业务的用户，可以单独组网，此时的核心网配置不需要基于 ANSI-41 的复杂结构，而是基于 IP 的网络结构。对于那些同时需要语音、数据业务的用户，可以与 CDMA 2000 1X 联合组网，同时提供语音与高速分组数据业务，这样也可以解决不兼容所带来的问题。CDMA 2000 1X EV-DO 与 CDMA 2000 1X 分别在不同的载波上提供服务，当 CDMA 2000 1X EV-DO 与 CDMA 2000 1X 联合组网时，CDMA 2000 1X EV-DO 与 CDMA 2000 1X 彼此间几乎无任何影响。

另外，对于同时支持 CDMA 2000 1X/1X EV-DO 的双模终端，当其工作在 Hybrid 模式时可以在两个系统间（CDMA 2000 1X、1X EV-DO）进行网络选择和切换。

此外，CDMA 2000 1X EV-DO 保持了与 CDMA 2000 1X 在设计和网络结构上的兼容性。首先，CDMA 2000 1X EV-DO 具有与 CDMA 2000 1X 相同的射频特性和技术实现方式，包括码片速率、功率要求、功率控制、接入过程和 Turbo 编码等，最大限度地保护了运营商的现有投资，使得 CDMA 2000 1X 网络进行 CDMA 2000 1X EV-DO 升级时，可以直接使用现存的 CDMA 2000 1X 射频部分。其次，CDMA 2000 1X EV-DO 可以与 CDMA 2000 1X 共用相同的分组数据核心网（PDSN）。

9.5.2 CDMA 2000 1X EV-DO 技术特点

CDMA 2000 1X EV-DO 的主要特点是提供高速数据服务，每个 CDMA 载波可以提供 2.4576 Mbps/扇区的前向峰值吞吐量。前向链路的速率范围是 38.4 Kbps ~ 2.4576 Mbps，反向链路的速率范围是 9.6 ~ 153.6 Kbps。反向链路数据传输速率与 CDMA 2000 1X 基本一致，而前向链路的数据传输速率远远高于 CDMA 2000 1X。

CDMA 2000 1X EV-DO 的空中链路是专门为分组数据而优化设计的，它的一个关键的设计思想是数据和语音具有非常不同的需求（语音业务具有低时延，低速率，上下行对称，对误码率要求不高。而数据业务具有突发性强，速率高，上下行不对称，对延时不敏感），如果将数据和语音合在一起的话，经常会造成效率的降低。本着这种思想，CDMA 2000 1X EV-DO 需要数据和语音采用独立的载波，但是从射频的角度看，CDMA 2000 1X EV-DO 的波形是 100% 兼容 IS-95/CDMA 2000 1X RTT 的波形：在终端和网络的设计上，CDMA 2000 1X EV-DO 使用相同的 1.2288 Mcps 码片速率、相同的链路预算方法、相同的网络规划方法和射频设计。而且，由于数据和语音优化使用不同的载波，对于两种业务都带来了很大的便利。可以对语音和数据分别采用不同的优化策略，大大提高频谱利用率，而且大大降低了系统软件的开发难度，避免了复杂的载荷平衡（调度）任务。

在忙时，CDMA 2000 1X EV-DO 能提供比 1X RTT 和 WCDMA 高的频谱利用率。运营无线数据业务，在有了良好的业务后，利润的空间将取决于网络的两个关键方面：

（1）网络容量。在固定的带宽内（比如 1.25 MHz），每个小区能够容纳的数据用户数；

（2）业务级别。能提供给每个用户的平均数据吞吐量。

所以当前无线技术的发展主要着眼于提高网络容量和业务级别；另外由于绝大多数互联网应用（网络浏览、音频、视频）都有不对称的带宽需求，通常要求较高的下载速率，对于无线数据业务，优化、增强前向链路（从基站到用户）的性能至关重要。

CDMA 2000 1X EV-DO 主要从两方面来达到以上目的：一是提高突发数据传输速率，突发数据传输速率是当用户传输数据时用户所看到的真实的数据传输速率；二是提高复用效率，复用效率用于衡量设备如何有效地在多个激活的用户之间分配空中资源。

为了提高突发数据传输速率，1X EV-DO 系统采用了自适应的速率操作，允许基站针对每一个激活的用户快速地调整数据传输速率（最小调度单位为一个 1.666 ms）。在前向链路上，所有激活用户定时测量从基站接收的导频信号从而决定当前的信道质量，并向基站反馈自己所能接收的最大数据传输速率。根据所反馈的数据传输速率（从 38.4 Kbps 到 2.4576 Mbps 可变），基站将选择一个合适的多级调制编码方式（Q PSK、8-PSK、16-QAM），这个特性使基站在任何时候都能以用户无线环境所支持的最大数据传输速率服务该用户。另外，为了能够保证在复杂无线环境特别是高速移动环境下系统性能的稳定性，1X EV-DO 系统还采用了一个复合 ARQ 机制及时纠正终端数据传输速率测量的误差。同时，1X EV-DO 系统也是第一个采用自适应的多级调制机制的商用移动蜂窝网络。

1X EV-DO 系统还进一步使用了宏观分集技术提高突发数据传输速率，1X EV-DO 系统使用了一种基于基站选择的分集技术。对于基站选择分集，每个激活终端会测量它所能收到的所有基站的导频信号质量，然后告诉网络它希望从哪个基站接收信号，这样允许基站选择一个适当的基站服务该用户，从而获得最高的数据传输速率。

为了提高系统的复用效率，1X EV-DO 系统也采用了基于时分复用（T DM）的策略，基站每次都以所有可能的空中资源、以接收者信道质量所允许的最大速率来给用户发送一个数据包。数据包的发送顺序（哪个用户的数据包先发、哪个后发），并不是采用常规的时间片轮转方法（Round-robin），而是采用了基于信道质量的调度策略，基于这种策略：当激活用户的信道质量相对较好时，激活用户的数据传输速率将明显地增强。这样避免了资源的无谓浪费，大大提高整个系统的性能。

综上所述，为了可以提供前向链路高速数据传输速率，CDMA 2000 1X EV-DO 主要采用了以下关键技术。

1. 前向链路时分复用

一般情况下，数据业务流是非对称的。从网络侧流向移动终端（前向链路）的数据流大于移动终端流向网络（反向链路）的数据流。因此，前向链路需要的射频资源将大于反向链路。CDMA 2000 1X EV-DO 的开发充分利用了数据通信业务的不对称性和数据业务对实时性要求不高的特征，前向链路设计为时分复用（TDM）CDMA 信道。对于前向链路，在给定的某一瞬间，某一用户将得到 1X EV-DO 载波的全部功率。另外，不管是传输控制信息还是传输业务信息，1X EV-DO 的载波总是以全功率发射。

2. 速率控制

在 1X EV-DO 网络中，前向链路的发射功率不变，即没有功率控制机制。但是，采用了速率控制机制，速率随着前向射频链路质量而变化。基站不决定前向链路的速率，而是由移动终端根据测得的载干比（C/I）值请求最佳的数据传输速率。基站按移动终端请求的数据传输速率决定是否向移动终端传输数据。移动终端用数据传输速率信道（DCR）向基站指明其使用的数据传输速率。

3. 自适应调制编码技术

根据前向射频链路的传输质量，移动终端可以要求 9 种数据传输速率，最低为 38.4 Kbps，最高为 2457.6 Kbps。在 1.25 MHz 的载波上能传输高速的数据，其原因是采用了高阶调制解调并结合纠错编码技术。前向链路共使用了 3 种调制解调技术：QPSK，8-PSK 和 16-QAM。当 RF 信道传输质量好时，即 C/I 较高的情况下，使用 8-PSK 或 16-QAM。

4. 混合自动重传请求技术（H-ARQ）

最初的高速数据传输速率（HDR）系统采用固定数量的时隙重复传送数据包，这在信道传输质量好时将会浪费系统的传输效益。为了改进系统性能，采用混合自动重传技术，并成为 1X EV-DO 标准的差错控制技术。其核心思想是，根据传输的数据传输速率，确定每个分组重复传送的最大时隙数。

在传送过程中，当 AN 收到 AT 的肯定应答（ACK）以后，不管是否已经传送的次数达到最大数，立即开始发送下一分组。这将大大利用信道传输质量好时给系统带来的传输效益。

5. 调度程序使射频资源发挥最大效能

在基站中有一个调度程序决定下一个时隙给哪一个用户使用。在瑞利衰落环境下，移动终端将受到比较深的衰落。对于 CDMA 2000 1X，当发生衰落时，基站必须增大发射功率，这将增加系统的干扰，损伤系统的射频容量。

而对于 1X EV-DO，当移动终端处于衰落状态时，基站的调度程序就不给它分配传输时间或少分配传输时间。调度程序向某一用户分配时隙是根据移动终端请求的速率与其平均吞吐量之比最高的原则。当某一用户处于衰落时，请求的速率比较低，这样它请求的速率与其平均吞吐量之比值较低，于是，为处于衰落的用户分配时隙的可能性就比较低。这就是 1X EV-DO 的多用户分集增益，从而增加网络的容量。

9.5.3 CDMA 2000 1X EV-DO Release 0 存在的问题

虽然 CDMA 2000 1X EV-DO 采用了一些新的技术，但仍存在一些问题需要解决，主要表现为：

（1）双模终端工作在 Hybrid 模式时的网络选择问题，目前工作在 Hybrid 模式时的双模终端在没有 CDMA 2000 1X 网络覆盖的情况下无法捕获 1X EV-DO 网络，它只有先捕获 CDMA 2000 1X 网络后才能捕获 1X EV-DO 网络。

（2）1X EV-DO 终端问题，主要是用户设备（UE）功能上仍需进一步改进和完善。

（3）在鉴权、加密、切换、双网负荷均衡等方面仍存在不足，这些问题均已经在逐步解决，有些功能在 Release A 版本已经完善。

9.5.4 CDMA 2000 1X EV-DO Release A 版本

随着 IP 数据网络的迅猛发展，为了在 CDMA 上支持高速率分组数据业务，美国高通公司提出了 EV-DO 的概念。2000 年 11 月，3GPP2 颁布 1X EV-DO 版本 0（IS-856 Rev. 0）标准，其附录 2 于 2002 年 10 月定稿。1X EV-DO 版本 0 在前向链路上使用时分复用技术，采用自适应调制和编码方式，动态信道评估，以及混合自动重复请求（ARQ）等机制，将前向峰值速率提高到 2.4Mbps。随着 1X EV-DO 版本 0 在全球的成功部署，1X EV-DO 版本 A 的研发也在紧锣密鼓。2004 年 4 月，1X EV-DO Rev. A（IS-856 Rev. A）标准发布，1X EV-DO 版本 A 的附录及版本 A 的相关标准正在制定中。1X EV-DO 版本 A 是 1X EV-DO 版本 0 的增强型，它通过一系列技术手段，如，在前向链路，增强了速率的量化级别，提高分组效率；在反向链路的物理层采用了 ARQ 技术和增强型 MAC 算法，以改善时延特性，从而使前向和反向峰值速率分别提高到 3.1 Mbps 和 1.8 Mbps。

通过采用美国高通公司的 CSM 6800（机站）和 MSM 6800（手机）芯片，1X EV-DO 版本 A 可以使现有的 1X EV-DO 版本 0 网络有如下的改善：

（1）增强的 QoS。通过用户间和用户内的 QoS 机制，设置不同用户、不同业务的服务优先级，可以使终端用户尽享多媒体业务的实时感受。

（2）广播和多点的传送方式。使运营商可以同时为大规模的用户提供高质量的视频和音频服务。

（3）优化的分组数据业务。增强了速率的量化级别，短包格式提高了低带宽，低延迟业务的效率。高达 3.1 Mbps 前向速率和 1.8 Mbps 反向速率，使其成为现今每比特成本最低的无线网络之一。

（4）基于 IP 的实时业务。采用可变的寻呼周期，适应多媒体业务的实时和即时性。引进 VoIP，将高质量的语音融入多媒体数据业务，使参加大群体互动的 3D 网络游戏，发送带有多媒体的即时信息，以及拨打视频电话的用户感受到实时通信的便捷，同时，在无线网络实现 PushToTalk。

CDMA 2000 1X EV-DO 版本 A 可以高效地承载语音和数据业务，运营商只需建设一个简单的基于 IP 网络，即可提供语音和数据业务。

CDMA 2000 1X EV-DO 作为一个新技术仍存在一些缺陷，但其提供的高达 2.4Mbps 的前向峰值速率，能够满足目前数据业务向多样性、大容量和非对称性发展的需求，有效地利用了 1.25 MHz 的载频提供了最高的网络容量（最高前向峰值吞吐量：7.4 Mbps/cell），最有效地使用运营商的频谱资源。通过让语音和数据使用不同的载波，保持了原有的高质量语音，其在 CDMA 2000 1X 基础上升级的成本很低，技术实现简单，是目前比较成熟的高速分组数据解决方案。

9.6 第三代移动通信主流技术标准比较

9.6.1 概述

近几年，全球移动通信迅速发展，2G 网络已经不能满足需要，3G 是发展的必然趋势。ITU 针对 3G 规定了 5 种陆地无线技术，其中 WCDMA、CDMA 2000 和 TD-SCDMA 是 3 种主流技术。

在这3种技术中，WCDMA和CDMA 2000采用频分双工（FDD）方式，需要成对的频率规划。WCDMA即宽带CDMA技术，其扩频码速率为3.84 Mchip/s，载波带宽为5 MHz，而CDMA 2000的扩频码速率为1.2288 Mchip/s，载波带宽为1.25 MHz；另外，WCDMA的基站间同步是可选的，而CDMA 2000的基站间同步是必需的，因此需要全球定位系统（GPS），以上两点是WCDMA和CDMA 2000最主要的区别。除此以外，在其他关键技术方面，例如功率控制、软切换、扩频码以及所采用分集技术等都是基本相同的，只有很小的差别。

TD-SCDMA采用时分双工（TDD）、TDMA/CDMA多址方式工作，扩频码速率为1.28 Mchip/s，载波带宽为1.6 MHz，其基站间必须同步，与其他两种技术相比采用了智能天线、联合检测、上行同步及动态信道分配、接力切换等技术，具有频谱使用灵活、频谱利用率高等特点，适合非对称数据业务。

9.6.2　三种主流3G技术标准比较

三种主流3G标准主要技术性能的比较如表9.2所示。

表9.2　三种主流3G标准主要技术性能的比较

指　标	WCDMA	TD-SCDMA	CDMA 2000
载波间隔（MHz）	5	1.6	1.25
码片速率（Mcps）	3.84	1.28	1.2288
帧长（ms）	10	10（分为两个子帧）	20
基站同步	不需要	需要	需要典型方法是GPS
功率控制	快速功率控制：上、下行1500 Hz	0~200 Hz	前向：慢速、快速功率控制反向：800 Hz
下行发射分集	支持	支持	支持
频率间切换	支持，可用压缩模式进行测量	支持，可用空闲时隙进行测量	支持
信道估计	公共导频	DwPCH、UpPCH、Midamble	前向、反向导频
编码方式	卷积码Turbo码	卷积码Turbo码	卷积码Turbo码

从运营商的选择看，虽然CDMA 2000的商用早于WCDMA和TD-SCDMA，而且应用范围也较广，但是从全球主要运营商的选择来看，80%的运营商选择WCDMA技术，这就为WCDMA系统提供了良好的发展机会。

从信令互通性看，在核心网方面，WCDMA基于GSM的移动应用协议（MAP），用户识别使用和GSM系统相同的IMSI（国际移动用户识别），实践证明具有良好的互通性。CDMA 2000采用基于CDMAOne的ANSI-41协议，用户识别使用基于MIN的IMSI，虽然在技术上实现互通不成问题，但要对系统进行升级，实践证明这些都影响了漫游能力。TD-SCDMA目前还没有商用网络，其漫游将有赖于多模终端的出现。

从目前的情况看，CDMA 2000是最成熟的，尤其在终端方面，商用终端种类达到一百多种（使用频段在800 MHz~1.9 GHz），用户可以有更多的选择。CDMA 2000已经在韩国、日本、美国、加拿大和中国等国家运营，用户总数已超过2.2亿。WCDMA的R99版本的系统产品也基本成熟，终端仍是开展业务的瓶颈，目前商用终端种类也有近百种（使用频段为 2 GHz）。已经开通的商用网络主要是日本 NTT DoCoMo、J-phone 的网络和欧洲地区，用户数已超过 4000 万。不论在系统还是终端方面，TD-SCDMA 的产品成熟度都落后于 WCDMA 和 CDMA 2000，尚无商用网络开通，还缺少网络规划和测试的工具。

本 章 小 结

本章介绍了第 3 代蜂窝移动通信系统，主要包括 3G 系统的现状及标准、演进策略、系统结构、功能模型和关键技术及三种技术比较。主要围绕 WCDMA、TD-SCDMA 和 CDMA 2000 1X EV-DO 系统的标准、网络和技术特点进行了描述。这些所涉及的都是构成 3G 系统的基本原理和技术。并较系统介绍了 WCDMA 移动通信系统的基本概念、原理、系统构成、接口及典型系统解决方案，使学生通过对 WCDMA 系统了解和认识，掌握第 3 代蜂窝移动通信系统。本章的主要内容包括：

（1）第 3 代蜂窝移动通信系统的现状及标准、演进策略、技术体制和频谱分配。

（2）第 3 代蜂窝移动通信系统的网络分层结构，功能模型和关键技术。

（3）系统地描述了 WCDMA 系统网络实现结构、功能结构、无线网和核心网、接口及系统解决方案。

（4）简要介绍了 TD-SCDMA 系统的标准、技术特点和功能及作用。

（5）简要介绍了 CDMA 2000 1X EV 系统的标准、技术特点和功能及作用。

（6）通过对 WCDMA、TD-SCDMA 和 CDMA 2000 1X EV-DO 三种技术标准和技术特点的对比分析，有助于了解 3G 移动通信系统。

习 题 9

9.1 IMT-2000 所代表的意思是_____、_____和_____。

9.2 3GPP 制定_____技术标准，而 3GPP2 制定_____技术标准。

9.3 IMT-2000 功能模块可分为_____、_____和_____三大部分。

9.4 IMT-2000 功能模块可由_____和_____两个平面组成。

9.5 WCDMA 系统由_____、_____和_____一起构成整个系统。

9.6 WCDMA 系统有两种接入模式：_____和_____。

9.7 TD-SCDMA 系统的设计参照_____模式，为在不成对的频带上的时域模式。

9.8 CDMA 2000 1X EV-DO 是_____技术向提高分组数据传输能力方向的演进。

9.9 WCDMA 和 CDMA 2000 采用_____接入方式，需要成对频率规划，而 TD-SCDMA 采用_____接入方式。

9.10 在 GSM 向 WCDMA 演进过程中，仅_____是平滑的演进。

    A. 空中接口   B. 核心网   C. 两者都不是

9.11 在我国给 TD-SCDMA 分配的频谱带宽为：_____

    A. 上、下行频谱带宽各为 60 MHz

    B. 230 MHz

    C. 155 MHz

9.12 _____是 WCDMA 系统的无线接口。

    A. I_u 接口   B. Iub 接口   C. U_u 接口

9.13 CDMA 2000 1X EV-DO 单模终端可支持_____业务。

    A. 语音   B. 数据   C. 语音和数据

9.14 _____系统的基站间同步是可选的。

A. TD-SCDMA　　　　　B. CDMA 2000　　　　C. WCDMA

9.15　简述 3G 的技术特点。

9.16　简述 3G 的关键技术。

9.17　简述 WCDMA 系统网络结构。

9.18　简述 WCDMA 系统信道结构。

9.19　简述 WCDMA 移动台在空闲模式下寻呼流程。

9.20　简述 TD-SCDMA 系统技术特点。

9.21　简述 CDMA 2000 1X EV-DO 系统与 1X 系统的不同点。

9.22　简述 CDMA 2000 1X EV-DO 系统特点。

9.23　简述 3G 无线网络规划的方法。

第10章　数据终端单元（DTU）原理与应用

内容提要

数据终端单元（DTU）在移动数据传输领域的应用日益广泛，本章先介绍 DTU 工作原理、网络协议、工作模式和应用场合，最后介绍 DTU 在移动数据传输系统中的应用开发设计及实现方式。

随着移动通信技术的发展，GPRS 或 CDMA 2000 1X 产品在移动数据传输领域的应用日益广泛，尤其是 GPRS 和 CDMA 2000 1X 模块产品的出现更加促进了这种应用的发展。由于 GPRS 或 CDMA 2000 1X 采用分组交换技术，在通信过程中不需要建立和保持电路，且存在呼叫建立时间短，提供实时在线、按流量计费、大的覆盖区域的特点，在远程突发性数据传输中，相对于有线网络具有不可比拟的优越性。另外，采用大功率、电信专线、卫星通信等方式构建的监控网络，组网成本高，特别对大范围、分散的远程监控系统基本上是不可行的。正是由于上述优点，当前基于 GPRS 和 CDMA 2000 1X 网络的数据终端产品在医疗、工业控制和远程监控等领域得到了广泛的应用。

10.1　DTU 原理与应用场合

数据终端单元（DTU，Data Terminal Unit）可理解为下位 GPRS 和 CDMA 2000 1X 传输终端，在进行通信时，传输数据的链路两端存在 DTU，其作用是对所传信息进行格式转换和数据整理校验。在国内目前实际上对 DTU 有更加明确的约定：DTU 是专门用于将串行数据通过 GPRS 或 CDMA 2000 1X 网络进行传送的移动数据传输设备。

DTU 在软件设计上，它封装了协议栈内容并且具有嵌入式操作系统，硬件上可看成是嵌入式 PC 加移动网无线接入部分的结合。

10.1.1　DTU 的 5 个核心功能

1. 内部集成 TCP/IP 协议栈

DTU 内部封装了 PPP（Point to Point Protocol）拨号协议和 TCP/IP 协议栈，并且具有嵌入式操作系统。在硬件上，它可看做是嵌入式 PC 与无线 GPRS 或 CDMA 2000 1X MODEM 的结合；它具备 GPRS 或 CDMA 2000 1X 拨号上网和 TCP/IP 数据通信功能。

2. 提供串行口数据双向转换功能

DTU 提供串行通信接口，包括 EIA-RS-232C、RS-485 和 RS-422 等都属于常用的串行通信接口方式，而且 DTU 在设计上大都将串行数据设计成"透明转换"的方式，也就是说

DTU 可以将串行口上的原始数据转换成 TCP/IP 数据包进行传送，而不需要改变原有的数据通信内容。因此，DTU 可以和各种使用串行口通信的用户设备进行连接，而且不需要对用户设备修改。

3. 支持自动心跳，保持永久在线

GPRS 或 CDMA 2000 1X 通信网络的优点之一就是支持终端设备永久在线，因此典型的 DTU 在设计上都支持永久在线功能，这就要求 DTU 包含了上电自动拨号、采用心跳包保持永久在线（当长时间没有数据通信时，移动网关将断开 DTU 与中心的连接，心跳包就是 DTU 与数据中心在连接被断开之前发送的一个小数据包，以保持连接不被断开）、支持断线自动重连和自动重拨号等功能。

4. 支持参数配置，永久保存

DTU 作为一种数据通信终端设备，其应用场合十分广泛。在不同的应用中，数据中心的 IP 地址及端口号、串行口的波特率等都是不同的。因此，DTU 都应支持参数配置，并且将配置好的参数保存在内部存储器 Flash 或 $E^2 PROM$ 中，一旦上电，就自动按照设置好的参数进行工作。

5. 支持用户串行口参数设置

不同用户设备的串行口参数有所不同，DTU 连接用户设备的串行口时，要根据用户设备串行口的实际参数对 DTU 端进行相应设置，保证用户设备的正常通信和可靠数据传输。

另外，较为专业的 DTU 还提供一些扩展功能，主要包括：支持数据中心域名解析、支持远程参数配置和远程固件升级、支持远程短信/电话唤醒、支持本地串行口固件升级、提供短信通道、提供 DTU 在线和离线电平指示灯。

更高级的 DTU 可为用户提供二次开发功能，如通信插件、DLL 和接口文档，以便用户根据自己的实际情况对 DTU 进行开发，完善 DTU 产品，使其更加切合自身需求。

10.1.2　DTU 工作原理

DTU 组成原理框图，如图 10.1 所示。

图 10.1　DTU 组成原理框图

1. 实现原理

（1）嵌入式处理单元通过软件对 GPRS 或 CDMA 2000 1X 通信模块进行控制，建立与公

共网络之间的 TCP/IP 协议连接，并通过 TCP/IP 协议连接到目录服务系统上，将预置的身份 ID 注册到目录服务系统中。

（2）嵌入式处理单元通过对接口单元的驱动，接收上位机的数据，并将数据进行打包，形成 TCP/IP 包发送到 GPRS 或 CDMA 2000 1X 网络上；同时，对来自 GPRS 或 CDMA 2000 1X 网络的 TCP/IP 包进行拆包处理，并将数据通过接口单元发送至上位机。

2. 目录与数据转发服务

目录服务系统的功能是建立 GPRS 或 CDMA 2000 1X 的 DTU 身份 ID 和 IP 之间的转换，同时可依据预定义的规则建立不同 DTU 之间的数据传输通道。具体是：数据终端（DTU）通过网络连接到目录服务系统，DTU 声明自己的身份 ID 和密码，经网络身份确认后，记录身份 ID 与当前 IP 地址之间的对应表，按预定义规则建立不同 ID 终端之间数据通道。

3. 数据传输模式

主要有两种数据传输模式：

（1）直接的点对点模式。在这种模式下，连接一旦建立，通信过程中不再需要目录服务的支持；在连接断开后，任何一方都必须自动重新建立连接，并重新向目录服务系统声明 ID。

（2）虚拟数据通道模式。目录服务系统需建立一个虚拟通信通道，并启动数据转发服务，由数据转发服务自动建立与源 ID 和目标 ID 的 TCP/IP 连接。

10.1.3   DTU 应用场合

1. 现场只能使用无线通信环境

当数据采集现场设备需要在移动中工作，或者采集现场处于野外等情况下，无法提供有线通信的环境。这时采用 GPRS 或 CDMA 2000 1X 网络就是一个好的选择，因为 GPRS 或 CDMA 2000 1X 网络覆盖率目前已经很高，全国大部分地区均有 GPRS 或 CDMA 2000 1X 信号覆盖。

2. 现场终端的传输距离分散

由于 GPRS 或 CDMA 2000 1X 网络是覆盖全国的公共网络，因此采用 GPRS 或 CDMA 2000 1X 来传输数据的一大优势就是现场采集点可以分布在全国范围内，数据中心与现场采集点之间的距离不受限制。无线公网（GPRS 或 CDMA、3G 网等）通信的显著优点是专用无线通信网络（如数传电台、WLAN 等）无法达到的。

3. 适当的数据实时性要求

目前 GPRS 或 CDMA 2000 1X 网络，其传输数据的延时为秒级范围。在绝大部分时间内，GPRS 或 CDMA 2000 1X 网络数据通信的平均整体延时为 2 秒左右。也就是说，从 DTU 端发送的数据包将大致在 2 秒钟后到达数据中心；反之，从数据中心的数据包也大致在 2 秒钟后到达 DTU。

总的来说，GPRS 或 CDMA 2000 1X 网络的这种实时性，可以满足大多数行业应用的要求。因此，我们要设计的系统希望通过 GPRS 或 CDMA 2000 1X 网络来传输数据，就要在设计通信协议时考虑这种延时情况。

4. 适当的数据通信速率

虽然 GPRS 可提供高达 115 Kbps 的传输速率，但通常 DTU 与数据中心的数据通信速率一般在 10~60 Kbps 之间；而 CDMA 2000 1X 可提供高达 153.6 Kbps 的传输速率，但通常 DTU 与数据中心的数据通信速率一般在 50~90 Kbps 之间。从系统应用可靠性角度来看，当应用系统本身的数据平均通信量在 30 Kbps 以内时，使用 GPRS 网络进行数据传输是比较合适的；当应用系统本身的数据平均通信量在 60 Kbps 以内时，使用 CDMA 2000 1X 网络进行数据传输是比较合适的。

10.2 DTU 的 TCP/IP/PPP 协议

在移动数据通信中 DTU 负责整个系统的数据收发，GPRS 或 CDMA 2000 1X 网络数据通信需要 TCP/IP/PPP 协议支持，当前常见的 DTU 可分为自带 TCP/IP 协议栈与不带 TCP/IP 协议栈两大类。自带 TCP/IP 协议栈的 DTU 使用方便，用户只需通过 AT 指令来控制数据传输就能实现无线通信，当然价格相对较高；而不带 TCP/IP 协议栈的 DTU 还需用户自己在处理器中实现嵌入式 TCP/IP/PPP 协议栈来实现数据传输，这是一项复杂而繁琐的工作。

通常的 Internet 网络通信只需实现 TCP/IP 协议簇，但是对于移动网络的接入还需实现 PPP 协议。TCP/IP/PPP 协议其实是一系列网络通信协议的集合，为了能实现网络数据传输，只能根据特定的功能来实现相应的协议，这包括 PPP，IP，ICMP，UDP，TCP 等协议，并在此基础上构建应用程序的 API 接口。

网络协议采用分层结构，在 DTU 中采用了 5 层结构，如图 10.2 所示。位于最底层的是网络硬件驱动程序，也就是 DTU 的驱动，DTU 与 GPRS 网络的连接、断开以及数据通信都是通过一系列的 AT 指令来实现。

图 10.2　DTU 网络协议分层结构

接下来是数据链路层，数据链路层控制互联网上主机之间数据链路的建立，该层实现了精简的 PPP 点到点协议。PPP 链路提供全双工操作，并按照顺序传递数据包，其目的主要是用来通过拨号或专线方式实现用户身份认证，建立点对点连接发送数据，使其成为各种主机、网桥和路由器之间简单连接的一种共通的解决方案。GPRS 模块在拨号后首先要与 GPRS 网关进行通信链路的协商，即协商点到点的各种链路参数配置。协商过程遵守 LCP（Link Control Protocol），PAP（Password Authentication Protocol）和 IPCP（Internet Protocol Control Protocol）等协议。其中 LCP 协议用于建立、构造、测试链路连接；PAP 协议用于处理密码验证部分；IPCP 协议用于设置网络协议环境，并分配 IP 地址。一旦协商完成，链路已经创建，IP 地址已经分配就可以按照协商的标准进行 IP 报文的传输了。数据传输完成之后，处理器会向 GGSN 发送 LCP 的断开连接报文，以终止网络连接。

DTU 与网络服务器链接成功后便可以进行数据通信。网际层实现了 ICMP 协议与 IP 协议，ICMP 协议是网际控制报文协议，负责传递网络状况信息；IP 协议为 TCP/IP 协议中最为核心的协议，它负责数据报路由的选择，以及将上层协议传输的数据包加上 IP 报头后传送给下层协议，并将下层协议接收到的 IP 数据包剥离包头检验信息后接收或是丢弃。

传输层实现了 TCP 和 UDP 协议。UDP 是面向数据报的传输协议，不能保证可靠的数据交付，但开销较小发送数据的时延也相对少。如果对可靠性要求高，可以选择 TCP 协议，TCP 为不可靠的 IP 连接提供可靠的、具有流量控制的、端到端的数据传输，但对系统资源的要求相应增加。实际应用时可根据传输数据的内容来选取传输协议。

为了方便上层程序调用相关的协议进行通信，可以建立一个数据结构，将本地和远程的 IP 地址、端口号以及通信状态封装起来构成一个 Socket，并提供相应的 API 函数供应用程序调用，这就是应用层接口。

TCP/IP 协议是一个标准协议套件。数据打包处理数据时，每一层把自己的信息添加到一个数据头中，而这个数据头又被下一层中的协议包装到数据体中。数据包在处理器和 GPRS 或 CDMA 2000 1X 网络服务器群中传输使用的是基于 IP 的分组，即所有的数据报文都要基于 IP 包。但明文传送 IP 包不可取，故一般使用 PPP 协议进行传输。模块向网关发送 PPP 报文都会传送到 Internet 网中相应的地址，而从 Internet 传送过来的应答帧也同样会根据 IP 地址传送到 DTU，从而实现数据和 Internet 网络通过 DTU 的透明传输。数据解包处理程序接收到 GPRS 或 CDMA 2000 1X 网络数据时，把相应的数据头剥离，并把数据包的其余部分当作数据体对待。

要注意的是，GPRS 或 CDMA 2000 1X 网络无静态 IP 地址，故其他网络通信设备不能向它提出建立连接请求，监控中心必须拥有一个固定的 IP，以便监测终端可以在登录 GPRS 或 CDMA 2000 1X 网络后通过该 IP 找到监控中心。

DTU 登录 GPRS 或 CDMA 2000 1X 网络后，自动连接到数据中心，向数据中心报告其 IP 地址，并保持和维护数据链路的连接。GPRS 或 CDMA 2000 1X 网络监测链路的连接情况，一旦发生异常，DTU 自动重新建立链路，数据中心和 DTU 之间就可以通过 IP 地址和 TCP/IP 协议进行双向通信，实现透明的可靠数据传输。

中国移动统一的接入号码（SERVICE CODE）均为"∗99∗∗∗1#"，用户在用 GPRS DTU 进行数据通讯时，无须向当地 GPRS 服务商申请；中国移动的 SERVICE CODE 是公用的接入号码，无须支付费用，实际运行时只需支付终端 DTU 实际流量的费用。

中国电信 CDMA 网络统一的接入号码（SERVICE CODE）均为"#777"。

10.3 DTU 工作模式

1. 透明传输模式

用户设备所需要传输的数据，通过 DTU 透明传输到 Internet，再与中心数据服务器进行数据的传输与交换，DTU 只充当命令和数据流的传输媒介，不作命令解释。

当用户完成对 DTU 的各项配置参数的设置后，DTU 根据配置参数自动运行；当用户设备有新的数据传输要求时，DTU 将连接网络中心服务器，连接建立后，开始数据传输，数据传输完成后，DTU 断开与中心的连接，等待下一次数据的传输。

传输过程中如果网络断开，DTU 会自动重新连接网络，直到连接重新建立。

2. 命令交互数据模式

在该模式下，用户只能通过 AT 命令的方式，实现 DTU 与网络服务器的数据传输和交互。

3. 用户控制数据模式

在该模式下，DTU 在透明传输数据的同时，仍然可以通过 AT 命令实现从透明方式切换到命令交互模式。

4. 点对点数据模式

点对点传输模式示意图如图 10.3 所示。

图 10.3　点对点传输模式示意图

在点对点的传输应用时，当 DTU-A 上电，连接到 Internet 之后，就会立即将自身的 IP 地址通过短信方式，发送给 DTU-B。

DTU-A 在没有收到 DTU-B 的含有 IP 地址信息的短信前，DTU-A 定时将自身的 IP 地址发送给 DTU-B，直到收到 DTU-B 的 IP 地址。

当 DTU-A 收到 DTU-B 的 IP 地址后，双方 IP 地址确定，并建立连接。

当用户 A 有数据传输要求时，数据通过串行口传输给 DTU-A，由 DTU-A 通过 GPRS 或 CDMA 2000 1X 网络传输给 DTU-B，最后，DTU-B 通过串行口将数据传输到与其连接的用户 B。

在通信过程中，由于外部原因造成一端的 DTU 重启或断开，该 DTU 会重新开始一个新的连接过程，保证两个 DTU 的连接建立。而由于 GPRS 或 CDMA 2000 1X 网络为网内 IP 地址，因此在点对点传输模式时，两个 DTU 的 IP 地址应处于一个网段中。

5. 普通 MODEM 模式

当 DTU 设置为普通 MODEM 工作模式时，DTU 只接收 AT 命令，相当于一个简单的 MO-

DEM；同时，可以通过 PC 机的拨号程序，连接 DTU 登录 Internet。

10.4　DTU 工作过程

DTU 上电后，首先读出内部 Flash 存储器中保存的工作参数，如拨号参数、串行口波特率和网络数据中心 IP 地址等。

DTU 登录 GPRS 或 CDMA 2000 1X 网络，先进行 PPP 拨号，拨号成功后，DTU 将获得一个由 GPRS 或 CDMA 2000 1X 网络分配的内部 IP 地址（一般是 10. x. x. x），也就是说，DTU 处于该移动网内，而且其内网 IP 地址通常是不固定的，随着每次拨号接入而变化。这样可理解为此时的 DTU 为一个移动内部局域网内设备，通过移动网关来实现与外部网络的通信。这与局域网内的 PC 机通过网关访问外部网络的方式相似。

DTU 主动发起与网络数据中心的通信连接，并保持通信连接一直存在。由于 DTU 处于移动网内，且 IP 地址不固定，因此只能由 DTU 主动连接网络数据中心，而不能由网络数据中心主动连接 DTU。这就要求网络数据中心具备固定的公网 IP 地址或固定的域名。网络数据中心的公网 IP 地址或固定域名存储在 DTU 内，以便 DTU 上电拨号成功，就可以主动连接到网络数据中心。

具体地讲，DTU 通过网络数据中心的 IP 地址以及端口号等参数，向网络数据中心发起 TCP 或 UDP 通信请求，在得到该网络数据中心响应后，DTU 即认为与网络数据中心握手成功，随后就保持该通信连接一直存在，如果通信连接中断，DTU 将立即重新与该网络中心握手。

由于 TCP 或 UDP 通信连接已经建立，就可以进行数据双向通信。

对于 DTU 来说，只要建立了与网络数据中心的双向通信，完成用户串行口数据与 GPRS 或 CDMA 2000 1X 网络数据包的转换就相对简单了。一旦 DTU 接收到用户的串行口数据，就立即把串行口数据封装在一个 TCP 或 UDP 包里，发送给网络数据中心；反之，当 DTU 收到网络数据中心发来的 TCP 或 UDP 数据包时，从中取出数据内容，立即通过串行口发送给用户设备。

通过网络数据中心，可同时与很多台 DTU 进行双向数据通信。

10.5　AT 控制指令

DTU 是采用 AT 指令集进行控制的，采用 AT 指令集可以实现 DTU 参数的设置，数据的发送与接收。AT 指令集是调制解调器（MODEM）通信接口的工业标准，指令由 ASCII 字符组成，除 "A/" 和 "+++" 指令外，所有指令都是以 "AT" 开头，以 < 回车 >、< 换行 > 结束，绝大多数指令被执行后都有返回参数。

常见的 AT 指令有：

（1）设置通信波特率：使用 AT + IPR = 19200 命令，把波特率设为 19200 bps。

（2）设置接入网关：通过 AT + CGD CONT = 1，"IP"。"CMNET" 命令设置 GPRS 接入网关为移动梦网。

（3）设置移动终端的类别：通过 AT + CGCLASS = "B" 设置移动终端的类别为 B 类，即同时监控多种业务，但只能运行一种业务，即在同一时间只能使用 GPRS 上网，或者使用 GSM 的语音通信。

（4）测试 GPRS 服务是否开通：使用 AT + CGACT = 1，1 命令激活 GPRS 功能。如果返回 OK，则 GPRS 连接成功；如果返回 ERROR，则意味着 GPRS 失败。中国移动在 GPRS 与 Internet 网中间建立了许多的网关支持节点（GGSN），以连接 GPRS 网与外部的 Internet 网络。GPRS 模块可以通过拨"＊99＊＊＊1#"登录到 GGSN 上，并通过 PPP 协议获取动态分配到 Internet 网的 IP 地址。

10.6 DTU 设计应用实例

10.6.1 CDMA DTU 的远程数据传输系统

利用 CDMA DTU 的 TCP/IP 协议进行数据的远程通信，可以实现对各种物理参数的远程无线监控。本设计采用深圳宏电技术股份有限公司的 CDMA DTU H7710 及其与基于处理器的采集器构成的数据远程传输系统和软件流程。该设计可以通过 TCP/IP/PPP 协议，利用网络接收数据，并与 PC 机进行远程数据传输，如图 10.4 所示。该系统采用的模型为客户/服务模型，采集器终端为系统提供数据服务，网络中的计算机作为客户端接收数据，并对数据进行存储和处理。系统以 CDMA 为无线通信链路，主链路采用 Internet 互联网链接，从而实现远距离的数据传输。

图 10.4　CDMA DTU 的远程数据传输系统

1. 宏电 H7710 DTU

H7710 DTU 是基于 800 MHz 单频或 800/1900 MHz 双频工业级应用模块，该 DTU 能够承载目前 CDMA 2000 1X 网络支持的所有业务，对外提供标准的 AT 命令接口，硬件采用全新的 ARM7 32 位嵌入式 RISC CPU；软件上采用完整的嵌入式 OS 及 TCP/IP 协议包，H7710 DTU 可广泛用于以数据、语音为目的行业应用。H7710 内部结构如图 10.5 所示，其主要技术指标见表 10.1 所示。

图 10.5　H7710 内部结构图

该 DTU 基本功能有：

（1）CDMA 2000 1X Rev0 标准，向下兼容 IS-95A/B 标准。

（2）8KEVRC 及 13 kΩCELP 高质量语音。

（3）支持 IS-637 短信和 IS-707 数据。

（4）高速数据速率 153.6 Kbps，稳定数据传输达 80～100 Kbps。

（5）R-UIM 接口符合国家标准。

（6）UART 硬件接口及 AT 指令集软件接口。

（7）提供完整的数据中心服务程序，可实现数据透明转发。

（8）点对点、中心对多点等数据传输，传输时延一般小于 1s。

（9）提供函数开发包，便于二次开发。

（10）具有音频接口。

（11）内嵌 PPP、TCP/IP、UDP/IP 标准协议，支持 TCP/IP Server/Client、UDP/IP、DDP、SMS、AT 多种通信方式。

（12）动态域名解析，自动识别终端设备，保证虚拟专用网络的连接和安全性。

（13）电源：+5 V～+26 VDC，纹波小于 300 mV。

表 10.1　宏电 H7710 DTU 主要技术指标

CDMA 数据	设 备 接 口	
支持 CDMA2000 1x 800 MHz 单频，可选 450 MHz 单频或 800/1900 MHz 双频 支持 IS 707 数据业务；Class 2.0 Group 3 传真 符合 IS-95A、IS-95B CDMA 空中接口标准	天线接口	50 欧姆/SMA-K（阴头）
	UIM 卡	3 V
	串行数据接口	TTL/RS-232/RS-422/RS-485
	数据速率	300～115200 bps
	话音接口	标准语音电平输出
带宽（CDMA）	操作系统	
理论带宽：300 Kbps 实际带宽：100 Kbps	Windows 9x/ME/NT/2000/XP Linux	
设备供电	其他参数	
峰值电流：1.5A@ +12VDC 通信时平均电流：150mA@ +5VDC	尺寸：93×54×22 mm（不包括天线和安装件） 重量：150 g 工作环境温度：−30℃～+70℃ 储存温度：−40℃～+85℃ 相对湿度：95%（无凝结）	

H7710 DTU 在使用前必须设置的参数包括：CDMA 2000 1X 网络登录用户名和密码，串行通信接口参数、通信服务器的固定 IP 地址和端口或者通信服务器的域名、DTU 在线工作方式等。

2. 接口设计

DTU 与用户端 RS-232 串口接口电路，如图 10.6 所示。

要特别注意，如果 DTU 工作电压典型值为 3.8 V，而用户端工作电压典型值为 5 V，两个设备工作电压不一致时，需要将 5 V 电源电压转换为 3.8 V。在接口电路设计中，可选用 MICREL 公司的 MIC 29302 BU 芯片作为电压转换芯片。此芯片具有高电流、高精度、快速的瞬态响应等特点，同时对过流、输入极反向、反插引脚、高温状态具有保护功能。

图 10.6 DTU 串口接口电路

3. 软件编程

系统软件设计的重点在于采集器中的处理器编程，通过向 DTU 写入不同的 AT 指令，能完成多种数据传输功能。

采集器处理器与 DTU 之间是通过串行口进行通信的，AT 指令则是采集器处理器与 DTU 之间实现信息交互的接口协议，采集器处理器可以通过 AT 指令完成对模块的各种操作。DTU 要建立无线网络连接，则需要采集器处理器使用特定的指令来完成对 DTU 的功能操作。

初始化采集器，利用 I/O 引脚控制电源模块对 DTU 上电，利用 AT 命令对 DTU 初始化，包括工作方式和查询 DTU 状态等。DTU 正常工作后，进行拨号连接，PPP 建立成功后将返回动态的 IP 地址，DTU 在这个地址上进行操作。TCP 协议是建立在 IP 协议基础上的传输层，与 UDP 相比是一种可靠性较高的协议。利用 AT 指令建立 TCP 连接，用于以 TCP 方式发送数据。使用 AT 命令查看网络连接状态，检查数据包的到达情况，处理新到的数据包，并重新传送丢失的数据包。数据发送完成后，若长时间不发送数据，可将连接断开。远程数据传输系统的另一端 PC 机以 VS 2005 为开发平台，VC 为开发语言，SQL 为数据库编写中心数据处理存储软件。利用 VC 2005 Socket 控件完成网络数据的接收与发送，并对接收的数据进行处理，分类存入 SQL 数据库。软件流程如图 10.7 所示。

基于 DTU 的远程数据传输系统利用采集器与 DTU 实现了实时双向远程通信。DTU 利用 TCP/IP 协议发送数据给监控中心，从而建立监控中心和采集控制系统的远程通信功能；采集器通过 AT 指令与 DTU 建立通信，达到实现系统功能的目的。

图 10.7 软件流程图

11.6.2 无线上网卡

目前常见的无线上网卡有三种接口方式：

（1）可通过 PCMICA 接口直接插入笔记本电脑里，也就是我们常说的 PC 卡接口。

（2）采用 USB 接口方式。

（3）通过 RS-232 接口，也就是串口连接的无线上网卡。

不论是目前已经很成熟的 GPRS/CDMA 无线上网卡，还是 3G 无线上网卡，从产品技术架构来说都必须是由无线通信部分和外围接口电路两大部分组成，如图 10.8 所示。

图 10.8　无线上网卡结构

无论是 GRRS 还是 WCDMA/CDMA 2000/TD-SCDMA 无线模块，除了自身完成无线网络通信的功能外，都必须对外提供通信接口以便与电脑主机进行数据传递和交换。通常采用的无线模块都是提供 RS-232 或者 USB 作为对外通信接口。如要转换成笔记本的 PCMCIA 接口就必须采用接口电路来完成整个方案的设计。

无线模块到笔记本 PCMCIA 接口可采用 Oxford Semiconductor（牛津半导体）公司 OXC-FU 950 芯片的单芯片方案。该芯片采用 64 引脚，9 mm×9 mm 的 QFN 封装，3.3 V 电压供电。该芯片集 16 位 PC 卡主机接口、USB 2.0 全速主机控制器和 UART 为一身，为高速 PC 和闪存卡在 3G 手机、移动 TV 和无线网络产品中的应用提供了更多的灵活性。芯片同时支持 PCMCIA revision 8.0 和 Compact Flash revision 3.0 规范，对电脑接口方面可以支持笔记本电脑的 PCMCIA 接口或者 PAD 上的 CF 接口，而对无线模块方面可以同时提供 USB 接口以及 UART 接口。OXCFU950 芯片结构如图 10.9 所示。

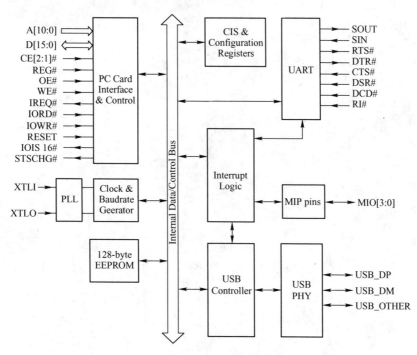

图 10.9　OXCFU950 芯片结构图

GRPS/CDMA 无线模块通常只提供 UART 口作为对外通信接口，所以上网传输速率往往受制于 UART 口本身的传输速率。而在 3G 时代，无线模块都已经集成了 USB 接口作为对外通信的接口，这样上网的速率就大幅度地提高而不再受限于 UART 口，而 UART 口作为辅助的控制接口可以实现上网过程中的来电提示、短信通知、睡眠唤醒等功能，大大方便了设计者对无线上网卡功能设计的要求。

本 章 小 结

本章介绍了数据终端单元（DTU）工作原理与应用设计开发的实现方式。主要内容如下：

（1）数据终端单元（DTU）工作原理、DTU 的网络协议分层结构、工作模式和应用场合及特点。

（2）数据终端单元（DTU）在移动数据传输系统中应用设计的结构组成、程序设计流程、配置参数和实现形式。

习 题 10

10.1 简述 DTU 基本原理和应用范围。

10.2 简述 DTU 数据传输模式。

10.3 DTU 中的 PPP 协议在移动数据传输中起到什么样的作用？

10.4 DTU 的透明传输模式有什么特点？

10.5 试用 GPRS 或 CDMA 2000 1X DTU，设计完成远程数据传输系统可实现技术方案。

附录 缩 略 语

A

AAA	Authentication、Authorization、Accounting	鉴权、授权、计费
AB	Access Burst	接入突发脉冲
ACH	Access Channel	接入信道
ACA	Adaptive Channel Allocation	自适应信道分配
ACI	Adjacent Channel Interference	邻道干扰
ACK	Acknowledge	确认
ADPCM	Adaptive Digital Pulse Code Modulation	自适应数字脉码调制
AGCH	Access Grant Channel	允许接入信道
AM	Amplitude Modulation	调幅
AMPS	Advanced Mobile Phone System	高级移动电话系统
AMSS	Aviatic Mobile Satellite System	航空移动卫星系统
ANSI	American National Standards Institute	美国国家标准协会
ARQ	Automatic Repeat Qequest	自动重复请求
ATC	Adaptive Transform Code	自适应变换编码
ATM	Asynchronous Transfer Mode	异步传输模式
AUC	Authentication Center	鉴权中心

B

BCH	Broadcast Channel	广播信道
BCCH	Broadcast Control Channel	广播控制信道
BER	Bit Error Rate	误比特率
BFSK	Binary Frequency Shift Keying	二进制频移键控
BIE	Base station Interface Equipment	基站接口设备
B-ISDN	Broadband Integrated Service Digital Network	宽带综合业务数字网
BIU	Base Station Interface Unit	基站接口单元
BPSK	Binary Phase Shife Keying	二进制相移键控
BS	Base Station	基站
BSC	Base StationController	基站控制器
BSS	Base Station Subsystem	基站子系统
BTS	Base Transceiver Station	基站收发信机

C

CAI	Common Air Interface	公共空中接口

CAMEL	Customized Application for Mobile Network Enhanced Logic	移动网络定制应用增强逻辑
CCH	Control Channel	控制信道
CCCH	Common Control Channel	公共控制信道
CCIR	International Radio Consultative Committee	国际无线电咨询委员会
CCITT	International Telegraph and Telephone Consultative Committee	国际电报电话咨询委员会
CCS	Common Channel Signaling	公共信道信令
CDMA	Code Division Multiple Access	码分多址
CELP	Code Excited Linear Predictor	码激励线性预测编码器
CGI	Cell Global Identification	全球小区识别
C/I	Carrier-to-interference Ratio	载干比
CN	Core Network	核心网络
CO	Central Office	中心局
CODEC	Corder/Decorder	编码/解码
CS	Circuit Switched	电路交换
CT-1	Cordless Telephone-1	第一代无绳电话系统
CT-2	Cordless Telephone-2	第二代无绳电话系统（数字无绳电话系统）
CU	Control Unit	控制单元
CW	Continuous Wave	连续波
CWTS	China Wireless Telecommunication Standard	中国无线通信标准组织

D

DB	Dummy Burst	空闲突发脉冲系列
DCA	Dynamic Channel Allocation	动态信道分配
DCCH	Dedicated Control Channel	专用控制信道
DCS	Digital Communication System	数字通信系统
DECT	Digital Enhanced Cordless Telephone	数字增强无绳电话
DPPS	Digital Post Processing System	数据后处理系统
DQPSK	Differential Quadrature Phase Shift Keying	差分四相相移键控
DRNS	Drift RNS	漂移 RNS
DSSS	Direct Sequence Spread System	直接系列扩频
DTMF	Dual Tone Multiple Frequency	双音多频
DTx	Discontinuous Transmission	间断传输

E

EDGE	Enhanced Data GSM Environment	增强型数据 GSM 环境
FER	Frame Error Rate	误帧率
EIA	Electronic Industry Association	电子工业协会
EIR	Equipment Identity Register	设备识别寄存器
EIRP	Effective Isotropic Radiated Power	有效全向辐射功率
E_b/N_o	Bit Engergy-to-noise Density	比特能量噪声密度比

| ETSI | European Telecommunication Standard Institute | 欧洲电信标准协会 |

F

FA	Foreign Agent	外部代理
FAC	Factory Assembly Code	工厂装配码
FACCH	Fast Associated Control Channel	快速辅助控制信道
FB	Frequency Correction Burst	频率校正突发脉冲系列
FCC	Federal Communication Channel	（美国）联邦通信委员会
FCC	Forward Control Channel	前向控制信道
FCCH	Frequency Correction Control	频率校正信道
FDD	Frequency Division Duplex	频分双工
FH	Frequency Hopping	跳频
FHSS	Frequency Hopped Spread Spectrum	跳频扩频
FDMA	Frequency Division Multiple Access	频分多址
FM	Frequency Modulation	调频
FPLMTS	Future Public Land Mobile Telecommunication System	未来公用陆地移动通信系统
FSK	Frequency Shift Keying	频移键控

G

3GPP	3th Generation Partner Project	第三代伙伴关系计划
3GPP2	3th Generation Partner Project2	第三代伙伴关系计划2
GFSK	Gaussian Frequency Shift Keying	高斯频移键控
GGSN	Gateway GPRS Supporting Node	网关 GPRS 支持节点
GIU	Gateway Interface Unit	网关接口单元
GMSC	Gateway Mobile Switch Center	网关移动交换中心
GMSK	Gaussian Filtered Minimum Shift Keying	高斯滤波最小频移键控
GPRS	General Packet Radio Services	通用分组无线电业务
GPS	Global Positioning System	全球定位系统
GSM	Global System for Mobile communication	全球移动通信系统

H

HA	Home Agent	归属代理
HDB	Home Database	原籍数据库
HCMTS	High Capacity Mobile Telephone System	大容量移动电话系统
HLR	Home Location Register	原籍位置寄存器
HSCSD	High Speed Circuit Switched Data	高速电路交换数据
HSDPA	High Speed Download Packet Access	高速下行分组接入

I

| IE | Information Element | 信息单元、信息要素 |
| IEEE | Institute of Electrical and Electronic Engineers | 电器和电子工程师协会 |

IF	Intermediate Frequency	中频
IMEI	International Mobile Equipment Identity	国际移动设备识别码
IMSI	International Mobile Subscriber Identity	国际移动用户识别码
IMT-2000	International Mobile Telecommunication-2000	国际移动电信 2000
IMTS	Improved Moblic Telephone System	改进移动电话业务
INMARSAT	International Maritime Satellite Organization	国际海事卫星组织
IP	Internet Protocol	互联网协议
IS-54	EIA Interim Standard for U. S. Digital Cellular（USDC）	美国数字蜂窝 EIA 暂行标准
IS-95	EIA Interim Standard for U. S. Code Division Multiple Access（CDMA）	美国码分多址 EIA 暂行标准
IS-136	EIA Interim Standard 136-USDC with Digital Control Channel	美国 EIA 暂行标准 136-具有数字控制信道的 USDC
ISDN	Integrated Service Digital Network	综合业务数字网
ISM	Industrial, Scientific and Medical	工业、科学和医疗
ITU	International Telecommunication Union	国际电信联盟
IWF	Interworking Function	交互工作功能

J

JDC	Japanese Digital Cellular	日本数字蜂窝

L

LAC	Location Area Code	位置区码
LAI	Local Area Identification	位置区识别
LAN	Local Area Network	局域网
LLC	Logical Link Control	逻辑链路控制
LMSS	Load Mobile Satellite System	陆地移动卫星系统

M

MAC	Medium Access Control	媒体接入控制
MAHO	Mobile Assisted Handoff	移动辅助切换
MAN	Metropolitan Area Network	城域网
MCC	Mobile Country Code	移动台国家码
ME	Mobile Equipment	用户设备
MFSK	Minimum Frequency Shift Keying	最小频移键控
MIN	Mobile Identification Number	移动台识别号
MMSS	Maritime Mobile Satellite System	海事移动卫星系统
MNC	Mobile Network Code	移动网编号
MS	Mobile Station	移动台
MSC	Mobile Switch Center	移动交换中心
MSK	Minimum Shift Keying	最小频移键控
MSIN	Mobile Subscriber Identification Number	移动用户识别码

MSISDN	Mobile Station ISDN Number	移动台 ISDN 号
MSRN	Mobile Subscriber Roaming Number	移动用户漫游号码
MTSO	Moblie Telephone Switching Office	移动电话交换局
MUX	Multiplexer	多路器

N

NACK	Negative Acknowledge	否定确认
NB	Normal Burst	常规突发脉冲系列
NDC	National Destination Code	国内目的地码
NMC	Network Management Center	网络管理中心
NMSI	National Mobile Subscriber Identity	国家移动用户识别码
NMT	Nordic Mobile Telephone	北欧移动电话系统
NodeB	WCDMA Base Station	WCDMA 基站
NSP	Network Service Part	网络业务部分
NSS	Network and Switching Subsystem	网络子系统

O

OM	Okumura Model	奥村模型
OMC	Operation and Maintenance Center	操作维护中心
OQPSK	Offset Quadrature Phase Shift Keying	交错四相相移键控
OS	Operation System	操作系统
OSI	Open System Interconnect	开放系统互联
OSS	Operation Support System	操作支持系统
OTD	Orthogonal Transmit Diversity	正交发送分集
OVSF	Orthogonal Variable Spreading Factors	正交可变扩频因子

P

PABX	Private Branch Automatic Exchange	用户自动交换机
PACCH	Packet Asscrchted Control Channel	分组随路应答信道
PACS	Personal Access Communication System	个人接入通信系统
PAGCH	Packet Access Grant Channel	分组应答信道
PCF	Packet Control Function	分组控制功能
PCH	Pageing Channel	寻呼信道
PCM	Pulse Code Modulation	脉冲编码调制
PCS	Personal Communication System	个人通信系统
PDC	Pacific Digital Cellular	太平洋数字蜂窝
PDN	Public Data Network	公用数据网
PDP	Packet Data Protocol	（信息）包数据协议
PDSN	Packet Data Service Network	分组数据服务器
PDTCH	Packet Data Traffic Channel	分组数据业务信道
PDU	Packet Data Unit	分组数据单元
PH	Personal Handset	便携式电话
PHS	Personal Handy System	个人手提电话系统

PIM	PHS Subscriber Identity Module	PHS 用户识别卡
PLMN	Public Land Moblic Network	公用陆地移动网
POCSAG	Post Office Code Standardization Advisory Group	邮政标准化编码咨询组
PPCH	Packet Paging Channel	分组寻呼信道
PRACH	Packet Random Access Channel	分组随机接入信道
PRI	Primary Rate Interface	基本速率接口
PS	Packet Switched	分组交换
PSK	Phase Shift Keying	二相相移键控
PSTN	Public Switching Telephone Network	公用交换电话网

Q

QoS	Quality of Service	服务质量
QPSK	Quadrature Phase Shift Keying	四相相移键控

R

RACH	Random Access Channel	随机接入信道
RAN	Radio Access Network	无线接入网络
RANAP	Radio Access Network Application Part	无线接入网络应用部分
RC	Radio Cofiguration	无线配置
RF	Radio Frequency	射频
RFP	Radio Fixed Part	无线固定部分
RNC	Radio Network Controller	无线网络控制器
RRC	Radio Resource Control	无线资源控制
RS	Rate Set	速率集
RTT	Radio Transmission Technology	无线传输技术
RX	Receiver	接收机

S

SACCH	Slow Associated Control Channel	慢辅助控制信道
SAT	Supervisory Audio Tone	监控音
SB	Synchronization Burst	同步突发脉冲系列
SCH	Synchronization Channel	同步信道
SDCCH	Stand-alone Dedicated Control Channel	独立专用控制信道
SELP	Stochastically Excited Linear Predictive	随机激励线性预测编码器
SF	Spreading Factor	扩展因子
SGSN	Serving GSN	服务 GPRS 支持节点
S/I (SIR)	Signal-to-Interference Ratio	信号干扰比
SIM	Subscriber Identity Modual	用户识别卡
SMS	Short Messaging System	短消息系统
SN	Subscriber Nunber	用户号
SNDC	Subnetwork Dependent Convergence	子网依赖结合层
S/N (SNR)	Signal-to-Noise Ratio	信噪比
SR	Spreading Rate	扩展速率

SRNC	Serving RNC	服务 RNC
SRNS	Serving RNS	服务 RNS
SS	Spread Spectrum	扩频
ST	Signaling Tone	信号音
STS	Space Time Spreading	空时扩展

T

TAC	Type Approval Code	型号批准码
TACS	Total Access Communication System	全接入通信系统
TB	Transport Block	传输块
TBS	Transport Block Set	传输块集
TCH	Traffic Channel	业务信道
TDD	Time Division Duplex	时分双工
TDMA	Time Division Multiple Access	时分多址
TD-SCDMA	Time Division- Synchronous Code Division Multiple Access	时分同步码分多址接入
TIA	Telecommunication Industry Association	电信工业协会
TMSI	Temporary Mobile Subscriber Identity	临时移动用户识别号码
TRAU	Transcoder Rate Adaptation Unit	编码变换器和速率适配单元
TTI	Transmission Time Interval	传输时间间隔
TX	Transmitter	发射机

U

UE	User Equipment	用户设备
UIM	User Identity Model	用户识别卡
UMTS	Universal Mobile Telecommunication System	通用移动电信系统
USIM	The UMTS Subscriber Module	用户业务识别单元
UTRAN	Universal Terrestrial l Radio Access Network	UMTS 无线接入网

V

VDB	Visitor Database	访问数据库
VLR	Visitor Location Register	访问位置寄存器
VLSI	Very Large-scale Integrateion	大规模集成电路
VSELP	Vector Sum Excited Linear Predictor	矢量和激励线性预测器

W

WACS	Wireless Access Communication System	无线接入通信系统
WAN	Wide Area Network	广域网
WARC	World Administrative Radio Conference	世界无线电管理委员会
WCDMA	Wideband Code Division Multi Access	宽带码分多址
WIU	Wireless Interface Unit	无线接口单元
WLAN	Wireless Local Area Network	无线局域网

参 考 文 献

[1] 郭梯云，邬国扬，李建东. 移动通信. 西安：西安电子科技大学出版社，2000.

[2] 华为技术有限公司. CDMA2000 1x 无线网络规划与优化. 北京：人民邮电出版社，2005.

[3] 徐福新. 小灵通（PAS）个人通信接入系统. 北京：电子工业出版社，2002.

[4] ［芬］哈里·霍尔马，安提·托斯卡拉著. 周胜等译. WCDMA 技术与系统设计. 北京：机械工业出版社，2002.

[5] 张平等. WCDMA 移动通信系统（第二版）. 北京：人民邮电出版社，2004.

[6] ［美］Theodore S. Rappaport 著. 蔡涛，李旭，杜振民译. 无线通信原理与应用. 北京：电子工业出版社，1999.

[7] ［美］Vilay K. Grag 著. 于鹏，白春霞，刘睿译. 第三代移动通信系统原理与工程设计：IS-95 CDMA 和 CDMA 2000. 北京：电子工业出版社，2001.

[8] ［法］Michel MOULY & Marie-Bernadette PAUTET 著. 骆健霞，顾龙信，徐云霄译. GSM 数字移动通信系统. 北京：电子工业出版社，1996.

[9] 竺南直，肖辉. 码分多址（CDMA）移动通信系统. 北京：电子工业出版社，1999.

[10] 孙立新，邢宁霞. CDMA（码分多址）移动通信技术. 北京：人民邮电出版社，1997.

[11] 李世鹤. TD-SCDMA 第 3 代移动通信系统标准. 北京：人民邮电出版社，2003.

[12] 杨大成等. CDMA2000 1x 移动通信系统. 北京：机械工业出版社，2003.

[13] ［日］芝侧有限公司. PHS 原理与网络维护. 北京：人民邮电出版社，2003.

[14] 胡捍英，杨峰义. 第三代移动通信系统. 北京：人民邮电出版社，2001.

[15] 韦惠民，李白萍. 蜂窝移动通信技术. 西安：西安电子科技大学出版社，2002.

[16] 朱海波，傅海阳，吴志忠，唐宝民. 无线接入网. 北京：人民邮电出版社，2000.

[17] 邬国扬. CDMA 数字蜂窝网. 西安：西安电子科技大学出版社，2000.

[18] 陈德荣. 移动通信原理与应用. 北京：高等教育出版社，1998.

[19] 周月臣. 移动通信工程设计. 北京：人民邮电出版社，1996.

[20] 郑祖辉，张笑钦等. 集群移动通信工程. 北京：人民邮电出版社，1996.